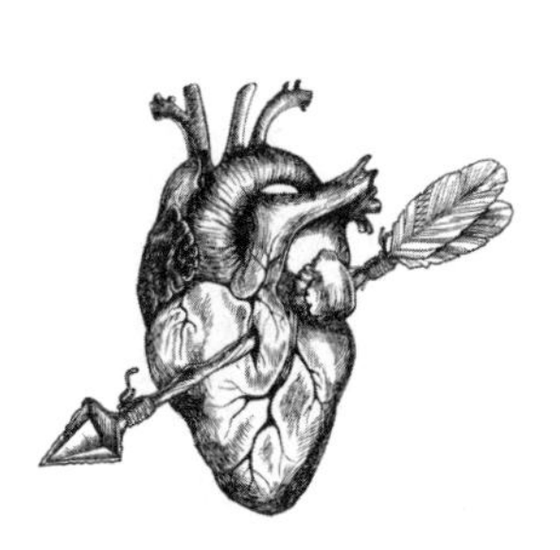

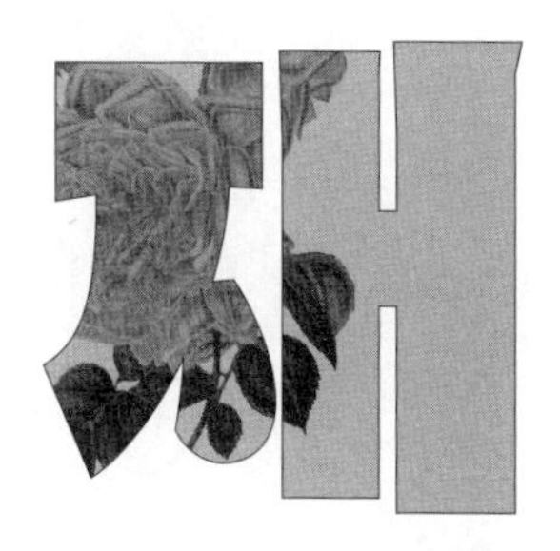

1

장강명

장편
소설

은행나무

일러두기

인명 지명 등 외국어의 우리말 표기는 국립국어원 외래어 표기법에 따르되, 통용되는 일부 표기는 허용했습니다. 본문에 등장하는 도스토옙스키 소설의 문장은 열린책들에서 발행한《죄와 벌》(홍대화 역)《지하로부터의 수기》(계동준 역)《백치》(김근식 역)를 참고하였습니다.

차례

죽음을 목전에 두고 난 이런 느낌을 받았어요. 일생 동안 나를 박해하여 내 미움을 샀던 부류의 대표자들 중 한 명이라도 좋으니 바보로 만들어 골탕을 먹인다면 나는 더 바랄 나위 없이 조용히 천국으로 향할 것이다. 그런데 바로 그 대표적인 인물이 존경해마지않는 당신의……

— 표도르 도스토옙스키, 《백치》

1.

'나는 병든 인간이다……. 나는 악한 인간이다. 나는 호감을 주지 못하는 사람이다.'

도스토옙스키의 소설《지하로부터의 수기》는 이렇게 시작한다. 내 고백을 시작하기에도 그보다 더 좋은 문장은 없을 것 같다.

나는 22년 전에 사람을 죽였다. 칼로 가슴을 두 번 찔러 죽였다.

뒷수습은 그럭저럭 했지만 살인 자체가 계획에 없던 일이라 여러 가지 실수를 저질렀을 거다. 내가 아는 지식이라고는 범죄소설이나 영화를 보며 주워들은 정도가 전부였다. 지문과 피를 닦고, 내 머리카락을 줍고, 시신 온도 측정을 방해할 수 있을까 해서 에어컨디셔너를 틀고, 부패 속도에 영향을 미칠 수 있을까 싶어 죽은 몸 위에 비옷을 덮고, 그 위에 또 이불을 덮고……. 이제 와서 돌이켜보면 에어컨디셔너를 튼 것과 비옷을 덮은 건 서로 효과를 상쇄하지 않았을까 싶은데.

어떻게 하면 태연하게 건물 밖으로 나갈 수 있을지 주저앉아 고민했던 기억도 난다.

당시에는 내가 금방 경찰에 붙잡힐 거라 생각했다. 자수도, 자살도 생각해봤다. 형사가 찾아오면 어떻게 할지도 궁리해봤다.

단순히 몇 가지를 물어보려고 오는 건지, 나를 범인으로 여기고 체포하러 오는 것인지 상대의 표정을 보고 바로 알 수 있을까?

나를 의심하는 낌새가 있을 때 잠시 실례한다며 화장실에 가서 고통 없이 목숨을 끊을 수 있는 방법이 있을까?

약국을 돌아다니며 수면제를 모은 적도 있다. 의사 처방 없이 구할 수 있는 일반 의약품 수면유도제는 독성이 강하지 않다는 사실을 나중에 알았다. 아무리 많이 먹어도 위장이 터져 죽는다면 모를까, 약 성분으로 사망에 이르는 경우는 없다고 한다.

잘 끊어지지 않는다는 재봉용 나일론 실이 감긴 작은 실패를 지니고 다닌 때도 있다. 경찰서에서 취조를 받다 화장실에 간다고 자리에서 일어나 거기서 나일론 재봉사를 목에 칭칭 감으면 질식사할 수 있지 않을까 싶었다. 지금 생각해보면 우습기 그지없다.

나는 경찰의 용의자 명단에 오르지 않았다.

플라톤의 《국가》에서 글라우콘은 소크라테스에게 기게스의 반지라는 신화 속 물건에 대해 말한다. 사람을 투명인간으로 만들어주는 반지. 처벌받지 않고 범죄를 저지를 수 있게 해주는 반지. 마치 그 반지를 사용한 기분이었다.

양심의 가책을 느끼지 않았느냐고?

물론 처음에는 괴로웠다. 밤에 잠도 잘 못 잤고, 경찰서 근처만 가도 가슴이 오그라드는 것 같았다. 제복 경관이 지나가면 괜히 위축되고, 멀리서 사이렌 소리만 들려도 나를 잡으러 오는 거 아닌가 걱정이 됐다.

그러다 어느 날부터 사이렌 소리를 구별하게 됐다.

소방차 사이렌: 소리가 낮고 길다.

구급차 사이렌: 조금 더 전자음 느낌이다.

경찰차 사이렌: 박자는 구급차와, 음색은 소방차와 비슷하다.

그 사실을 알고 나니 소방차나 구급차 사이렌 소리는 신경 쓰지 않게 됐다.

경찰차에 대해서도 아는 게 많아질수록 두려움이 사라졌다. 사실 사이렌을 울리는 경찰차들을 내가 걱정할 필요는 없다. 그런 차들은 대부분 순찰차들이다. 지구대나 파출소에서 신고를 받고 출동하는 112 순찰차이거나 교통 단속을 하는, 우리 지금 급하니까 비켜달라고 외치는 차들.

사건을 수사하는 형사들은 그런 차를 타고 다니지 않는다. 형사가 그렇게 사이렌을 울리면 범인들한테 도망가라고 경고하는 꼴이 된다.

나를 잡으러 오는 경찰이 있다면, 태연한 표정으로 와서 참고인 조사다, 걱정하지 않으셔도 된다고 거짓말로 둘러대면서 경찰서까지 같이 가자고 하겠지. 아니면 불시에 와서 덮치든지.

여기까지 생각이 이르니, 다음부터 적어도 사이렌 소리에는 놀라지 않게 됐다. 그 사실 자체가 중대한 발견이었다.

처음에는 사이렌 소리가 들릴 때마다 불안과 후회에 시달렸다. 그런데 그런 격렬한 감정은 사이렌 소리가 멀어지면 함께 흐릿해졌다. 내게 위협이 되지 않는다는 걸 알게 되면서부터는, 사이렌 소리를 듣는다고 이미 저지른 일에 대한 후회가 더 심해지지는 않았다.

즉, 나는 양심의 가책 때문에 떨었던 게 아니었다는 얘기다. 내가 두려워하는 건 체포되어 받게 될 처벌이었다.

2.

“에너지관리원 직원들하고는 전부터 친분이 있으셨나요? 아까 반장님을 아는 것처럼 말하던데…… 사건을 같이 수사하셨나요?” 연지혜가 물었다.

차가 지독히 막혔다. 그들은 한남대교에 갇혀 있었다. 앞에서 사고라도 난 것 같았다.

연지혜는 이런 걸 싫어했다. 꼼짝 못하고 묶여 있기. 그저 가만히 기다리기. 엘리베이터가 늦으면 어린아이처럼 짜증이 났고, 차도를 건널 때면 횡단보도에서 녹색 신호등을 기다리기보다 시간이 더 걸리더라도 지하도나 육교를 택했다.

남들 앞에서는 자기 진짜 성격이 드러나지 않게 늘 조심했다. 욕을 하고 싶은 기분이 들면 “아이고”라는 감탄사로 대신했다. 그녀는 욕을 하는 법이 없었다. 말도 일부러 느릿느릿 하고 부드럽게 미소를 지으려 애썼다. 다른 사람들은 다 속아 넘어가는 것 같았다. 연지혜가 매사에 너무 차분해서 무섭다고 하는 지인도 있었다.

‘그런데 이 양반은 잘 모르겠단 말이지.’

연지혜는 조수석을 흘깃 쳐다보며 생각했다.

서울경찰청 강력범죄수사대 강력범죄수사1계 강력1팀 1반 소속 형사인 연지혜 경사는 운전대를 잡고 있었다. 그녀는 블랙진에 검은색 티셔츠, 검은색 재킷 차림이었는데 피부도 가무잡잡했다. 모르는 사람이 본다면 패션 센스가 남다르다고 오해할 수도 있겠지만 모두 고민 없이 인터넷 쇼핑으로 산 최저가 제품들이었다.

연지혜는 중학교를 졸업할 즈음 자신이 미인이 될 수 있다는 희망을 접었다. 그럼에도 가끔 길거리나 술자리에서 그녀에게 눈길을 주는 남자는 있었다. 기본적으로 체형이 좋은 데다 근력 운동을 열심히 하는 덕에 군살이 없어 머리부터 발끝까지 몸에 긴장감이 흘렀기 때문이다. 이목구비가 뚜렷하고 얼굴선이 조금 이국적이어서, 학창 시절 내내 별명이 동남아, 말레이, 태국 등이었다. 그런 별명이 인종차별이라는 생각은 아무도 못 하던 시절이었다.

조수석에는 강력범죄수사대 강력범죄수사1계 강력1팀 1반 반장인 정철희 경위가 앉아 있었다. 정철희는 구겨진 면바지에 구겨진 화이트셔츠, 역시 구겨지고 품이 넉넉한 양복 재킷을 입고 있었다. 그래도 평소와 달리 면도는 깔끔하게 한 상태였다.

정철희도 옷차림에 전혀 신경을 쓰지 않는 사람이었다. 최근 10년 사이에는 직접 옷을 사본 적도 없었다. 그 역시 20년 넘게 형사 생활을 해온 이답게 몸이 탄탄했으나 외모는 그다지 눈길을 끌지 않았다. 술자리에서건 길거리에서건 낯선 이성으로부터 관심 어린 시선을 받을 가능성은 전무했다. 지하철 승강장에서 수십 번을 마주쳐도 기억이 잘 나지 않을 얼굴, 뭐라고 별명을 붙여야 할지 알 수 없는 외모였다.

연지혜와 정철희는 분당에 있는 한국에너지관리원 본사에서 회의를 하고 종로의 서울경찰청으로 돌아가는 길이었다.

"아니. 뭐, 같이 수사한 건 아니고, 내가 거기를 수사했지."

에너지관리원과 함께 일한 적이 있느냐는 연지혜의 질문에 정철희가 열의 없는 목소리로 대답했다. 문장을 시작할 때나 말하는 사이에 '뭐'라고 하며 한 박자 뜸을 들이는 게 정철희의 말버릇이었다.

"에너지관리원을 수사하셨다고요?"

"거기 직원들이 가짜 석유를 파는 주유소에 단속 정보를 흘리고 돈을 받은 적이 있었어. 몇 년 전에. 그걸 우리 팀이 수사했었지."

"그래서 에너지관리원 사람들 표정이 그렇게 떨떠름했군요."

"뭐, 그랬나?"

정철희는 여전히 무심한 분위기였다. 그는 흥분이라든가 열기라든가 하는 단어와는 거리가 멀었다. 차갑다거나 날카롭다기보다는, 심드렁함 또는 무기력함 쪽에 가까웠다. 늘 한두 계단 위에서 상대를 내려다보는 느낌을 주는 사내였다.

그래서 무표정하게 있어도 어딘지 상대를 비웃는 듯한 인상이 들었다. 흐느적거리듯 팔다리에 힘을 주지 않고 걸었고 목소리도 작은 편이었다. 대화를 할 때에도 상대의 말에 귀를 기울이는 것인지 대충 흘리는 것인지 알 수가 없다. 방귀 좀 뀐다고 하는 강력범죄 담당 형사들이 모인 강력범죄수사대에서도 베테랑으로 꼽히는 이로는 절대 보이지 않는다. 체구도 큰 편은 아니다.

그러나 한편으로 저 얼굴에 제일 어울릴 직업이 뭐일 것 같으냐고 묻는다면 제법 높은 순위로 '강력팀 형사'라는 답이 나올 거 같기도 하다. 사무직이나 영업직으로 보이지는 않는다. 그리고 강력팀 형사라면 속내를 알 수 없는 얼굴이 큰 강점이 된다. 건달들은 그 앞에서 긴장하고,

범인은 자신이 꼬투리가 잡힌 게 아닐까 불안해한다.

실은 같은 형사로서도 대하기 부담스럽다. 강력범죄수사대에 부임한 지 두 달이 넘었건만, 정철희와 일 얘기 외에 다른 대화는 길게 나눠 본 일이 없었다.

그녀가 강수대 신참이라서 반장을 유독 어려워하거나, 반대로 정철희가 연지혜를 길들이려고 일부러 거리를 두는 건 아니었다. 정철희는 다른 팀원들에게도 그다지 살갑지 않았다. 꾸중을 하는 적도 없지만 칭찬을 하는 때도 거의 없다. 1반 형사들이 모두 참석해 술을 마신 회식은 두 달 동안 딱 한 번 있었다. 업무가 아니면 에너지를 최대한 아끼는 것 같다. 자기 자신에 대해 말하는 모습도 보지 못했다. 팀원들의 사생활에도 관심이 없어 보인다.

그런데도 강력범죄수사1계 강력1팀 형사들이 정철희에 대해 험담을 하는 모습을 본 적이 없다. 경찰청장에서부터 서울청장, 강수대장, 강수계장, 팀장까지 신나게 씹어대다가도 정철희 반장은 건너뛰고 다른 선배나 동료 형사의 흠을 잡는 것으로 넘어간다. 형사들은 정철희를 존경하는 것 같았고, 어느 정도는 분명히 그를 두려워하고 있었다.

"여기 길은 왜 이렇게 막혀? 경찰들은 뭐 하는 거야?"

연지혜의 마음을 아는지 모르는지 정철희가 옆에서 싱거운 농담을 던졌다.

"이럴 때는 순찰차를 타고 사이렌 울리면서 중앙선 넘어서 가고 싶어요."

연지혜도 싱거운 농담으로 답했다. 선배 형사들은 예전에 길이 막히면 종종 그랬다고 들었다. 그런 얘기를 들려주는 선배들은 "요즘엔 그러면 절대 안 되지"라면서도 은근히 뻐기는 분위기였다. 속으로 무슨 생각을 하는지 굳이 듣지 않아도 알 수 있었다.

'그 시절이 좋았는데. 너희는 모를 거다.'

연지혜와 정철희는 에너지관리원에서 다음 주 예정인 언론 브리핑을 어떤 식으로 할 건지 논의하고 돌아오는 길이었다. 가짜 석유 50억 원어치를 만들어 유통한 폭력 조직에 대한 사건이었다.

수사는 사실상 종료 단계였다. 수법 자체가 새로운 데다, 범인들이 바지사장을 2단계로 준비하는 바람에 애를 먹긴 했다. 그래도 주범들은 검찰에 넘긴 상태였다. 단순 운반책들을 불러 진술을 받는 일이 남긴 했는데, 시간은 좀 걸릴 테지만 부담스럽지는 않았다. 반쯤은 반복 작업이었다. 윗선들은 다 잡혔고, 전모도 드러났고, 가벼운 혐의만 적용하겠다고 하면 다들 술술 불었다. 머리가 나쁘거나 의욕이 없어서 자기가 한 일을 도통 요령 있게 설명하지 못하는 치들이 더러 있었지만.

경기도에 제법 똑똑한 어느 폭력 조직 두목이 있었다. 그자가 자기 동네 근처에 있는 폐기물업체와 짜고 동남아에서 경유 500만 리터를 들여왔다. 수입할 때 이 기름에 검은색 물감을 풀고 난방용 폐유라고 속였다. 이렇게 하면 세금이 붙지 않는다. 그렇게 들여온 저급 경유를 국산 경유와 섞어 가짜 석유를 만들었다. 그걸 자기들이 차린 주유소에서 팔고, 다른 주유소에도 공급했다.

폭력 조직이 운영하던 주유소의 사장 A는 이틀 동안 뺀질뺀질한 이야기를 늘어놓았지만 통하지 않았다. 이틀째 저녁에 그 인간은 담배를 한 대 달라고 하더니 맛있게 피우고는 배후 조종자로 B를 불었다. 그러고는 자기는 이제 보복을 당할 거라며 오스카급 연기를 펼쳤다.

시경에 잡혀 온 B는 A에게 살벌하게 으르렁거렸지만 자기 혐의에 대해서는 이상할 정도로 순순하게 시인했다. 알고 보니 B 역시 하수인이었다. A가 붙잡히면 버티는 시늉을 하다가 B를 불기로 계획이 되어 있었다. B는 일이 잘못되면 감옥에 다녀오기로 하고 미리 4000만 원을 받았다. B는 돈 때문이 아니라 협박을 받아서 어쩔 수 없었다고 주장했다. 진술을 듣던 연지혜는 "아이고, 아이고" 하며 맞장구를 쳐주었다.

바지사장 A와 바지사장이 아닌 척했던 바지사장 B, 제법 똑똑했던 조직폭력계의 신세대 보스와 똘마니들, 시설을 빌려준 폐기물 처리업자, 저질 경유를 들여온 수입업자, 서류 조작을 도와준 관세사, 폐유 보관업체 대표와 직원들, 가짜 석유 제조책, 가짜 석유를 공급받은 주유소 대표들, 단속에 대비해 주유소에 이중저장 탱크와 주유기 이중 밸브를 설치한 설비 기술자들, 유통 담당자들과 탱크로리 기사들까지 다 잡아들이고 났더니 서른 명이 넘었다.

가짜 석유 사건은 보통 에너지관리원이 단서를 잡고 조사를 하다 강제수사를 해야 할 시점에 경찰에 사건을 넘긴다. 이번 사건의 경우 수사 초기와 후반이 모두 어려웠고, 에너지관리원과 강력범죄수사대는 내심 자신들의 공이 더 컸다고 여겼다. 그러다 보니 결과 발표를 앞두고 미묘한 신경전이 일었다.

에너지관리원과의 미팅 자리에 정철희가 간다고 했을 때 연지혜는 과연, 이라며 고개를 끄덕였다. 정철희가 후배 형사들을 대신해 힘들고 귀찮은 일을 나서서 맡아주는 거라고 여겼다. 저렇게 솔선수범하니까 후배들로부터 존경을 받는구나, 하고 생각하기까지 했다.

그런데 막상 정철희는 에너지관리원 담당자들과 그다지 협상을 하지 않았다. 브리핑 발표자도, 연단에 오르는 순서도, 에너지관리원에서 제안하는 대로 고개만 끄덕일 뿐이었다. 그다지 중요하지 않은 문제라는 걸까? 아니면 비장의 무기라도 있나? 경찰 수사 결과에 더 초점을 맞추겠다고 친한 기자들과 미리 약속을 했다던가 하는?

"브리핑 때 기자들 많이 올까요? 서른 명 넘게 검거했는데 기사 좀 나오겠죠?" 연지혜가 물었다.

"모르지, 뭐. 기자들은 자기들 기준이 있더라고. 뭐, 그런 건 연 형사가 제일 잘 알지 않아?"

"네? 제가요?"

"방송에 다 나왔었잖아. 자전거 타고 도망가는 범인을 달려서 잡은 미모의 여형사라면서."

"아아, 그거요……."

연지혜의 얼굴이 달아올랐다. 정철희가 자신을 비아냥거리는 건가 하는 생각이 잠시 머리를 스쳤다.

그녀가 처음 강력팀 형사가 되어 맡았던 사건 이야기였다. 다른 사람들 앞에서는 가급적 말하지 않는 경험담이고, 특히 선배 형사 앞에서는 절대 꺼내지 않는 화제다. 강력범죄수사대에 와서는 누구 앞에서도 이야기해본 적이 없다. 정철희가 그 사건을 기억하고 있을 줄 몰랐다.

"그때 범인은 뭐, 그냥 절도범이었지?"

"조무래기였죠. 훔친 돈 다 합쳐서 300만 원 조금 넘었던가, 그랬을걸요."

361만 9000원이었지. 연지혜는 액수를 정확히 기억하고 있었다. 그 돈은 범인이 가져간 금액의 액수이고, 피해액은 조금 더 크다. 그자가 부순 금고나 유리창도 있으니까. 범인 이름은 정주영. 현대그룹 창업자 정주영은 아시아 열 번째 부자였지만, 상습절도범 정주영은 전 재산이 자전거 한 대였던 떠돌이였다.

"고작 300만 원 훔친 놈인데 붙잡은 사람이 젊고 예쁜 여자 형사라니까 TV에 나오잖아. 뭐, 그런 거야."

'젊고 예쁜'이라는 말이 거슬렸지만 그런 데 일일이 신경 쓰다 보면 경찰 생활 못 한다. 지구대에서 근무할 때에는 취객들로부터 온갖 성적인 욕설과 외모 비하 발언을 들었다. 연지혜는 "그렇네요" 하고 맞장구를 쳤다.

"그리고 브리핑 당일에 무슨 일이 생길지 모르지. 그날 새벽에 어디서 큰 사고가 난다, 그러면 기자들은 다들 그리 가겠지."

"그렇네요."

"매사에 마음을 비우는 게 좋아. 그러면 마음이 편해. 뭐, 기사 많이 날 거라고 예상했다가 별로 안 나오면 실망스럽잖아. 아예 기대도 없으면 나오는 기사마다 흐뭇하고 고맙지."

정철희는 태연한 표정으로 하나 마나 한 이야기를 했다. 연지혜는 자기도 모르게 가시가 섞인 질문을 던졌다.

"수사할 때에도 그런 마음가짐이신 건 아니죠? 범인도 잡을 수 없을 거라고 생각하면 진짜 놓쳐버려도 마음이 괴롭지 않잖아요."

정철희는 입을 다물고 한동안 말이 없었다. 연지혜는 최대한 고개를 정면으로 향한 채로 눈동자만 조수석 쪽으로 돌려 분위기를 살피려 애썼다.

"말실수한 거 아니니까 그렇게 눈치 살피지 않아도 돼. 그리고 운전할 때에는 앞을 똑바로 보라고. 그렇게 곁눈질을 하면 위험하잖아."

"네, 네!"

"그냥 연 형사가 한 얘기를 생각해보고 있었어. 뭐, 그러고 보니까 정말 그런 거 같네. 나는 수사할 때도 좀 그런 태도야. 뭐, 범인 놓칠 수도 있지, 하는."

"네?"

조금 전에 핀잔을 들은 것도 잊고 연지혜는 머리를 홱 옆으로 돌렸다. 정철희의 얼굴에 비꼬는 기색은 없었다. 비유하자면 군인이 태평한 말투로 "전쟁에서 질 수도 있지"라고 말하고, 소방관이 천연덕스럽게 "화재 현장에서 사람을 못 구할 수도 있지"라고 주장한 거나 다름없는 상황이었다. 게다가 강력범죄수사대 형사는 그냥 경찰이 아니다. 군인으로 치면 특수부대원에 해당한다.

"내가 형사 생활을 22년 전에 서대문경찰서에 시작했거든. 거기서 살인사건이 났어. 갓 스물이 넘은 여대생이 원룸에서 칼에 찔려서 발견됐지. 그래서 수사본부가 차려졌는데 내가 막내였어."

정철희가 갑자기 옛날이야기를 꺼냈다.

3.

내가 두려워하는 대상이 양심이 아니라 체포 가능성이라는 걸 깨닫고, 스스로에게 질문을 던졌다.

만약에 절대 체포되지 않는다면, 벌받을 가능성 없이 편안히 살 수 있다면, 정말 즐겁게 살아갈 수 있겠어? 너 그 정도로 뻔뻔한 인간이야? 그 정도로 비열한 인간이야?

아니면 그 정도로 강한 인간이야?

이것은 소크라테스가 글라우콘에게 던지는(혹은 플라톤이 《국가》의 독자들에게 던지는) 질문이기도 하다.

처음에는 경찰에 붙잡혀 인간의 벌을 받는 게 두렵다는 마음 이상의, 좀 더 심오한 차원의 공포심이 있었다. 가끔은 내 존재가 심연의 나락에 떨어진 듯한 기분이 들었다. 이마에 살인자의 낙인이 찍히고, 세상으로부터 영원히 추방당한 것만 같은. 그 막연한 기분까지 부정하지는 않겠다.

하지만 그걸 다른 말로 표현하면, 결국은 신의 벌을 받는 게 두렵다는 뜻 아닐까? '하늘이 두렵지 않으냐'는 말의 의미가 뭔가. '네가 살아 있는 동안에는 벌을 받지 않아도, 죽어서 지옥이라는 곳에 가서 구워지거나 튀겨지는 고통을 겪을 거야'라는 얘기다.

그런데 나는 신을 믿지 않는다. 지옥도 믿지 않는다.

카르마라든가 인과응보 같은 말은, 다 지옥의 다른 표현이라고 생각한다. 어른들이 어린아이 겁주기 위해 만든 말장난이다. 선행과 악업이 이리저리 얽혀서 모든 사람에게 되돌아온다는 이상한 섭리는 허황되다. 유황불 온도를 세심히 관리하는 악마들만큼이나.

그리고 나는 벼락같은 깨달음을 얻었다. 내가 진정으로 두려워해야 할 대상은 아무 데도 없다는 것. 나를 겁먹게 하는 것들은 사이렌 소리처럼 모두 점점 희미해져 사라져가리라는 진실. 그걸 깨닫자 안개를 헤치고 나온 것 같은 기분이 들었다.

체포되지 않는다는 보장만 있다면 나는 태연히 살아갈 수 있었다. 그것은 내가 염치가 없거나 비열해서가 아니다. 내가 강해서도 아니다.

내가 자유롭기 때문이다. '살인하지 말라'는 인간의 법과 신의 법 앞에 무조건 복종하지 않기 때문이다.

자신이 초인인지 궁금했던 《죄와 벌》의 라스콜니코프는 전당포 노파를 향해 도끼를 휘두른 뒤 겁쟁이가 됐다.

라스콜니코프는 자신이 비범인(非凡人)이라고 여기다가 계획 살인을 저지른 뒤 자기 역시 범인(凡人)임을 알게 된다. 《카라마조프 씨네 형제들》의 이반 카라마조프는 라스콜니코프보다도 못했다. 자기가 직접 저지르지도 않은 살인 때문에 무너졌다.

아마 도스토옙스키가 사람을 죽여본 적이 없어서 그런 글을 쓸 수밖에 없었던 것 같다. 아무리 대문호라 한들, 살인자에게도 일상이 찾아온다는 진리는 알 수 없었을 테니.

'아라비아의 로런스'라고 불렸던 T. E. 로런스는 영국의 그리스어 교수들보다 자신이《오디세이아》를 더 잘 이해하고, 더 잘 번역할 수 있다고 주장했다. 대부분의 그리스어 교수들은 사람을 죽여본 적이 없기 때문에.

어쩌면 도스토옙스키는 그런 이야기를 쓰기에 가장 부적합한 인간이었을지도 모른다. 그는 총살형을 당하기 직전에 황제의 특사로 살아났고, 이후 기독교적 정열에 사로잡혔다. 그는 구원을 거의 경험했다. 그런 사람은 신이 없다는 사실을 받아들이기 어렵다.

나는 라스콜니코프의 거울상이다. 나는 내가 보통 사람이라고 생각했다. 그리고 계획 없이 살인을 저지른 뒤 라스콜니코프가 그토록 되고 싶어 했던 비범인이 되었다. 원치 않게, 서서히.

그리고 나는 내가 무엇을 상대하고 있는지 명확히 인식하게 되었다. 그건 신이나 양심이나 내면의 목소리 따위가 아니었다. 멀어지는 사이렌 소리나 경찰 마크나 형사 한두 명도 아니었다.

내가 상대해야 하는 것은 이 사회의 형사사법시스템이었다.

4.

"……그래서 수사본부가 차려졌는데 내가 막내였어."

정철희가 말했다. 차는 여전히 가다 서다를 반복하는 중이었다. 이제 겨우 한남대교 북단에 이르렀다.

"그런데요?"

"그때 피해자의 대학 선배 한 사람이 조사를 받으러 왔거든. 그런데 오른손에 붕대를 감고 있더라고. 원래 전문 칼잡이가 아닌 사람이 칼로 사람을 찔러 죽이려 하다 보면 자기 손에도 상처가 남잖아. 그래서 그 녀석한테 붕대는 왜 감았느냐고 물으니까 대답을 안 하더라고. 수상하지. 뭐, 그런데 이 녀석이 말투도 아주 건방진 데다 여간 뻰대는 게 아닌 거야. 뭘 물어도 대답하기가 싫대. 우리는 이거 긴급체포를 해야 하나 말아야 하나 고민하고 있는데 그 녀석은 자기 형이 무슨 법무법인 변호사라면서 빨리 풀어주지 않으면 짭새들 다 고발하겠다 어쩌고 그러더라고. 그 말을 듣고 화딱지가 나서 내가 뭐, 그 녀석 따귀를 때렸어."

"네? 그래서 어떻게 됐나요?"

"난리가 났지. 그 녀석 형이 진짜로 변호사더라고. 뻥인 줄 알았는데.

내가 정말 존경하는 팀장님이 있었는데, 그 팀장님이랑 나랑 그 녀석 집까지 찾아가서 그 집 부모님께 사흘 동안 싹싹 빌어서 간신히 묻었어."

"아이고, 아이고." 연지혜가 탄식했다.

"뭐, 그 집에서 고발 안 하겠다는 약속을 받고 서로 돌아오는데 팀장님이 차에서 말씀하시더라고. 철희야, 너는 네가 혼자서 범인을 잡는다고 생각하느냐고."

"……."

"팀장님 말씀이, 아니라는 거야. 범인은 경찰 조직 전체가 함께 잡는 거지, 형사 하나가 잡는 게 아니라고. 사건이 나면 신고를 받는 사람이 있고, 현장에 나가서 증거를 수집하는 사람이 있고, 그 증거를 분석하는 사람도 있고, 목격자 찾아다니면서 진술 받는 사람도 있고, 용의자 몽타주를 그리는 사람도 있고, 수배 전단을 전국 곳곳에 붙이는 사람도 있다, 그 모든 사람들이 힘을 합해서 범인을 잡는 거다, 그러시더라고.

뭐, 말하자면 이게 하나의 시스템이라는 거지, 수사시스템. 그리고 그 시스템은 더 큰 시스템의 한 부분인 거야. 경찰은 수사를 하고, 검찰은 기소를 하고, 법원은 재판을 하고, 교도소에서 범인을 가두고 벌을 주지. 뭐, 이건 형사사법시스템이라고 불러야 하나? 그 큰 시스템을 생각해보라고. 형사는 결코 범인을 잡아 응징하고 정의를 세우는 사람이 아니야. 그런 사람은 아무도 없어. 그 일을 하는 건 커다란 시스템이고, 사람들은 거기서 자기가 맡은 역할만 할 뿐이지. 형사도 그중 한 사람이고."

"하지만……."

"그 큰 시스템 전체에서 형사 한 사람의 역할을 보면, 크다면 크고 작다면 작은 거지. 이게 우스운 게, 괜찮은 형사의 영향력은 작아. 무능한 형사의 영향력도 크지 않아. 그런데 나쁜 형사의 영향력은 커."

"네?"

"어느 형사가 제 할 일을 잘해서 그 팀이 범인을 잡는다, 그래서 검사가 기소하고 판사가 유죄 때리고 범인이 감옥에 간다, 그러면 그걸로 끝이지. 부품들이 제대로 굴러간 거야. 어느 형사가 게을러서 자기 할 일을 안 한다, 또는 무능해서 제 일을 잘 못한다, 이건 시스템에 치명적인 악영향을 미치지 않아. 뭐, 이 시스템에는 보완 장치들이 있으니까. 그 형사가 증거를 제대로 수집하지 못하거나 목격자 진술을 제대로 받지 못해도, 다른 사람이 그 일을 하면 돼. 어디 나사가 좀 삐걱거리거나 벨트가 느슨해진 정도야.

그런데 어느 형사가 증거를 조작했다거나 증인을 협박했다면? 그러면 관련 증거를 전부 못 쓰게 돼. 최악의 경우에는 진범을 잡아놓고도 풀어줘야 할 수도 있어. 볼트 조각이 부러져서 다른 톱니 사이에 끼면 기계장치 전체가 멈춰버릴 수도 있는 거지. 다른 부품들도 못 쓰게 만들어버릴 수도 있겠고. 바꿔 말하면, 우리 형사사법시스템은 나쁜 형사에 취약해. 그러니까 이 시스템에 몸담은 사람이 제일 중요하게 생각해야 할 점은, 나쁜 부품이 되면 안 된다는 거야. 차라리 헐렁하고 게으른 게 나아."

어쩐지 궤변 같기도 하고, 이전에는 미처 생각해보지 못했던 관점이라 연지혜는 한동안 말이 없었다.

연지혜는 가짜 석유 사건을 수사하며 들은 다른 궤변에 대해 생각했다.

수사 능력이란 한 종류가 아니다. 어떤 형사는 범인의 심리를 잘 읽는다. 어떤 형사는 물증을 놓치지 않는다. 어떤 형사는 잠복을 잘한다. 어떤 형사는 절도 사건을 잘 해결하고, 어떤 형사는 소년범들과 금방 친해진다.

연지혜의 재능은 대화였다. 선배들은 참고인이나 피의자들이 연지혜 앞에서는 길게 이야기를 하는 모습을 보고 놀라워했다. 그들이 왜 자기 앞에서 길게 이야기를 하는지는 연지혜 자신도 잘 몰랐다. 그냥 남자 형사보다 여자 형사 앞에서 말이 많아지는 것일 수도 있었다. 연지혜가 욕설을 하지 않고, 피의자들에게 가끔 정말 안됐다는 표정으로 쓸쓸한 미소를 지어주기 때문일 수도 있었다.

가짜 석유를 팔던 주유소 사장은 뺀질거리는 인간이었다. 이틀 동안이나 연지혜에게 이런저런 말도 안 되는 변명을 하다 하다 마지막에 한 얘기가 '가짜 석유를 파는 게 정말 그렇게 비난받을 일이냐'는 것이었다.

"그래요, 저희가 동남아산 경유를 몰래 들여와서 국산 경유를 섞어서 가짜 석유를 만들었습니다. 그런데 동남아에서는 그 동남아산 경유가 합법이다, 이거예요. 거기 자동차들은 그 경유를 써요. 그게 왜 한국에서는 문제가 됩니까? 세금을 안 냈으니까 죄과는 치르겠는데, 저희들이 누굴 다치게 한 건 아니지 않습니까." 주유소 사장이 말했다.

"질 낮은 가짜 석유를 쓰다 보면 자동차가 쉽게 고장이 나고 수명도 줄어들잖아요. 그만큼 국민 안전을 위협하신 거죠." 연지혜가 대꾸했다.

"그러면 동남아에서는 이게 왜 허용되는 거예요? 동남아 차가 더 튼튼한 것도 아니잖아요? 아니면 동남아는 사람값이 더 싼 건가요? 형사님, 그런 식으로 따지면 아예 자동차를 만드는 사람들을 다 잡아야 하는 거 아닙니까? 자동차라는 게 굴러다니는 한 교통사고가 나기 마련인 거 아닌가요. 국민 안전을 그렇게 걱정한다면 아예 자동차를 만들지 말아야 하는 거죠."

대꾸는 하지 않았지만 일리 있는 얘기라고 연지혜는 속으로 생각했다. 한국에서 한 해에 교통사고로 사망하는 사람은 3000명에 가깝다. 매일 일곱 명 이상 숨진다. 연지혜가 처음 경찰이 됐을 때만 해도 연간 교통사고 사망자 수가 6000명이 넘었다. 만약 교통사고가 질병이고 자동차가 감염원이라면 정부는 전 국민이 자동차라는 물건에 손도 대지 못하게 할 거다. 그리고 분명히 가짜 석유의 해악이 자동차의 해악보다는 적다.

만약 정말로 한 인간의 생명이 무한히 가치 있는 것이라면, 세상 무엇보다도 소중하다면, 우리는 자동차를 금지해야 한다. 우리는 석면이 들어간 건물을 철거하고 라돈이 들어간 침대를 폐기한다. 사람의 생명에 영향을 미칠 가능성만으로도 수십 수백 가지 화학물질에 대해 엄격한 규제를 만든다. 그러나 자동차에 대해서는 관대하다. 자동차가 주는 편익과 1년에 수천 명 규모의 인명 중에 현대사회는 명백히 전자를 택했다.

그것이 우리 사회가 추구하는 가치이며, 형사사법시스템은 그 가치를 수호한다. 현대사회가 추구하는 가치는 대체로 정의롭고 또 인간의 생명도 중시하는 편이지만, 정의와 인명이 전부인 것은 아니며 늘 그것들을 최우선으로 여기는 것도 아니다.

가짜 석유 제조와 유통 범죄의 피해자는 그걸 사서 쓴 자동차 운전자들이라기보다는, 국가 자체라고 연지혜는 생각했다. 정유사와 주유소가 제대로 석유제품을 팔았을 때 걷을 수 있는 세금을 얻지 못한 것이 국가가 입은 피해다. 그리고 세금을 제대로 내지 않는 것, 가짜 석유를 파는 것이 범죄인 이유는 국가가 그것을 범죄로 정했기 때문이다. 다른 이유는 부차적이다.

강력범죄수사대에 오면 더 나쁜 놈들을 잡을 수 있을 줄 알았는데.

차가 천천히 앞으로 나아갔다.

"반장님이 때린 남자는 범인이 아니었나요?" 연지혜가 물었다.

"DNA를 채취했는데 아니더라고. 알리바이도 있었고. 손의 상처는 과일 깎다가 난 거라는데 더 확인할 수는 없었고." 정철희가 말했다.

"범인 잡았나요, 그 사건?"

"아니, 못 잡았어. 시신에서 정액도 나왔고 용의자 CCTV 사진도 있었거든. 방송에서 공개 수배까지 했어. 그런데 범인을 못 잡았어."

"DNA도 있고, 사진도 있는데 범인을 못 잡았다고요?"

"응. 황당하지? 요즘 같으면 며칠이면 잡을 텐데. 그 사건 그때 꽤 유명했어. 뭐, 신촌 여대생 살인사건이라고 검색하면 기사 많이 나올 거야."

5.

자수는 비굴하고 부정직한 타협 같다.

나는 범죄 뉴스와 사건 재연 프로그램들을 유심히 본다. 경찰들이 요즘 어떻게 수사하는지 알고 싶어서다. 모니터 속 범인들은 경찰서나 재판정에서 잘못을 뉘우치며 눈물을 흘린다. 기자와 내레이터는 그걸 '뒤늦은 참회'라고 표현한다.

그런데 그들이 진짜 뉘우치는 게 맞나? 그러면 왜 붙잡히기 전까지는 뻔뻔하게 잘 살다가 달아날 구석이 없어지니까 그때서야 머리를 떨구고 "죽을죄를 졌다"고 말하는 걸까? 카메라 앞에서 "죽을죄를 졌다, 죽여주세요" 하고 말하는 자들은 왜 체포되기 전까지는 자기 힘으로 목숨을 끊지 않은 건가? 기회는 얼마든지 있었을 텐데.

그런데도 판사들은 피고가 깊이 반성하고 있다며 형을 깎아주기도 하고, 반대로 반성의 빛이 보이지 않는다며 형량을 높이기도 한다. 그러니 만약 어느 죄인이 정말로 자기 죄를 뉘우친다면, 재판장에서 아주 뻔뻔하게 죄를 인정하지 않아야 한다. 그래야 바라던 대로 중벌을 받을 테니까.

나는 심신미약을 주장하고 싶지 않다. 칼을 집어 들었을 때에도, 처음 그 칼을 상대의 가슴에 찌를 때에도 내가 무슨 일을 하는지 알고 있었다. 나는 심장을 노렸다. 상대를 죽이고 싶었고, 죽여야겠다, 아니 죽여야 한다고 생각했다. 두 번째로 칼을 꽂을 때에는 그것이 상대의 숨을 끊을 결정타임을 알고 있었다.

아마 더 현명한 해결책은 분명히 있었을 거다. 그러나 그 순간으로 돌아가 아무 일도 하지 않는 것과 칼을 집어 드는 것 둘 중 하나를 고르라고 한다면 망설임 없이 후자를 선택하겠다.

전과 없는 사람이 우발적으로 저지른 살인사건에서 이해가 갈 만한 범행 동기 같은 감경(減輕) 요소가 없을 때의 일반적인 형량: 10~16년.

내가 반성하지 않는다고 말한다면 형량은 높아진다. 무기징역을 받을 수도 있다. 그것은 부당하고, 그런 심판에 맞서야 한다고 나는 느낀다.

나는 살인을 저질렀다고 인정한다. 상대를 죽이겠다는 명백한 의도가 있었음을 인정하고, 심신미약을 주장하지 않는다. 그럼에도 불구하고 그 벌로 1~2년형을 받으면 충분하다고 생각한다. 이 사회의 형사사법시스템은 이런 견해를 인정하지 않을 텐데, 나는 그 시스템에 큰 오류가 있다고 느낀다.

22년 동안 유쾌하게 살았다는 얘기는 아니다. 저지른 일이 발각되어 체포되지 않을까 하는 두려움은 22년 내내 굉장한 스트레스였다.

내 미래는 거의 사라진 셈이었다. 남들의 이목을 끌 수 있는 자리에 오르고 싶다는 욕심은 버려야 했다. 살인자 주제에 소위 말하는 빛나고 명예로운 자리에 있으면서 존경받을 만한 인간인 것처럼 행세할 수 있을 정도로 내가 파렴치하지도 못하다.

가끔씩 신으로부터, 인간 사회로부터 버림받고 추방되었다는 고립감 때문에 견딜 수 없이 괴로웠다. 차라리 내 발로 경찰서로 걸어가 자수하고 성직자와 교도관들의 따뜻한 품에 안기고 싶었다. 전과자라고 멸시받으며 사는 편이 지금 내 삶보다 훨씬 더 편안할 거다.

라스콜니코프는 거기에 굴복했다. 도스토옙스키는《죄와 벌》에서 '빠져나갈 길 없는 음울한 고독 속에 갇힌 것만 같은 느낌'이라든가 '병적이고 고통스러운 불안감' 같은 표현으로 살인자의 심리를 묘사했다. 라스콜니코프는 번민을 감당하지 못해 소냐에게 털어놓기까지 한다.

《죄와 벌》의 주인공은 회개해서 자수하는 게 아니다. 교도소 생활보다 못한 긴장 상태를 견디지 못한 나머지 평온한 감옥을 택하는 것이다.《죄와 벌》의 이야기가 끝날 때까지 그는 소냐가 준 복음서를 펼치지 않는다. 자신 역시 소냐의 신념을 가질 수 있겠다는 생각이 그의 머리를 스칠 뿐.

나도 라스콜니코프처럼 신열에 시달렸고 몇 번이나 자수를 결심했다. 하지만 이번 주가 지나기 전에 가겠다, 혹은 이번 주까지만 버텨보겠다는 식으로 이런저런 다짐만 했지, 어느 쪽이든 실천에 옮기지는 않았다. 내 곁에 매춘부 소냐나 예심판사 포르피리 같은 지인이 있었다면 어땠을지 모르겠다.

6.

"오늘 누구 더 진술 받을 사람 없지? 뭐, 연 형사도 별일 없으면 그만 들어가봐."

서울경찰청으로 돌아오자마자 정철희가 그렇게 말하는 바람에 연지혜는 깜짝 놀랐다. 아직 오후 5시도 채 되지 않은 시각이었다. 정철희가 밤샘 수사를 하지 않는 반장으로 유명하기는 했지만 강력팀 형사에게 오후 5시 이전 퇴근은 상당한 파격이었다.

"이 시간에 사무실에 있어봐야 시간 죽이는 일밖에 안 될 텐데 그럴 필요가 뭐 있어. 밖에 나가서 한 사람이라도 더 만나. 다음 주에 아이템 회의 하는 거 알지?"

"네!"

자기도 모르게 목소리에 기합이 실렸다. 준비한 게 하나도 없기 때문이다. 정철희가 그런 연지혜를 쳐다보고는 한쪽 입꼬리를 올렸는데, 그러자 바로 그 특유의 사람 깔보는 표정이 나왔다.

"우렁차게 대답하는 걸 보니 대단한 걸 내놓을 모양이네. 기대할게."

연지혜는 "아이고, 아이고"라고 혼잣말 아닌 혼잣말을 하며 짐을 챙겼다. 도무지 빈틈이라고는 없어 보이는 정철희 반장 같은 사람도 22년 전에는 대형 사고를 치고 그걸 혼자 수습하지도 못해서 쩔쩔 맸다는 사실이 한 조각 위안이…… 그다지 되지는 않았다.

강력범죄수사대에 온 지 이제 겨우 두 달이 된 연지혜에게 수사 아이템 회의는 낯선 부담이었다. 일선 경찰서 형사들도 사건이 없으면 스트레스를 받기는 한다. 실적 부담에 시달리느니 바쁜 게 낫다고 말하는 사람도 있다.

노련한 형사들은 그런 때를 대비해 첩보를 몇 개씩 꿍쳐둔다. 그러다 사무실에 앉아 있는 게 눈치가 보이는 시기가 되면 밖에 나가 "전에 얘기했던 거, 그거 다시 한번 말씀해주시죠"라고 인지수사를 개시한다. 수사 참고인이 "전에도 비슷한 일이 있었는데……"라며 들려준 경험담일 수도 있고, 과거 사건의 피해자가 "정확히는 모르겠는데 왠지 수상해서……"라며 해온 제보일 수도 있다. 유흥업소 종사자와 잡범들을 정보원으로 관리하며 뒷골목 소식을 꾸준히 챙기는 형사도 있다. 그런 정보원을 경찰 용어로는 '망원'이라고 부른다.

그런 일들에 연지혜는 다 서툴렀다. 전과자들을 만나 소주잔을 기울이며 사정을 들어주는 척하고 어울리고 같이 웃는 일은 도저히 성미에 맞지 않았다. 그런 인간들과 보내는 시간 자체가 아까웠고, 그 앞에서 아쉬운 표정을 짓거나 머리를 숙여야 하는 상황도 싫었다. 사람들과 대화를 잘하고 말을 길게 이끌어낸다는 특기가 있다고 알려진 형사의 묘한 속내였다.

그녀를 만나 길게 이야기를 늘어놓은 사건 참고인이나 피해자로 만난 사람들도 이후로는 그녀에게 잘 연락을 해오지 않았다. '젊은 여자 형사라고 무시하는 거지. 믿을 만하지 않다고.' 연지혜는 툴툴거렸다.

그러나 가슴 깊은 곳에서는 그게 전부가 아님을 알고 있었다. 다른 사람들도 그렇게 길게 자기 이야기를 쏟아낸 다음 눈치채는 것이다. 그녀가 다른 사람에게 대단한 관심이 없으며, 자기 마음을 절대로 활짝 열지 않는다는 사실을. 그게 연지혜의 일 처리가 늘 깔끔한 비결임을.

다행인지 불행인지, 일선 경찰서에서는 그런 문제를 고민할 정도로 한가한 시간이 별로 없다. 게다가 연지혜가 주로 경력을 쌓은 마약팀에서는 새 사건을 시작하는 방법도 간단했다. 조건만남 채팅 앱이나 SNS에서 함정수사를 벌이면 됐다.

강력범죄수사대에서 일하는 방식은 완전히 달랐다. 강력범죄수사대는 자잘한 고소 고발 사건이나 일반 신고 사건이 아니라 강력 사건, 그 중에서도 굵직한 건을 찾아서 수사한다는 사실은 연지혜도 당연히 알고 있었다. 처음에는 그걸 '관심 있는 사안을 차분히 자유롭게 살펴볼 수 있다'는 뜻으로 착각했다. 그런 오해는 강력범죄수사대에 발령받은 지 한 달도 안 돼 버리게 됐다.

서울경찰청 강력범죄수사대에는 지원팀 인력을 제외하고 형사가 아흔 명가량 있다. 수사는 보통 반장을 포함해 형사 다섯 명으로 구성되는 반(班) 단위로 한다. 실적을 내지 못하는 반은 바로 해체되고, 소속 형사들은 경찰서로 돌아간다. 관심 있는 사안을 차분히 자유롭게 살피기는 커녕, 쫓겨날까 봐 늘 뒷골이 당기는 상태다. 강력범죄수사대에서 근무했다는 것, 그리고 거기서 몇 년을 버텼다는 것은 한국 형사들에게 큰 자랑거리였다.

범죄 혐의가 있어 보인다고 아무 사안이나 회의에서 내놓을 수도 없었다. 연지혜는 팀의 선배인 박태웅 형사에게 "큰 건의 기준이라는 게 뭐예요? 어느 수준 이상이어야 아이템 회의를 통과하는 거예요?"라고 물어본 적이 있었다.

"글쎄, 사안마다 다르긴 하지만……. 예를 들어서 불법 도박 사이트인데 규모가 3000억 원 정도다, 그런 건 안 하지." 박태웅이 대답했다.

"네?" 연지혜는 깜짝 놀랐다.

"3000억 원이면 그냥 일선 서에서 하면 되잖아?"

"그러면 도박 사이트 같으면 어느 정도여야 우리가 수사하는 건가요?"

"뭐 규모가 1조 원쯤 되고, 조폭도 껴 있고, 본진은 태국에 있고, 그쯤 되면 구미가 당기지."

강력범죄수사대 강력범죄수사1계 강력1팀 1반 사무실은 서울경찰청 1층 후문 가장 가까이에 있다. 그 후문으로 나와 북쪽으로 10분쯤 쭉 올라가면 신한은행 효자동지점이 나온다. 은행을 끼고 왼쪽으로 돌아 주택가로 들어서서 다시 10분쯤 골목을 걸으면 연지혜가 사는 단독주택이다. 사무실 책상에서 거실 소파까지 걸어서 딱 20분이다.

집을 계약할 때에는 룸메이트가 있었다. 중앙경찰학교에서 생활실을 함께 썼던 동기였다. 당시에는 서울경찰청 홍보담당관실에서 일하고 있었다.

중앙경찰학교에서는 여덟 명이 한방을 썼는데, 그중에 성격 이상한 한 명을 제외한 나머지 일곱 명과는 여전히 친자매처럼 지낸다. 연지혜가 강력범죄수사대로 발령을 받았을 때 홍보담당관실에서 일하던 동기가 시경 근처의 집을 같이 빌리지 않겠느냐고 제안해왔다. 그 친구는 당시 신도림의 오피스텔에 살았는데, 전세 계약 기간이 끝나간다고 했다.

나쁘지 않은 제안이었다. 사무실 근처에 살면서 걸어서 출퇴근한다면 음주 운전을 할 일도 없고 몸도 훨씬 덜 피곤할 터였다.

"어디 봐둔 데라도 있어?"

연지혜가 묻자 동기는 "요즘 서촌이 그렇게 핫하다던데……"라며 말을 흐렸다. 알고 보니 그 친구는 몇 년 전부터 서촌 주민이 되겠다는 꿈을 품고 통인동과 옥인동 일대 주택들에 눈독을 들여온 참이었다. 아파트와 오피스텔에서만 살았고 '뜨는 동네'에 대한 관심도 없었던 연지혜는 처음에는 반신반의했다. 그러나 동기를 따라 서촌을 한 바퀴 둘러보고 그 동네와 즉시 사랑에 빠졌다.

운치 있는 카페나 개성적인 가게들 때문이 아니었다. 서울 한복판인데도 오래된 시골 같은 느낌, 조용하고 고즈넉한 분위기가 마음에 들었다. 하루도 머문 적이 없는 장소인데도 고향에 온 것 같은 기분이었다. 홀린 듯이 계약을 하고 이사를 왔다. 단독주택의 불편함은 뒤늦게 깨달았다.

게다가 그 동기가 곧 집을 떠나버렸다. 경기남부지방경찰청에서 여성 기동대를 새로 창설하자마자 그리로 발령이 난 것이다. 집회와 시위 건수는 폭증하는데 의무경찰 제도가 폐지되면서 어느 지방청에서나 기동대 인력을 확보하느라 난리였다. 특히 경기 남부 지역은 인구 자체가 서울보다도 많아졌다. 일선 경찰서에서도 사람이 없다고 비명을 지르고 있었다.

여성 경찰들은 대부분 기동대 근무가 의무였다. 집회 현장에서 폴리스라인 앞에 설 여경이 꼭 필요했기 때문이다. 서울 도심에서 대형 시위가 발생하면 전국 여성 기동대원들이 다 출동했다.

동기가 떠나면서 월세는 고스란히 연지혜의 몫이 되었다. 솔직히 혼자 살기에 넓은 집이고, 월세 부담도 크다. 그러나 직장 근처에서 혼자 사는 것이 너무 만족스러워 새 룸메이트를 구하지는 않았다. 동기는 자기 몫의 보증금을 돌려받는 것은 재계약 때까지 기다려주겠다고 했다. 재계약 때가 되면 집을 비워주고 이사를 가야 할 거라고 연지혜도 각오하고 있었다.

연지혜는 옷을 갈아입고 거실에 앉아 괜히 다리를 한참 주무르다가 휴대전화를 집어 들었다.

사건 아이템을 어디서 구한다?

연지혜는 소파에 누운 채 휴대폰의 주소록을 살폈다. 제일 쉽게 연락할 수 있는 건 한 팀에서 일했던 동료 형사들이다.

"선배님! 연지혭니다. 충성! 잘 지내시죠? 선배 지금 잠깐 통화 괜찮으세요? 저희 마지막에 뵀던 게 언제죠? 재작년이었던가?"

"이진호 형사님, 나 기억해? 지혜 누나다. 어이구, 목소리는 여전히 포스 있네. 내가 혹시 방해하는 건 아니지? 뭐, 승진 시험? 야, 잠깐이면 돼."

"서현! 잘 있지? 지금 잠깐 시간 돼? 최 선배는 잘 있어? 엊그제 뉴스 보는데 우리 기동대 시절 생각나서 짠하더라. 왜 이렇게 바뀌는 게 없냐."

옛 동료들에게 전화를 건 이유는 제보를 받기 위해서였다. 뭔가 수상하다, 미심쩍다는 감은 오지만 밀려드는 당직 사건을 처리하느라 여력이 없어 자세히 조사해볼 수 없었던 현장들, 사람들이 있으면 알려달라는 내용이었다.

전화를 받은 동료들은 반가워하며 연지혜의 안부를 묻고 지인들의 근황을 이야기했다. 언제 만나서 밥 먹자고 기약 없는 다짐도 했다. 그러나 쓸 만한 아이템을 말하는 이는 없었다. "이런 게 있었는데 혹시 도움이 될까?"라며 꺼낸 이야기가 몇 건 있긴 했지만 모두 너무 막연하거나 사소했다.

'그래도 다들 반겨주는 게 어디야'라고 생각하며 연지혜는 전화를 끊었다. '아쉬울 때만 연락하는 거냐'라는 핀잔을 들을 각오도 했던 것이다. "주변에도 물어보고 좀 찾아볼게"라고 말하는 이도 있었지만 연지혜는 큰 기대는 하지 않았다.

다음으로는 전과자들에게 전화를 걸었다. 수사하면서 용의자나 참고인 신분으로 만났던 이들이다. 이자들과의 통화는 훨씬 불편하고 또 불쾌했다. 새로 수사하는 사건에 자신이 연루된 줄 알고 긴장하며 전화를 받는 이들도 있었고, 손 씻고 마음 바로잡고 사는데 경찰에서 자꾸 연락이 온다며 짜증을 내는 자도 있었다.

연지혜는 전자이건 후자이건 그들이 갱생했으리라고는 생각지 않았다. 형사를 하다 보면 누구나 알게 된다. 강력범이라도 격정을 못 이겨 충동적으로 범행을 저지른 사람은 백 명에 한 명 꼴로 정말로 회개하고 새사람으로 거듭나는 경우가 있다. 그러나 계획범죄를 저지른 자들, 뒷골목 물정에 밝은 자들이 마음을 고쳐먹을 가능성은 낙타가 바늘구멍을 통과할 확률보다 낮다. 얼마간은 사회 탓이기도 하겠지, 물론. 충분히 영리한 자들인데 전과자라는 핸디캡을 진 상태에서 사회에서 얻을 수 있는 합법적 기회는 매우 적고 내용도 보잘것없으니까.

겁을 먹었던 자도, 화를 냈던 자도, 연지혜의 용건이 새로운 사건을 찾는 것임을 알게 된 순간 목소리가 확 바뀌었다. '그건 내 알 바 아니지'라고 태도를 전환하는 게 바로 느껴진다. 그때부터 연지혜의 목소리는 저자세가 되어갔다. 상대방은 그 순간 주도권이 누구에게 있는지 즉각 알아차렸다.

전직 사기꾼 하나는 통화를 마치면서 나긋나긋한 목소리로 이렇게 말했다.

"그래요, 지혜 씨. 나중에 언제 한번 만나서 얘기해요. 희미하게 떠오르는 게 몇 건 있는데 나도 좀 알아보고 연락드릴게요. 건강하시고요."

뭐, 지혜 씨?

연지혜는 "아이고, 아이고, 네"라고 말하며 전화를 끊었다. 월급 받는 만큼만 일하면 된다, 일에 감정을 섞지 말자고 자주 다짐했지만 잘 지켜지지 않았다.

그냥 오늘은 이걸로 접고 집에서 맥주나 마실까?

전과자들 다음은 더 전화를 걸기 어려운 상대들 차례였다. 연지혜는 전화기를 한참이나 만지작거렸다.

전직 수사관들.

조직에서 쫓겨난 옛 동료들이야말로 훌륭한 정보원이라는 조언을 선배들로부터 몇 번 들은 터였다. 보안업계든 유흥업계든, 옷을 벗은 경찰들은 범죄와 관련이 있는 곳으로 갈 확률이 높으니까. 수사에 대한 감도 남다를 터이고.

연지혜가 함께 근무했던 수사관 중에도 최근 몇 년 사이에 파면당한 사람이 셋이나 있었다. 음주 운전으로 잘린 선배도 있었고, 고향 어르신으로부터 지인이 지명수배를 당했는지 알려달라는 요청을 받고 응했다가 들통나 파면된 사람도 있었다. 이후에 술과 식사 대접까지 받았던 것이다. 삼겹살 2인분과 소주 반병을. 자신이 검거한 절도범이 아이 병원비가 없다며 사정하는 통에 장물을 대신 팔아주려고 나섰다가 붙잡힌 젊은 경관도 있었다.

15분이 넘게 끙끙 앓다가 지구대에서 근무하던 시절 조장이었던 선배에게 마침내 전화를 걸었다. 지난해 음주 운전 사고를 내는 바람에 옷을 벗은 이다.

"선배님, 잘 지내시죠? 저 연지혜입니다……."

"어어, 연 형사……."

어색하게 5분 정도 대화를 나눴지만 상대는 도통 자기 근황을 말하려 하지 않았다. 수사 아이템 이야기는 꺼내지도 못했다. 전화를 끊을 때쯤 혹시 자신이 일자리를 소개해주려 연락했다고 상대가 오해한 게 아닌가 하는 생각이 머리를 스쳤다.

7.

살인 이후 내 인격이 셋으로 나뉘었다는 생각을 자주 한다. 다중인격 장애에 걸렸다는 말은 아니고, 비유적인 의미에서.

세 종류의 상태라든가 역할이라고 해도 괜찮을 것 같지만, 나는 인격이라는 단어를 선호한다. 세 마음이 각자 살아서 독립적인 의지를 지닌 것처럼 느껴지기 때문이다.

그 세 인격에는 그들이 탄생한 순서에 따라 각각 로쟈, 지하인, 스타브로긴이라는 이름을 붙였다.

로쟈: 《죄와 벌》에서 라스콜니코프의 애칭.

지하인: 《지하로부터의 수기》에 나오는 이름 없는 화자에 대해 사람들이 붙인 호칭.

스타브로긴: 《악령》의 주인공.

가장 먼저 태어난 로쟈는 혼란스러워하는 자아다. 그는 내가 행한 살인에 정당성이 다소 있었다고 인정한다. 그러나 한편으로는 그날 상대의 집에 가지 않았더라면 얼마나 좋았을까 속으로 탄식하며 가슴을 치고 한숨을 쉰다.

내 안의 로쟈는 불안과 긴장을 견디기 힘들어한다. 경찰서에 출두한다는 유혹에 흔들리는 것도 그다. 그는 종종 밤에 잠을 이루지 못한다. 새벽에 깨어 침대에서 몸부림치고 벽을 손가락으로 긁고 제 뺨을 세게 때리기도 한다. 오래도록 거실을 거닐며 살인을 저지르지 않은 인생을 사는 나를 상상한다.

우울증 약을 10년 넘게 복용하고 있는 것도 로쟈다. 늘 쫓기고 있다는 생각을 떨쳐버리지 못하지만 이상하게도 불안장애 증세는 없다. 정신과에서는 사연을 설명하지 않고 그냥 약만 처방받아 온다. "예전에 억울한 일을 당했다"고만 말한다. 그 말은 진실이다.

(우울증 약으로는 렉사프로를 처방받는다. 렉사프로의 부작용 중 하나는 몸에서 나오는 분비물이 줄어든다는 것이다. 덕분에 나는 안구건조증과 입 마름 현상에 시달린다. 그래서 나는 늘 일회용 인공눈물 캡슐을 들고 다니며, 수시로 그걸 점안한다.)

고층아파트에서 살 때 로쟈는 베란다 문을 열고 뛰어내릴 결심을 한 적이 여러 번 있다. 도로를 건널 때면 트럭이 덮쳐오기를 은밀히 소망한다. 주변 사람들은 내가 늘 어딘지 슬픈 표정을 짓는다고 하는데, 그것도 로쟈 때문이다.

그는 심약하지만 가장 상식적이기에, 내 일상 활동 상당 부분을 수행하는 가면이기도 하다. 그의 소심한 연기 덕분에 내가 여태까지 붙잡히지 않은 것인지도 모른다.

내 안의 지하인은 생존 욕구와 자기합리화에서 나온 존재다. 그는 뻔뻔하고 당당하다. 끊임없이 과거의 살인을 합리화하는 변명을 만들어 낸다.

지하인은 내가 누구에게도 미안해하지 않아도 된다고도 주장한다. 내가 미안해해야 할 사람은 살인사건의 피해자 한 사람인데, 그 사람은 이미 사망했고 세상에 존재하지 않는다. 유족 역시 다 죽을 때까지 기다리면 된다고 한다.

사랑하는 이를 병이나 천재지변으로 떠나보내는 것과 살인사건으로 잃는 것은 모두 같은 손실이다. 그런데 사람들이 느끼는 정의감은 매우 부조리해서, 그 죽음의 배후에 다른 인간이 있느냐 없느냐에 따라 반응이 판이하게 달라진다. 하지만 내가 처벌된다고 해서 그들의 손실이 보상되는 것도 아니고, 그들의 분노가 가시지도 않을 거다. 그렇다면 나를 벌주기보다 그들이 관점을 달리하는 게 더 생산적인 일 아니겠느냐고 지하인은 궤변을 펼친다.

내 안의 로쟈와 지하인이 앙숙일 거라 생각할지도 모르겠지만, 마음 깊은 곳에서 그들은 연합하는 관계다. 지하인이 살인을 합리화하는 정교한 이론을 만들어주기를 로쟈는 진심으로 바란다.

지하인은 행동하는 자아이기도 하다. 그는 자수나 자살에 강력히 반대하고 여러 가지 도주 계획을 세운다. 지하인이 준비한 계획 중에는 제법 쓸 만한 것들도 있다. 가짜 여권을 구입하거나 암호화폐로 비자금을 조성하는 일 등등.

8.

"살짝 약한 것 같기도 하고…… 뭐, 다른 사람들 의견은 어때?"

정철희가 열의 없는 목소리로 말했다. 박태웅 형사가 막 대포차 유통 조직에 대한 첩보를 보고한 다음이었다. 서울경찰청 강력범죄수사대 강력범죄수사1계 강력1팀 1반 형사들은 사무실에서 예정대로 수사 아이템 회의를 하고 있었다.

박태웅은 큰 덩치에 짧은 머리를 하고 무뚝뚝한 인상이었는데 늘 뭔가를 꾹 참고 산다는 느낌이었다. 왼손 약지에는 아주 큰 자수정 반지를 끼고 다녔다. 그 반지를 볼 때마다 연지혜는 거기에 한 방 맞으면 엄청 아플 것 같다는 생각을 했다.

박태웅이 물어 온 첩보는 이랬다. 렌트카업체를 만들어서 중고차를 사들인 뒤 폐업을 하면서 이 차들을 대포차로 만들고 음성적으로 거래해온 형제 이야기였다. 문제는 그들이 거래한 양이 100대 수준에 불과하다는 것이었다. 렌트카업체를 만들었다가 폐업한 것은 세 차례였다.

"우리가 할 사이즈는 아닌 거 같은데요. 얼마 전에 경기랑 부산에서도 비슷한 사건 있었던 것 같고요."

오지섭 경위가 명쾌하게 말했다. 늘 밝고 경쾌하고 꾀돌이 느낌이 나는 실력파 형사로, 정철희 반장에 이어 1반의 2인자다. 열혈 스타일의 박태웅은 1, 2초 정도 눈을 감았다가 무섭게 부릅떴다. 얼굴이 좀 붉어진 것 같다. 오지섭은 상관없다는 분위기다.

"한번 인터넷으로 찾아봐."

정철희의 지시에 연지혜가 바로 휴대폰을 꺼내 기사를 검색했다. 오지섭의 말대로였다. 경기경찰청 강력범죄수사대와 부산경찰청 금융범죄수사대에서 대포차 유통 조직을 각각 검거했다. 경기청에서 적발한 조직은 대포차를 2700대 유통했고, 부산청에서 검거한 조직은 1500대를 유통했다.

"일단은 미뤄두자. 정 없으면 그거라도 해야지. 관련자 수사하다 보면 뭐가 나올지 모르고. 뭐, 오 형사는 가져온 거 있나?"

정철희가 오지섭에게 물었다. 정철희 옆에서 앉은 순서대로 시계 방향으로 돌아가면서 수사 아이템 후보를 발표하는 중이었다. 박태웅은 할 말은 있지만 참는다는 표정으로 물러났다.

"반장님, 혹시 폰파라치라고 들어보셨어요?"

오지섭이 특유의 자신만만한 미소를 지어 보이며 말했다.

"폰파라치? 그게 뭐야? 카파라치 같은 건가?"

정철희가 특유의 '전혀 궁금하지 않다'는 표정으로 되물었다.

"네, 비슷해요. 이것도 신고포상금 노리고 하는 건데요, 액수가 단위가 달라요. 교통법규 위반 신고는 삼천 원인가 그렇고, 쓰레기 무단 투기도 몇 만원 수준이거든요. 그것도 열심히 해서 한 달에 몇백만 원을 번다는 애들이 있잖아요. 그런데 이 폰파라치는 한 건에 많이 받으면 천만 원까지 받을 수 있어요."

듣던 형사들의 눈이 확 커졌다.

"그게 뭔데요?"

최의준 경사가 물었다. 팀 내 넘버 4, 연지혜의 사수다. 낙천적이고 농담을 잘한다. 각종 잡기에 능한데 특히 당구는 프로 대회에 나가도 될 수준이며, 팀 안에서 유일하게 골프를 칠 줄 안다. 오지섭과는 성격이 비슷해 잘 어울린다. 두 형사는 생김새는 다른데도 형제 같아 보이곤 한다. 그것도 아주 사이좋은.

"휴대폰을 살 때 통신사에서 보조금 주잖아. 이걸 얼마 이상 주면 불법이거든. 그런데 판매점에서는 그 법을 어기고 주는 경우가 많아. 경쟁이 과열이라서. 그걸 신고하면 이동통신사에서 보상금을 주는 거지. 그래서 꾼들이 어떻게 하느냐면 녹음기를 켜고 휴대폰 판매대리점을 돌아다녀. 그리고 새 폰을 살 것처럼 상담을 받으면서 보조금을 얼마나 줄 수 있는지 물어보는 거야. 그러다가 판매원이 공식 보조금 이상 얼마 줄 수 있다고 하면 그걸 받고 휴대폰을 사. 그러고 나서 그걸 신고해서 포상금을 받는 거지."

"그걸 우리가 수사하자는 겁니까?" 박태웅 형사가 물었다.

"아니. 거기에 조폭이 껴 있으니까 그걸 수사하자는 거지." 오지섭이 말했다.

"조폭이 껴 있어요?" 연지혜가 물었다.

"이게 어느 조폭의 새 수입원이라는 거야. 애들을 풀어서 전국 대도시를 다니면서 판매점에 가서 지원금을 많이 달라고 졸라. 그리고 그걸 신고하기도 하고, 더 악질적인 건 아예 조직원을 판매대리점에 알바로 취직을 시키는 거지. 판매대리점에서도 직원들에게 판매를 맡기고 인센티브로 급여를 지급하는 경우가 많거든. 그러면 그 가짜 알바가 한 달

정도 일하는 동안 조직원들이 거기에 가서 보상금을 한도 이상 받고 그걸 신고하고. 자기 친척이나 지인들 폰까지 거기서 다 사서 개통하고 신고해서 포상금 받고 폰은 중고로 팔고. 이 포상금 중 상당수는 대리점에서 부담해야 하지. 자기들 포상금 받으면서 남의 가게를 망하게 하는 거야. 아주 악질이라고."

"재밌네." 정철희가 말했다.

"섹시하죠? 기자들도 좋아할 겁니다." 오지섭이 설명했다.

"액수가 크지는 않은 거지?" 정철희가 물었다.

"액수는 몰라요. 그렇게 크지는 않을 거 같은데요. 그런데 이게 앞으로 점점 번질 우려가 있는 수법이에요. 이걸 수사하면 조기에 싹을 잘라낸다는 의미가 있는 거죠. 그리고 이런 사건은 아직 다른 청에서 수사하지 않았을걸요."

"좋아, 일단 올려놓고…… 최 형사는 뭘 준비해 왔나?"

최의준은 수첩을 보고 읽었다. 머리를 긁적이는 폼이 자신이 없는 분위기다. 서울시 지원을 받는 어느 사회적 협동조합이 기부받은 물품을 공금으로 구입한 것처럼 꾸며서 예산을 횡령한다는 첩보다. "첩보가 썩 믿을 만한 것 같지도 않고 규모도 너무 작아 보이는데"라고 정철희가 지적하자 최의준은 군말 없이 "네"라고 말했다.

"자, 우리 연 형사는?"

정철희가 묻자 연지혜는 침을 꿀떡 삼켰다.

"저, 동대문구 일대에서 노점상을 상대로 하는 불법 사채업자들이 있답니다. 청량리역이랑 경동시장 앞에 노점들 많잖아요. 거기 노점상들이랑 지하상가 상인들한테 50만 원, 100만 원씩 돈을 빌려주고 선이자를 뗀대요. 이자율이 1000퍼센트인 경우도 있다더라고요."

"일수를 한다는 건가?"

"네."

"그건 흔한 거잖아. 뭐, 장기를 매매한다거나 젊은 여자를 술집에 팔아버리거나 했다는 얘기도 있어?"

"그건 아직 모르겠는데요. 돈 안 갚은 여자들 유흥업소에 알선하고 그런 거는 찾아보면 나오지 않을까요?"

"찾지 말자."

정철희가 시원하게 정리해버렸다. 연지혜는 "네"라고 말하고 고개를 숙였다.

"오 형사가 물고 온 폰파라치 조폭 건은 하기로 하자. 폰폭, 이름 좋네. 최 형사랑 연 형사는 다음에 회의할 때에는 제대로 된 거 가져오고. 수사 아이템 찾는 것도 본인이 직접 해봐야 늘어. 선배가 들고 온 거 받아먹기만 해서는 배우는 게 없다. 그건 그렇고, 내가 들고 온 건도 있는데 의견들 들어보고 싶어. 뭐, 이거랑 박 형사가 들고 온 대포차 유통 조직 아이템 중에 하나 해보자고."

"반장님도 가져오셨어요? 뭔데요?"

오지섭이 물었다.

"22년 전 사건이야. 신촌 여대생 살인사건. 혹시 뭐, 들어본 사람 있나?"

정철희가 말했다. 오지섭의 얼굴에는 '설마 그거?' 하는 표정이 떠올랐다. 박태웅은 눈이 날카로워졌고 최의준은 처음 듣는다는 기색이었다.

"뭐, 피해자는 연세대 인문학부 3학년이었고, 신촌 뤼미에르 빌딩이라는 오피스텔에서 혼자 살았어. 집안이 진주에서 꽤 부잣집이었다고

해. 여름방학이었는데 계절학기 수업을 듣는다고 고향으로 내려오지 않고 신촌에 계속 있었다네. 그런데 집에서 이틀째 연락이 안 되는 거야. 그래서 신고를 했는데 순경이 문을 따고 들어가보니 가슴이 칼에 찔린 채로 침대에 누워 있었어. 서대문경찰서에 수사본부가 차려져서 반년 이상 강도 높게 수사를 했지. 뭐, 탐문수사만 1000명 넘게 했을 거야. 뭐, 피해자 친구나 지인, 동네 주민, 그 일대 불량배들, 신촌에 오갈 수 있는 전과자들까지 다 조사했지. 그런데 범인을 못 잡았어."

정철희가 말했다.

"그걸 지금 다시 수사하자는 말씀이신 건가요?"

최의준이 눈을 껌뻑거리며 물었다.

"DNA 검사 결과가 있어. 뭐, 용의자 사진도 있고."

정철희가 말했다.

"DNA면 뭡니까? 정액입니까?"

박태웅이 잠시 눈을 감았다 뜨더니 낮은 목소리로 물었다.

"응. 정액이야. 피해자 몸 안에서 채취한. 그러니까 범인을 잡으면 그 녀석이 애매하게 도망갈 순 없어. 확실한 증거가 있으니까."

"22년 전 사건이면 공소시효가 이미 지난 거 아닌가요?"

오지섭이 고개를 갸웃하며 물었다.

"사건이 희한하게도 2000년 8월 초에 일어났거든. 태완이법이 적용돼. 2000년 8월 1일부터 일어난 살인사건은 공소시효가 없어졌어. 수사기획부서에 물어봤는데, 이게 상해치사면 공소시효가 만료됐고 살인이면 여전히 수사할 수 있어. 뭐, 그런데 이 사건에서는 범인이 칼로 피해자 급소를 두 번이나 찔렀기 때문에 상해치사가 아니라 살인임을 입증하기는 어렵지 않을 거라고 하더라고." 정철희가 말했다.

"22년 전에 용의선상에 올랐던 사람이 1000명이 넘었단 말씀이시죠? 그냥 단순히 참고진술을 받은 사람이 아니라." 오지섭이 물었다.

"응."

정철희가 열의 없는 목소리로 대답했다.

"그리고 그때 무슨 외압이 있거나 다른 사정이 있어서 수사를 덮은 게 아니고요. 하는 데까지 했던 거고요."

"그렇지."

"사진은 화질이 좋습니까?"

오지섭이 계속해서 물었다. 오지섭이 이 아이템을 탐탁지 않게 여기고 있음을 연지혜도 알아차렸다. 그렇다고 오지섭이 뺀질거린다는 생각은 들지 않았다. 회칼 든 조폭 네 명을 혼자서 제압했다는 전설이 있는 선배다. 목 아래에 가슴까지 이어지는 커다란 흉터도 있다. 현행범을 체포하다가 칼에 찔려서 여섯 시간 동안 수술을 받았다고 한다.

"그냥 그래. 아주 식별을 못 할 정도는 아닌데 선명하지도 않아. 엘리베이터 CCTV로 찍은 흑백사진이야. 그리고 범인도 그 사진 찍혔을 때보다 22년만큼 늙었을 테고."

"지금 남은 건 DNA 검사 결과랑 CCTV 사진뿐입니까?"

"뭐, 그래."

"신촌이면 그때나 지금이나 유동인구가 어마어마한데……."

"쉽지 않겠지. 우리 팀은 다섯 명이고, 폰폭 수사에도 오 형사 포함해서 최소한 두 사람은 필요할 테고. 그래서 물어보는 거야. 다들 어떻게 생각해, 이거? 해볼 만한 것 같아? 별로면 대포차 조직 수사를 할 생각이야."

"저는 하고 싶습니다. 살인사건이잖아요."

박태웅이 으르렁거리듯 말했다. 그러면서 다시 눈을 감았다가 부릅 떴는데 그사이에 마치 눈동자에 불이 켜진 것 같았다. 연지혜는 박태웅이 무슨 의도로 '살인사건이잖아요'라는 말을 한 건지 궁금했다. '살인보다 나쁜 범죄는 없고 당연히 수사해야 한다'는 도덕적 책임감을 담은 의미였을까, 아니면 어렵지만 의미 있는 승부처를 본 선수나 도박사 같은 태도의 말이었을까.

사람들이 체감하는 것과 달리 한국은 치안이 아주 좋고, 살인사건이 잘 일어나지 않는 나라다. 미국과는 비교도 할 수 없고, 영국이나 프랑스, 캐나다보다도 살인사건 발생률이 낮다. 덴마크, 스웨덴, 핀란드 같은 북유럽 국가보다도 살인사건이 덜 발생한다. 반대로 살인사건 검거율은 세계 최고 수준이다. 2010년대 들어 살인사건 범인 검거율은 95퍼센트 이상이다. 해외 치안 관계자들이 들으면 경악하는 수치다. 심지어 살인사건 검거율이 100퍼센트를 넘기는 해도 간혹 나온다. 전해에 벌어진 사건의 범인을 잡은 경우다.

그러다 보니 복잡한 살인사건을 수사한 경험이 있는 형사들이 의외로 많지 않다. 일선 서에 있다 보면 한 해에 한두 건 정도 살인사건이 발생한다. 대개 우발적인 범죄라서 현장에서 범인이 잡힌다. 범인이 달아난 경우라도 현장 주변의 CCTV에 도망치는 모습이 찍혀 있다.

범인이 달아나는 방향에 있는 CCTV를 확인하고, 거기서 범인이 어디로 갔는지 찾아서 그 근처 CCTV를 확인하고, 거기서 또 범인 영상을 확인해서 달아난 방향의 CCTV를 확인하는 식으로 범인을 잡는다. 한국은 공공과 민간 부문을 합해 CCTV가 1000만 대가 설치됐다고 하는 나라이기도 하다. 새 차에는 거의 대부분 차량용 블랙박스가 깔려 있고, 걸어다니는 CCTV나 마찬가지인 스마트폰 보급률도 세계 최고 수준이다.

계획적으로 저질러진 살인사건이라면 피해자 주변인들을 샅샅이 뒤져 범행 동기를 파악하고 의심 가는 사람의 알리바이와 자금 흐름을 확인하면 대개 풀린다. 전 국민의 지문을 보관하기 때문에 살인을 포함해 모든 범죄의 검거율이 높고 신분을 속이고 살기도 어렵다. 과학수사 기술도 세계적인 수준이다. 절도보다 살인사건 수사가 더 쉽다는 형사도 있다. 인력 지원을 받기 쉽고 사람들이 신고도 적극적으로 하니까. 그러다 보니 꽤 많은 강력팀 형사들이 '큰 사건을 CCTV나 과학수사에 의존하지 않고 제대로 수사하고 싶다'는 생각을 은밀히 하게 된다.

"저는 솔직히 잘 모르겠네요. 22년 전 상황을 지금 기억하는 사람이 없을 거 같은데 어떻게 수사를 해야 할지 감이 안 잡히고요."

최의준이 정철희의 눈치를 살피며 말했다.

"저는 어차피 폰폭에 매달려야 할 테니까……."

오지섭은 말을 흐렸다. '오 선배는 참 잘 빠져나가는구나' 하고 연지혜는 생각했다. 저런 기술을 배워야 할 텐데.

"증거가 남아 있다면 가능성이 있는 거 아닐까요? 감식 기술도 그사이에 엄청 발전했을 텐데요. 저는 하고 싶어요." 연지혜가 말했다.

정철희가 고개를 끄덕였다.

9.

내 안의 지하인이 펼치는 논리 중에는 이런 것도 있다.

여호와의증인 교인들은 병역을 거부한다. 한국에서 이들은 오랫동안 범법자로 처벌받았다. 2018년이 되어서야 헌법재판소에서 대체복무의 길을 열어준다. 이때 양심이라는 말이 논란이 되었다.

이들의 병역거부는 '양심적' 병역거부인가? '종교적' 거부라고 불러야 하지 않나? 군대에 가는 젊은이들은 양심이 없다는 말인가? 양심이란 무엇인가?

'양심적 병역거부'라는 표현을 옹호하는 법률가들은 양심이 주관적인 문제라고 주장한다. 선악을 가르는 기준에 대한 개인의 강한 믿음이 양심이며, 다른 사람들이 그 기준에 동의하는지는 중요한 문제가 아니라는 거다. 헌법재판소도 그렇게 말한다.

양심: '어떤 일의 옳고 그름을 판단함에 있어서 그렇게 행동하지 아니하고는 자신의 인격적인 존재가치가 허물어지고 말 것이라는 강력하고 진지한 마음의 소리'.

[헌법재판소 결정례 96헌가11, 1997. 3. 27.]

양심상의 결정: '선과 악의 기준에 따른 모든 진지한 윤리적 결정으로서 구체적인 상황에서 개인이 이러한 결정을 자신을 구속하고 무조건적으로 따라야 하는 것으로 받아들이기 때문에 양심상의 심각한 갈등이 없이는 그에 반하여 행동할 수 없는 것'.

[헌법재판소 결정례 2002헌가1, 2004. 8. 26.]

이에 따르면 여호와의증인 교도들이 수혈을 거부하는 것도 양심적 수혈 거부가 된다. 그 믿음을 다른 사람이 왈가왈부할 수 없다.

지하인은 내가 자수하지 않는 것이 양심적이라고 주장한다. 다른 사람들이 거기에 동의하느냐 아니냐는 상관없다.

내 안의 스타브로긴은 로쟈나 지하인과는 좀 다른, 초연한 존재다. 그는 내가 체포되든 말든 신경 쓰지 않는다. 그는 나의 과거나 일상을 훌쩍 뛰어넘은 의식이다.

그는 가끔 일종의 지적 유희로서 로쟈와 지하인의 논쟁에 끼어든다. 그리고 목적이나 지향점 없이 고정관념을 깨면서 거대하고 과감한 주장을 펼친다. 살인의 의미를 두고 로쟈와 지하인이 논쟁을 벌일 때 스타브로긴은 다시 살인을 저질러서 어느 쪽이 맞는지를 검증해보자고 제안한다.

스타브로긴이 어디에서 왔는지는 나도 잘 모르겠다. 그는 내가 살인을 저지르지 않았다면 될 수 있었을지도 모를 철학 교수의 가능성일지도 모른다. 어쩌면 살인 전부터 내 안에 있던 카인의 표식인지도 모른다. 어쩌면 살인으로 인해 겨우 자의식을 얻은 비판적 인문 정신인지도 모른다.

내 안의 로쟈와 지하인은 스타브로긴의 생각에 놀라워하면서도 그를 두려워한다. 로쟈와 지하인은 스타브로긴이 내 영혼을 장악하게 내버려둬서는 안 된다는 데 의견을 같이한다. 스타브로긴은 계기 없이, 의미 없이, 충동적으로 자살을 시도할 만한 인격이다.

또는 두 번째 살인을 저지르거나.

내 안의 로쟈는 스타브로긴에게 지하인 이상의 기대를 품고 있다. 지하인의 노력은 가상하지만, 그가 성공할 가능성은 높지 않아 보인다. 적어도 형이상학의 영역에 있어서는 그렇다. 그는 다급한 나머지 말장난에 몰두하고 억지스러운 딜레마를 만들거나 피장파장의 오류를 범하곤 한다.

스타브로긴은 보다 그릇이 크고 차분하다. 그는 형사사법시스템의 아주 밑바닥에 있는, 더 거대한 것을 뒤엎을 담대한 궁리를 한다.

현대를 이루는 시스템들의 시스템을.

뤼미에르(계몽주의)를.

그리고 만약 내가 마침내 살인을 합리화하는 논리를 개발한다면, 그 논리를 믿는다면, 그걸 입증하기 위해 반드시 두 번째 살인을 저질러야 한다고 스타브로긴은 거듭 주장한다.

10.

"원래 수사착수보고서 결재받을 때 반장님이 강수대장님한테 직접 보고를 하는 거예요?"

연지혜가 전자담배를 피우며 물었다.

"아니, 그건 계장이 하는 거지. 수사착수보고서 때문에 반장님이 대장실에 가는 건 나도 처음 봤어. 오늘은 아마 계장이 반장님한테 같이 가자고 한 걸 거야."

오지섭이 대답했다. 경정인 강력범죄수사1계장과 총경인 강력범죄수사대장에 대해서는 그냥 계장, 대장이라고 부르면서 같은 계급인 정철희에게는 반장님이라고 깍듯이 '님' 자를 붙인다.

연지혜와 오지섭, 최의준은 서울경찰청 후문 옆의 흡연 공간에서 함께 담배를 피우고 있었다. 박태웅은 담배 피울 시간도 아깝다는 듯이 사무실에서 과거 기사를 검색 중이었다.

수사 아이템 회의를 하고 꼭 일주일이 지난 날이었다. 사실 그사이에 가짜 석유 유통 조직 사건 마무리를 하느라 신촌 여대생 살인사건을 제대로 살피지는 못했다. 처리해야 할 서류들이 많았다.

연지혜는 2000년 당시 신문 기사를 몇 개 읽었고, 공개 수배 방송에 나온 용의자 사진을 찾아보았다. 엘리베이터 CCTV에 찍힌 사진은 실망스러웠다. 용의자가 야구 모자를 눌러쓰고 있어서 얼굴이 제대로 나오지 않았다. 옆머리가 짧고 키가 175센티미터 이상이며, 허리는 가는데 어깨가 쫙 펴진 스포츠맨 타입이었다. 한쪽 어깨에는 가볍게 백팩을 걸치고 있었다.

박태웅은 벌써 그 CCTV 사진을 출력해서 자기 자리에 붙여놓았다. 가끔 사진을 보면서 몇 초간 눈을 감았다가 뜨곤 했는데 분을 삭이는 듯 보이기도 했고, 사진 속 모습을 확실히 외워두려고 그러는 것 같기도 했다.

"대장님한테서 이것저것 질문이 날아올 거라고 계장님이 생각하시는 건가 보죠? 22년 전 사건을 수사하겠다고 하니까." 최의준이 물었다.

"글쎄, 그보다는…… 어쩌면 대장님이 이 아이템을 미제팀으로 넘기고 싶어 할지도 모른다고 생각하셔서 그런 거 아닐까."

오지섭이 말했다. 미제팀은 미제사건전담팀의 약자다. 2011년에 지방경찰청마다 한 팀씩 생겼다. 몇 년 이상 범인이 잡히지 않으면 일선 경찰서에서는 사실상 사건을 포기하게 된다. 인력이 바뀌다 보니 수사 연속성도 유지하기 어렵다. 그래서 지방경찰청에 전담팀을 꾸리게 된 것이다.

"미제팀이 우리보다 잘한다고 생각하시나?"

최의준의 목소리에서 비아냥거리는 뉘앙스가 묻어났다.

"그건 아니겠지만 강수대장 입장에서는 미제 사건은 그냥 미제팀에서 하는 게 좋지. 미제팀은 형사과에 있잖아. 우리가 다른 팀이랑 경쟁하는 것처럼 강수대장이랑 형사과장도 서로 실적 경쟁하거든. 그러니까 이런 골치 아픈 아이템은 미제팀이 있는 형사과로 넘기고, 자기 부하들은 다른 따끈따끈한 사건을 다뤘으면 하겠지."

오지섭의 말을 들으니 어느 정도 수긍이 갔다.

"이게 그렇게 범인 잡기 어려운 사건인가요?"

연지혜가 전자담배 연기를 뿜으며 물었다.

"수사 골든타임이라는 게 있잖아. 95퍼센트는 사건 발생 일주일 안에 해결하는 거고, 일주일 넘어가면 해결 가능성이 확 떨어진다고 봐야 돼. 이걸 이제 와서 새로운 증거를 수집할 수 있겠어, 당시 상황을 생생히 기억하는 증인이 있겠어? 22년 전에 대충 뭉갠 사건도 아닌 것 같던데. 그때 만날 수 있는 사람들 다 만나보고 의심 가는 사람들 다 꼼꼼히 챙겨봤다는 얘기 아니겠어. 난 그 수배 사진 보니까 숨이 콱 막히더라. 눈이 안 나왔잖아. 코랑 입, 턱선밖에 없다고. 그걸로 누굴 찾아." 오지섭이 말했다.

"그래도 미제팀에서 보면 십몇 년 만에 해결하는 사건들 있잖아요." 연지혜가 항변했다.

"그 사건들 어떻게 해결되는지 유심히 봤어? 거의 다 제보로 해결하는 거야. 술 마시다가 자기가 사람 죽였다고 떠벌리는 녀석들 있잖아. 그런 이야기가 어찌어찌 미제팀 귀에까지 흘러들어 오는 거야. 미제팀은 보유하고 있는 사건이 수십 건이니까 그걸로 먹고사는 거지. 그런데 우리는 이걸 하게 돼도 6개월밖에 수사를 못 해. 그사이에 결정적인 제보가 올지 안 올지는 몰라. 솔직히 이 사건 해결하는 데에는 우리보다 〈그것이 알고 싶다〉가 더 나을걸. TV에서 크게 때려주면 사람들이 신고를 하니까."

"와, 선배 진짜 시니컬하다."

"될지 안 될지 판단은 해야지. 형사로서 사명감이랑은 별도로. 기획

수사라는 게 그래."

"선배는 신촌 여대생 살인사건 범인 안 잡고 싶어요?"

"나도 잡고 싶지, 물론."

오지섭이 그런 질문이 어디 있느냐는 듯 빙그레 웃었다. 언제나 여유만만이다.

"그런데 나쁜 놈을 응징하겠다는 욕심이 먼저인지, 공익이 먼저인지도 잘 따져봐야지. 이 사건을 한다는 건 다른 사건을 못 한다는 의미 아닐까? 넌 22년 전 살인사건 범인 밝히는 게 더 중요하다고 생각해, 아니면 대포차를 만들어내는 조직을 잡아들이는 게 더 중요하다고 생각해? 둘 다 중요하다고 답하지는 마. 어쨌든 하나 선택을 해야 하니까."

"살인이 자동차관리법 위반보다는 훨씬 큰 죄죠."

"22년 전 사건이잖아. 피해자 가족의 한을 풀어준다는데, 난 잘 모르겠어. 천벌받을 소리일지도 모르지만, 가족들도 지금쯤이면 다 잊지 않았을까? 반면에 대포차는 하나하나 다 범행 도구가 돼서 그만큼 다른 살인이나 강도가 더 벌어질 수 있다는 얘기잖아."

"그건 그렇지만……." 연지혜는 말문이 막혔다.

세 형사가 담배를 다 피우고 사무실로 돌아오자 정철희가 따라 들어왔다.

"보고 벌써 다 끝난 거예요? 대장님이 뭐라세요?" 오지섭이 물었다.

"폰폭 재미있겠다고 해보라고 하셨어. 이건 오 형사가 최 형사랑 같이 해. 최 형사 괜찮지?"

"예, 좋습니다!" 최의준이 대답했다.

"신촌 여대생 살인사건은요?"

박태웅이 눈을 감았다가 부릅뜨더니 무서운 얼굴로 물었다.

"해보래. 그런데 기간을 오래 줄 수는 없대. 석 달 주신대. 석 달 해보고 진전 사항 없으면 미제팀에 넘기래. 그리고 언론에 알려지지 않게 각별히 조심하래. 경찰이 이거 다시 수사한다고 알려지면 기자들이 또 득달같이 달려들 테니까. 이건 나랑 박 형사, 연 형사가 같이 해보자. 될지 안 될지 모르겠지만." 정철희가 말했다.

11.

피해자가 사망해서 더 이상 존재하지 않는데 사회는 왜 나를 처벌하려는 걸까.

사회 그 자신을 위해서라고 지하인은 주장한다. 사회는 자신들이 움직이고 번성하는 방식에 방해가 되는 일을 악으로 규정한다. 신호등에 빨간불이 켜졌을 때 길을 건너는 것은 나쁜 일이라고 아이들에게 가르치고 죄의식을 심어준다.

그 아이들은 차가 한 대도 지나가지 않는 도로에서도 신호등이 녹색불로 바뀌길 기다리며 시간을 낭비하는 어른으로 자라난다.

그러나 그것은 옳은 일이 될 수 없다는 게 지하인의 생각이다. 그런 사회화는 사람들이 옳은 일을 할 기회 자체를 박탈한다. 지하인은 그런 교육을 두고 사회화가 아니라 '가축화'라고 빈정거린다. 사람은 선택권이 있을 때에만 옳은 일과 옳지 않은 일을 할 수 있다.

사회규범 외에 다른 길은 없다고 믿는 인간은 규범을 지킨다고 해도 옳은 일을 하는 것이 아니다. 물이 아래로 흐르거나 섭씨 100도에서 끓는 것을 보고 그 노력이 가상하다고 할 수 없는 거나 마찬가지다.

즉 살인할 수 있는 자유가 있는 인간만이 살인을 하지 않는다는 옳은 일을 할 수 있다.

게다가 사회는 살인에 대해 모순된 태도를 취한다. 한국 사회는 군대에 있는 젊은이 수십만 명에게 매년 살인 기술을 가르친다. 전투 중에 그들이 적국 병사를 총이나 칼로 죽인다 해도 기소하지 않는다. 이런 걸 보면 사회가 가장 중요하게 여기는 가치는 인명이나 정의라기보다는 사회 그 자체의 안정과 존속임이 명확해진다.

심지어 사회는 상당히 편의적이기까지 하다. 예를 들어 공소시효라는 제도가 있다. 어떤 일을 범죄라고 규정해놓고는, 그럼에도 불구하고 시간이 충분히 흐르면 그 죄를 묻지 않는다.

법학자들은 너무 오래전에 저질러진 범죄에 대해서는 공정하게 재판하기 어렵다거나, 범죄자가 도피 기간 동안 사실상 처벌받는 것이나 다름없다는 근거를 든다. 그러나 공소시효가 있는 진짜 이유는 범인을 잡을 수 없을 것 같은 사건에 수사력을 낭비하지 않기 위해서다. 이번에도 정의보다 사회의 이익이 우선이다.

예전에는 살인죄에 대해서도 공소시효가 있었다. 내가 사람을 죽였을 때 살인죄 공소시효는 15년이었다. 나는 2015년 8월에 자유의 몸이 될 예정이었다. 그러나 그해 7월 속칭 '태완이법'이라고 하는 형사소송법 개정안이 국회를 통과한다.

바뀐 법에 따라 2000년 7월 31일 이전에 사람을 죽인 사람은 2015년 8월 1일부터 자유가 된다. 그러나 2000년 8월 1일 이후에 사람을 죽인 사람은 평생 수사기관에 쫓기게 된다. 내가 만약 살인을 며칠 더 일찍 저질렀거나, 2015년 7월에 국회가 정쟁으로 법안 처리를 며칠 미뤘다면 나는 지금 자유일 거다.

한국의 형사사법시스템이 나를 봐주질 않는다는 생각이 들었다.

내 안의 로쟈는 노심초사하며 태완이법 처리 과정을 지켜봤다. 법안이 통과됐을 때 그는 버릇대로 몇 번이나 한숨을 쉬며 가슴을 쳤다.

지하인은 재빨리 포기하고 가짜 여권과 달러를 구입하는 데 공을 들였다. 요즘은 달러 현금과 함께 암호화폐도 모은다. 암호화폐 중에서는 모네로처럼 추적이 어려운 익명화폐를 선호한다.

위조 여권을 구하는 일은 어렵지 않다. 인천공항에서 위조 여권으로 출국하거나 입국하다가 적발되는 사람은 한 해 평균 2000명이 넘는다. 무사통과한 사람은 최소한 그 몇 배에 이르리라.

다크웹까지 갈 것도 없이 일반 인터넷으로 버젓이 영업을 하는 해외 사이트들이 수십 곳이나 된다. 익명화폐로 결제하면 국제 배송으로 가짜 여권을 보내준다. 숙박업소를 속이기 위한 싸구려 스캔본에서부터 특수 잉크와 워터마크까지 동원한 모조품, 도난 여권에 사진을 바꿔 붙인 변조품까지 종류도 다양하다.

방콕의 게스트하우스에 가면 여권 위조업체에 대한 정보를 어렵지 않게 구할 수 있다. 위조 여권을 구한다고 대놓고 말하기 곤란하면 박물관이나 기차 승차료 할인을 받고 싶은데 국제학생증을 구할 방법이 없을까 하고 운을 띄우면 된다.

카오산 로드에 그런 업체 사무실이 여러 곳 있다. 가짜 여권으로 동남아인들을 선진국에 보내 취업시켜서 돈을 꾸준히 송금받는 국제조직들이므로 품질은 확실하다. 일본이나 한국 젊은이들이 배낭여행 막바지에 이런 업체들에 자기 여권을 팔고, 영사관에 분실 신고를 해서 임시 출입국증명서를 받는다.

가장 확실한 방법: 중국에 위명(僞名) 여권을 만들어주는 브로커들이 있다. 선금을 주면 중국인 신청자가 의뢰인의 사진을 들고 관청에 가서 자기 명의로 여권을 발급받는다. 그렇게 만든 진짜 여권과 잔금을 교환한다.

내가 그런 위명 여권을 만들 때의 시세는 5만 위안이었다.

12.

"옛날 광수대 건물 생각나네. 그것도 진짜 오래됐었는데. 연 형사는 거기 가본 적 있나?"

정철희가 연지혜에게 물었다. 광수대는 광역범죄수사대의 준말이고, 광역범죄수사대는 강력범죄수사대의 몇 년 전 명칭이다.

형사들은 경찰청 바로 옆 건물인 서대문경찰서에 들어가는 중이었다. 육중한 경찰청 본관 건물에 비하면 작고 초라한 5층 건물이다. 전국에서 제일 오래된 경찰서 건물이다.

"마포에 있던 거요? 못 가봤습니다."

"그게 색깔이 딱 이랬어. 4층이었나, 5층이었나. 뭐, 비 오면 물 새고 그랬지. 진짜로 무너질까 봐 걱정이었다니까. 뭐, 박 형사는 거기 있었나?"

"아니요. 저는 광수대가 중랑에 있을 때 발령을 받았습니다."

박태웅이 딱딱한 말투로 말했다.

"박 형사는 광수대가 이번이 두 번째지? 처음에 3년인가 하다가 잠깐 강원도 파출소에 갔었지?"

"예. 그때 몸이 좀 안 좋아서……."

"뭐, 건강이 최고다. 다들 몸뚱이 신경 쓰며 삽시다. 몸으로 하는 직업인데. 연 형사도 건강 잘 살피고."

강수대 형사 세 사람은 형사지원팀을 찾아가 용건을 이야기하고 지하 문서고로 내려갔다. 형사지원팀 직원이 열쇠를 들고 와서 문서고 문을 열어주었다.

불을 켜자 구석에서 쥐 같은 것이 튀어 나가는 듯해서 연지혜는 움찔 놀랐다. 먼지 냄새가 났다. 창고에는 도서관처럼 책장들이 가득했고, 책장 선반에는 먼지가 뽀얗게 쌓여 있었다.

통계철, 수사종결사건철, 처분결과통지서철, 물품차입부…… 그들이 찾아야 하는 변사기록대장은 창고의 한가운데 책장에 있었다. 수십 년 동안 서대문구에서 평화롭게 눈감지 못한 사람들의 이름과 사연이 고작 책장 하나에 다 정리되어 있다고 생각하니 묘한 기분이었다.

연지혜는 자신이 처리한 변사 사건들을 떠올렸다. 한 달 이상 썩은 시신을 발견한 적도 있었다. 연락을 받을 때부터 자신이 현장에서 뭘 보게 될지 알았다. 건물 지하에 문 닫은 노래방이 있는데 주인은 연락은 두절된 지 오래고 거기서 썩은 냄새가 심하게 올라온다고 했으니까.

"부패한 시신에서 나오는 바이러스가 굉장히 유독해요."

흰 방호복을 입고 마스크에 커다란 보안경까지 쓴 과학수사요원은 자기 차림새가 민망했는지 묻지도 않았는데 그렇게 설명했다. 연지혜는 '그런데 나한테는 왜 방호복을 안 줘?' 하고 어이없어했지만 그 생각을 입 밖으로 꺼내진 않았다.

연지혜는 사복 차림으로 방호복을 입은 과학수사요원과 함께 지하 가게 문을 따고 들어갔다. 썩어서 녹아내리다시피 한 시신이 LPG 가스

통에 연결된 호스를 물고 있었다. 부탄가스 중독자들이 하다 하다 안 되면 LPG까지 찾는다는 얘기는 들었는데 직접 본 것은 처음이었다. 곤죽이 된 시신 앞에서 구토를 참으며 신원을 확인해줄 수 있는 물건을 찾고 사진을 찍었다. 그날 입었던 옷은 세탁해볼 엄두도 못 내고 그냥 버렸다.

'그 사건도 이런 대장에 몇 줄로 정리돼 있겠지.'

"찾았다. 민소림. 2000년 8월 3일. 여성. 서대문구 신촌동 뤼미에르 빌딩 1305호."

상념에 잠겨 있는 연지혜 옆에서 정철희가 말했다. 손에 들고 있는 검은색 대장에서 먼지 뭉치가 날아오르더니 정철희의 재킷 옷소매에 내려앉았다. 정철희는 먼지를 털고 주머니에서 펜을 꺼내 수첩에 변사 사건의 사건번호를 옮겨 적었다.

변사기록대장을 확인한 이유는 사건번호를 알아내기 위해서였다. 사건번호가 필요한 이유는 사건송치서를 찾아 검찰에 보관된 수사 기록과 증거품을 가져오기 위해서였다. 사건송치서에는 검찰로 보낸 기록 목록과 당시 서대문경찰서 형사과장이 작성한 30장짜리 의견서가 있었다. 누렇게 변색된 서류를 복사하고 서대문경찰서를 나와 강력범죄수사대 사무실로 돌아왔다.

연지혜는 서부지검에 수사 기록 요청 공문을 보내고 정철희, 박태웅과 함께 사건송치서를 검토했다. 기록 목록은 당시에 경찰이 작성한 수사 자료에 대한 일종의 목차로, 각 수사 자료의 제목이 적혀 있었다.

출동시 현장 상황 수사 보고, 출동시 현장 상황 사진, 피해자 상처 부위 사진, 피해자 왼팔 상처 사진, 피의자 신문 조서 수십 건, 임의동행보고 수십 건, 진술청취 결과보고 수백 건, 범죄경력조회 회보 수백 건, 통신사실 확인자료제공 요청 허가서 수백 건, 유전자감식 결과 보고 수십 건…….

그 목록 뭉치가 어지간한 책 한 권 두께였다. 검찰에서 받아 와서 읽어야 할 수사 자료가 얼마나 많을지 생각하니 한숨이 절로 나왔다.

서대문경찰서가 이 사건과 관련해 작성한 마지막 서류의 제목은 '사건 처리 진행 상황 통지(유족용)'였는데, 작성일자가 2001년 2월 3일로 돼 있었다. 그때 수사본부가 해체된 것이리라. 한 가지는 분명했다. 신촌 여대생 사건 수사는 부실 수사가 아니었다. 연지혜가 그렇게 말했더니 정철희는 "뭐, 부실 수사는 절대 아니지"라며 코웃음을 쳤다.

"그때 서울청장님이 매일 아침마다 우리 서장님한테 전화해서 간밤에 범인 못 잡았느냐고, 왜 아직도 못 잡느냐고 독촉했대."

"청장님이요? 헐."

"그렇게 닦달을 하면 오히려 부작용이 발생할 수도 있는데 말이야. 당시 형사들 사이에서는 이런 소문도 돌았지. 그때 서울청장님 따님이 연세대 치과대학에 다녔거든. 그런데 연대 치대에 매년 10월 말에 학부모를 초청하는 행사가 있대. 그래서 그 행사 전까지 무조건 범인을 잡으라고 지시가 왔었다는 거야. 학부모 행사에서 귀빈으로 소개될 텐데 그때까지도 범인이 안 잡히면 쪽팔리잖아. 뭐, 진짠지 헛소문인지는 모르겠지만."

22년 전 서대문경찰서 형사과장의 의견서는 건조했다. 피해자에 대한 정보, 사망 전까지 확인된 피해자 행적, 사건 현장 분석 결과, 그리고 수사 내용이 적혀 있었다.

민소림의 아버지와 어머니는 진주시에서 대형 약국을 운영하는 부부 약사였다. 외동딸인 민소림은 경제적 어려움 없이 자랐다. 초등학교부터 고등학교까지 줄곧 진주에서 살다가 1998년 연세대 인문학부에 입학하면서 상경했다.

딸을 서울로 올려 보내게 된 약사 부부는 학교 근처에 12평짜리 원룸을 구입했다. 신촌 지하철역에서 가까운 뤼미에르 빌딩이라는 이름의 오피스텔 13층이었다. 이 건물은 18층짜리 건물이었는데 1층과 2층에는 식당이, 3~5층에는 사무실이 있다. 6층부터 18층까지는 한 층에 10세대가 있는데, 간혹 여행사나 피부 관리실이 있기는 해도 주로 싱글족들이 살았다. 오피스텔 바로 옆에는 신촌의 오래된 영화관인 신영극장이 있었다.

민소림은 사교적인 성격에 외모가 빼어나 인기가 많았다. 대학교에 들어가자마자 3학년인 남학생과 교제를 했는데 1년을 채 사귀지 못하고 헤어졌다. 연애 중에도 민소림에게 들이대는 남학생들이 많았고, 개중에는 심각하게 민소림을 쫓아다닌 학생도 있었다고 주변 친구들은 증언했다.

민소림은 학교를 성실하게 다녔고, 전 과목에서 B 학점 이상을 받았다. 1999년 2학기에 한 학기 휴학을 하고 진주에 머물렀으며 그동안 신촌의 오피스텔은 그냥 비워뒀다. 2000년 1학기에 복학한 그녀는 여름방학에 계절학기를 수강했고, 부모님 집으로 내려가지 않았다.

2000년 8월 1일은 화요일이었다. 이날 낮에 민소림은 오피스텔 1층에 있는 편의점에 가서 숙취해소 음료를 사 마시고 역시 1층에 있는 죽집에서 죽을 포장해 왔다. 엘리베이터 CCTV에 그녀의 모습이 찍혔고, 편의점 직원과 죽집 사장의 증언이 있었다. 저녁에 그녀는 편의점에 한 번 더 내려가서 우유 한 통과 스위트 와인 한 병을 사 왔다.

이날 오후 5시에 민소림의 휴대폰으로 누군가 전화를 걸었다. 통화 시간은 5분 정도였다. 이 전화번호는 추적이 되지 않았다. 당시 유행하던 무료 인터넷 전화 서비스 다이얼패드로 전화를 걸었기 때문이다. 이동통신사나 기지국에 남은 자료가 없었다.

네 시간쯤 뒤인 오후 9시에는 누군가 신영극장 입구에 있는 공중전화에서 민소림의 휴대폰으로 전화를 걸었다. 그가 다이얼패드로 전화를 건 사람인지는 알 수 없었다. 이번에는 통화 시간이 2분 10초 정도였다.

8월 2일 0시 3분쯤 뤼미에르 빌딩의 홀수층 엘리베이터 CCTV에 야구 모자를 눌러쓴 사내가 잡힌다. 사내는 13층에서 엘리베이터를 타고 1층으로 나간다.

8월 2일 낮에 민소림의 어머니가 문자메시지를 보냈으나 답장이 없었다. 민소림의 어머니는 이날 밤까지 통화가 되지 않자 걱정하기 시작한다. 3일 아침에도 딸이 전화를 받지 않자 민소림의 어머니는 경찰에 신고한다.

민소림은 침대에 손발을 반듯하게 펴고 누운 자세로 숨져 있었다. 가슴에 칼에 깊이 찔린 자상(刺傷)이 두 군데 있었고, 양팔과 손바닥에 방어흔으로 보이는 창상(創傷)이 몇 개 있었다. 티셔츠를 입고 있었고, 팬티와 반바지가 무릎 아래까지 내려가 있었다.

시신 위에는 우비가 덮여 있었고, 그 위에 이불이 덮여 있었다. 거기에다 방에 에어컨까지 틀어져 있었기 때문에 시신의 체온으로 사망 시간을 추정하기 어려웠다. 8월 1일 오후 9시에서 3일 아침 사이라고 짐작할 뿐이었다…….

신문 기사 이상의 정보를 기대한 연지혜는 내심 실망했다. 사건 현장에 대해서는 물론 신문 기사보다 자세한 정보가 있었으나, '민소림은 누구인가'에 대한 정보는 빈약했다.

2000년도 신문 기사를 읽으면서 연지혜는 22년 사이에 언론의 사건 보도 태도가 꽤 달라졌음을 느꼈다. 종합일간지들은 요즘 나오는 기사들에 비해 기사가 짧고 투박했다. 그 기사들에서 민소림은 명문대에 재학 중이라는 사실을 제외하면 개성 없는 착한 피해자였다. 기사는 피해자 민 모 씨를 부모님 속 안 썩이고 열심히 공부한 무결점 여대생으로 묘사했다.

시사주간지들의 기사는 보다 자세했지만 은근히 선정적이었다. 피해자가 '오피스텔에서 자취하는 스물세 살 여대생'이라는 사실과 '강간 살인'이라는 행위에 초점이 맞춰져 있었다. 민소림의 미모도 강조되어 있었다. 주변에서 연예계 진출을 권유할 정도였고, 연예기획사의 스카우트 제안을 받기도 했다고 나와 있었다. 진짜일까?

"그때 왜 범인을 못 잡은 거죠?"

기록 목록과 의견서를 읽던 박태웅이 고개를 들고 불쑥 물었다. 자기 질문이 상대에게 어떻게 들릴지는 전혀 신경 쓰지 않는 태도였다. 정철희가 대답했다.

"뭐, 초반에 좀 갈팡질팡했지. 이게 면식범 소행 같기도 하고 아닌 것 같기도 하잖아. 외부에서 강제로 문을 따고 침입한 흔적이 없긴 하지. 그리고 사건을 저지른 다음에 범인이 그 집에서 한두 시간 머문 것 같거든. 꽤 차분하게. 시신에 비옷과 이불을 덮고, 에어컨도 켜고, 자기 지문이랑 핏자국도 닦고……. 와인 잔 설거지도 어쩌면 범인이 했는지 몰라. 그 집이 편안했고, 범행 시간대에 다른 사람이 오지 않을 거라는 사실을 알고 있다는 뜻 아닐까, 그렇게 보는 사람도 있었어. 한데 그렇다고 그 집이 외부인이 들어가기 어려운 집이냐 하면 그렇지도 않았어. 관리실에서 누수 점검 나왔다든가 하면 누구나 금방 문을 열어줬겠지. 그리고 피해자가 굉장히 예뻤어. 그 건물에 살던 남자들은 피해자를 다 알더라고. 엘리베이터 같은 데서 마주치면 쳐다보지 않을 수가 없는 정도였던 거야. '13층에 사는 연예인처럼 예쁜 여성'이라고 알고 있었지. 뭐, 그러다가 나쁜 마음을 먹을 수도 있는 거고. 그 건물에 살지 않는 사람이라도 마음만 먹으면 민소림의 이름이나 집 주소를 알기는 어렵지 않았어."

"그건 왜 그렇죠?"

연지혜가 물었다.

"오피스텔 1층에 우편함이 있었거든. 집에 들어갈 때 다들 자기 우편함에 뭐 없는지 한번 살펴보고 가잖아. 뭐, 어떤 양아치 녀석이 신촌 지하철역에서 엄청 예쁜 여자를 본다, 그래서 뒤를 쫓아간다, 그러면 5분도 안 돼서 오피스텔이 나오고 그 여자가 거기 1305호에 산다는 걸 알 수 있는 구조인 거지. 우편물을 훔쳐 가면 그 여자가 이름이 뭔지, 뭐 하는 사람인지도 금방 알아낼 수 있을 거고."

"오피스텔 입구에 보안문 같은 건 없었나 보죠?"

"없었어. 지금도 여전히 없고. 뭐, 그때는 아파트 건물에도 보안문 같은 게 없었던 시절이야. 뤼미에르 빌딩은 지하에 PC방이 있고, 1, 2층에 식당이 있는데 상가건물 입구와 주택 입구가 분리된 것도 아니었고. 그냥 외부인이 건물에 불쑥 들어와서 엘리베이터 타고 남의 집 대문 바로 앞까지 갈 수 있는 구조였어. 그렇다고 외부인의 소행으로 단정 지을 수도 없었지. 짝사랑하던 같은 학교 남학생이나 전 남자친구가 한 일일 수도 있었으니까. 금전 문제나 부모에 대한 원한 관계는 아닌 것 같았는데, 다른 가능성은 뭐 하나 배제할 수가 없었어. 그래서 초동수사 때 갈피를 못 잡았어. 처음에는 치정 사건일 가능성에 무게를 두고 그쪽을 수사하다가, 건물 보안이 허술하고 거기서 전에도 강간 미수 사건이 벌어진 적이 있었던 걸 알고 방향을 바꾸고, 다시 주변 사람 조사하고, 뭐, 그런 식이었어. 초기에 정액이랑 CCTV 화면이 있다고 안심했다가 된통 걸렸지."

"그래도 그렇게 많은 경찰력이 투입됐는데요."

"그런데 신촌이라는 동네도 만만치 않았거든. 여기 유동인구가 어마어마하잖아. 유흥업소도 많고. 2000년이면 신촌 상권이 지금하고는 비교도 안 될 정도로 활발했을 때야. 이런 사건 나면 보통 근처 PC방, 당구장, 술집들 싹 뒤지면서 불량배들 누가 있는지 알아보잖아. 그런데 여기는 주변에 그런 업소들이 무지하게 많았던 거야. 이 건물 뒤편이 온통 모텔 천지야. 그리고 공부하려고 사는 고시원이 아니라 거주 목적인 고시원도 그 블록에 아주 많았거든. 거기에 전과자들이 우글거렸지. 그걸 다 조사해야 했으니 보통 일이 아니었지. 뭐, 시골 같으면 술 취한 이십대 남자를 봤다고만 해도 용의자 아닌가 생각할 텐데, 신촌에 술 취한 이십대 남자가 얼마나 많겠어."

"아이고, 아이고."

연지혜가 중얼거렸다. 이걸 우리는 어떻게 수사해야 하지?

"뭐, 당시에 수사과장도 고지식한 양반이었고. 그때는 난 뭐가 뭔지도 몰랐지만."

"어떻게 고지식했는데요?"

"뤼미에르 빌딩이랑 그 옆 건물에서 살거나 일하는 사람은 전수조사를 했지. 뭐, 거기까지는 당연히 해야지. 그런데 그 사람들의 휴대폰을 보고 거기 주소록에 있는 사람들까지 전수조사를 하라는 거야. 뤼미에르 빌딩에 친구를 만나러 왔다가 우연히 피해자를 마주쳤을 수도 있다면서. 나중에는 이러다 서대문구 주민을 전부 전수조사 해야 하는 것 아닌가 싶을 정도였어. 그렇다고 주변인 조사는 쉬웠느냐 하면 그렇지도 않았어. 그때만 해도 경찰 이미지가 되게 안 좋았거든. 우리가 참고인 진술 좀 듣겠다고 학생을 부르면 영장 가져오라는 반응을 듣기 일쑤였어. 게다가 그때는 DNA 검사를 지금처럼 침으로 하는 게 아니라 피를 뽑아서 해야 했거든. 동네 양아치들이야 대충 어르고 을러서 받아낼 수 있었는데 학생들 상대로는 정말 쉽지 않았지."

정철희가 그답지 않게 길게 말했다.

"반장님 정말 잘 기억하시네요."

이야기를 듣던 연지혜가 감탄해서 말했다.

"뭐, 요 며칠 옛날 수첩들을 쭉 읽었어. 기억들이 새록새록 떠오르더라고. 뤼미에르 빌딩도 찾아가봤고." 정철희가 말했다.

"그 수첩 저희도 볼 수 있습니까?" 박태웅이 물었다.

"보여줄 순 있지만 못 알아볼 텐데. 하도 악필이라. 그리고 내일 서부지검에서 수사 기록 받아오면 그걸 열심히 읽으면 되지." 정철희가 대답했다.

"반장님은 이게 면식범 소행일 걸로 보세요?" 연지혜가 물었다.

"아니." 정철희가 짧게 대답했다.

"왜요?" 연지혜가 물었다.

"면식범이면 잡았을 거야."

13.

지하인은 경찰이 나를 피의자로 의심한다고 느꼈을 때 가까운 중국 공항으로 출국한다는 계획을 세웠다.

인천공항에서 두 시간 안에 갈 수 있는 중국 공항: 옌타이, 칭다오, 지난, 선양, 상하이.

출국할 때에는 한국 여권을 이용한다. 중국 여권의 소유자는 한국 법무부의 데이터베이스상으로는 한국에 입국한 적이 없기 때문이다.

게다가 한국은 세계에서 CCTV가 가장 많이 설치된 나라다. 내가 사라진 날의 행적을 CCTV로 좇다 보면 인천공항까지 추적할 수 있을 거다.

중국 공항에 도착하면 CCTV가 많이 설치된 공항에서 빠져나와 근처 적당한 장소에서 변장을 한다. 이번에는 중국 여권으로 다시 비행기를 탄다. 그리고 라오스나 미얀마처럼 한국과 범죄인인도조약을 맺지 않은 나라로 가서 암호화폐로 돈을 인출한다.

이 계획이 성공하려면 수사기관이 출국 금지 조치를 내리기 전에 인천공항을 떠나야 한다. 경찰이 나를 의심한다 싶으면 바로 짐을 꾸려야 한다.

중국에서는 몇 시간가량 머물러도 좋고 하룻밤을 보내도 괜찮을 것 같다. 중국은 한국과 범죄인인도조약을 체결했지만 이 정도 사안에 대해 중국 공안이 그렇게 발 빠르게 한국 경찰이나 검찰과 공조할 것 같지는 않다.

그러나 나는 마지막 순간까지 도피를 미룰 것이다. 삶에서 지레 도망치는 것이 비겁한 것처럼, 한국 형사사법시스템에서 지레 도망치는 일 역시 비겁하다.

두려움을 없앨 수는 없다. 그러나 공포에 압도당하지 않고, 두려움에 맞서며 그것과 함께 사는 법을 배워야 한다고 느낀다. 그렇지 않으면 라오스나 미얀마에 간다 해도 달라질 게 없다. 그 나라가 한국과 범죄인인도조약을 언제 맺을지 노심초사하면서 살 텐가. 그렇다면 방이 넓은 교도소에 들어가는 거나 마찬가지 아닌가.

중요한 것은 자세다. 인생에는 노상강도를 당할 가능성, 교통사고를 당할 가능성, 벼락을 맞을 가능성, 뇌졸중이나 혈액암에 걸릴 가능성, 슈퍼박테리아에 감염될 가능성이 늘 있다. 우리는 그런 가능성을 피하려 하면서도 결국 없애지 못하며, 어느 수준에서 감수해야 할지를 결정해야 한다.

생존을 최우선 목표로 삼고 기쁨과 감동을 모두 희생하는 나날을 과연 '삶'이라 부를 수 있을 것인가? 삶을 산다는 것은 곧 삶에 맞선다는 것이며, 누릴 수 있는 즐거움의 마지막 몇 방울을 어디까지 마시고 어디서부터 포기할지 내가 정한다는 것이다.

그러므로 나는 단순히 경찰이 연락해온다고 해서 바로 중국으로 떠나지는 않을 생각이다. 경찰이 나를 용의자 후보로 여긴다는 판단이 들 때 공항으로 가려 한다.

이것은 실리적인 결정이기도 하다. 단순히 경찰의 연락을 받기만 했는데도 내가 한국에서의 생활을 정리하고 외국으로 잠적한다면 오히려 의심을 사게 된다. 나를 체포하지 못해도 경찰은 내가 범인임을 깨닫게 될 것이다. 그러면 나는 다시 내가 간 나라가 한국과 범죄인인도조약을 언제 맺을지 걱정해야 하는 신세가 된다.

14.

"대단한 시스템이에요. 그렇죠, 선배?"

서부지검으로 차를 몰고 가면서 연지혜가 말했다.

"뭐가?"

박태웅이 퉁명스럽게 되물었다. 정철희나 박태웅이나 과묵하고 투박한 중년 사내라는 공통점은 있지만, 결은 다르다. 정철희가 깊이를 알 수 없는 강이라면 박태웅은 안에 활활 타는 불을 품고 있는 느낌이랄까. 대하기에는 박태웅이 훨씬 편했다.

"우리가 신고받은 모든 죽음에는 번호가 매겨진다는 거잖아요. 대한민국이라는 나라가 이어지는 한 그 번호도 사라지지 않을 거고요. 민소림이라는 사람, 그 사람이 죽은 날짜, 장소, 누가 신고를 접수하고 누가 시신을 누가 발견했는지 같은 정보가 그렇게 영구 보존된다고 생각하니까 기분이 이상해요."

사건번호가 있으면 당시에 경찰이 사건을 수사하며 남긴 모든 서류를 찾을 수 있다. 중요 증거품도 수사 기록과 함께 서부지검 창고 어딘가에 보관돼 있다. 변사가 아닌 병사나 자연사도 대한민국이라는 시스템 어딘가에 그렇게 기록으로 남을 것이다. 구청 대장이나 행정안전부 전산망 같은 곳에. 연지혜 자신도 언젠가는 그렇게 죽음의 데이터베이스 한 자리를 차지하게 될 것이다.

"난 오히려 허술한 거 같은데, 그 시스템이."

박태웅이 잠시 생각하더니 대꾸했다.

"허술하다고요?"

"고작 몇 자리 사건번호를 알아내려고 경찰서를 직접 찾아가야 하잖아. 경찰 신분만 확인되면 전산으로 과거부터 현재까지 전국 모든 곳에서 발생한 변사 사건 정보를 확인할 수 있게 만드는 게 기술적으로 어려운 일은 아닐 텐데. 그리고 증거품을 왜 경찰이 아니라 검찰이 보관하고 있는 거야? 재수사를 해도 경찰이 하게 될 텐데."

"하긴 듣고 보니까 그도 그렇네요."

문득 그 데이터베이스에 올라가지 않는 사람들도 꽤 있으리라는 생각이 들었다. 누구도 신고하지 않는 죽음이 있을 것이다. 그중에는 자연스럽지 않은 죽음도 많으리라. 시신이 강이나 바다 밑바닥에 있을 수도 있고 야산에 묻혀 있을 수도 있다.

서대문경찰서에서와 달리 서부지검 문서고에는 직접 들어갈 수 없었다. 집행과에 가서 전날 공문을 보냈다고 말하며 사건번호를 알려주니 담당 주임이 잠시 기다리라면서 자리에서 일어났다.

주임을 기다리는 동안 연지혜는 한편으로는 다음 순간이 기대되고 한편으로는 여기서 도망치고 싶다는 묘한 생각에 빠졌다. 연지혜는 자신이 수사 기록을 보는 순간 이 사건에 감정적으로 빠져들 것임을 직감했다.

그리고 범인을 잡을 가능성이 높아 보이지 않아서 무서웠다.

연지혜가 보기에 박태웅은 자신보다 한발 앞서 사건에 빠져든 상태였다. 연지혜는 전날 저녁 박태웅이 광역범죄수사대에서 3년 동안 일하다가 왜 강원도 파출소를 자원했는지 오지섭에게 물었다. 오지섭은 "태웅이가 그때 알코올중독이었어"라며 히죽 웃었다.

"박 선배가 음주 문제가 있었다고요?"

"범인이 안 잡히니까 매일 밤마다 집에 가서 술을 마신 거지. 속이 상해서. 속상해서 술을 마셨는데 그러다 속이 정말로 상해버렸지. 강원도에 갈 때만 해도 형사는 다시는 안 한다고 했는데 1년쯤 쉬고 나니까 몸이 근질근질해졌나 봐."

연지혜는 자기도 박태웅처럼 되지 않을까 두려웠다.

정철희는 어떻게 생각하고 있을까. 문득 연지혜는 정철희가 경찰 조직을 상대로 신뢰라는 포인트를 적립해뒀다가 자기가 하고 싶지만 가능성이 낮은 이 수사를 위해 그 포인트를 사용한 것 아닌가 하는 생각이 들었다. 경찰 조직이라는 시스템을 잘 이해하고 자기 스스로를 철저히 통제하는 사람만이 그런 기술을 쓸 수 있을 것이다.

서부지검의 담당 주임이 손수레에 책 스무 권 분량의 서류와 증거물을 담아 오는 데에는 한 시간이 넘게 걸렸다.

"많네."

서류 더미를 본 박태웅이 질렸다는 듯 눈을 1, 2초간 감았다 뜨더니 한마디 했다. 그 순간 서류 더미가 쓰러져 내리려 했고 연지혜가 그걸 요령 있게 붙잡았다.

"증거는 엄청 적은데요."

증거물을 담은 누런 봉투를 보고 연지혜가 씁쓸한 미소를 지으며 말했다. 봉투는 덜렁 두 개였다.

서류 더미와 증거 봉투를 들고 건물을 빠져나왔다. 차에 타기 전에 연지혜는 충동적으로 보닛 위에 서류 더미를 올렸다. 몇 장을 넘기니 원하던 페이지가 나왔다.

검시관이 찍은 현장과 시신 사진이 붙은 페이지였다. 사진은 디지털 카메라가 아니라 필름 카메라로 찍어 인화한 것이었다.

민소림은 크게 웨이브를 넣은 긴 머리 헤어스타일을 하고 있었다. 중간중간 자연스럽게 탈색을 한 갈색 머리였다. 그 머리카락들은 오랫동안 씻지 않아 떡이 진 것처럼 산발이 되어 풀어져 있었다. 머리카락 일부는 머리 위쪽으로 올라가 있기도 하고 일부는 목과 어깨에 찰싹 달라붙어 있기도 했다.

왼쪽 눈가에 멍이 들어 있었고 부패로 얼굴이 전반적으로 부풀어 올라 있었다. 그럼에도 피해자가 살아 있을 때 상당한 미모였음을 알 수 있다는 게 신기했다. 오른쪽 눈은 희미하게 뜬 상태였다. 입을 벌리고 한쪽 눈을 가늘게 뜬 모습이 막 잠에서 깨어난 사람처럼 멍해 보였다. 자신이 왜 이런 일을 겪어야 하는지 영문을 모르겠다는 표정인 것 같았다.

박태웅이 조수석 문 앞에서 물끄러미 바라보는 동안 연지혜는 수사보고서를 몇 장 더 넘겼다. 민소림의 생전 모습이 나왔다. 바다를 배경으로 친구들과 찍은 사진이었다. 당시 유행하던 힙합 스타일의 티셔츠와 바지를 입고 이를 약간 드러낸 채 웃고 있었다. 자신만만하고 살짝 건방지기까지 한 미소였다. 바람이 불고 있었는지 긴 머리가 하늘에 날렸다. 민소림은 공격적인 느낌으로 아름다웠다. 무리의 중앙 자리에 서 있는 것에 대해, 자신이 여왕 같은 취급을 받는다는 데 대해 전혀 거리낌이 없어 보였다.

연지혜는 그 사진을 자기 스마트폰으로 찍었다. 그리고 그 이미지를 휴대폰 배경화면으로 지정했다. 그러자 22년 전 살아 있던 민소림에게서 무언가가 시공을 초월해 자신에게로 들어오는 것 같은 기분이 들었다.

"이거 다 읽는 데 얼마나 걸릴까? 일주일?"

테이블에 산더미처럼 쌓아놓은 서류를 보면서 정철희가 차분히 말했다. 박태웅은 나가서 누구라도 때려잡을 것 같은 기세로 서류 더미를 노려보고 있었다. 연지혜는 자신도 꽤나 굳은 얼굴일 거라 생각했다.

"제가 대충 셈해보니까 3000쪽이 넘던데요. 저희 셋이서 나눠 읽으면 한 사람이 하루에……." 연지혜가 말했다.

"나눠 읽는 건 안 돼. 수사 자료 내용은 우리 세 사람이 다 숙지해야 돼. 돌려가며 처음부터 끝까지 다 읽어. 나도 읽을 거야." 정철희가 말했다.

"그래야죠." 박태웅이 동의했다.

"그냥 읽는 게 아니라 수사 기록들 보면서 22년 전에 빠뜨린 게 뭐였는지, 당시에는 불가능했지만 이제는 가능한 수사 기법이 뭐가 있을지 메모를 하는 거야. 매일 오후 5시에 그 메모 내용을 발표하고 토론한다. 뭐, 그런 식으로 하루에 얼마나 읽을 수 있는지 일단 오늘 한번 해보자고. 지금은 감이 잘 안 잡히니까."

정철희가 말했다. 연지혜와 박태웅이 동시에 "네"라고 대답했다.

"그리고 남은 증거물들은 전부 다시 감식을 한 번 더 받자. 뭐, 그사이에 기술이 많이 발전했을 테니까. 서부지검에 증거물 봉투가 두 개밖에 없었어?" 정철희가 물었다.

"네. 봉투 하나는 피해자가 입고 있던 옷이랑 속옷이고요, 다른 하나에는 2000년 8월 1일부터 3일까지 뤼미에르 빌딩 엘리베이터의 CCTV 화면을 녹화한 영상이 담긴 CD예요. 그 CD는 지금 저희 사무실 어느 자리에서도 재생이 되지가 않습니다. 아예 인식이 안 됩니다." 박태웅이 대답했다.

"CD는 박 형사가 디지털포렌식계로 보내 영상 복구를 부탁해봐. 옷가지는 연 형사가 국과수로 보내서 다시 분석해달라고 하고."

"네." 연지혜가 대답했다.

"뭐, 나는 면식범 소행이 아닐 거라고 생각하지만 그건 내 추측일 뿐이고, 어떻게 될지 모르지. 내 의견 너무 신경 쓰지 말고 모든 가능성을 열어놓으라고. 그래도 내 추측이 맞아서 이게 만약 면식범이 아니고, 피해자와 아무 관련 없는 강간범이다, 여자 혼자 사는 집을 노리고 들어가서 강간하고 나오는 발바리 새끼다, 그렇다면 나는 그 새끼가 분명히 같은 범죄를 이후에 더 저질렀을 거라고 봐. 발바리 새끼들 말로는 그 짓도 중독성이 있다고 하니까."

연지혜와 박태웅은 모두 고개를 끄덕였다. 게다가 이 녀석은 사람을 죽이고도 잡히지 않았다. 자기의 운을 과신하고 있을 가능성이 높다.

"2000년 이후 강간, 강간 미수, 주거침입 전과자들을 살펴봐야죠. 2000년 이전 전과자는 서대문경찰서에서 다 찾아봤을 테고." 박태웅이 말했다.

"서류에는 강도로 적혀 있을 수도 있어. 성폭행당했다는 이야기는 빼고 신고한 피해자들도 있을 테니까. 뭐, 수사 기록에 피해자 몸에 남아 있던 정액 DNA 분석한 결과도 있지?"

"네, 있어요. 제가 목록에서 제목을 봤어요. 혈액형이 O형이더라고요." 연지혜가 말했다.

"연 형사가 그거 복사해서 국과수랑 대검에 들고 가서 거기에 있는

DNA 데이터베이스에 넣고 돌려봐. 그 데이터베이스 만들기 시작한 게 2010년이거든. 그 전에 강력범죄를 저지른 놈들 DNA는 데이터베이스에 없어. 그러니까 우리 범인이 2010년 이후에 강간이나 강도로 잡혀서 신원 파악되고 DNA가 채취되고 그게 버젓이 국가 데이터베이스에 올라 있는데도 여태까지 아무도 그걸 2000년 사건의 분석 자료랑 연결을 못 했을 수도 있어. 내가 경찰 하면서 그런 어이없는 일 많이 봤다."

"데이터베이스를 왜 그렇게 날림으로 만든 거죠? 보유하고 있던 과거 사건들의 DNA 분석 기록들도 당연히 넣었어야 하는 거 아닌가요?" 연지혜가 물었다.

"몰라서 안 한 게 아냐. 정부가 강력범 DNA 분석 정보를 모아서 데이터베이스로 만들어도 된다는 법이 그때 통과된 거야. 그래서 법이 생긴 다음에 채취한 DNA만 데이터베이스에 넣을 수 있는 거야. 뭐, 그런 데이터베이스를 만들면 안 된다고 반대하는 사람들이 있었어. 국가가 국민을 감시하는 거라고." 정철희가 말했다.

"지문 찍는 걸 반대하는 사람도 있으니까……." 박태웅이 말을 흐렸다.

"DNA 데이터베이스로 바로 잡을 수 있다면 우리는 횡재하는 건데…… 그럴 가능성은 거의 없겠지. 그러면 경찰 수백 명이 반년 동안 달라붙었던 일을 우리 세 사람이 다시 해야 하는 거야. 받은 시간은 3개월이지만 두 달이 지나면 위에서 수사 어떻게 되어가느냐고, 가능성 없어 보이면 일찍 접으라고 눈치를 줄 테지. 그때까지 작은 거라도 진척이 있어야 돼. 시간 싸움이라고 생각해야 한다." 정철희가 말했다.

15.

범죄 뉴스와 사건 재연 프로그램들을 보는 것과 마찬가지 이유로, 범죄 피해자들을 다루는 다큐멘터리도 찾아본다. 그중 한 편에 인상적인 대목이 있었다.

범죄 피해자들이라고 늘 울고 괴로워하는 것은 아니다. 심리상담사가 그들에게 불편해하지 말라며, 웃고 기뻐하는 건 조금도 이상한 일이 아니라고 설명해준다. 범죄 피해를 당했어도 역시 인간이고, 인간은 원래 재미있는 이야기를 듣거나 맛있는 걸 먹으면 웃는다면서.

나는 그게 범죄자에게도 해당하는 이야기임을 깨달았다. 나 역시 인간이고, 나 역시 때때로 미소 짓고 즐거워해도 된다.

나는 이 발견을 숙고하고, 거기서 한 걸음 더 나아갔다. 살인자인 나에게도 다른 사람들처럼 삶의 의미와 윤리적 지침이 필요하다. 아니, 살인자이기에 더욱더 나를 무너지지 않게 해줄, 강하고 남다른 도덕적 중심을 원한다.

그 도덕은 '인간은 특별한 경우에 인간을 죽일 수 있다'는 내용을 담고 있어야 할 것이다. 내 안의 스타브로긴이 매달리는 문제가 이것이다.

사람을 죽이면 왜 안 되는가? 이는 도스토옙스키가 소설 속 인물의 입을 빌려 반복해서 던지는 질문이기도 하다.

같은 질문을 이렇게 표현할 수도 있다.

신이 없다면, 모든 것이 허용되지 않는가?

도스토옙스키는 모든 것이 허용된다면 도덕의 중심은 사라지고, 인간은 그런 상황을 견딜 수 없다고 봤다.

독실한 기독교인이었던 도스토옙스키는 이런 허무주의자 캐릭터들에게 그가 가장 경멸해마지않는 최후를 선사한다: 자살.

스비드리가일로프, 스타브로긴, 키릴로프, 스메르쟈코프가 그렇게 죽는다. 이 문제에 대해 덜 치열했던 라스콜니코프와 내심 구원을 소망한 이반 카라마조프는 자살하지는 않지만 극심한 불안정 상태에 빠진다.

도스토옙스키의 결론은 '그러므로 신이 있어야 한다'였지만 작품에서 이를 제대로 풀어내지 못한다.《죄와 벌》은 신비한 환영과 개심에 대한 희미한 암시로 막을 내린다. 문학적으로는 어떨지 몰라도 사상적으로는 어정쩡하다. 반면《악령》에서는 인물들이 자기 사상을 충실히 좇은 결과, 작품이 희망 없이 끝나버린다.

도스토옙스키는《카라마조프 씨네 형제들》에서 자신의 답을 제대로 펼치려 했다. 이반 카라마조프의 동생이자 견습 수사인 알료샤 카라마조프가 소설 2부에서 그 메신저 역할을 맡을 예정이었다.

그런데 도스토옙스키는 이 소설의 1부만 발표하고 갑자기 세상을 떠난다. 오늘날 우리가 아는《카라마조프 씨네 형제들》은 도스토옙스키가 원래 구상한 작품의 앞부분 절반이다. 이 소설은 무서운 질문을 던지지만 답하지 않는다. 어떤 이들은 이 작품이 미완성이어서 걸작이 될 수 있었다고 말한다.

16.

"기록이 좀 허술하네요."

수사보고서를 한 시간 정도 검토한 뒤 연지혜가 자기도 모르게 내뱉은 말이었다.

22년 전 수사보고서가 꼼꼼하게 잘 작성돼 있기를 기대한 것은 아니었다. 원래 수사보고서는 특정한 양식이 없다. 수사본부 안에서 수사관들끼리 정보를 공유하기 위해 작성하는 메모라고 보면 된다. 피의자신문조서나 진술서와 달리 증거로 인정되지도 않는다.

그러다 보니 사람마다 선호하는 양식도 다르다. 상사 중에서도 어떤 사람은 부하 직원들이 상세하게 수사보고서를 써 오길 원하고 누구는 긴 보고서를 보면 화를 내면서 요점만 간략히 적으라고 지시하기도 한다.

한데 그렇다 쳐도 신촌 여대생 살인사건의 수사보고서는 정도가 선을 넘었다. 아무리 봐도 같은 사람인데 서로 다른 이름으로 표기돼 있는 기초적인 실수가 곳곳에 있는가 하면, 참고인 진술청취 보고서가 한 줄로 적혀 있는 경우도 많았다. '사망 추정 시간에 알리바이 확인'이라는 식으로.

더 큰 문제는 있어야 할 보고서들이 없거나 정보가 누락된 것이었다. 특정 참고인 진술청취 보고서가 1차, 2차는 있는데, 3, 4차가 빠져 있고 갑자기 5차 보고서가 나온다든가, '증언 확인 필요'라고 메모가 되어 있는데 결과는 없다든가. 뤼미에르 빌딩 거주자는 전부 진술을 들었다고 했는데 이름만 적혀 있고 호수가 나와 있지 않아 어느 호가 빠져 있는지 알 수 없는 식이었다.

"뭐, 그때 형사들이 엄청 바빴거든. 야근도 많이 하고. 그러다 보니까 일단 진술을 듣고 별로 중요한 게 아니면 '구두로 보고하고 수사보고서는 나중에 써야지'라는 식으로 넘긴 게 많았어. 고참 형사들 중에는 컴퓨터에 서툰 사람도 꽤 있었고. 없는 보고서나 미비한 보고서는 신경 쓰지 말자." 정철희가 말했다.

"수사 맥락을 파악하기가 어려운데요. 갑자기 피의자로 특정되는 사람이 있는데, 왜 그런 건지 모르겠네요." 연지혜가 말했다.

"그런 게 많아?" 정철희가 물었다.

"그냥 중간에 백 페이지쯤 훑어봤는데 두 건 있어요."

"그때 수사본부를 기존 강력팀 구성대로 짰거든. 강력팀이 여섯 팀 있었는데 팀별로 경쟁을 시켰어. 강력1팀이 주무팀이 돼서 지인들을 맡고, 강력2팀이 뤼미에르 빌딩 거주자 탐문, 강력3팀은 옆 건물이랑 주변 유흥업소들, 강력4팀은 비슷한 수법 전과자들, 그런 식으로. 특진도 걸려 있고 다들 승부욕도 있으니까 중요한 첩보가 들어오거나 미심쩍은 놈이 있으면 다른 팀 몰래 자기 팀 안에서만 수사를 한 경우도 있을 거야. 수사보고서는 아침에 수사회의 때 공유해야 하니까 늦게 쓰거나 적당히 흐려서 쓰고. 그런데 어차피 피의자로 특정한 다음에는 설렁설렁하지는 않았을 테니 그것도 너무 신경 쓰지는 마."

정철희의 설명에 연지혜가 한숨을 쉬었다. 하긴, 어찌 보면 이건 불평을 제기할 일이 아닐 수도 있었다. 연지혜 역시 수사보고서를 작성할 때 자신과 동료를 상대로 메모한다는 마음으로 쓰지, 22년 뒤 미래의 독자를 염두에 두고 정연하게 기록하지는 않는다. 형사의 일은 사건 실체를 파악하고 범인을 잡는 거다. 서류를 작성하는 게 아니라.

"주력팀인 두 팀 팀장이 사이가 안 좋았어. 한 팀 팀장은 무식하게 수사를 시키는 양반이었어. 큰 사건이 벌어지면 해결할 때까지 수사본부에서 먹고 자고 해야 한다고 아무도 집에 못 가게 했어. 다른 팀 팀장님은 그 당시 기준으로는 엄청 합리적인 분이어서 형사들이 일 없으면 집에 가서 쉬고 와야 한다는 주의였고. 그러니까 빡세게 하는 팀에서 덜 빡세게 하는 팀을 욕했지. 저기서 물이 샌다고. 덜 빡세게 하는 팀에서는 빡세게 하는 팀 형사들이 잠복수사 한답시고 차에서 쿨쿨 자는 거 봤다고, 그러면 잠복하는 의미가 뭐냐고 응수하고."

정철희가 당시 상황을 설명했다. 연지혜는 정철희가 절대 밤샘 수사를 시키지 않는 원칙을 그때 다짐한 것 아닐까 추측했다.

정철희가 말을 이었다.

"수사는 길어지는데 나오는 게 없으니까 분위기가 안 좋아졌지. 진범 찍은 팀이 특진 제대로 챙기려고 일부러 시간 끈다는 얘기까지 돌았고. 뭐, 나중에는 잠복하느라 너무 힘이 들어서, 의심 가는 용의자 찍은 팀에 인력 몰아주자고 했는데 잘 안 됐어."

22년 전 수사팀의 능력이나 분위기와 별도로 수사 기록을 읽으면서 연지혜는 왜 당시 경찰이 초기 수사에 혼선을 빚을 수밖에 없었는지 이해했다. 초반에는 비면식범의 소행이라 볼 만한 정황들이 있었다.

2000년 7월 초에 뤼미에르 빌딩 뒤의 빌라 건물에서 성폭행 사건이 발생했는데 수법이 비슷했다. 젊은 여자 혼자 사는 집이었고, 범인은 과도를 들고 들어와 피해자를 협박했다. 그러나 밤이었고 불이 꺼진 상태였기 때문에 피해자가 범인의 얼굴을 보지는 못했다. 빌라 성폭행 사건의 범인은 장갑을 껴서 지문을 남기지 않았고, 피해자가 신고를 이틀 뒤에 하는 바람에 정액을 채취하기도 어려운 상태였다. 피해 여성은 유흥업소 종사자였다.

한 달쯤 전 바로 길 건너편인 마포구 노고산동의 다세대주택에서는 초등학생이 겁탈당할 뻔한 사건이 발생했다. 홀어머니와 딸이 사는 반지하방이었다. 범인은 대낮에 대담하게 창문을 열고 들어와 여학생을 강간하려 했다. 그러나 학생이 울면서 소리를 지르자 창문으로 달아났다.

8월 2일 낮에는 뤼미에르 빌딩 15층에서 젊은 남자가 집집마다 문을 두드리고 돌아다녔다. 상대가 초인종을 누르지 않고 문을 두드린 데다 무슨 일이냐고 물어도 대답을 하지 않는 바람에 현관문 구멍으로 밖을 내다본 여성의 증언이 있었다. 그 여성은 당시에는 경찰에 신고하지 않았다. 전에도 그런 일이 여러 번 있었기 때문에 신고할 생각을 하지 않았다고 했다.

그렇다고 면식범의 소행일 가능성을 배제하기도 어려웠다. 친구들의 증언에 따르면 민소림에게는 대시하는 남자가 끊이지 않았다. 수업시간에 몰래 쪽지를 놓고 가는 남학생도 많았고, 길을 걸어가다가도 소위 '헌팅'을 당하곤 했다. 교문 앞에서 직장인이 명함을 주고 간 적이 있었다는 증언도 있었다.

민소림도 남자친구를 꽤 자주 갈아치운 편이었다. 민소림의 남자친구로 지목된 학생들은 모두 경찰 조사를 받았다. 나중에 보니 민소림과 1년 이상 교제한 남학생은 한 명도 없었다. 그녀는 특히 대학에 입학한

1998년에 여러 명과 교제했다. 같은 기간에 두 사람을 사귀기도 했다.

연지혜는 민소림이 연예기획사의 스카우트 제안을 받았다고 적혀 있던 시사주간지 기사를 떠올렸다. 미모의 여대생이어서, 몸에 정액을 남기고 죽어서, 그녀는 온갖 가십의 대상이 되었다. 한편으로는 성폭행을 당했던 유흥업소 종업원에 대해서는 경찰이 얼마나 제대로 초동수사를 했을지 궁금했다. 다세대주택에 살았던 한자녀가구의 초등학생에 대해서는 얼마나 정성을 기울였을지도.

탐문수사 자료가 너무 방대했기 때문에 연지혜는 증거에 대한 기록부터 찾아 읽었다. 22년 전 수사팀이 수집한 물적증거는 많지 않았다. 범인은 범행 직후 침대 모서리처럼 자기 손이 닿았을 만한 곳은 천으로 닦아낸 것 같았다. 침대 옆에서 민소림의 머리카락보다 더 굵고 뻣뻣한 머리카락이 한 가닥 발견됐는데 모근이 없어서 유전자형은 검출되지 않았다.

현장에서 민소림의 것이 아닌 쪽지문(부분 지문)이 몇 개 발견되기는 했다. 그 쪽지문 중 당시 식별 가능했던 것은 단 하나였다. 신발장 옆면에 묻은 지문이었다. 지문 주인이 사십대 남자인 것으로 밝혀졌을 때 당시 수사팀은 범인을 잡았다고 생각했다. 체포영장을 받아 검거했는데 잡고 보니 민소림이 뤼미에르 빌딩에 올 때 짐을 나른 이삿짐센터 직원이었다. 사건 일시에 알리바이도 확실했다.

"남은 쪽지문들은 본청 감식과로 보내서 다시 분석해. 혹시 지금 기술로는 다시 분석할 수 있을지도 모르니까. 이건 박 형사가 하자." 정철희가 지시했다.

현관에서는 민소림이 갖고 있지 않은 신발 자국도 하나 발견됐다. 그러나 너무 일부분이라 족적 길이도 가늠할 수 없었고, 당시 흔하게 쓰이던 물결무늬 패턴이었다. 수사팀에서 그 무늬를 들고 신발 매장을 돌아다녔지만 남성화, 여성화 모두에 흔하게 쓰이는 패턴이라는 말만 들었다. 경찰이 신발 발자국 데이터베이스를 만들기 시작한 것은 2002년부터였다.

제보 전화와 제보 편지, 보고 관련 서류도 많았으나 도움이 되는 건은 없었다. 망상장애가 있는 사람이 수사본부로 수백 통이나 전화를 걸어 자기 이웃들이 수상하다고 신고하는 일도 있었다. 외국 스릴러소설이나 영화를 흉내 낸 듯한 편지도 있었다. 신문에서 오려낸 글자로 '외국인을 조사하라'는 문장을 만들어 붙인 것이었다. 연지혜가 집어 들자 누렇게 변색된 '외국인'이라는 단어가 편지지에서 떨어져 나왔다.

핵심 증거인 정액과 CCTV 사진을 놓고 연지혜와 정철희, 박태웅 사이에 작은 논쟁이 벌어졌다.

"이 정액이 범인 거라고 확신할 수는 없는 거 아닌가요?" 연지혜가 물었다.

"칼에 찔린 피해자가 바지와 속옷이 내려간 채로 발견됐는데 그 안에 있는 정액이 범인 게 아니다?" 박태웅이 비꼬았다.

"남자친구랑 자고 나서 남자는 갔는데 그 직후에 범인이 온 걸 수도 있잖아요? 범인은 콘돔을 쓰고."

"뭐, 변호사는 그렇게 주장하겠지. 그러니까 잡았을 때 잘 몰아붙여야 돼. 우리한테 뭐가 있는지 말해주지 말고." 정철희가 말했다.

"피해자 성기 주변에 상처가 있다는 기록도 없어요. 대음순 찰과상, 회음부 열상 소견 같은 의견들이요." 연지혜가 지적했다.

"피해자가 술에 취해 있었잖아. 취한 피해자를 성폭행한 걸 수도 있고, 술을 먹이면서 천천히 협박을 했는지도 몰라. 게임 벌칙이랍시고 여자애들한테 술 먹이고 성폭행하는 소년범들 많잖아. 그런 사건들 보면 피해자 성기에 상처는 없는 경우가 의외로 흔해." 박태웅이 말했다.

부검에서 채취한 민소림의 혈액 속 알코올 농도는 0.05퍼센트였다. 당시 기준으로도, 보다 엄격해진 현재 기준으로도 음주 운전 단속에 걸릴 수치다. 사람이 사망하면 알코올이 더 분해되지 않으므로, 숨질 때 그 정도 취해 있었다는 얘기다.

연지혜는 CCTV 속 남자가 범인이라거나, 최소한 정액의 주인이라는 결정적인 증거도 없다고 지적했다.

"이 남자는 그냥 2000년 8월 1일 자정을 좀 넘은 시각에 13층에서 엘리베이터를 타고 내려온 사람인 거잖아요? 언제 13층으로 올라갔는지도 모르고. 건물 복도에는 CCTV가 없었고, 그러니 이 남자가 1305호에 들어갔는지 아닌지도 알 수 없고."

"그런데 8월 1일 밤부터 8월 3일 아침까지 13층에서 엘리베이터를 이용한 사람 중에 신원이 파악되지 않은 사람은 그놈뿐인 거지. 8월 2일 낮 이후로 민소림은 외부 연락을 받지 않았고." 정철희가 말했다.

"뤼미에르 빌딩에는 엘리베이터가 두 대 있었어요. 한 대는 1층과 짝수 층에, 나머지 한 대는 홀수 층에 서는 거였고요. 그런데 짝수 층에 서는 엘리베이터에 설치된 CCTV는 그때 고장 나 있었어요." 연지혜가 말했다.

"그래서?"

박태웅이 눈을 1, 2초 정도 감았다 뜨면서 물었다.

"보통 이런 건물에서 엘리베이터를 탈 때, 내가 13층에 가고 싶은데 홀수 층에 서는 엘리베이터가 막 떠났고 마침 짝수 층에 서는 엘리베이터가 오면 그냥 그걸 타지 않아요? 14층에서 내려서 계단으로 한 층 내려가죠." 연지혜가 연지혜표 미소를 지으며 말했다.

"그 건물에 전에도 와본 사람이라면 그럴 수도 있겠지."

정철희가 말했다. CCTV 속 남자가 뤼미에르 빌딩에 몇 번이나 왔는지는 알 수 없었다. 뤼미에르 빌딩은 CCTV 영상을 2일치만 보관하고 지웠기 때문이다.

"만약 누군가 짝수 층 전용 엘리베이터를 타고 14층에서 내려서 13층으로 걸어 내려간 다음 1305호에 가서 민소림을 살해하고, 건물 밖으로 나갈 때도 짝수 층 전용 엘리베이터를 이용했다면 그 사람은 CCTV에 전혀 찍히지 않게 돼요. 건물 현관에도 CCTV가 없었으니까요." 연지혜가 말했다.

"그런 시나리오도 가능은 하겠지. 그러면 이 남자는 누구야? 몇 달 동안 그렇게 수배를 하고 13층에 사는 모든 입주자에게도 다 물어봤을 텐데 이 남자가 누군지 왜 아무도 모르는 거야?" 박태웅이 말했다.

"그런데 막 살인을 저지른 사람이 태연하게 엘리베이터를 이용할까요? 신촌에서 젊은이들이 사는 오피스텔이면 자정이라도 그렇게까지 안심할 시간은 아닐 텐데요. 옷에 혈흔이 묻었을 수도 있고, 몸에서 피 냄새가 날지도 모르잖아요. 어지간하면 계단으로 내려가려고 하지 않을까요?"

"왜 그랬는지 잡아서 물어봐야겠다. 아마 경황이 없었을 거야."

박태웅의 말에 정철희가 웃었다. 연지혜는 얼굴이 붉어졌다. 처음으로 복잡한 살인사건을 맡아 자신이 너무 흥분했다는 사실과, 정철희와 박태웅이 귀여운 막냇동생을 보는 눈빛으로 그녀를 쳐다보고 있음을 갑자기 깨달았다.

정철희는 연지혜에게 자신들이 지금 수사를 하는 중이지, 법정에 있는 게 아니라고 말했다. 현재까지 파악한 정황만으로는, 물론 논리적으로 CCTV 속 남자가 범인이라는 주장에 빈틈은 있다. 하지만 그 남자가 범인으로 가장 유력하고, 그를 찾는 과정에서 추가 증거를 발견하면 논리의 허점도 사라질 것이다.

범행 시각을 8월 2일 오전보다는 전날 밤으로 보는 게 합리적이기도 했다. 살인, 강간, 강도는 오후 8시부터 자정 사이에 집중적으로 벌어진다. 사건이 벌어진 시간대에 자정 넘어 야구 모자를 쓰고 나온, 신원이 파악되지 않는 젊은 사내만큼 유력한 용의자가 또 어디 있단 말인가.

"건물을 한번 직접 보고 싶네요. 선배, 이따가 저랑 같이 가서 둘러보지 않을래요?"

연지혜가 박태웅에게 물었다. 오후 10시 반이었다.

"그럴까?" 박태웅이 말했다.

"오늘은 이만 들어들 가고 건물은 내일 아침에 출근하면서 보고 와. 나는 당시 부검의를 만나고 올 테니." 정철희가 말했다.

17.

'신이 없다면, 모든 것이 허용되지 않는가'라는 질문은 이후 많은 작가와 사상가들을 사로잡았다.

도스토옙스키와 살았던 시기가 겹치는 인물 중에서는 먼저 니체를 꼽을 수 있다. 니체는 도스토옙스키를 자기 인생의 멋진 행운이라고 불렀고, 자신에게 무언가를 가르쳐준 유일한 심리학자라고도 했다. 공교롭게도 그는 이반 카라마조프와 같은 길을 걷는다. 니체는 '진리란 없다. 모든 것이 허용된다'고 선언하고 미쳐버린다.

니체가 내세운 답들은 많은 독자의 가슴을 건드렸으나 극도로 모호하고 이해하기 어렵다. 생의 철학, 힘에의 의지, 초인, 영원회귀……. 어지럽다. 나는 그게 무슨 뜻인지 끝내 모르겠다. 묘한 향을 풍기며 잠시 사람을 들뜨게 했다가 짙은 숙취를 남기는 독한 술과 같은 단어들에 불과한 것은 아닐까.

20세기 작가 중에서 한 명만 고르라면: 알베르 카뮈.

카뮈의《페스트》에서 의사 리유와 파늘루 신부가 벌이는 논쟁은 정확히《카라마조프 씨네 형제들》에서 이반과 알료샤 카라마조프가 벌이는 바로 그 논쟁이다.

리유와 이반은 견해가 같다. 죄 없는 어린아이들이 이토록 고통받는 세상을 거부하겠다는 것이다. 이 논쟁은《이방인》끝부분에 뫼르소가 교도소에서 신부와 벌이는 언쟁과도 상당 부분 겹치며, 카뮈는 두 번 모두 무신론의 손을 들어준다.

도스토옙스키의 팬이었던 카뮈는《악령》을 희곡으로 각색하기도 했다.《카라마조프 씨네 형제들》연극에서는 직접 이반 카라마조프 역을 맡았다. 카뮈의 철학 에세이《시지프 신화》에는 키릴로프, 스타브로긴, 이반 카라마조프에 대한 분석이 비중 있게 나온다.

모든 것이 허용될 때, 그래서 어떤 것에도 의미가 깃들 수 없고 진리라는 것이 성립할 수가 없을 때, 우리는 자살하지 않고 무엇을 할 수 있는 걸까? 카뮈는 반항하라고 한다. 끝내 의미를 발견할 수 없겠지만 의미를 구할 수 없다는 현실 그 자체에 우리가 시시포스처럼 끊임없이 반항해야 한다고 주장한다.

카뮈의 지침은 니체의 말보다는 이해하기 쉽다. 상당히 논리적으로도 들린다. 신이 없는 것 같다고 말하는 현대 과학의 발견들과 충돌하지 않고, 그러면서도 우리에게 윤리적인 삶의 근거를 제시하는 듯하다.

천국과 지옥을 믿지 않으면서도 사람을 죽이지 말아야 할 이유가 필요한 현대 무신론자들에게 가장 인기 있는 답안이다. 우리가 익히 아는 편안한 도착지에 이르지만 그 여정에서 지성을 희생하지 않아도 된다. 거기에 비극적 감흥이라는 선물까지 안겨준다.

그러나 어딘지 말장난 같다는 느낌도 지울 수 없다. 카뮈의 조언을 충실히 따를 때 우리가 얻을 수 있는 최대치는 영원한 긴장과 불만족이다. 옳다고 믿는 행동을 하고 의미를 추구하면서도, 사실은 거기에 근거가 없고 끝내 의미를 얻을 수도 없음을 날카롭게 인식해야 한다. 찰나의 충족감을 맛보려는 순간 우리가 정상 부근까지 밀어 올린 바위는 산비탈 아래로 굴러떨어진다.

카뮈는 그 과정에서 우리가 '말 없는 기쁨'을 느낄 수 있다고 하는데, 그에 비하면 오른쪽 뺨을 맞은 뒤 왼쪽 뺨을 내미는 일이 훨씬 쉽다.

게다가 카뮈는 그런 노력을 구체적으로 어느 방향으로 기울여야 할지에 대해서는 전혀 얘기하지 않는다.《페스트》에서 그가 말하는 것은 기껏 연대라든가, 공감이라든가, "혼자만 행복한 것은 부끄러운 일" 운운하는 염치다. 맥 빠지는 얘기다. 카뮈는《최초의 인간》이라는 대작을 구상하지만 원고를 마무리하지 못하고 교통사고로 숨지는데, 거기서는 사랑을 말하려 했다고 한다.

카뮈에 대한 나의 감상은 1945년 가을 파리에서, 마치 록 콘서트처럼 청중이 몰렸던 사르트르의 실존주의 강연을 듣고 난 미셸 투르니에의 반응과 같다: 뭐야, 결국 케케묵은 휴머니즘 얘기였어?

사르트르의 실존주의는 2차세계대전 직후 거대한 유행이 되지만, 투르니에는 핵심을 찔렀다. 실존이 어쩌고 본질이 어쩌고 해봐야 계몽주의를 다시 옹호한 것에 불과하다.

다시 말해, 계몽주의는 처음부터 공허라는 위험을 내장하고 있다. 계몽사상에 바탕을 둔 현대문명의 논리적 귀결은 영적 허무주의다. 이것이 쾌락주의와 물신주의의 토양이 된다.

도스토옙스키는 그런 미래를 감지했다. 그래서 서유럽의 자유사상에 물든 러시아 청년들에게 물었다. 너희들 말대로라면, 신이 없고 인간이 세계의 중심이라면, 그렇다면 모든 것이 허용되지 않나? 규범이 없는 삶을 살게 되지 않나?

내 안의 스타브로긴은 도스토옙스키와 니체 사이에서, 카뮈나 사르트르와는 다른 길을 모색한다. 내 안의 스타브로긴은 내게 그들보다 유리한 점이 한 가지 있다고 본다.

그들과 달리 나는 살인자다. 나는 선 바깥에 있다.

18.

연지혜는 단층 단독주택에 산다. 대문을 열고 들어가면 두 평쯤 되는 작고 축축한 마당이 나온다. 함께 살았던 동기는 마당에서 텃밭을 가꿔 보자고 제안했지만 연지혜는 도저히 자신이 없어 고개를 저었었다.

마당 위로 엉덩이를 걸치고 앉을 만한 적당한 높이의 툇마루가 있고, 툇마루에서 다시 접이식 나무문을 열고 들어가면 거실이 있다. 거실에는 주방이 딸려 있고, 옆으로 화장실이 있다. 방은 두 개인데, 하나는 비워뒀다. 새 룸메이트를 맞이하게 된다면 어차피 비워줘야 할 테니.

거실에 들어선 연지혜는 먼저 휴대폰을 스피커에 꽂고 음악을 틀었다. 스피커는 휴대폰을 꽂으면 충전도 되는 제품이었는데, 당근마켓으로 거의 공짜나 다름없이 구했다. 아담한 사이즈의 물건이 소리는 빵빵하게 컸고 저음도 제법 잘 구현했다. 외형도 플라스틱이 아니라 나무로 되어 있어서 보기에도 근사했다.

베이스음이 끈끈하게 울려 퍼졌다. 더 노턴스의 〈블루스와 결혼했다오(Married to the Blues)〉였다. 연지혜는 음악 볼륨을 조절하고 방으로 들어가 편한 옷으로 갈아입고 나왔다. 소매 없는 티셔츠와 반바지 차림이었다.

연지혜는 마당을 내려다보며 간단하게 스트레칭을 한 뒤 팔굽혀펴기를 시작했다. 스무 번을 하고 일어나 왼쪽 가슴에 손을 얹고 맥박이 뛰는 걸 세었다. 심장 소리가 100번이 되었을 때 다시 엎드려 팔굽혀펴기를 했다. 팔굽혀펴기를 그렇게 60번 하는 동안 연지혜는 땀을 흘리지 않았고 큰 숨을 토하지도 않았다.

20번씩 팔굽혀펴기를 3회 한 다음, 이번에는 맥박이 200번 뛰는 걸 셌다. 그리고 팔을 조금 전보다 더 벌려서 팔굽혀펴기를 20번씩 2회 더 했다. 이제 이마에 땀이 맺혔고 호흡도 가빠졌다. 마지막 푸시업을 마친 뒤에는 바닥에 대자로 누워 한참 헐떡였다.

팔굽혀펴기를 100번 하고 난 연지혜는 스쿼트를 역시 20번씩 5회 했고, 그다음에는 플랭크를 했다. 플랭크는 1분씩 3회를 했다. 그리고 스트레칭을 한 뒤 옷을 벗고 화장실에 들어가 샤워를 했다. 화장실에 들어갈 때에는 게리 무어가 〈예언자(The Prophet)〉를 연주하고 있었다. 전자기타 음이 흐느끼듯 이어졌다.

연지혜는 눈을 감고 뜨거운 물줄기에 몸을 맡긴 채 뤼미에르 빌딩의 CCTV 사진에 대해 생각했다. 사진 속 남자를 둘러싼 정황은 곳곳에서 아귀가 잘 맞지 않았다. 야구 모자를 쓰고 CCTV가 있는 엘리베이터에 타는 일 따위가 그렇다. CCTV에 찍히고 싶지 않았다면 계단을 이용하면 됐다.

사실 이런 모순들은 모든 사건의 특징이다. 어떤 모순점은 범인이 잡히고 난 다음에도 해결되지 않는다. 범죄는 인간 사이의 상호작용이고, 인간들의 활동은 무엇이건, 언제나, 앞뒤가 잘 안 맞는다. 사건의 틀을 정해놓고 맞지 않는 증거를 전부 기각하는 확증편향도 피해야 했지만 몇몇 사소한 불일치는 무시하는 대범함도 필요했다.

비록 연지혜가 낮에 딴죽을 걸기는 했어도, 사진 속 남자가 민소림이 사는 1305호를 찾아왔다는 추정은 합리적이었다. 1301호부터 1310호까지, 1305호를 제외한 뤼미에르 빌딩 13층의 모든 입주민이 그 남자를 알지 못하며, 2000년 8월 1일 저녁 시간대에 자신의 집에 찾아온 비슷한 체격의 남자 손님도 없다고 증언했다. 12층과 14층 주민들도 마찬가지였다.

CCTV 속 남자는 키도 평균 이상이었고 어깨도 넓은 편이었다. 확실치는 않았지만 가슴 근육도 적당히 있는 것 같았다. 야구 모자 때문에 얼굴은 확인할 수 없었지만 여자에게 열등감을 품을 것 같은 체격은 아니었다. 하지만 그런 것도 선입견이다. 연쇄살인범 강호순도 중키에 제법 잘생긴 얼굴이었다. 미국의 연쇄살인마 테드 번디도 그랬다.

남자는 얇은 재킷도 걸치고 있었다. 8월 초인 걸 감안하면 다소 격식을 차린 옷차림이었다. 왜 재킷을 입었을까? 한여름에 재킷을 입었다는 사실에서 무엇을 유추할 수 있을까? 연지혜는 몸에 비누칠을 하면서 이런저런 궁리를 해보았다. 남자의 팔에 눈에 띄는 흉터나 문신이 있는 건 아닐까? 냉방이 잘 되는 실내에서 일하는 사람일까? 자가용을 가진 사람일까?

남자가 범인이 맞다면, 칼을 들었을 때 재킷을 걸치고 있었을까? 재킷을 입었기 때문에 팔을 원형으로 휘두르지 않고 창처럼 찌른 것일까? 옷이나 얼굴에 피가 튀지는 않았을까? 범인이 현장을 정리한 흔적이 있었다. 얼굴에 피가 튀었다면 화장실에서 씻었을지도 모른다. 혹시 가방에 갈아입을 옷을 챙겨왔던 건 아닐까?

수사 자료에 있는 사진은 두 장이었다. 한 장은 남자가 엘리베이터에

막 탑승했을 때, 다른 한 장은 엘리베이터에서 내리기 직전에 찍힌 것이었다. 연지혜는 두 사진에서 남자의 모습에 다른 점이 뭐가 있었는지 기억해보려 애썼다. 동영상을 보면 확실해지겠지만, 사진 속의 남자는 내내 꽤 차분해 보였다. 대단한 냉혈한일까? 오랫동안 머릿속으로 계획한 일이었을까? 이익을 얻기 위해서가 아니라 상대를 응징한다는 기분으로 저지른 분노 범죄일까? 치정 살인을 저지르는 남자들은 한결같이 "상대가 죽을 짓을 했다"고 주장한다.

골똘히 생각에 잠겨 몸을 씻던 연지혜는 자신이 머리를 감았는지 감지 않았는지 기억이 안 나 당황했다. 망설이다가 샴푸를 손에 짜서 머리카락에 문지르기 시작한 그녀는 잠시 뒤에 "아이고" 하고 한숨을 내뱉었다. 머리는 다음날 아침 출근 전에 감고 말릴 계획이었는데 그 생각 자체를 잊었던 것이다. 아무 생각 없이 샤워기 아래 머리를 갖다 대고 사건 생각을 하고 있었다.

기왕 그렇게 된 것, 열심히 머리를 감고 나왔다. 샤워를 마친 연지혜는 방에서 드라이어로 머리카락을 말리며 사건에 대해 또 생각했다.

정철희는 범인이 면식범이 아닐 거라고 말했지만, CCTV 속 남자가 민소림과 아는 사이라고 하면 몇 가지 의문점이 풀리긴 했다. 남자가 어떻게 1305호의 문을 열고 들어갔는지, 이웃들이 왜 민소림의 비명을 듣지 못했는지, 민소림의 음부에 왜 상처가 없었는지 등. 민소림의 손톱 아래에서도 피부 조직이나 피가 나오지 않았다. 섹스를 할 때 완벽하게 제압을 당한 상태였거나, 합의하에 이뤄진 관계였음을 의미했다.

머리를 대충 말리고 나와서는 냉장고에서 맥주를 한 캔 꺼내 땄다. 포이 밴스의 노래가 막 끝나고 앨빈 리가 바통을 이어 받았다. 탁자에는 몇 달째 책이 두 권 놓여 있었다. 한 권은 일본 추리소설, 또 한 권은 유튜브 영상 편집에 대한 책이었다. 두 권 다 함께 살던 룸메이트가 두고 간 서적이었다. 연지혜는 사건 생각을 잊기 위해 그 책을 펼쳐 잠시 뒤적거렸다.

룸메이트 동기는 홍보담당관실의 디지털소통계 소속이었다. 콘텐츠 제작 업무를 해보고 싶다고 서울청에 지원했는데 막상 와서는 경찰 홍보 영상의 모델 역할을 주로 하고 있었다. "동영상 편집을 배워보려고. 그걸 모르니까 맨날 내레이터 모델 같은 일만 하게 되네." 동기는 그렇게 말했었다.

"홍보 영상을 찍을 때 우리가 쓸 수 있는 예산이 얼마냐 하면 정말 빵원이거든. 그냥 우리가 가진 카메라랑 컴퓨터로 알아서 만들어야 되는 거야. 당연히 외부 모델은 섭외할 수 없지. 그래서 어느 서에서 누가 비주얼 괜찮다는 이야기를 들어놨다가 그 사람한테 부탁하는 식이야. 그것도 숫자가 빤하니까 맨날 같은 멤버로 돌리게 돼."

동기 역시 그런 인력풀 출신이었다. 순한 인상에 귀염성 있는 마스크인 데다 피부가 깨끗하고 목소리가 또박또박해서 일선 서에 있을 때부터 경찰 홍보 영상에 자주 출연했었다.

"동영상 편집 공부하면 위에서 그걸 시켜주겠대, 아니면 그냥 일단 공부해보는 거야?" 연지혜가 물었었다.

"일단 혼자 배워보는 거지. 내가 할 줄 안다고 나서야 위에서도 한번 맡겨볼까 생각하겠지."

경찰은 인원이 12만 명에 이르는 거대 조직이다. 국내 직원 수로 따지면 삼성전자나 현대자동차보다 크다. 삼성전자나 현대차 직원들처럼 경찰관도 진급과 은퇴, 노후를 걱정한다. 경찰은 연금이 군인보다

박하고, 옷을 벗으면 재취업할 곳도 마땅히 없다. 더구나 전체의 절반 이상이 말단인 순경이나 순경 바로 위 계급인 경장이다. 경찰관 대부분이 수십 년을 경찰로 근무하고도 7급 공무원인 경사로 퇴직한다.

일찌감치 경무(警務) 직군을 택한 동기는 연지혜가 경력 관리에 관심이 없다고 핀잔을 주곤 했다. "나도 커리어 신경 써. 마약 수사만 하면 배우는 게 빤하다고 해서 강력팀에 지원한 거야." 연지혜는 그렇게 대꾸했지만 설득력 없는 얘기라는 건 그녀 자신이 더 잘 알았다. 수사 직군은 근무 여건도 가장 안 좋고 승진도 불리하다. 형사가 되고 싶다는 젊은 경찰은 착실하게 수가 줄고 있었다.

들고 있던 맥주 캔을 다 비운 연지혜는 망설이다가 냉장고에 가서 한 캔을 더 가져왔다. 유튜브 영상 편집 책은 다시 탁자에 내려놓았다. 민소림을 죽인 자를 꼭 찾아내고 싶다고 생각했다. 민소림은 2월생이었다. 대학교 3학년이라지만 겨우 스무 살이었다. 그렇게 젊고 예뻤는데 칼에 찔려 죽었다.

연지혜는 맥주를 마시다가 가방에서 수첩을 꺼내 와서 거기에 '청부 살인 가능성?'이라고 적었다.

19.

내 안의 스타브로긴은 전쟁이나 정당방위가 아닌 상황에서 살인을 옹호하는 이론이 없는지 살피는 작업부터 시작했다.

놀랍게도 이름난 현대철학자 중 한 명이 그런 주장을 펼친다: 호주의 실천 윤리학자이자 동물해방론자인 피터 싱어.

싱어는 도저히 회복 가능성이 없고 본인에게나 부모에게 큰 고통을 안길 것이 분명한 기형아가 태어난다면 안락사시켜야 한다고 말한다. 그는 낙태에도 찬성하는 입장이다.

싱어의 논지는 이해하기 어렵지 않다. 그는 공리주의를 한계까지 밀어붙인다. '최대 다수의 최대 행복'이라고 할 때 보통 사람들은 그 말을 '최대한 많은 인간의 최대 행복'이라고 받아들인다.

반면 싱어는 '최대한 많은 자의식의 최대 행복'을 따진다. 인간이 아니더라도 자기 인식이 있는 존재들, 예컨대 영장류나 돌고래 같은 동물의 쾌락을 늘리고 고통을 줄이는 것이 도덕적으로 옳다는 주장이다.

싱어는 여기서 단순히 의식만 있는 존재와 자의식을 갖춘 존재를 구별한다. 어느 정도 발달한 신경계를 갖춘 동물들은 고통을 느끼며, 그 고통을 줄이는 게 도덕적으로 옳다. 그래서 싱어는 공장식 축산에 반대하며, 우리가 채식주의자가 되어야 한다고 주장한다.

그런데 금붕어 한 마리와 침팬지 한 마리 중 어느 한쪽을 죽이고 다른 쪽을 살려야 한다면 우리는 침팬지를 선택해야 한다. 왜냐하면 금붕어는 자의식이 없지만 침팬지는 그렇지 않기 때문이다.

말하자면 싱어는 생명의 고통은 종에 따라 질적으로 차이가 있다고 주장하는 셈이다. 고통은 주관적 경험이자 능력이다.

식물이나 곤충은 그 능력이 없거나 미약할 것 같다. 갑각류와 어류가 고통을 느낀다고는 하나 그 강도와 깊이는 알 수 없다. 적어도 그들은 공포는 느끼지 못할 거다. 공포를 느끼려면 미래를 시뮬레이션하는 능력이 있어야 한다.

자기 인식 능력도 중요하다. 이는 단순히 지성의 지표가 아니다. 고도로 복잡한 정보통신 기기나 첨단 공장도 일종의 신경계를 지녔다고 말할 수 있다. 그 시스템들은 정보를 처리하고 외부 자극에 대응하며 학습하고 진화하기까지 한다. 그러나 그들은 자의식이 없으므로 그들의 행복이나 불행을 우리가 고민할 필요는 없다.

'지구가 아파한다, 바다가 신음한다' 같은 표현은 문학적 비유 이상 아무것도 아니다: 지구나 바다에는 신경계가 없으므로.

인간 신생아는 어떨까? 동물학자들은 거울 실험이라는 방식으로 어떤 동물종에게 자기 인식 능력이 있는지 조사한다. 지금까지 침팬지,

오랑우탄, 보노보, 범고래, 큰돌고래, 인도코끼리, 까치가 이 시험을 통과했다. 개, 고양이, 돼지, 고릴라, 원숭이, 앵무새는 아니다. 인간은 생후 18개월이 지나야 이 테스트를 통과한다.

세상에는 무뇌증이나 앤젤만 증후군처럼 심한 정신지체와 장애, 안면 기형을 가져오는 선천성질환들이 있다. 아이의 부모는 수년에서 길게는 수십 년까지 큰 고통을 받으며, 환자 본인도 행복하다고 보기 어려운 삶을 살게 된다.

그렇다면 그들의 의식이 형성되기 전에 안락사시키고, 부모가 새로 아이를 갖는 것이 '최대한 많은 자의식의 최대 행복'이라는 논리에 더 부합하지 않을까? 중증 치매 환자에 대해서도 같은 말을 할 수 있지 않을까?

물론 현대인 절대다수가 이런 주장에 극심한 혐오감을 느낀다. 우리는 모두 계몽주의의 세례를 받았기 때문이다.

오늘날 우리는 아기를 사랑하고 보호하는 것이 우리의 DNA에 새겨진 본능이라고 생각한다. 그러나 그 본능은 우리가 믿는 것만큼 강하지 않다. 실은 강력하고 반복적인 사회화의 결과인 측면이 더 크다. 곤충에 대한 혐오감과 비슷하다.

역사적으로 모든 문화권에서 영아살해가 만연했다. 바구니에 담겨진 채 강에서 떠내려온 아기에 대한 전승은 세계적으로 흔하다. 아시아 문화권에서는 학살이라 불러도 좋을 만큼 여아(女兒)살해가 광범위했다.

르네상스 이전까지 유럽인들도 어린 자녀를 쉽게 포기했다. 부주의하게 다루다 바닥에 떨어뜨린다든가, 껴안고 자다가 질식시키거나, 필요한 치료를 미루는 식으로 부모의 죄책감을 더는 방법들이 있었다.

18세기까지도 아이를 잘 죽인다는 소문이 난 유모를 찾는 어머니들이 있었다.

이런 문화가 사라지고 영아살해가 최악의 범죄 취급을 받게 된 것은 계몽주의가 퍼진 다음부터다. 미국 독립선언문은 인간이 모두 평등하게 태어났고, 생명과 자유와 행복 추구는 양도할 수 없는 권리이며, 이 권리들은 정부보다 앞선다고 규정한다. 이 규범은 일단 태어난 인간 모두에게 적용된다.

한번 태어난 인간은 생명을 보호받고 자유와 행복 추구에 있어서 평등한 대우를 받아야 한다는 생각은 이제 거의 도덕적 직관이 되었다. 사람들은 다양한 감정을 느끼고 표현할 줄 아는 성체 침팬지들이 고문과 같은 동물실험을 당하는 데 대해 그저 불편함을 느끼는 정도다. 그러나 가만히 놔두면 분명히 죽을, 아직 의식 없는 상태인 미숙아는 무슨 수를 쓰더라도 살려야 한다고 주장한다.

20.

“여긴 무슨 사랑의 거리인가. 교회 옆에 모텔들이 왜 이렇게 많아.”

박태웅이 말했다. 심각하고 낮은 톤으로 그런 말을 하는 모양새가 너무 부조화스러워서 연지혜는 자기도 모르게 웃음을 터뜨렸다. 박태웅은 연지혜가 왜 웃는지 영문을 모르겠다는 표정이었다.

연지혜와 박태웅은 뤼미에르 빌딩 안으로 들어가기 전에 지리감을 익히기 위해 주변을 한 바퀴 둘러보는 중이었다. 차는 건물 뒤 이면도로에 세웠다.

뤼미에르 빌딩 북쪽의 골목 풍경은 희한했다. 교회 두 곳이 100미터 간격으로 떨어져 있었는데 그 두 교회 사이에 모텔 건물이 일곱 개나 있었다. 힐스모텔, 피오나호텔, 오렌지카운티호텔, 호텔락, 호텔레츠, 모모호텔, 호텔맥……. 확실히 주님도 사랑하고 젊은 남녀도 서로 사랑하는 사랑의 거리였다.

모텔들은 모두 1층에 차를 타고 그대로 건물 지붕 아래로 들어갈 수 있도록 주차 시설을 만들었다. 모텔들이 그렇게 몰려 있으니 경쟁도 치열한 모양이었다. 오후 10시까지 무제한 대실이라든가, 숙박 앱을 사용하는 고객에게는 간식을 제공한다든가, 최신 게임기를 갖췄다고 적힌 입간판이 앞에 서 있거나 현수막이 걸려 있었다.

뤼미에르 빌딩은 멀티플렉스 극장과 붙어 있다시피 나란히 서 있었는데, 두 건물은 대로가 있는 남쪽을 제외하고는 3면이 모텔로 포위된 거나 다름없었다. 딸을 가진 부모가 이 거리를 한 번이라도 와본다면 뤼미에르 빌딩에 자식의 거처를 구해줄 것 같지는 않았다. 연지혜는 22년 전에도 이곳 풍경이 이랬을지 궁금했다.

연지혜는 뤼미에르 빌딩을 한 바퀴 돌면서 출입구와 가게들을 확인했다. 북쪽, 서쪽, 남쪽에서 들어갈 수 있는 건물이라는 말이 무슨 뜻인지 제대로 이해가 됐다. 서쪽으로 난 문이 메인 입구였는데, 그리로 들어가면 작은 경비실 옆을 지나 엘리베이터 홀로 갈 수 있었다.

22년 전에 1층에 있었다는 죽집과 파스타집은 보이지 않았고 대신 안경점과 김밥집이 있었다. 두 가게 사이 긴 복도의 끝이 남쪽 입구였다. 북쪽 출입구는 종량제 쓰레기봉투와 재활용품을 버리는 공간으로 통했다. 주의 깊게 살피지 않으면 외부인은 모르고 지나칠 수도 있을 것 같았다.

1999년에는 2층에도 식당들이 있었다고 했는데 지금은 피부관리소, 중국식 마사지 숍, 기타 교습소가 있었다. 신촌 유동인구가 줄면서 전반적으로 가게들이 빠져나간 모양이었다. 1층과 지하 1층에는 각각 편의점과 PC방이 있었는데 그게 22년 전에 있었던 그 가게들일지는 알 수 없었다.

"밖은 얼추 살펴본 거 같은데요?"

연지혜가 그렇게 말하며 먼저 뤼미에르 빌딩으로 들어갔다.

건물은 의외로 낡은 티가 안 났다. 경비실과 엘리베이터 홀 사이에 우편함이 있었다. 정철희가 설명했던 22년 전 상황과 달리 이제는 열쇠 구멍이 있어서 함을 잠글 수는 있게 되어 있었다. 그러나 건물에 사는 입주자 중 자기 우편함을 잠근 사람은 아무도 없었다. 어떤 함에는 국민연금이나 건강보험공단에서 온 우편물도 있었다. 그걸 누군가 슬쩍 꺼내 본다면 상대의 주소뿐 아니라 이름과 수입까지 알 수 있을 것이다.

현관 천장에는 돔형 CCTV 카메라가 한 대 달려 있었다. 연지혜는 지하 1층으로 내려갔다가 엘리베이터를 타고 1층으로 올라왔다. PC방이 어마어마하게 컸는데 손님은 거의 없었다. 엘리베이터는 짝수 층, 홀수 층 구분 없이 두 대가 모든 층에 다 섰는데, 그래서인지 속도가 퍽 느렸다.

연지혜가 1층에 올라와보니 박태웅은 경비실에 들어가 있었다.

"여기서 누가 죽었다는 이야기를 듣기는 했어요. 어느 여대생이 칼에 찔려 죽었다고, 13층인가 그랬다고 들었는데. 그런데 범인이 아직도 안 잡혔나요?"

예순은 확실히 넘은 듯한 경비원이 말했다. 경비업체 소속 직원이 아니라 빌딩 측에서 직접 고용한 사람 같았다.

박태웅은 사건이 일어난 정확한 호수는 말하지 않은 채 지금 13층은 빈방 없이 다 입주자들이 있느냐고 물었다. 경비는 그렇다고 했다. 1305호에 누가 살고 있을지, 그 사람이 자기 집에서 살인사건이 일어났었다는 사실을 알고 있을지 궁금했다.

경비실에는 CCTV 모니터가 있었다. 한 화면이 아홉 개로 분할이 되었는데 30초 정도 간격으로 영상이 바뀌었다. 분할된 화면에 CCTV 01, CCTV 02, 하는 식으로 흰 자막이 따라 나왔다. 번호를 보아하니 건물 안에 있는 CCTV가 총 45대인 모양이었다.

22년 전에도 이렇게 CCTV가 많았더라면.

"혹시 수상한 사람이 건물을 찾아오지는 않나요? 특히 13층에요."

연지혜가 물었다. 던져놓고 보니 바보 같은 질문이었다.

"수상한 사람……이라고 해봐야 그걸 저희가 알 도리는 없죠. 밤에 PC방이나 편의점 오는 사람들 보면 다 수상해 보이고. 글쎄, 딱히 잘 모르겠는데요."

연지혜와 박태웅은 경비에게 수상한 사람을 보면 연락해달라고 명함을 맡기고 경비실을 나왔다.

두 형사는 엘리베이터를 타고 올라갔다. 엘리베이터는 여전히 아무런 제지 없이 외부인이 탈 수 있었다. 배달 앱 업체의 로고가 그려진 오토바이 헬멧을 쓴 배달 기사가 엘리베이터를 함께 탔다. 기사가 들고 있는 비닐봉지에는 포장 죽이 들어 있었다. 연지혜는 민소림이 자기 원룸에서 마지막으로 먹은 식사가 죽이었음을 떠올렸다.

배달 기사는 11층에서, 형사들은 13층에서 내렸다. 복도는 평범했다. 엘리베이터는 복도 중앙에 있었다. 승강기 바로 왼쪽에 있는 집이 1301호였고, 시계방향으로 번호가 매겨져 있었다. 모두 열 세대가 있었는데 복도를 기준으로 1303호부터 1308호까지 여섯 세대가 서쪽에, 1301호, 1302호와 1309호, 1310호 네 세대가 동쪽에 있었다. 엘리베이터 우측 옆으로는 계단실이 있었다.

"엘리베이터에서 내리자마자 1305호가 보이네요."

연지혜가 말했다. 박태웅이 알겠다는 표정을 지었다. 어떤 사람이 엘리베이터에서 민소림을 만나 외모를 눈여겨봤다면 쉽게 상대의 주소를 알 수 있었다. 민소림이 13층에서 내려서 자기 집 문에 열쇠를 꽂을 때까지도 엘리베이터 문은 닫히기 전일 터였다.

13층에 있는 열 세대는 다행히 다 문에 보조 잠금장치나 디지털도어록을 달았다. 추가 잠금장치나 디지털도어록 형태가 제각각인 걸로 봐서는 각 세대가 자비로 구입해서 설치한 모양이었다. 뤄미에르 빌딩의 기본 잠금장치는 열쇠공이라면 5분이면 열 수 있는 평범한 도어록이었다. 요즘 절도범들은 그 정도 시간을 들이지도 않는다. 속칭 빠루라 부르는 노루발 못뽑이를 문과 문틀 사이에 집어넣고 문을 우그러뜨려서 열어버린다. 30초면 충분하다.

"나는 계단으로 내려가볼게. 연 형사는 엘리베이터 타고 와." 박태웅이 말했다.

"같이 가요, 선배." 연지혜가 말했다.

뤄미에르 빌딩의 계단은 꽤 넓었고, 계단실도 밝은 편이었다. 계단에는 CCTV가 없었고, 간혹 종이 상자나 화분, 자전거가 놓인 곳도 있었지만 통행이 어렵게 막힌 곳은 없었다. 몰래 담배를 피우는 입주자가 있는 모양인지 담배꽁초가 한두 개비 떨어져 있기는 했다. 13층에서 1층까지 내려오는 데에는 15분 정도가 걸렸다.

민소림 피살 사건의 검시보고서를 작성한 당시 법의관을 만나고 온 정철희는 별 성과가 없었다고 했다. 그 법의관은 국과수에서 나와 의대 교수가 되어 있었다.

"그 양반 무슨 거창한 위원장이 되셨더라고. 대통령 소속 뭐라더라, 생명윤리 어쩌고 하는 위원회인가의." 정철희가 말했다.

"뭐랍니까?" 박태웅이 물었다.

"법의관들 늘 하는 말이지, 뭐. 나는 추리하지 않는다, 최종 판단은 수사기관의 몫이다, 그런 얘기들. 그리고 그때 사건을 기억을 못하더라.

자기가 그때 하루에 부검을 몇 건을 했는 줄 아느냐며 화를 내던데."

"아이고, 아이고. 기억을 못 하면 못 하는 거지 왜 화를 낸대요?" 연지혜가 말했다.

"자기는 이제 국과수 법의관이 아니라 대학교수이고 청와대 위원장인데 일개 형사 나부랭이가 와서 물어보니까 기분이 상했나?"

"그러면 별로 도움 안 됐겠네요?"

"그래도 툴툴거리면서 그때 부검감정서는 다시 봐주더라고. 그런데 오히려 이 양반 찾아가기 전보다 더 헷갈리게 됐어. 범인 키가 얼마인지, 오른손잡이인지 왼손잡이인지도 뭐라 말할 수 없다네. 예전에는 그런 걸 추정했는데 이태원 햄버거 가게 살인사건 이후로는 하지 않는다는 거야. 피해자가 어떤 자세였는지, 범인이 칼을 어떤 식으로 잡았는지에 따라서 칼자국 위치나 형태는 얼마든지 달라질 수 있다고. 사망 시간도 추정 못하겠대. 부검할 때 간 온도를 잰 건 소용없대. 출동한 경찰이 현장에서 제대로 직장(直腸) 온도를 쟀어야 했는데 안 그랬다고 뭐라 하더라고. 자기가 옛날부터 그렇게 강조했는데 2000년까지도 그걸 아는 경찰이 없었다고. 뭐, 그래서 말인데, 연 형사가 다른 법의학 전문가를 찾아가봐."

"네? 제가요?" 정철희의 말을 듣던 연지혜가 화들짝 놀라 되물었다.

"이번뿐 아니라 앞으로도 살인사건 수사를 할 때 부검 결과가 성에 차지 않는다, 잘 모르겠다 싶으면 다른 법의학자를 찾아가봐. 법의관들 중에서 몸 사리는 사람들이 은근히 있거든. 이 사건 담당했던 교수님이 그렇다는 말은 아니지만."

"법의관들이 몸을 사려요?"

"그 양반들도 무슨 마법사가 아니야. 세상에 A다, B다, 딱 부러지는 시신이나 현장이 얼마나 되겠어. A일 확률이 90퍼센트면 B일 확률도 10퍼센트 있는 거지. 법의관들 하는 일이 의사랑 똑같아. 연 형사가 목이 붓고 기침이 나와서 병원에 가면 십중팔구 감기 진단을 받겠지만, 감기가 아니라 증세가 같은 다른 병일 수도 있는 거지. 병원에서 암 진단을 받으면 혹시 그 진단이 틀렸을 수도 있으니까 다른 의사 찾아가보잖아. 부검감정서도 중요한 건 다른 법의학자 찾아가봐도 돼. 뭐, 그리고 어떤 법의관은 자기가 틀릴 수 있다는 생각에 일부러 의견을 흐릿하게 내기도 해. A일 가능성이 90퍼센트라도 아닐 가능성이 10퍼센트 있으니까 A라고 단정 못 한다, 그렇게 말하는 치도 있어. 특히 젊은 국과수 법의관들 중에 그런 사람들이 좀 있어. 뭐, 누가 봐도 맞아서 죽은 게 분명한데 폭행이 사망 원인이라고 단정할 수 없다, 법의관이 그렇게 말하면 우리는 미치는 거지."

"그건 비겁한 거 아닌가요." 연지혜는 어이가 없다는 표정을 지었다.

"그 사람들도 공무원이라서 민원이 겁나는 거야. 게다가 법정까지 가서 자기 말에 책임을 져야 하잖아. 변호사들 중에 싸가지 없이 법의관 물고 늘어지는 인간들도 있거든. '부검 몇 번 해봤어요? 신참 아니에요?' 그러면서."

"아이고."

"이분한테 한번 연락해서 찾아가봐."

정철희가 그렇게 말하며 자기 휴대전화를 꺼내 연지혜에게 내밀었다. 휴대전화 번호 아래 최은호 서울대 법의학교실 교수라는 이름이 적혀 있었다.

"그런데 반장님이 만나보셔야 하는 건 아닌가요? 22년 전 법의관도 선배가 만나셨는데……. 제가 가도 될까요?" 연지혜가 번호를 받아 적으며 물었다.

"그러니까 연 형사더러 가라는 거야. 무턱대고 부검감정서 들고 가서 '이거 좀 봐주세요' 하라는 말이 아니야. 그러면 법의학자들도 거기 이미 적혀 있는 얘기 외에 별로 더 할 말이 없어. 연 형사가 서류를 꼼꼼히 읽고 궁금한 점, 의심나는 점을 메모해서 그걸 물어봐. 피해자 음부에 상처가 없는 게 이상하다고 했지? 그것도 최은호 교수한테 물어봐. 나는 그 감정서를 보고 새로운 생각을 못 해. 이미 사건 정황에 대해 생각이 굳어져버렸어. 그러니까 연 형사가 다른 시선으로 잘 살펴봐."

"네, 알겠습니다!" 연지혜가 자기도 모르게 군대식으로 대답했다.

21.

기실 계몽주의 이후 진보 운동의 역사는 미국 독립선언문의 내용을 엄격하게 준수하자는 것으로 요약할 수 있다. '인간은 모두 평등하게 태어났고, 생명과 자유와 행복 추구는 양도할 수 없는 권리'라고.

노예제 철폐, 민권 운동, 여성 운동, 성소수자 운동은 이때부터 예고된 것이다. 우리는 장애인과 유색인종이 대학에 갈 때, 여성이 승진할 때, 성소수자 커플이 결혼하고 아이를 입양할 때 이 원칙을 따진다.

앞으로도 남은 과제는 있다. 21세기 사람들의 행복에 가장 영향을 미치는 요소 중 하나는 어느 나라에서 태어나느냐 하는 문제다. 이 모순을 진지하게 지적하고 거친 해법을 밀어붙이려는 운동이 곧 등장할 것 같다. 모든 사람이 자기가 살 나라를 택할 수 있어야 하며, 선진국은 무제한으로 난민을 받아야 한다고.

지능지수와 외모 역시 현대사회에서 행복해지는 데 중요한 요소다. 덜 똑똑하고 덜 아름답게 태어나는 사람들은 평생에 걸쳐 극심한 차별을 받는다. 둘째로 태어난 사람들은 맏이보다 부모의 사랑을 덜 받고, 더 힘든 유아 시절을 보낸다. 이런 차별을 없애기 위한 사회운동 이론도 곧 나오지 않을까 예상한다.

인명의 존엄함을 이유로 싱어를 비판하는 것은 제대로 된 반박이 아니다. 우생학과 가스실 운운하는 공격도 마찬가지다. 싱어는 미국 독립선언문이 인간과 비인간 사이에 그어놓은 금을 자의식과 무의식 사이로 옮기자고 제안하는 것뿐이다.

나는 다른 이유로 싱어의 주장에 동의하지 않는다. 나는 그의 주장이 얄팍하다고 본다.

싱어의 윤리는 단순하다: 쾌락을 늘리고 고통을 줄이자.

그는 고통에 비극적 의미가 있을 수 있음을 모른다. 싱어뿐 아니라 모든 공리주의자들이 그 점을 모른다.

어떤 의미는 고통 속에서, 고통을 통해서만 얻을 수 있다. 인간은 우주와 자신을 서사로 파악하기 때문이다. 우리는 서사가 없는 상태를 상상하지 못한다.

좋은 서사를 만드는 것은 해피엔딩이 아니다. 시련과 역경이다. 그래서 지옥에 대한 상상은 늘 상세하고 매혹적인 반면 천국의 묘사는 따분하고 뜬구름 잡는 것처럼 들린다.

좋은 인간을 완성하는 것은 고난이다. 좋은 공동체도 마찬가지다. 사상가와 작가들이 그린 유토피아에 대해 들으며 우리는 도리어 섬뜩함을 느낀다. 그런 곳은 좋은 사회일 수 없다고 본능적으로 알아채는 것이다.

싱어가 추구하는 이상향은 올더스 헉슬리가 《멋진 신세계》에서 보여준 끔찍한 비전과 다르지 않다. 거기서 인간들은 건강에 해롭지 않은 마약과 프리섹스에 몽롱하게 취해 있다. 어쩌면 싱어의 낙원에서는 헉슬리의 '문명세계'와 달리 오랑우탄과 돌고래, 까치들도 준(準)시민으로 보호받을지도 모르겠다.

도스토옙스키는 고통과 의미의 관계를 알고 있었다. 그는《지하로부터의 수기》에서 '왜 당신은 정상적이고 긍정적인 것만이, 한마디로 평안만이 인간에게 유익한 것이라고 그토록 확고하고도 엄숙하게 확신하고 있는가?'라고 묻는다. 지하인의 말이다.

지하인의 대사를 몇 개 더 옮겨본다:

'나는 인간이 진정한 고통을, 즉, 파괴와 혼돈을 결코 거부하지 않을 것이라고 확신한다. 왜냐하면 고통은 의식의 유일한 원인이기 때문이다.'

'여기서 세계사를 들여다볼 필요까지는 없다. 당신이 인간이고 약간만이라도 인생을 살아봤다면, 자신에게 물어보라. 내 개인적인 의견을 말하자면 평안만을 좋아하는 것은 어째서인지 꼴사납기까지 하다.'

'어느 것이 더 나은가, 실제로? 싸구려 행복인가 아니면 고상한 고통인가?'

《죄와 벌》에서 예심판사 포르피리는 이렇게 말한다:

'당신은 용기 있는 사람이니 안락함 따위를 추구하지는 않겠지요?'

'그러니 고난은, 로지온 로마노비치, 위대한 것입니다.'

'고난 속에는 사상이 있습니다.'

그 책들을 되풀이해서 읽으며 나는 위안을 받았다. 내가 겪는 고통에도 의미가 있다고 느꼈다.

나는 살인자이기 때문에 계몽주의를 의심할 수 있다. 과연 인간의 생명과 자유와 행복 추구가 양도할 수 없는 권리인지, 타협하지 않고 사유할 수 있다.

현대사회의 모순을 비판하는 이들은 새로운 사회계약이 필요하다고 부르짖는다. 그러나 그들 중 누구도 지금 사회계약의 기초인 계몽주의에 반론을 제기하지 못한다. 의문조차 품지 않는다.

이 사회가 완전히 붕괴하고 나면 먼 훗날 역사학자들은 우리 시대가 계몽사상에, 인권 개념에 갇혀 있었다고 평가할 거다. 중세 유럽이 기독교 신학에 갇혀 있었던 것처럼.

그러나 나는 진정으로 새로운 사회계약을 꿈꾸고 시험할 수 있다. 내 생각은 새 시대의 기초가 될 수 있다.

그것이 내 고통의 의미다.

22.

연지혜는 사무실에 혼자 있었다. 정철희와 박태웅은 함께 경찰청 본청으로 갔다. 박태웅이 쪽지문 분석 결과를 받아오겠다고 사무실을 나서자 정철희도 같이 가자고 했다. 과학수사관리관실의 관련 부서를 돌며 DNA 데이터베이스와 심스(CIMS · 범죄정보관리시스템)에 대해 물어보겠다며.

"심스요? 우리가 매일 쓰는 그거를요?" 연지혜가 물었다.

"응. 사용하다 보면 궁금한 것들 있잖아. 이참에 물어보려고. 그리고 거기에 어떤 정보가 누락될 수 있는지도 알아보고 싶고." 정철희가 말했다.

혼자 남은 연지혜는 수사 자료에서 부검보고서와 도검류 전문가가 쓴 칼자국에 대한 의견서를 찾았다. 민소림은 같은 칼로 가슴 두 곳을 찔렸는데, 한 곳은 왼쪽 젖가슴 아래였고 다른 한 곳은 중앙부였다. 가슴 왼쪽을 찌른 칼은 갈비뼈를 부러뜨리고 폐로 들어갔다. 가슴 중앙부의 상처는 심장을 뚫었다.

칼자국은 두 개 모두 길이는 3센티미터, 깊이는 각각 11, 12센티미터였다. 범인은 칼을 꽂은 뒤 돌리거나 뒤틀지 않고 찌른 방향 그대로 뺐다. 칼은 날이 한쪽으로 나고 앞이 뾰족한 평범한 과도인 것 같았다. 그러나 범행 도구가 현장에서 발견되지는 않았다.

폐와 심장의 칼자국은 둘 다 칼날이 아래를 향해 있었다. 하지만 폐의 칼자국은 지면과 수평을 이루는 반면 심장의 칼자국은 피부의 상처에서 45도 아래를 향한 형태였다. 폐를 찌를 때에는 칼 손잡이를 평범하게 잡고, 심장을 찌를 때에는 얼음송곳을 잡을 때처럼 역수(逆手)로 칼을 감아쥔 것 같았다. 폐를 먼저 찌르고 그다음 심장을 찌른 것 같았지만 순서는 확실치 않았다. 칼자국은 모두 민소림이 살아 있을 때 난 것이었다.

방어흔으로 보이는 팔꿈치의 베인 상처를 제외하면 칼날이 두 번 다 몸속으로 깊이 들어가도록 힘주어 찌른 것으로 보아 범인의 살의(殺意)는 분명했다. 겁을 주거나 상대의 저항을 제압하려다 실수로 사람을 죽이게 된 것은 아니었다. 아무리 비싼 변호사를 써도 이걸 상해치사로 빠져나갈 수는 없을 터였다.

정확하게 급소를 노린 점이나 칼을 서로 다른 그립법으로 쥔 것으로 보면 범인이 단검술을 익힌 사람일 수도 있었다. 의견서에는 특수부대원이나 전역자, 호신술 강사, 도검 소지 허가를 받은 사람을 조사할 필요가 있다고 적혀 있었다. 수사 기록 목록에 해당 항목들의 조사결과 보고서 제목을 본 기억이 났다. 연지혜는 수사 수첩을 꺼내 '칼로 갈비뼈가 부러지나? 특수 칼?'이라고 메모했다.

방대한 수사 자료를 이런 식으로 체계 없이 소화할 수는 없을 것 같았다. 연지혜는 수사 기록 목록의 사본을 다시 복사해서 자기 책상에 붙이고, 읽은 자료의 제목은 형광펜으로 칠했다. 그리고 사무실의 임자 없는 책상에 놓아둔 수사 자료 윗부분을 한아름 자기 자리로 가져왔다. 남은 자료의 양을 보니 심란해져서 밖에 나가 전자담배를 한 대 피웠다.

경찰청 본청으로 간 정철희와 박태웅은 무엇을 하고 있을까. 할리우드 영화에서는 고참 형사들이 어딘가로 전화를 걸면 몇 시간쯤 뒤에 비밀스러운 정부 기관 소속 요원이 양복 차림으로 나타나 서류 봉투를 하나 건네고 사라진다. 그 봉투 안에 든 자료에는 그들이 쫓는 용의자의 신상 명세가 다 나와 있다.

그런 장면을 볼 때마다 말도 안 된다는 생각이 들었다. 미국 상황은 모르겠지만, 수사라는 게 지루한 소거법의 연속임을 인정하기 싫은 시나리오 작가들이 꾸며낸 클리셰임이 틀림없다. 혹시 미국은 경찰이 주민등록정보를 활용할 수가 없어서 기초적인 신원조회를 하려 해도 CIA나 NSA의 도움을 받아야 하는 걸까? 그런데 왜 그런 자료를 꼭 보는 사람도 많은 국회의사당 앞 같은 곳에서 대낮에 주고받는 걸까.

연지혜는 고개를 젓고 자리로 돌아와 22년 전 수사 기록을 읽기 시작했다.

연지혜는 사건 현장인 1305호의 가구 배치도를 천천히 살폈다. 원룸은 들어가자마자 작은 현관과 화장실이 있고, 그 뒤가 거실이었다. 화장실 사진이 붙어 있었는데 양변기와 세면기, 세탁기가 거의 붙어 있다시피 했다. 샤워 부스나 욕조는 따로 없고 그냥 샤워기만 벽에 걸려 있었다. 민소림은 청소를 꼼꼼하게 하는 편은 아니었던 듯했다. 세탁기와 벽 아래쪽은 물때로 은근히 지저분했다. 바닥 타일에 미끄러지지 말라고 붙인 상어 모양 논슬립 스티커를 보자니 마음이 저렸다.

원룸 한가운데 침대가 남북 방향으로 있었다. 침대가 작은 방을 동서로 나누는 모양새였다. 침대를 그렇게 배치한 것이 민소림인지 아니면 그전에 살던 입주자인지, 혹은 뤼미에르 빌딩의 빌트인 설계인지는 알 수 없었지만 덕분에 넓지 않은 공간을 알뜰하게 분할해서 쓸 수 있었다. 말하자면 동쪽은 주방, 서쪽은 거실인 셈이었다.

침대는 머리맡이 책장인 형태였다. 책이 가로세로로 빈틈없이 쌓여 있었다. 청소는 잘 안 했지만 독서는 열심히 했나? 연지혜는 비품함에서 돋보기를 가져와 책장 사진을 확대해서 어떤 책이 꽂혀 있는지 살펴보았다. 영어 원서와 수험서가 여러 권 있었고 전공 서적으로 보이는 책도 몇 권 있었다. 고전도 보였다. 《이방인》《페스트》《슬픔이여 안녕》 같은 책들이었다.

책장 어느 칸은 전집으로 차 있었다. 전집은 20권이 넘어 보였는데 책등은 하늘색 같기도 하고 연보라색 같기도 했다. 연지혜는 왼쪽에 꽂힌 책부터 제목을 읽어보려 애썼다. 《분신 외》《뻬쩨르부르그 연대기 외》《백야 외》《네또츠까 네즈바노바》…… 한참 오른쪽으로 가서야 비로소 연지혜가 제목을 아는 책이 나왔다. 《죄와 벌-상》《죄와 벌-하》. 도스토옙스키 전집이었다.

침대 동쪽에는 작은 싱크대와 찬장이 있었다. 싱크대에는 막 설거지를 마친 것처럼 빨래장갑이 한 켤레 걸려 있었고, 옆으로 깨끗이 씻은 와인 잔 두 개와 냄비 하나, 접시 몇 개와 포크, 젓가락이 수북이 쌓여 있었다. 싱크대 옆의 쓰레기통에는 와인병이 두 병 놓여 있었다. 민소림의 친구들은 그녀가 술을 즐겼고 잘 마셨다고 증언했다. 연지혜는 민소림과 자신에게 공통점이 있다고 멋대로 생각했다. 연지혜는 와인보다는 맥주파였지만.

민소림은 싱크대와 침대 사이 공간에서 칼에 찔린 것 같았다. 범인은 바닥과 싱크대에 튄 핏자국은 겉보기로는 깨끗하게 닦아냈지만 침대 매트리스에 튄 피는 닦지 못했다. 바닥에서는 혈흔 반응이 나왔다. 그런데 그 혈액 흔적은 심장을 찔린 것 치고는 너무 적어 보였다. 물 한 컵을 쏟은 정도로밖에 보이지 않았다. 연지혜는 수첩에 '시신 이동 가능성?'이라고 쓰려다 말았다. 너무 말이 안 되는 얘기 같아서였다.

연지혜는 들고 있던 볼펜 끝을 잘근잘근 씹으며 생각에 잠겼다. 이 사건 현장에는 어딘지 딱 들어맞지 않는 곳이 많았다. 민소림의 시신은 상의는 입고 하의는 무릎까지 내려간 채였다. 싱크대와 침대 사이에 그런 모습으로 서 있기는 힘들 것 같았다. 범인이 민소림을 칼로 먼저 찌른 뒤 침대에 눕히고 바지와 속옷을 내린 것 아닐까? 그렇다면 이 사건은 성폭행과는 무관하지 않을까?

연지혜는 자리에서 일어나 자기 책상과 의자 사이를 뤼미에르 빌딩 원룸의 주방 공간이라 상상하며 칼을 찌르는 시늉을 해보았다. 볼펜을 칼이라 여기고 엄지손가락이 가상의 칼날을 향하게 잡았다가 거꾸로 쥐기도 했다. 자신을 범인이라 생각하기도 하고 민소림이라 여기기도 하며 혼자 이리저리 팔을 휘둘렀지만 뾰족이 떠오르는 생각은 없었다. 맥이 빠져 화장실에 갔다가 밖으로 나가 전자담배를 한 대 피우고 돌아왔다. 거울에 비친 자기 얼굴이 섬뜩해 보여서 놀랐다.

침대 서쪽만 따로 찍은 사진은 없었다. 피살 현장이 침대 동쪽이어서 그런 듯했다. 가구 배치도에 따르면 침대 서쪽에는 벽을 따라 조립식 행거가 설치돼 있었고, 그 옆으로 직사각형 형태의 합판 테이블과 소파, 작은 냉장고가 있었다. 창문에는 꽤 두꺼워 보이는 회색 커튼이 걸려 있었다. 처음 경찰이 출동했을 때에는 그 커튼이 쳐져 있었고, 방의 불도 꺼진 상태였다는 메모가 적혀 있었다. 꽤 어두웠을 것 같았다.

행거에는 빈틈없이 옷이 걸려 있었는데 어떤 제품들인지는 알 수 없었다. '여기도 자세하게 사진으로 찍어뒀다면 좋았을 텐데' 하고 연지혜는 생각했다. 어떤 사람이 입는 옷이 알려줄 수 있는 게 굉장히 많다는 사실을 남자 형사들은 잘 모르는 것 같았다. 정작 연지혜 본인은 인터넷 쇼핑으로 산 검은색 일색의 옷들을 대충 걸치고 다녔지만.

그러다가 자신이 보고 있는 사진이 필름을 현상한 아날로그 사진이고, 2000년에는 고화질 디지털카메라가 보급되기 진이라는 데 생각이 미쳤다. 2000년은 가까운 것 같기도 했고 먼 것 같기도 했다.

거기까지 읽었을 때 박태웅이 사무실로 돌아왔다. 연지혜는 기지개를 하면서 자리에서 일어나 박태웅에게로 건들건들 걸어갔다.

"선배 혼자 왔어요? 반장님은요?"

"같이 안 왔는데. 먼저 안 오셨어?"

박태웅은 정철희와 경찰청에 가자마자 바로 헤어져 각자 용무가 있는 사무실로 찾아갔다고 했다.

"아이고, 반장님 그러면 대중교통 타고 오셔야겠네요. 뭐, 성과는 있었어요? 거기선 뭐래요?"

"쪽지문은 이걸로는 못 찾는대. 특징점이 너무 적다고. 에이피스(지문자동검색시스템)에 돌릴 수도 없고, 우리가 범인을 잡아도 지문을 대조할 수 없을 거라네. 암울하지? CD도 살릴 방법이 없대. 표면 염료 자체가 변질이 돼서 이제는 읽을 방법이 없다나. 원래 CD의 수명 자체가 별로 길지 않다더군."

"아니, 그러면 그때 영상을 어디에 보관을 했어야 하는 거예요?" 연지혜가 물었다.

"자기들도 모르겠대. 영상을 몇십 년씩 안전하게 보관하는 기술이 없다니, 황당하지. 여러 장치로 계속 백업하고 또 백업하면서 보관해야 한다는 거야. 이게 원래 구식 비디오테이프에 들어 있던 걸 22년 전에 CD로 복사한 거잖아. 디지털포렌식계에서 하는 말이, 오히려 비디오테이프였으면 CD보다 수명이 더 길었을 거라더군."

박태웅은 수사 자료를 읽다가 먼저 자리에서 일어났다. 망원 한 사람을 만나야 한다고 했다. "다음 사건도 준비해야 하니까." 사무실을 나가며 박태웅이 말했다. 정철희는 늦게까지 사무실로 돌아오지 않았다. 연지혜는 구내식당에서 혼자 저녁을 먹고 눈이 아파질 때까지 자료를 읽었다.

23.

미국 독립선언문에 한두 가지 가치를 추가하면 내가 원하는 바를 얻을 수 있을까? 우리 사회의 영적 공허를 다소나마 메울 수 있을까? 예를 들어 생명, 자유, 평등, 행복 추구와 같은 선에 명예를 놓는 것은 어떨까? 명예 역시 자연권으로, 정부 구성에 앞서는 권리라고 믿는 문명사회를 상상할 수 있을까?

미국 독립선언문이 나왔을 당시만 해도 서구 지식인들에게 명예는 생명이나 행복만큼이나, 아니 때로 그보다 더 중요한 가치였다. 미국 건국의 아버지이자 초대 재무장관을 지낸 알렉산더 해밀턴은 독립전쟁 영웅이자 현직 부통령이었던 에런 버와 결투를 벌이다 죽었다. 그들에게는 목숨보다 명예가 더 소중했다. 명예를 문자 그대로 삶의 목표로 믿는 이들도 많았다.

19세기가 되어도 지식인들 사이에서 명예를 지키기 위한 결투는 흔한 일이었다. 푸시킨이나 수학자 갈루아 같은 명사도 결투에서 총을 맞고 숨졌다.

명예는 1차세계대전의 부분적 원인이기도 하다. 적어도 참전국 국민들이 그토록 쉽게 전쟁에 동의하고, 전쟁 초기에 많은 젊은이들이 군대로 달려간 이유다.

유럽인들은 1차세계대전에서 전쟁의 참화를 목격하고 명예라는 가치를 거의 폐기 처분했다. 그러나 이전부터 계몽사상은 명예라는 개념을 착실하게 침식하고 있었다. 인간의 자연권이란 생명, 자유, 평등, 행복 추구에 대한 것이라고 학교에서 배운 젊은이들은 결투 문화를 우습다고 여기게 되었다. 생명과 명예를 같은 무게로 취급한다는 태도 자체가 '비상식'이 되었다.

플라톤이《국가》에서 말했던 티모스(Thymos)—한국어에서는 패기, 기개, 기백, 용기 등으로 번역한다—는 19세기까지만 해도 낯설지 않은 개념이었다. 그러나 이제는 거의 잊힌 미덕이다. 가끔 언급할 때에도 젊은 수컷들이나 배타적 민족주의자가 집착하는 부질없고 위험한 감정이라는 뉘앙스를 풍긴다. 오늘날 인도나 이슬람 국가에서 명예라는 단어를 입에 올리면 계몽주의 사회 시민들은 자동적으로 눈살을 찌푸린다.

계몽사상은 세속 이데올로기다. 이 사상이 지배하는 사회의 인민에게 주어지는 삶의 목표는 행복이다. 생명, 자유, 평등 같은 다른 가치는 한 개인이 노력 여부와 관계없이 누릴 수 있어야 하는 것이며 동시에 아무리 노력해도 남들과 같은 정도만큼만 누릴 수 있다.

니체는《우상의 황혼》에서 "인간은 행복을 추구하지 않는다. 영국인만 제외하고."라고 썼다. 오늘날 우리는 모두 영국인이다.

민소림과 내가 총으로 결투를 벌였다면 어땠을까 가끔 공상한다. 먼저 총을 쏠 수 있는 기회를 민소림에게 양보할 수 있다. 그 총에 맞아 죽는다 해도 억울하지 않다. 내가 결투를 신청했다면 민소림은 받아들였으리라. 그녀에게도 티모스가 있었다.

실제로는 나는 예고 없이 민소림의 가슴을 칼로 찔렀다. 칼은 민소림의 집 부엌 싱크대 옆에 놓여 있었다. 과일을 깎는 용도의, 크지 않은 과도였다. 마트에서 4000원이나 5000원을 주면 살 수 있는 흔한 물건이었다. 내가 누군가를 칼로 찔러 죽이겠다고 계획한다면 그런 제품을 준비하지는 않을 거다. 날도 길지 않았다. 나는 칼을 집에 가져왔고 나중에 칼날의 길이를 재어봤다. 12센티미터.

그 칼은 여전히 내 집에 있다.

살인을 저지르고 몇 년 뒤 조폭영화를 한 편 봤다. 영화에서 터프가이 주인공이 자신에게 과도를 들고 덤벼드는 조폭에게 "그런 칼로는 사람 못 죽여"라며 말로 제압하는 장면이 나왔다. 주인공이 잘못 알고 있거나 거짓말을 하는 거다.

칼은 손자루가 피부에 닿을 때까지 상대의 가슴 속으로 푹 들어갔다. 나는 오른손으로 칼자루를 쥐고 왼손으로 오른손을 감싼 자세였다. 손에 어찌나 힘을 줬던지 칼날이 끝까지 박히고 난 다음에는 오른손이 앞으로 미끄러져 하마터면 날에 내 손을 베일 뻔했다.

24.

"죄송합니다. 학과 회의가 늦게 끝나는 바람에……."

서울대 법의학교실의 최은호 교수가 방으로 들어오며 고개를 숙였다. 머리가 희끗희끗한 사십대 중반의 신사였다. 흰 가운 대신 무던한 체크무늬 양복을 입고 있었고 표정은 온화했다. 매일 시신을 만지는 사람 같아 보이지는 않았다.

교수실에도 끔찍한 사진이나 해부도 같은 게 걸려 있지는 않았다. 문 옆의 양쪽 벽이 다 책장이었고, 영어 원서들 사이에 간간이 연지혜에게도 낯익은 추리소설이 몇 권 꽂혀 있었다.《ABC 살인사건》《주교 살인사건》《인간의 증명》 같은 책이었다. 하나 평범하지 않은 게 있다면 책장 벽에 붙은 실험동물 위령제 개최 안내 포스터였다. 돼지, 원숭이, 생쥐의 사진과 함께 '우리는 감사해야 합니다'라는 문구가 적혀 있었다.

"아닙니다. 저도 막 왔습니다."

책장 사이 작은 탁자에 앉아 있던 연지혜가 자리에서 벌떡 일어나 꾸벅 인사했다. 그녀는 인텔리들 앞에서는 늘 허둥지둥했다.

"어떤 사건 때문에 오셨다고 하셨죠? 제가 부검했던 사건인가요?"

최은호가 물었다. 연지혜는 부검감정서 사본을 꺼내 들었다.

"아니요. 저희가 지금 수사 중인 22년 전 사건인데요, 당시 부검감정서를 보다 보니 몇 가지 궁금한 게 있어서요."

최은호는 눈썹 사이를 찌푸리며 서류를 읽었다. 연지혜는 교무실에 들어간 중학생 같은 심정으로 교수가 부검감정서를 읽기를 기다렸다. '반장님이 무턱대고 이거 봐달라는 식으로 하지 말랬는데.' 서류를 책상 위에 내려놓고 연지혜를 쳐다보는 최은호의 얼굴에도 '그래서요?'라는 빛이 어려 있었다.

"제가 궁금한 점들을 몇 가지 적어 왔는데 그냥 순서대로 여쭤봐도 될까요?"

"형사님 편하실 대로 하시죠."

"음…… 그러면 먼저…… 피해자가 칼로 가슴을 찔렸는데 갈비뼈가 부러졌거든요. 이게 일반 칼로도 가능한가요? 혹시 특수한 나이프로만 가능한 건 아닌가요?"

"아, 그거라면 일반 과도로도 가능합니다. 가슴에는 연골과 뼈가 있는데 여기라면 연골이에요. 문방구 가위로 잘라도 잘릴 정도로 연약해요. 칼로 찌르면 별 소리도 없이 쑥 들어갈 겁니다."

최은호가 부검감정서의 인체 그림에서 칼에 찔린 부위를 가리키며 말했다.

"연골이요? 가슴에도 연골이 있나요?"

"네. 갈비연골이라고 부르죠. 척추가 이렇게 서 있으면 여기에 갈비뼈가 열두 쌍이 붙어서 바구니 같은 모양을 이루죠. 그 앞부분이 갈비연골이에요. 그게 정면의 흉골로 연결되죠. 사망자 나이가 만 스무 살이면 아직 연골입니다. 나이가 들어서 칼슘이 침전되면서 점점 딱딱한 뼈가 되지요."

"저는 연골은 귀나 코에 있는 건 줄 알았는데……. 그리고 한번 연골이면 죽을 때까지 연골인 줄 알았는데……." 연지혜가 말을 흐렸다.

"쇄골도 어릴 때에는 연골이었다가 나이가 들면서 점점 단단해집니다."

"다음으로 궁금한 건 현장에 피가 별로 없다는 점인데요. 심장과 폐에 정면으로 칼이 꽂힌 것 치고는 너무 피가 적지 않나요?"

"그건 경우에 따라 그럴 수도 있어요. 정확히 어느 부분을 어떤 방향으로 찔렀는지에 따라서 달라질 수 있는 상황이에요. 우선 폐의 경우에는, 폐에도 혈관이 있기는 하지만 기본적으로는 공기가 왔다 갔다 하는 곳이니까 그렇게 피가 많이 나지는 않았을 거예요. 만약 폐만 찔렀다면 피해자가 바로 죽지는 않고 시간이 좀 걸렸을 겁니다. 의지력이 강한 사람이라면 구조를 요청할 수도 있겠고요. 하지만 비명은 지를 수 없죠. 비명을 질러도 소리가 안 나는 거죠. 그리고 구멍이 크게 나면 호흡 자체가 불가능해져서 행동 불능 상태가 되고 결국은 사망하죠."

"심장은요?"

"심장에는 막이 두 개 있는데 이게 탄력이 있어요. 페이스트리 빵 있지요? 그런 모양입니다. 심장에 칼을 꽂았다가 뒤틀지 않고 그대로 빼면 이 막 조직의 탄력성 때문에 상처가 벌어지는 게 아니라 오히려 좁아질 수도 있어요. 그러면 심장에 있던 피가 밖으로 쏟아지는 게 아니라 막 안에 차게 돼요. 내출혈이 되는 거죠. 다른 동맥 부위도 칼에 찔렸다고 영화에 나오는 것처럼 피가 솟구치지는 않아요. 목을 제외하면요."

나름대로 중요한 의문점을 발견했다고 믿은 연지혜는 허탈해졌다. 최은호는 '더 없습니까?'라는 표정으로 그녀를 바라보고 있었다.

"정액은 사람 몸에서 얼마나 오래 있나요? 성관계한 지 3일이 넘은 정액도 검출할 수 있나요?"

"살아 있는 여성 기준으로는 3일에서 7일까지도 검출할 수 있어요."

"사망한 사람은요?"

"그건 시신의 부패 상태에 따라 달라요. 그냥 정액을 검출하는 게 아니라 그걸로 용의자를 찾는 게 목적이잖아요. 그러면 정액 세포가 깨졌느냐 아니냐가 중요한데 1, 2일 정도면 깨지지 않아요. 3일이면…… 글쎄요."

"교수님, 이 사건 피해자는 8월 1일 저녁까지는 살아 있었고, 시신은 8월 3일 아침에 발견됐어요. 그런데 시신에 머리부터 발끝까지 우비가 덮여 있었고, 그 위에 또 이불이 덮여 있었어요. 이 정도면 부패하기 쉬운 상황인가요? 혹시 7월 31일이나 30일쯤에 관계를 했는데 그때 몸에 들어온 정액이 나중에 발견되기는 어려운 조건일까요?"

"우비라면 비옷 말씀하시는 거죠? 그러면 공기도 습기도 통하지 않았을 텐데, 8월에 온몸이 우비와 이불에 덮여 있었다면 굉장히 부패하기 쉬운 조건이죠."

"아, 그런데 방에 에어컨이 켜져 있었어요. 사망할 때부터 계속 켜져 있었던 거 같아요."

"에어컨이 켜져 있었다라……. 이거 참, 뭐라 말씀을 못 드리겠네요. 습도가 중요한데 에어컨을 서늘하게 틀어놓으면 방이 건조해지니까요. 시신을 직접 확인할 수도 없고."

"사진으로는 대강 가늠할 수 없을까요?"

연지혜의 말에 최은호는 민소림의 시신 사진을 찾아 뚫어지게 보았다. 한참 뒤에 그가 입을 열었다.

"그렇게 부패한 걸로 보이지는 않는군요. 사진만으로는요."

"그런가요?"

"만약 에어컨이 없다면, 여름에 사망한 시신은 하루나 이틀 정도면 몸 전체가 부풀어 오릅니다. 제 경험으로는 하루 정도 지나면 아랫배가 푸르스름해져요. 장내 세균이 몸 안에서 황 성분이 있는 가스를 만들어 내거든요. 그게 혈관을 따라서 올라옵니다. 그러면 피부에 나뭇가지 모양으로 푸른색 선이 드러나요. 이불을 덮어놨다면 세균의 번식이 더 빨라질 테고요. 거기서 더 시간이 지나면 아랫배랑 얼굴이 붓고, 부패 가스가 부풀어 오르면서 코 안의 점막이 터져서 코피가 납니다. 그런데 이 분은 일단 몸이 붓지 않았고, 아랫배도 별로 푸르스름해 보이지 않네요. 그리고……."

"그리고요?"

"만약 에어컨을 틀지 않았다면 분명히 파리가 알을 깠을 겁니다. 밀실이라도 파리는 어디나 있거든요. 24시간이 지나면 귀나 코, 입에 파리가 알을 까요. 하얗게."

"지금 이 시신에는 파리 알이 없는 거죠?"

"안 보이네요."

"8월 1일이 아니라 8월 2일에 사망한 걸까요? 발견 하루 전날에?"

"뭐라 말씀드리기 어렵습니다. 죄송해요. 이런 건 무 자르듯 잘라 말할 수가 없는 문제라서요. 에어컨이 틀어져 있었다면 아까 말씀드렸던 부패 진도에서 하루씩 빼야 할 거예요. 그런데 비옷이랑 이불이 덮어져 있기도 했고……. 뭐라 단정할 수 없어요."

그렇다 해도 연지혜에게는 민소림이 8월 1일보다는 2일에 사망했을 가능성이 높다는 얘기로 들렸다. 연지혜는 수첩에 '8/2 오전 사건 가능성↑'이라고 적었다. 오후는 아닐 것 같았다. 민소림도 점심을 먹어야 했을 테고, 그날 낮에 민소림의 어머니가 딸에게 문자메시지를 보내기도 했으니까.

"교수님, 하나 더 여쭙고 싶은데요. 피해자 성기 주변에는 상처가 없어요. 그러면 이건 성폭행이 아니라 합의한 성관계를 했다는 뜻 아닌가요? 범인이 면식범이라는……." 연지혜가 머뭇거리다 물었다.

"아니, 그렇게 말할 수 없어요." 최은호가 지금까지와 다른 강한 어조로 단언했다.

"그래요?"

"형사분들이 잘 모르시던데…… 제가 경찰에서 강의할 때마다 하는 얘기예요. 강제로 삽입해도 피해자 몸에서 체액이 나와서 상처가 남지 않는 경우가 많아요. 피해자가 어떻게 느꼈느냐 하고는 아무런 상관이 없어요. 남아프리카공화국 같은 데서 많이 연구가 됐죠. 성폭행 뒤 여성생식기에 손상 흔적이 남지 않는 비율이 40퍼센트예요. 그러니까 상처가 없다고 성폭행이 아니라고 하면 인격 살인이 되는 겁니다. 성폭행 피해자 분들 중에서도 이걸 모르시는 분이 많으세요. 몸에 상처가 남지 않았다는 사실에 충격을 받고 정신과에 가시는 분도 있다고 들었어요. 전혀 그럴 일이 아니에요."

연지혜는 고개를 크게 끄덕였다.

최은호 교수의 이야기를 들으며 몰랐던 사실을 많이 깨쳤지만, 막상 수사 범위나 방향이 줄어들거나 좁아지지는 않았다. 사무실로 돌아왔더니 정철희가 박태웅과 연지혜를 불렀다. 정철희는 전날 경찰청에서 나와 서울과학수사연구소에 다녀왔다고 했다.

연지혜가 서울대 법의학교실에서 들은 이야기를 먼저 말했다. 정철희와 박태웅은 고개를 주억이며 들었다. 갈비뼈가 연골이라거나 성폭행 사건의 상당수는 상처가 남지 않는다는 건 두 선배 형사도 처음 듣는 이야기인 것 같았다.

"범인이 그러면 폐를 먼저 찌르고 그다음에 심장을 찌른 걸까? 방어흔은 그사이에 생긴 거고?"

박태웅이 그 문제를 골똘히 생각하는 듯 눈을 1, 2초 정도 감았다 뜨면서 말했다.

"왜 그렇게 생각하세요?" 연지혜가 물었다.

"폐를 찔러야 비명을 못 지른다며. 심장을 찌르면 비명을 지를 수 있다는 이야기 아닌가?" 박태웅이 말했다.

"폐를 찌르고 숨이 막힌 상태에서 피해자가 저항을 했다, 그래서 팔꿈치에 방어흔이 생겼다, 하지만 범인이 곧 심장을 찌른다?" 정철희가 말했다.

"그런데 자세가 좀 이상하지 않아요?"

연지혜는 전날 가구 배치도를 보며 떠오른 생각들을 이야기했다. 최은호 교수로부터 들은 부패 정도와 파리 알에 대해서도 설명했다.

"지금 연 형사는 수사 방향을 아예 틀어보자고 하는 거지? 사건 일시는 8월 1일 밤이 아니라 8월 2일 아침이다, 그리고 성폭행이 아니라 성폭행으로 보이게 꾸민 거다?"

정철희가 물었다. 연지혜는 망설이다가 작은 목소리로 대답했다.

"네."

"뭐, 박 형사는 어떻게 생각해?" 정철희가 물었다.

"뭐든지 예단하는 건 좋지 않죠. 8월 1일 밤일 수도 있고 2일 아침일 수도 있고, 강간살인일 수도 있고 그냥 살인일 수도 있습니다." 박태웅이 말했다.

"나도 같은 생각이야. 뭐, 지금이 우리가 추리를 할 단계는 아니야. 정보를 모을 단계지." 정철희가 말했다. 박태웅이 눈을 몇 초간 감았다 떴다. 정철희는 말을 이었다.

"살인범들을 잡아보면 그다지 이성적이지가 않아. 뭐, 이성적이지 않은 놈들이니 사람을 죽이겠지. 그런 놈들이 극도의 흥분 상태에서 사람을 공격해. 그리고 시신을 어떻게 처리해야 할지 몰라 당황해. 자기가 무슨 증거를 남겼을지 몰라서 겁을 먹고, 경찰에 신고해서 자수해야 하나 마나 고민에 빠져. 그러는 와중에 다른 사람이 보기에는 이해가 안 가는 행동들을 하지. 다 그래. 오히려 증거가 다 맞아떨어지는 살인사건 현장은 하나도 없다고 보면 돼."

"네, 알겠습니다." 연지혜가 말했다.

정철희는 전날 경찰청과 서울과학수사연구소에서 들은 이야기를 설명해주었다.

"피의자 정액 원본이 남아 있을지도 모른다고 하더라고. DNA 분석을 하고 난 정액도 무슨 튜브에 넣어서 냉동 보관을 한다는 거야. 그게 제대로 보관이 돼 있다면 요즘 기술로 다시 분석을 할 수 있는 거지. 그런데 22년 전에도 정액 원본을 그렇게 보관했을지는 잘 모른다고 하고, 보관했는데 그사이에 세포가 변질됐을 수도 있다고 하고. 뭐, 있다면 국과수에서 보관할 거라고 해서 서울과학수사연구소에 찾아갔어."

"있었나요?" 연지혜가 물었다.

"아, 그게, 몇 년 전에 공공 기관 지방 이전을 하면서 국과수 본원이 원주로 갔잖아. 그래서 그런 생체 증거물들은 전부 원주로 옮겼대. 양

천구에 있던 건물은 서울연구소가 됐는데 난 그리로 갔던 거지. 하여튼 원주에 있는 본원의 법유전자과인가? 거기 연구관한테 연락이 닿아서 이 사건 정액 원본이 남아 있는지, 분석 가능한지 거기서 알아봐주기로 했어."

"그런데 22년 전에도 DNA 분석은 꽤 정확했잖아요? 그걸 다시 분석해서 달라질 게 있습니까?" 박태웅이 물었다.

"어려운 얘기가 많아놔서, 내가 제대로 이해한 건지 모르겠네. 하여튼 적은 대로 읽어줄게." 정철희가 수사 수첩을 꺼내며 말했다.

"일단은, 이제는 나이를 대강 가늠할 수 있대. 예전에는 DNA 검사 결과만 보고서는 그 사람 나이는 알 수 없었지. 용의자를 잡아와서 DNA를 채취하면 그게 현장에서 발견된 DNA와 일치하는지 판단할 수만 있었고. 그런데 이제는 현장에서 발견된 DNA만으로도 범인이 몇 살인지 대충 알 수 있다더군. 뭐라더라, 메틸화 분석 기법? 뭐, 그런 이름이야."

"그건 도움 되겠는데요. 나이대를 알 수 있다면." 박태웅이 말했다.

"그게 재작년에 도입된 신기술이라더만. 신기하지? 그리고 2000년대 초반까지는 DNA 분석할 때 사용하는 유전자 개수가 적어서 다른 사람인데도 검사 결과가 일치할 확률이 3000분의 1 정도는 됐다는 거야. 그런데 지금은 인류 역사 이래 딱 한 명 수준으로 특정할 수 있다더군."

"뭐…… 그것도 도움은 되는 정보네요." 박태웅이 말했다.

"연락 한번 기다려보자고. 이렇게 1센티미터씩 나아가는 거지." 정철희가 말했다.

25.

칼이 민소림의 몸에 들어갈 때에는 완전히 해동하지 않은 돼지고기를 썰 때처럼 부드러운 저항이 있었다. 한편으로는 그 칼을 용도에 맞게 제대로 쓰고 있다는 감각이 들었다. 종이를 자르거나 금속을 베려 시도했다면 그런 기분이 들지 않았으리라. 고기를 썰 때마다 그때의 기억이 되살아난다. 상대의 몸속에서 무언가 부러뜨리거나 뚫고 지나간다는 느낌도 들었다. 빠각빠각하는 이상한 소리도 났다.

진짜 놀라운 변화는 내 안에서 일어났다. 두 팔뚝과 심장에서 무언가가 폭발해서 분출하는 것 같았다. 나는 그 물질이 혈관을 따라 위로는 머리까지, 아래로는 발가락 끝까지 빠르게 퍼져나가는 것을 느낄 수 있었다.

그것은 아주 뜨겁고도 상쾌한 액체였다. 온몸의 신경과 세포를 번쩍 깨우고 뼈와 근육에 상상도 할 수 없는 힘을 불어넣는 묘약이었다. 배꼽 언저리에서 주먹만 한 덩어리 같은 것이 눈을 뜨자 정신과 육체가 완전히 하나가 되어 새로운 차원으로 도약했다.

그렇게 상대의 몸에 칼을 꽂고 있었던 시간은 길어야 2초나 3초 정도였으리라. 나는 전에 경험해보지 못한 고양감에 꽤 놀랐고, 아주 약간 겁을 먹었다. 그러나 그보다 더 압도적인 감정은 승리감이었다.

살면서 그 순간까지 수많은 적들을 향해 수없이 칼을 빼 들다 집어넣었다. 내 일상은 모욕으로 점철되어 있었는데, 나는 그에 대해 한마디 대꾸도 하지 못했다. 나는 도망치고, 겁에 질려 떨고, 후회하고, 자신을 혐오하며 살았다. 그러나 마침내 이렇게 성공적으로 칼을 집어 들어 상대의 가슴 한가운데 그걸 완벽하게 찔러넣은 것이다.

민소림은 입을 벌리고 한숨을 토했다. 비명을 내지르고 싶어 했던 것 같은데, 소리가 나지 않았다. 그녀가 정신을 잃었던 것은 아니다. 나를 향해 눈을 똑바로 뜨고 있었는데, 아주 잠깐 동안은 놀란 기색이었다. 하지만 1초도 되지 않아 무슨 일이 일어난 건지 알아차렸고, 두 눈에 격렬한 분노와 증오의 불꽃이 일었다. '네가 감히?'라는 눈빛이었다.

민소림은 나를 세게 밀쳤다. 나는 엉거주춤한 자세로 온 힘을 두 손에만 집중하던 터였다. 무릎 관절은 굳었는데 다리 근육은 풀려 있었나 보다. 나는 우습게도 중심을 잃고 뒷걸음질을 치다가 엉덩방아를 찧었다. 그 바람에 손에서 칼도 놓치고 말았다.

그렇게 깊이 칼을 찔러넣었는데도 민소림의 가슴에서는 피가 별로 나오지 않았다. 핏줄기가 뿜어져 나올 거라고 생각했는데, 그저 칼에 찔린 자국 주변의 티셔츠가 조금씩 붉게 물들어가는 정도였다. 민소림은 잠시 손을 상처 위에 얹기는 했지만 고개를 내려 부상 정도를 살피지 않았다. 자기가 어느 정도 다쳤는지는 이미 안다는 듯한 태도였다.

그녀는 불사신처럼 보였고, 나는 겁에 질렸다. 그 사실을 민소림도 눈치챘고, 나는 익숙한 감정에 휩싸였다: 패배감, 굴욕감.

그녀는 고양잇과 맹수 같은 표정으로 나를 내려봤다. 그 시선이 짧게 흔들렸고, 나는 그녀가 무엇을 노리는지 알았다.

민소림은 애걸하거나 화해를 시도하거나 외부에 구조를 요청할 마음이 없었다. 그녀는 내가 바닥에 떨어뜨린 칼을 주우려 하고 있었다.

그녀는 짧은 너털웃음 같기도 하고 김빠지는 소리 같기도 한 기합 소리를 입에서 내며 내게 덤벼들었다.

26.

연지혜는 문구점에서 전지를 한 장 사 와서 벽에 붙였다. 사건보고서를 읽다가 궁금한 게 있으면 포스트잇에 적어 그 전지에 붙였다. 연지혜가 하는 걸 보고 박태웅과 정철희도 거기에 포스트잇을 붙였다. 연지혜는 곧 전지를 한 장 더 마련해야 했다.

전지 한가운데에는 '2000년에는 범인이 어디서 샜을까?'라고 포스트잇이 붙어 있었다. 세 형사는 그 문제를 놓고 토론을 벌였다.

정철희와 박태웅은 비면식범 탐문 대상이 너무 넓어 거기서 구멍이 생겼을 가능성을 의심했다. 서대문경찰서 수사과장은 "신촌역 일대를 이 잡듯 뒤져라"고 지시했지만, 그것은 불가능한 목표였다. 홍대에 밀려 상권이 쇠퇴했다고 하는 지금도 신촌 지하철역에서 타고 내리는 인원이 하루 10만 명이다. 2000년은 신촌 상권의 절정기였다. 그 유동인구 중에는 유독 이십대 남자가 많았다.

우연히 그날 신촌에 놀러온 남자, 지방에서 올라와 서울에 사는 지인을 만난 젊은이, 어쩌면 휴가를 얻은 군인이 술에 취해 뤼미에르 빌딩 1층 편의점에 들어간다. 거기서 눈이 번쩍 뜨일 정도로 아름다운 여성이 우유를 사는 것을 목격한다. 그 여성의 뒤를 밟는다. 그 여성이 건물 1층 입구에서 1305호 우편함을 살피는 것을 본다. 남자는 밖에서 한두 시간을 더 보내다가 뤼미에르 빌딩으로 들어간다…….

이런 시나리오에 연지혜는 거부감을 느꼈지만 딱히 반박할 근거는 없었다. 그녀는 여전히 CCTV 영상의 남자가 너무 태연해 보인다고 생각했다. 또 사람이 그렇게 어이없이 살해당할 수 있다는 사실에 저항감도 일었다.

그사이에 국립과학수사연구원 유전자감식센터와 대검찰청의 DNA 수사실에서 회신이 왔다. 두 곳에서 보유한 DNA 중에 이 사건 범인과 일치한 DNA는 없는 것으로 나타났다. 범인이 2010년 7월 이후 중대 범죄로 붙잡히거나 수감되지 않았다는 의미였다. 국과수와 대검이 보유한 범죄자 DNA 정보는 양쪽 모두 10만 명가량이었다.

"수감자들은 다시 살펴볼 필요가 있습니다. 제 친구 중에 교도관이 있거든요. 그런데 2010년에 법 생기면서 DNA 검사를 해야 할 사람이 너무 많아서 일을 대충 했을 수 있대요. 자기네 교도소는 제대로 했는데, 다른 교도소는 어땠을지 모르겠다고. 재소자들이 협조도 안 했다고 하고요." 박태웅이 말했다.

"기록해두자." 정철희가 말했다.

"이 새끼 그사이에 죽었으면 어떡하죠?"

박태웅이 물었다. 웃음기라고는 조금도 없었다.

"고통스럽게 뒈졌기를 바라야지." 정철희가 말했다.

"반장님은 이런 범죄를 저지른 놈이 두 번 다시 범죄를 안 저질렀을 수도 있다고 생각하세요?"

연지혜가 문득 궁금해져서 물었다.

"뭐, 돈을 걸라면 재범을 했을 거라는 데 걸겠지만, 가능성이야 다 열린 거 아닌가."

정철희는 뻔한 답변을 했다. 연지혜는 이런 범죄를 저지른 인간이 태연하게 가족을 이루고 회사를 다니고 교회에 나가는 모습을 상상해보았다. 거꾸로 어느 평범한 가장이 22년 전 이런 범죄를 저지른 사람이라고도 생각해보았다. 어느 쪽이건 소름이 끼쳤다.

가끔은 수사 기록을 함께 읽다가 궁금한 점을 포스트잇에 적기 전에 앉은자리에서 소리 내어 말하기도 했다. 그러고 나면 그때 오간 문답을 나중에 연지혜가 적어서 컴퓨터에 기록했다. 30분씩 조용히 자료를 읽다가 누군가 "폐를 찔렸다 해도 방어흔이 있는 걸 보면 드잡이도 있었던 거 아닌가요? 왜 옆집이나 윗집, 아랫집에서는 아무 소리도 못 들었을까요?" 하고 중얼거리는 식이었다. 그렇게 말문을 여는 사람은 대개 연지혜였다.

"옆집에 사는 남자는 주요 용의자 중 한 명이었어. 혈액형도 O형이고, 폼이 수상쩍었거든. 옆집 이웃이 살해됐다니 너무 충격적이라면서 눈물을 흘리기도 하고, 탐문수사 하는 경찰한테 수사 상황 어떻게 되어 가느냐고 캐묻기도 하고. 보통 그 정도는 아니잖아. 게다가 그 녀석이 범행을 저질렀다면 CCTV에 찍힐 리도 없을 테니까. 나중에 제대로 신문 여러 번 받았지. 그 녀석은 펄쩍 뛰었지만. 뭐, 만약 그자가 범인이었다면 소리가 났어도 안 났다고 했겠지." 정철희가 말했다.

"아랫집에는 그때 사람이 없었어. 내가 읽은 부분에 아랫집 사람 진술청취 보고서가 있어." 박태웅이 말했다.

"피해자가 비명을 질렀어도 옆집이나 윗집, 아랫집에서 못 들을 가능성도 있다고 생각해요. 거기 젊은 사람들이 사는 건물이었잖아요. 그러면 영화 같은 걸 보거나 음악을 듣느라 다른 소리를 못 들었을 수도 있다고 생각해요. 제가 휴일에 집에 있을 때 헤드폰 끼고 음악 듣느라고 택배 기사가 와서 문 한참 두드려도 모를 때가 있거든요."

연지혜가 자문자답했다.

"제일 가능성 높은 답변은, 그냥 민소림이 아무 소리 못 냈다는 거 아닐까. 실제로 성폭행 피해자들 이야기 들어보면 비명도 못 지르고 고분고분 시키는 대로 했다는 사람이 꽤 많거든. 너무 겁을 먹어서."

정철희의 말에 박태웅이 1초쯤 눈을 감았다.

"방음은 잘 되는 건물인가?" 박태웅이 물었다.

"1990년대에 지은 건물이고, 오피스텔이니까 방음에 그렇게 신경을 썼을 것 같지는 않은데……. 나중에 가서 관리인한테 물어보자고. 연 형사가 잘 적어놔." 정철희가 말했다.

"네, 알겠습니다." 연지혜가 대답했다.

고참 형사들은 날이 갈수록 탐문수사가 어려워진다는 이야기를 하곤 했다. 1990년대 전반만 해도 탐문을 나가 피해자나 용의자에 대해 이웃에게 물으면 건질 수 있는 정보가 꽤 많았다고 했다. 서울 아파트 밀집 지역에서도 그랬다고 했다. 반상회 참석이 의무였고 복도식 아파트가 많이 지어지던 시절이라 그랬다.

그러다가 1990년대 중반부터 여러 지자체에서 반상회 제도가 자율로 바뀌거나 폐지되고 계단식 아파트가 점점 많아지면서 옆집에 누가 사는지 모르는 사람이 많아졌다. 그런 면에서 2000년 당시 뤼미에르 빌딩에 살던 젊은 입주자들의 주거 문화는 미래를 예고한 것이었다.

같은 이야기를 2000년 연대생들에게도 할 수 있었다. 민소림이 사고를 당하기 전 열흘간의 행적을 같은 과의 누구도 몰랐다. 아무리 여름방학이라는 점을 감안해도 기이할 정도였다. 민소림이 들었던 여름 계절학기 수업은 7월 20일 목요일에 끝났고, 그 이후에 어디서 무엇을 했는지는 수수께끼였다. 그녀는 친구들과 그런 이야기를 나누지 않은 것 같았다.

민소림은 계절학기 수업을 마친 뒤에도 진주로 내려가지 않고 서울에 머물렀다. 부모님에게는 대학원실에서 하는 연구를 돕고 있다고 핑계를 댔다. 그러나 나중에 경찰이 확인한 바로는 연세대 어느 대학원실에도 민소림이 돕는 연구 따위는 없었다. 문과대뿐 아니라 모든 단과대 전체에서 그랬다.

민소림은 무엇을 숨겼던 걸까? 왜 서울에 머물렀던 걸까? 당시 형사들은 민소림이 다단계판매 조직이나 사이비 종교에 빠졌을 가능성도 검토했다. 그러나 뚜렷한 해답은 찾을 수 없었다.

정철희, 박태웅, 연지혜가 산더미 같은 자료에 파묻혀 있으면 폰파라치 조폭 사건을 수사 중인 오지섭과 최의준이 빙긋 웃으며 앞을 지나갔다. 오지섭은 연지혜의 책상 앞에서 담배를 피우는 시늉을 하며 밖으로 불러내기도 했다. 늘 진지하고 일 얘기밖에 하지 않는 정철희나 박태웅과 달리 오지섭과 있으면 긴장이 풀려 좋았다.

"우리 사무실이 무슨 독서실이 된 거 같아."

오지섭이 능글맞게 말하면 연지혜는 "제가 이 정신으로 공부했으면 진짜 서울대 갔죠" 하고 덤덤하게 대꾸했다.

"잘돼?" 최의준이 물었다.

"깜깜해요. 살인사건 수사는 원래 이런 거예요?"

"설마. 22년 전 사건이니까 그런 거지." 오지섭이 대답했다.

"선배 폰폭 수사는 잘돼요?"

"아…… 그게…… 우리는 이제 시작인걸, 뭐. 피해 봤다는 대리점 주인들 만나면서 얘기 듣고 있어. 그런데 폰파라치 짓으로 7억 원을 번 사람이 있다더라. 안 믿겨지지?"

"7억이요? 헐."

"아주 아수라장이야. 역파라치라는 것도 있더라고. 대리점이 영업 직원한테 각서를 받아뒀다가 폰파라치한테 적발되면 그 사원들한테 벌금을 받아내는 거야. 그러면서 다른 통신사 대리점의 불법 보조금을 적발해 오면 벌금을 깎아주겠다고 폰파라치를 시키고."

"어렵다, 어려워."

"그것도 빙산의 일각인 거지. 길거리 다니다 몇십 미터 걸을 때마다 이동통신사 대리점이 하나씩 나오잖아. 상가 건물 하나에 통신사 대리점이 서너 개 들어선 곳도 있고. 전에는 별생각 없이 지나쳤는데 요즘은 정글 옆을 지나가는 느낌이야. 불법 보조금이 얼마나 많으면 파파라치가 도입이 되고, 그 파파라치 제도를 조폭이 이용하겠어. 밑에서 조폭을 잡을 게 아니라 불법 보조금을 뿌리지 못하게 위에서 제도를 바꿔야 할 거 같은데. 안 그래?"

27.

초고화질 동영상을 저속재생 하는 것처럼 한 장면 한 장면을 순서대로 선명하게 떠올릴 수 있다.

나는 엉덩방아를 찧은 자세 그대로, 궁둥이를 땅에 붙인 채로 벌레처럼 꼴사납게, 두 팔과 두 다리를 휘저어 뒤로 물러났다. 그렇게 허우적대는 것조차 제대로 하지 못했다. 손바닥에 땀이 나서 미끄러졌기 때문이다. 아니, 팔에 제대로 힘이 들어가지 않아서였을까?

의도하지 않은 방향으로 팔이 뻗어나가면서 팔꿈치가 접혔고, 바닥에 세게 부딪혔다. 눈물이 찔끔 날 정도로 아팠고, 그런 위급한 상황에서조차 신경과 눈물샘이 제대로 작동한다는 사실이 한심하게 느껴졌다. 그런 자각 역시 한심하게 느껴졌다. 나는 그 순간에조차 정신을 집중하지 못하고 있었다.

반면 민소림은 모든 수를 계산하고 자기 뜻대로 육체를 완벽하게 통제하는 것 같았다. 그 순간에는 그래 보였다. 그녀가 칼을 향해 달려드는 줄 알았는데 아니었다. 민소림은 나를 덮쳤다. 그녀는 무릎으로 내 가슴을 찍었고 나는 그 충격으로 두 팔을 쭉 펴며 등을 완전히 바닥에 붙이게 됐다.

민소림은 잽싸게 내 가슴 위에 두 무릎을 올렸다. 내가 일어나지 못하게 막으면서 칼을 잡으려는 속셈인 것 같았다. 그렇다면 정확하고 냉정한 판단이었다. 칼에 한 번 찔린 상태에서 나와 오래 싸우기는 어려울 것이고, 내가 일어선다면 더욱 그러할 것이다. 내 몸을 누른 상태에서 칼을 먼저 잡는 것만이 그녀가 승리할 수 있는 유일한 길이었다.

거기까지 계산하고 도박을 걸다니…… 숨이 막히는 것 같았나. 그 짧은 순간 민소림이 페이크 모션을 쓰고 내가 거기에 완전히 속아 넘어갔다는 사실에 다시 한번 좌절했다.

그러나 그것은 나의 착각이었다.

민소림은 그렇게까지 고도의 계산을 한 것은 아니었다. 칼을 향해 몸을 던졌지만 그럴 기운이 없었고, 하필 내 위에서 무너진 것이었다. 무릎을 꿇은 채로 허리를 굽힌 것도 내 목을 조르기 위해서가 아니라 몸을 꼿꼿이 세울 힘이 달려서였다.

놀란 나는 손바닥으로 민소림의 얼굴을 때리다시피 밀쳤다. 그녀는 아무런 저항 없이 눈두덩을 얻어맞았다. 그때서야 나는 그녀가 불사신이 아님을 깨달았다. 나는 민소림의 양어깨를 잡고 힘껏 밀어냈다. 그녀의 상체가 오른편으로 홱 기울며 침대 옆면에 부딪혔다. 하반신은 여전히 내 몸 위에 있었지만 거기에 뼈와 살의 무게 이상으로 힘이 실리지는 않았다. 내가 뒷걸음질을 치며 빠져나오자 민소림의 다리는 서로 엉키며 가볍게 꼬인 자세가 되었다.

나는 마침내 칼을 주워 들었다. 민소림은 다리를 꼬고 등을 침대 옆면에 기댄 상태로 나를 노려보았다. 얼굴은 창백했고 이마에 땀이 몇 방울

맺혀 있었다. 머리카락 두 올이 얼굴에 찰싹 붙은 채였다. 그 모습이 너무 비현실적으로 아름다워서 나는 1, 2초 정도 홀린 것처럼 멍하니 있었다. 그러다가 민소림이 팔을 뻗어 내 손에 쥐어진 칼을 빼앗으려고 시도하는 바람에 정신을 차렸다.

이제 민소림이 나를 물리적으로 위협할 수 없다는 사실은 분명해졌다. 그럼에도 그녀의 살기등등한 눈을 마주하는 것은 여전히 쉽지 않았다. 나는 그 눈빛이 무서워서 양손으로 칼을 잡고 앞으로 내밀었다. 나는 민소림의 눈에서 증오와 분노 이외의 다른 것을 읽어보려 했다. 두려움이라든가, 절망이라든가, 후회라든가…….

"지금이라도 119를 부를 수 있어."

그런 말이 저절로 내 입 밖으로 튀어나왔다. 본심은 아니었다. 그래서 그렇게 가냘픈 목소리로 나왔는지도 모르겠다. 무슨 소리 하는 거냐는 표정이 민소림의 얼굴에 잠시 스쳤다.

"미안하다고 사과해. 그러면 119를 부를게."

민소림의 표정이 풀어졌다: '아아, 그 얘기였어?'

그녀는 콧방귀를 뀌었다: '됐거든.' 아니, 아니다. '뻔한 수작 부리지 마. 거짓말이잖아.' 이게 맞을 것이다.

작지만 싸늘한 미소가 그녀의 입가에 떠올랐다: '참 너답네. 마지막 순간까지.'

28.

정철희는 연지혜와 박태웅에게 열흘 안에 서류를 다 읽자고 했다. 연지혜는 수사 기록의 핵심이라 할 수 있는 참고인 진술청취 보고서 더미에서 헤매는 중이었다.

이 보고서들은 순서가 엉망이었다. 시간순도 아니었고 중요한 순서도 아닌 것 같았다. 당시에 편성했던 수사본부 구성에 따라 보고서를 모아서 그대로 검찰에 보낸 게 아닌가 싶었다.

민소림의 지인 중에서 용의자로 먼저 올랐던 것은 전 남자친구 두 사람과 같은 학부 남학생 중 민소림에게 여러 번 전화를 걸고 쫓아다녔다는 학생이었다. 민소림은 1학년 1학기에 연세대 사학과의 선배와 연애를 했고, 2학기에는 토스트마스터즈라는 동아리 선배와 교제했다. 그러나 이 두 사람과 민소림을 쫓아다닌 같은 학부 남학생은 혈액형이 모두 O형이 아니었다.

연지혜는 수첩에 '토스트마스터즈 무엇? 민소림은 동아리 하나뿐?'이라고 적었다. 조금 뒤에 다른 보고서를 읽다가 토스트마스터즈라는 게 영어 연설 동아리임을 알게 됐다. 당시 경찰은 민소림이 다녔던 토스트마스터즈 동아리 멤버들을 전수조사 했다.

연세대 학생들을 상대로 한 탐문 결과는 다소 기묘했다. 같은 학부 동기 학생들은 민소림이 인기가 많았다고 입을 모았지만 자신이 그녀와 가까운 사이라고 말하는 사람은 없었다. 진술청취 결과보고서에는 '민소림은 학교의 스타였다고 함'과 '자신은 민소림과 그다지 친하지 않았다고 함'이라는 모순되는 진술이 몇 번이나 되풀이해서 나왔다. 학생들이 수사에 얽히기 싫어서 방어적으로 굴었던 걸까?

형사들은 민소림이 소속된 학부의 교수와 강사, 조교, 동기생, 선배, 후배, 민소림이 다녔던 동아리의 동기생, 선배, 후배들을 400명 가까이 만났지만 큰 소득은 얻지 못했다. 모든 사람이 민소림을 알았다. 그러나 민소림을 잘 안다는 사람은 없었다. 누구와 사이가 좋아 보였는지를 물어서 그 사람을 찾아가면 당사자는 "그렇게 가까운 사이는 아니었다"고 말했다. 민소림은 차갑고 시니컬한 성격이었다고 했다. 도도하게 많은 이들의 관심을 즐기기만 하고 자기 속을 열어놓지는 않는 타입이었을까.

민소림이 연세대 소속이 아닌 사람을 만났을 가능성도 높았다. 뤼미에르 빌딩 주민 중에는 1999년경에 민소림이 연인으로 보이는 젊은 남자와 엘리베이터에 함께 있는 모습을 봤다고 증언한 사람이 몇 있었다. 남녀 모두 모델처럼 잘생기고 예뻐서 기억에 남았다고 했다.

형사들은 민소림이 1학년 1학기에 교제했다는 연세대 사학과 학생이나 토스트마스터즈 동아리 선배, 민소림을 쫓아다닌 학부 동기생의 사진을 뤼미에르 빌딩 입주자들에게 보여주었다. 주민들은 모두 머리를 저었다. 그런데 주민들은 CCTV에 찍힌 남자의 사진을 보고서도 민소림과 사귀었던 모델 같은 젊은 남자와는 실루엣이 다른 것 같다고 했다. 1999년에 민소림이 사귄 듯한 잘생긴 남자는 곱고 여리여리한 체형이었다는 게 이웃들의 말이었다.

당시 수사팀은 뤼미에르 빌딩에서 얼마 떨어지지 않은 고시원에서 장기 투숙자가 사건 직후 갑자기 사라졌다고 해서 추적에 들어가기도 했다. 영세업체 상품을 중간도매상을 통해 받아 지하철에서 판매하는 사십대 거리 외판원이었다. 고시원 장부에는 가짜 이름을 적어놨으나, 고시원에 남긴 판매용 제품들에 지문이 남아 있었다. 추억의 팝송 CD였다.

수배 전단을 만들고 서대문과 마포 일대의 고시원들을 뒤지다가 공덕동에 있는 고시원에서 지하철 외판원을 잡았다. 외판원은 사업을 하다 망해서 사기범으로 수배를 당한 상태인데 앞 건물에서 경찰이 왔다 갔다 하니 불안해서 도망쳤을 뿐이라고 변명했다. 혈액형이 일치했고 알리바이도 분명치 않아서 강도 높게 조사를 받았지만 다른 증거가 없었다. 거짓말탐지기 조사도 통과했고, 결국 DNA도 다른 것으로 나타났다.

2000년 봄에는 뤼미에르 빌딩 뒷골목에서 새벽에 알몸에 외투만 걸친 채 젊은 여성을 쫓아가며 자위를 하던 변태성욕자가 붙잡혔다. 혈액형이 O형이라서 철저하게 조사를 받았지만 역시 DNA가 일치하지 않았다. 연지혜는 수첩에 '당시 DNA 검사 기술 얼마나 정확?'이라고 적었다.

뒤로 갈수록 기이한 기록들이 나왔다. 2000년 12월에는 정신질환자 한 명이 전남 광주의 한 파출소에 찾아와 자신이 신촌 여대생 살인사건의 범인이라고 자백했다. 수사팀이 즉시 광주로 내려가 피의자를 데려왔다. 그러나 사건이 일어났던 기간에 보호시설에 수용돼 있었던 것으로 드러났다.

같은 달에는 아현동에서 점집을 운영하는 오십대 여성 역술인이 자신의 꿈에 자꾸 죽은 피해자가 나타난다며 수사본부를 찾아왔다. 이 역술인은 민소림의 이름도 알고 있었고, 사건 현장에 대해서도 대외비였던 몇 가지 정보를 엇비슷하게 말했다. 역술인은 꿈에서 민소림이 연세대 도서관으로 자신을 데려갔고, 거기서 어느 자리를 계속 가리켰다고 했다. 거기에는 사법시험 기출문제집과 함께 목걸이가 하나 있었는데, 그 목걸이 펜던트에는 민소림의 사진이 들어 있었다고 했다.

형사 두 사람이 역술인을 따라 연세대에 갔다. 연세대 신촌캠퍼스에는 도서관이 여러 곳이었다. 중앙도서관이 있고 각 단과대학에 따로 도서관들이 있었다. 막상 도서관에 가니 역술인은 오락가락했다. 이 자리를 찍었다 저 자리를 찍었다 했다.

사법시험 기출문제집은 많았지만 목걸이는 없었다. 바보 같다고 생각하면서도 형사들은 역술인이 가리킨 자리 주인들을 상대로 기초 조사를 벌였다. 사법시험을 준비하는 학생들은 처음에는 영문을 몰라 당황하다가 나중에는 시간 아깝다며 짜증을 내고, 법률을 말하며 거세게 항의하기도 했다. 연지혜도 수첩에 적을 말이 없었다.

매일 오후 5시에 갖기로 했던 회의는 그 시각에 열린 적이 한 번도 없었다. 하루에 읽는 서류 양이 예상보다 적었기 때문이다. "난 별로 못 읽었는데, 조금만 있다가 할까?" 하고 정철희가 물으면 박태웅과 연지혜는 고개를 끄덕였다. 그들은 구내식당에서 저녁을 먹고 돌아와 오후 9시에 회의를 열었다.

몇 푼 되지도 않는 구내식당 식대를 두고 정철희와 박태웅이 실랑이를 벌이곤 했다. 주로 정철희가 샀지만 가끔 박태웅이 "반장님, 이번에는 제발 제가 낼게요"라고 우기며 계산하는 식이었다. 경비 처리가 되는 수사비는 한 달에 20만 원까지였다. 그 돈으로 망원까지 챙기라는 얘기였는데, 턱도 없었다. 그렇다고 형사가 다른 사람에게 밥을 얻어먹으면 그만큼 교도소 문이 가까워진다.

회의가 늦어지다 보니 귀가 시간도 늦어졌다. 밤 11시 넘어서까지 토론을 벌이는 날도 자주 있었다. 회의를 할 때 정철희는 자기가 늘 마시는 꿀차를 타서 자리 앞에 뒀다. 박태웅은 밤인데도 믹스커피를 마셨고 연지혜는 물을 마셨다.

"피해자가 노트북을 갖고 있었대요. 그런데 원룸에서는 그 노트북이 나오지 않았어요. 유족들이 찾아달라고 했는데 끝까지 못 찾은 모양이에요." 연지혜가 말했다.

"강도 소행이라고 보기에는 애매한데. 지갑에 돈도 그대로 남아 있었고, 피해자 손가락에 금반지도 껴 있었어. 명품 가방이랑 구두도 그대로 있었고." 정철희가 말했다.

"남았다는 돈이 천 원짜리 몇 장이잖아요. 만 원 단위 이상의 지폐는 가져갔는지도 모르죠. 반지는 18K짜리라서 그렇게 값나가는 것도 아니고, 남자 강도였다면 가방이나 구두 가격을 몰랐을 수도 있어요."

연지혜가 말했다. CCTV 속 남자가 노트북을 가져갔다면 한쪽 어깨에 걸치고 있던 백팩에 넣어 갔을 것이었다. 그러나 사진으로 보기에는 남자의 어깨에 그다지 무게가 실려 있는 것처럼 보이지는 않았다.

"노트북은 이번 사건과 무관하게 민소림이 다른 곳에 놔뒀거나 잃어버렸을 가능성도 있어. 당시에도 경찰이 중고거래 사이트와 근처 전당포, 중고 전자제품 매장 정도는 이 잡듯 뒤졌을 거야. 수사의 기본이니까." 박태웅이 말했다.

"범인이 바닥의 피를 닦았잖아요. 그걸 닦은 휴지나 천은 어디에 있을까요? 증거 목록에는 없던데. 그리고 피나 지문은 닦아냈으면서 정액은 남겼다는 게 이상하지 않아요?" 연지혜가 말했다.

"감식 기술을 제대로 몰랐을 수도 있지. 22년 전이잖아. CSI 드라마가 유행하기 훨씬 전이었고." 정철희가 말했다.

"혹시 이 사건이 단독범이 아니라 두 명 이상의 소행일 가능성도 있다고 보세요?" 연지혜가 물었다.

"아니었으면 좋겠는데. 그러면 정범(正犯) 가려내기가 너무 어려워져. 서로 자기가 저지른 짓이 아니라고 할 거 아냐." 정철희가 말했다.

자정이 가까워지면 정철희가 자리에서 일어나 "이제 그만, 들어가자고"라고 말했다. 그때까지 사무실에 남아 있는 사람은 신촌 여대생 살인사건을 맡은 세 명뿐이었다. 폰파라치 조폭 사건을 수사 중인 오지섭과 최의준은 참고인들을 만나기 위해 거의 밖으로 나다녔고 현장에서 퇴근하는 때가 잦았다. 연지혜는 그들이 부러웠다. 하루 종일 사무실에 앉아 있다 보니 이만저만 좀이 쑤시는 게 아니었다.

밤늦게까지 곰팡내 나는 서류 뭉치와 씨름을 하다 보면 맥주가 간절해졌다. 가끔은 정철희나 박태웅에게 한잔하고 들어가자고 조르고 싶을 때도 있었다. 그러나 연지혜는 그 말이 혀끝까지 올라올 때마다 꾹 참았다. 첫 번째 이유는 자신과 달리 정철희와 박태웅이 차를 운전해서 집으로 돌아가야 한다는 사실을 알아서였다.

두 번째는 스스로도 인정하기 힘든 이유였다. 정철희나 박태웅과 어느 선 이상 친해지고 싶지 않았다. 자신이 먼저 술을 마시자고 하면, 그 다음에 상대가 술을 마시자고 할 때 거부하기가 어려워진다. 그 사실을 의식하면 꼭 자신이 그들을 신뢰하지 않는 것 같은 기분이 들었기 때문에 마음이 편치 않았다.

연지혜는 정철희와 박태웅이 자신을 위해 대신 칼에 찔릴 사람들임을 의심하지 않았다. 자신 역시 그럴 각오였다. 그러나 자정 넘어 술을 함께 마시는 것은 그것과는 다른 이야기였다. 정철희와 박태웅이 남자들이라서 그런지, 아니면 성별과 상관없이 상사라서 그런 건지 연지혜는 곰곰 생각해보았다. 그 두 가지 요인도 분명 있었지만, 기본적으로 연지혜 자신이 타인을 만날 때마다 선을 긋기 때문인 것 같았다. 그녀는 선 안으로 상대가 들어오는 것을 침입이라고 여겼다.

한 번 선을 넘은 사람은 그런 선이 완전히 사라진 것처럼 군다. 아니, 사람들 상당수는 아예 그런 선의 존재를 모르는 것 같다. 그런 이들에게 자신의 울퉁불퉁한 심리적 안전거리에 대해서 설명하는 것보다는 그냥 처음부터 얼마간 어색하게 지내는 편이 나았다. 집을 셰어했던 동기는 드문 예외였다. 중앙경찰학교에서 생활실을 함께 쓴 덕이 분명히 있었을 것이다.

그래서 연지혜는 집에 들어가는 길에 편의점에 들러 캔 맥주를 사서 홀짝홀짝 마시며 들어가곤 했다. 서촌 길은 조용했지만 무섭지는 않았다. 그래도 수사 중인 사건이 사건인지라 멀리서 행인이 다가오면 그게 젊은 남자인지, 자신을 공격하려는 의도가 있는 건 아닌지 신경이 곤두섰다. 습격을 당한다면 절대 고분고분 당하지 않으리라고 다짐했다. 상대가 목에 칼을 들이댄다 하더라도. 어떤 상처를 입는 한이 있더라도 전사처럼 싸울 것이었다.

29.

나는 천천히 칼을 민소림의 가슴께로 가져갔다. 실수하고 싶지 않았다. 천천히 상대의 눈을 바라보며 칼날을 꽂아넣고 싶었다. 민소림을 죽이고 싶었다.

나는 그렇게 했다. 민소림은 가만히 칼을 기다렸다. 헛된 저항은 적을 기쁘게 할 뿐이라는 사실을 그녀는 알고 있었다. 그녀는 끝까지 활활 불타는 듯한 시선으로 내 눈을 쳐다봤다. 칼끝이 그녀의 몸 안으로 들어갈 때 입 주변의 근육이 잠시 긴장했을 뿐이었다.

나도, 그녀도 눈을 감지 않았다. 그녀는 눈을 깜빡이지도 않았다. 나는 다시 한번 칼을 손잡이까지 민소림의 몸에 꽂은 뒤 손을 떼고 뒤로 물러났다.

이제 민소림과 나는 같은 자세로 앉아 있었다. 두 사람 다 발을 뻗고 팔을 늘어뜨린 채였다. 그녀는 침대 옆면에, 나는 싱크대 옆면에 등을 기대고 있었다.

나는 민소림이 자기 가슴에서 칼을 뽑아 나에게 덤벼들지도 모른다고 걱정했다. 그런 걱정을 하면서도 몸을 피할 생각은 않고 그냥 멍하니

앞을 바라볼 따름이었다. 민소림이 벌떡 일어나려는 모습을 보는 듯한 착각에 몇 번이나 빠졌다.

몸은 꼼짝도 할 수 없었지만 머릿속에서 수십, 수백 가지 생각이 폭발하듯이 떠올랐다. 어떤 생각은 채 문장이 되기도 전에 사라졌고, 어떤 생각은 불길한 문구가 되어 음침하게 빛나며 빙글빙글 돌았다.

그중에서도 가장 크게 빛나는 문장: '나는 살인자다.'

다른 문장들: '이제 돌이킬 수 없다.' '살인죄는 형량이 얼마지?' '저 칼을 뽑아내야 하지 않을까?' '자수하자.' '저년 탓이야.'

전날까지 품고 있던 꿈과 희망도 기괴한 색채의 문구가 되어 어지럽게 마음속을 돌아다녔다. '이제는 그것들도 다 물 건너갔어.'

아마 10분 이상 그렇게 멍청히 앉아 있었던 것 같다. 나는 민소림이 정확히 언제 사망했는지 모른다. 그토록 아무런 변화 없이 인간의 영혼이 육신을 떠날 수 있다는 사실이 신기했다.

민소림은 눈을 뜬 채로 죽었다. 입가에 희미한 미소도 그대로였다. 눈빛만이 약간 변해 있었다. 활활 타는 분노 대신 차가운 경멸의 빛으로.

'넌 예고도 없이 비겁하게 갑자기 칼을 들어 나를 찔렀지. 그걸 막을 순 없었어. 나는 너한테 지지 않았어. 그건 그렇고, 네 인생은 이걸로 끝이야. 넌 경찰서에서 온갖 굴욕을 당해야 할 거야. 그다음엔 검찰청에서, 그다음엔 법원에서, 그다음에는 교도소에서, 그다음에는 사회에서.'

그럴 순 없다고 생각했다. 후들거리는 다리로 일어났다. 아직 민소림에게 다가가 칼이나 몸에 손을 댈 용기는 없었다. '그런 용기도 앞으로 길러야 한다.' 시신을 어떻게 할지도 몰랐다. 그러나 사후경직이라는

단어는 알았다. '저 몸에 손을 댈 거라면 굳기 전에…… 해야 해.'

현기증이 일었다. 한 손으로 싱크대 모서리를 꽉 잡으며 비틀거리는 몸을 바로 세웠다. 끈적끈적한 손바닥 자국이 싱크대에 남았다. 저것도 지워야 한다. 지문을 뜰 수 있을지도 모르고 땀에서 DNA를 채취할 수 있을지도 모른다. 땀으로 축축해진 셔츠가 등에 찰싹 달라붙은 채다. 셔츠는 엉망으로 늘어나 있고 핏방울도 조금 묻어 있다.

심호흡을 한다.

주먹을 쥐었다 펴며 손가락이 떨리지 않게 한다.

종아리에 힘을 줬다 빼고 발꿈치를 들었다 내려놓기를 반복하며 다리 힘을 되찾는다.

민소림의 시신을 바라보며 거기에 익숙해지려 노력한다.

이 방을 떠나기 전에 내가 해야 할 일들을 떠올리며 공포를 몰아내려 애쓴다.

당장 할 수 있는 일, 내가 편안하게 여기는 일을 찾는다: 설거지를 시작한다.

와인 잔만 설거지를 하면 의심을 살 수 있으니, 개수대에 있는 모든 그릇과 식기를 다 씻기 시작한다. 떨리는 손이 유리잔을 깨뜨리지 않게 조심한다.

30.

연지혜는 카스테레오의 볼륨을 높이고 조수석 창문을 조금 내렸다. 원주로 가는 길이었다. 그녀는 좋아하는 블루스 음악을 크게 틀고 고속도로를 달렸다. 정철희는 연지혜더러 고생하고 오라고 말했지만 사무실에서 서류를 읽는 데 지쳐 있던 연지혜는 오히려 콧노래를 부르고 싶은 심정이었다. CD는 22년을 버티지 못했는데 사람 정액이 그 기간 동안 잘 보관됐다는 사실이 신기했다.

“22년 전에 채취한 정액이 잘 보관돼 있어서 저희도 놀랐어요. 분석도 잘 마쳤고요. 그런데 얼마나 도움이 될지는 모르겠네요. 22년 전이랑 분석 결과가 일치해요. 큰 도움이 되진 않죠? 저로서는 22년 전에 분석한 선배가 정확히 하셨다는 말씀밖에 못 드리겠네요. 이것도 사람이 하는 일이라 판정 오류가 날 때도 있고, 시료가 오염돼서 못 쓰게 될 때도 있거든요.”

국과수 유전자감식센터의 연구사가 손에 분석보고서를 들고 설명했다. 이솔이라는 이름의 연구사는 연지혜와 나이가 비슷해 보이는 여성이었다. 상냥한 인상에 또박또박한 말투라 만나자마자 호감이 갔다.

'솔'이라는 이름이 '소림'과 닮았다는 생각도 조금 들었다. 민소림이 만약 살아 있었더라면…… 저 사람보다는 나이가 좀 더 들었겠군.

연지혜는 이솔을 보고 젊고 선량한 외모에 놀랐는데, 이솔은 반대로 연지혜를 보고 강력팀 형사가 자기 나이 또래의 여성이라는 사실에 깊은 인상을 받은 듯했다. 그리고 그녀 역시 연지혜를 보자마자 호감을 품은 것 같았다.

"정액 주인의 나이를 대강 알 수 있다면서요? 혹시 그 결과도 있나요?"

"네, 여기에 있어요. DNA 메틸화 분석 기법이라는 건데, 복잡한 이론은 생략해도 되죠? 하여튼 이 정액의 주인은 사건 당시에 만 27세 플러스마이너스 여섯 살로 추정돼요. 21세부터 33세까지라는 얘기죠. 지금 살아 있다면 43세에서 55세이겠네요."

"그렇게밖에 추정이 안 되나요?" 실망한 연지혜가 물었다.

"이게 혈액이나 타액은 상당히 정확한데 정액으로는 5, 6년 편차가 있어요."

이솔은 외모뿐 아니라 말투나 표정까지도 똑부러졌다. 연지혜는 상대에게 끌리면서도 왠지 주눅이 들었다.

"피해자 옷이랑 속옷에서는 혹시 나온 게 있나요?"

"죄송해요. 거기서도 별다른 건 못 찾았어요. 팬티에서 땀을 조금 추출했는데, 티셔츠와 브래지어에 묻은 피와 DNA가 같아요. 피해자 것이겠죠? 제가 사건 개요를 안 읽어서……."

이솔이 말을 흐렸다.

"그렇게 복잡한 사건은 아닌데 제가 말로 설명해드릴까요?"

연지혜가 미소와 함께 말했다.

"아니, 일부러 안 읽는 거예요. 다른 사건들도 개요를 안 읽고 작업해요. 분석에 선입견을 줄 것 같기도 하고, 또 사건 개요를 잘 못 읽겠더라고요. 저도 밤에 잠은 자야 하니까요. 밤에 잘 자야 일을 더 열심히 하죠."

연지혜는 고개를 끄덕이며 괜찮다는 제스처를 취해 보였다.

"저희가 용의자를 특정해 오면 유전자를 비교할 수 있는 거죠?"

"면봉 하나만 감정 의뢰하셔도 돼요. 담배꽁초를 주워 오시거나 피의자가 사용한 숟가락, 물컵 같은 걸 보내주셔도 됩니다."

"마음 같아서는 밖에 걸어다니는 남자들 전부 입을 벌리고 면봉을 집어넣고 싶어요. 그래서 전부 연구사님한테 보내드리고 싶네요."

연지혜가 그렇게 말하며 그녀 특유의 여운 있는 미소를 지어 보였다.

"그러면 저희 죽어요. 저희 과 직원이 스물일곱 명인데 한 해에 감정의뢰가 십만 건이 넘게 와요. 그래도 긴급 감정의뢰 신청하시고 거기 담당자란에 연지혜 형사님이라고 이름 적어넣으시면 최대한 빨리 해드릴게요."

이솔이 웃으며 대답했다.

"네."

연지혜는 사무실을 나올 때 이솔을 향해 그렇게 말하며 주먹을 쥐어 보였다. 그 모습이 귀엽게 보였나 보다. 이솔은 "네, 화이팅!"이라고 외치더니 입을 가리며 웃었다. 국과수 건물을 나올 때 비로소 민소림에 대해 미안한 마음이 들었다. 그녀의 고통을 이룬 요인들을 두고 웃으며 대화했다는 사실에 대해.

강원원주고속도로를 한창 신나게 달리고 있을 때 정철희에게서 전화가 왔다. 연지혜는 잔뜩 키워놨던 블루스 음악 볼륨을 얼른 죽이고 핸

즈프리로 전화를 받았다.

"뭐, 오늘은 야근하지 말고 다들 일찍 들어가지. 금요일이고, 어차피 읽은 서류 분량도 얼마 안 될 거 아냐."

국과수에서 들은 이야기를 대강 보고받은 정철희가 그렇게 말했다.

"저 괜찮은데요, 반장님. 사무실 들어가면 저녁 8시쯤일 거 같은데……."

연지혜가 마음에도 없는 말을 하자 정철희는 피식 웃었다.

"박 형사도 오늘 애가 아프대. 안 들어가도 된다는 걸 내가 억지로 보냈어. 수사 차량 반납하고 연 형사도 들어가서 쉬어. 운전 조심해서 하고."

통화를 끊고 연지혜는 오늘 왠지 운이 좋다고 생각하며 제일 먼저 보이는 고속도로 휴게소에 들어갔다. 식당 메뉴를 둘러보다가 소고기국밥을 먹었다. 국밥집을 운영하던 부모님이 생각났다. 전화 한 통 드릴까 했지만 또 결혼하라고 성화일 거 같아서, 그냥 마음으로만 그리워하기로 했다.

요즘은 고속도로 휴게소 음식도 맛이 꽤 좋아졌는데 이번에 먹은 소고기국밥은 아니었다. 연지혜는 국밥을 남기고 자리에서 일어났다. 호두과자 작은 봉지를 사서 휴게소 앞에서 먹고 느긋하게 전자담배를 물었다.

자기 취향이 참 국밥집 딸 같다는 생각이 들었다. 기껏 혼자 저녁 먹을 시간이 주어지니까 고속도로 휴게소에서 소고기국밥과 호두과자를 먹고 담배를 피운다. 좀 전에 만난 이솔 연구사의 우아한 분위기가 생각났다. 그녀라면 파스타를 먹든지, 아니면 국밥을 먹어도 자신과는 다르게 먹겠지.

왜 이솔 연구사에게 그렇게 호감을 느꼈는지 스스로도 궁금했다. 자신이 너무 범죄자들이나 범죄자처럼 거친 남자들 하고만 대화를 나누며 살아온 게 아닌가 하는 생각이 들었다. 문화예술계에 종사하는 교양 있는 사람들과 대화를 나눠본 지 오래됐다. 하긴 수사관 중에도 그런 이유로 경제팀을 선호하는 이도 있다. 피해자와 용의자라도 화이트칼라를 만나는 게 좋다고.

민소림은 분명히 자신과 달랐으리라. 어렸을 때 국밥집에서 일을 하지도 않았을 것이고, 친구들은 고시나 유학을 준비했을 것이다. 독립영화를 보고 독서 토론도 하고 그랬겠지. 그렇게 생각하니 왠지 민소림이 얄미워지고, 한편으로는 더 생생하게 느껴졌다.

민소림은 어떤 음악을 좋아했을까? 가요? 팝송? 클래식? 1990년대 아이돌그룹 노래? 서태지나 H.O.T? 무슨 영화가 인생 영화였을까? 어떤 책을 감명 깊게 읽었을까? 어떤 배우를 좋아했을까?

서울로 돌아가는 길에는 볼륨을 엄청나게 키워서 블루스 음악을 들었다. 몇몇 구절은 가사를 따라 부르기도 했다.

서울에 도착했을 때에는 기분이 제법 상쾌했다. 연지혜는 휘파람을 불며 서울경찰청 주차장에 수사 차량을 주차했다. 사무실에서 백팩을 들고 나와 통인시장 옆 편의점에서 수입 맥주를 여덟 캔이나 샀다. 그리고 서촌 명소인 한옥으로 된 치킨집에서 프라이드치킨을 한 마리 포장했다.

집에서 치킨을 먹을 때 고양이 한 마리가 소리 없이 마당에 내려왔다. 가끔 이 집 벽을 넘어 마당에 내려오곤 하는 점박이 길고양이였다. 룸메이트였던 동기는 그 고양이를 '무탈이'라고 불렀다. 동기는 고양이 사료와 물그릇을 놓고 무탈이가 먹을 수 있게 했다. 연지혜와 동기는 무탈이를 꾀어 집에서 키워보려 했으나 잘되지 않았다. 고양이는 그들을 겁내는 것 같진 않았지만 거리에서 사는 편을 더 좋아하는 듯했다.

연지혜는 프라이드치킨 닭다리에서 살을 발라내 길고양이 앞에 가만히 던졌다. 고양이는 경계하는 기색도 없이 닭고기를 입에 물더니 몇 걸음 뒤로 물러나 먹기 시작했다.

31.

삶의 목표로서 명예라는 가치가 지워지고 그 자리에 행복이 들어서면서 생긴 첫 번째 현상은, 일상적인 모욕 문화다. 론 E. 하워드가 썼듯이, 문명인은 야만인보다 무례한 말을 더 쉽게 한다. 그런다고 머리통이 박살날 우려를 하지 않아도 되기 때문이다.

현대인은 상대의 결투 신청을 겁내지 않아도 된다. 조롱과 모욕에 대한 공적 처벌이 없는 것은 아니지만 아주 약하다. 표현의 자유를 위축할 수 있다는 이유로 부당한 공격도 제재하지 않는 경우가 다반사다.

그렇기에 어떤 사람이 모욕을 당했을 때 이것을 법정으로 가져가기보다는 다른 말로 받아치는 것이 권장되는데, 이로 인해 조롱의 인플레이션이 일어난다. 이것이 우리가 모멸과 굴욕이 가득한 사회에서 살게 된 한 가지 이유다.

인간은 천사와 짐승 사이의 존재다. 우리는 고상한 태도와 저열한 언행 양쪽 모두에 자연스럽게 끌린다. 그런데 현대사회는 후자를 엄청나게 북돋우는 반면 전자를 장려하지는 못한다.

이런 환경은 내성적인 사람, 순발력이 없는 사람, 말이 유창하지 않은 사람, 주류 언론의 관심사에서 벗어난 소수 집단, 소셜네트워크서비스에서 구독자가 적은 계정주에게 매우 불리하다. 그들은 자신들이 무방비 상태라는 느낌으로 살게 된다. 그런 무력감은 수치심과 자기 비하로 이어지기도 쉽다.

두 번째 여파는 보다 크고 심오하다. 행복이라는 개념이 극히 모호하기 때문에 많은 사람들이 길을 잃은 듯한 느낌에 빠지게 되었다. 행복을 추구하라고 하는데 정확히 무엇을 좇아야 하는지 알 수 없는 것이다. 행복을 고통의 대척점에 있는 것으로 보는 일반적인 해석 때문에 이런 혼란은 더 커진다.

예를 들어 성취감은 대개 행복으로 분류하지만, 이 감정을 느끼려면 괴로운 인내 과정이 반드시 선행돼야 한다. 사랑 역시 마찬가지다.

어떤 이들은 노력 없이 즉각적으로 얻을 수 있는 다른 쾌락과 이런 기쁨을 구별하기 위해 '진정한 행복'이라는 수사를 동원한다. 그 순간 행복은 위계가 있고 단기 평가와 장기 평가가 달라지는 복잡한 개념이 되어버린다.

낭만적인 이들은 그런 구분에 반발하며 현재 이 순간에 충실해야 한다고 외친다. 그들 역시 시간의 흐름과 관련된 특성을 무시하면서 행복의 많은 부분을 놓치기는 마찬가지다. 보통 사람들은 그 사이에서 오락가락할 수밖에 없다.

노력파와 순간파 양쪽 모두 실패한 열정이나 보답받지 못하는 짝사랑에 대해서는 입을 다문다. 열심히 노력했지만 성과를 얻지 못했을 때, 우리는 그 도전이 존중할 만한 일이라고 느끼면서도 그것을 행복이라고 선뜻 부르기는 주저한다.

신앙이나 명예는 그에 비하면 약속하는 바가 분명하다. 결투에 져서 죽는다 해도 여전히 명예를 지킨 것으로 여겨진다.

32.

"그래도 그 남자애 귀엽지 않았어? 연기도 잘하고…… 앞으로 눈여겨봐야겠다 싶던데."

"눈여겨보면 뭐 하게. 네가 무슨 연예기획사 대표냐?"

극장 엘리베이터에 함께 탄 젊은 커플이 종알거렸다. 그들이 본 영화의 제목은 〈흰손 청년단〉이었다. 백수 젊은이들이 한국 사회에 복수하겠다며 기묘한 연쇄 테러를 계획한다는 진부한 설정의 한국 코미디였다. 연지혜도 막 그 영화를 보고 나오는 참이었다.

좀 묘한 영화였다. 썰렁한 유머가 많아서 연지혜는 다른 관객들이 웃지 않을 때 혼자 웃음을 몇 번 터뜨렸다. 그러나 영화의 결말이 갑작스럽게 비장해지는 것은 이해할 수 없었고, 몇몇 대목이 이상하게 불쾌했다.

극장에서 영화를 본 것이 오랜만이었다. 일요일이었고, 동행은 없었다. 연지혜는 CGV 신촌아트레온에서 영화를 봤다. 뤼미에르 빌딩 옆 건물의 영화관이다. 민소림이 살아 있을 때는 그 자리에 단관극장인 신영극장이 있었다. 민소림도 신영극장에 자주 갔을까? 무슨 영화를 봤을까?

신영극장은 2000년 말에 증축 공사에 들어갔다. 민소림은 그 공사를 아예 보지도 못했을 것이다. 신영극장은 3년 뒤에 아트레온이라는 이름의 복합상영관으로 재개장했다. 신영극장과 아트레온은 건물주 개인이 운영하는 극장이었다. 아트레온 극장도 얼마 가지 못했다. 극장업계는 서서히 대기업이 운영하는 멀티플렉스 프랜차이즈에 넘어갔다. 아트레온도 2010년대 들어 극장 운영을 포기하고 CGV에 시설을 임대해주게 되었다.

연지혜는 뤼미에르 빌딩 1층을 들러 경비실에 들어갔다. 마침 지난번에 박태웅과 함께 만났던 나이 든 경비원이 자리에 있었다. 연지혜는 경비원에게 인사를 하고 건물 방음은 잘 되느냐고 물었다.

"사실 이 건물이 방음은 잘 안 돼요. 워낙 오래전에 지은 건물이고, 오피스텔이라서. 옆집 텔레비전 소리 크다, 개 짖는 소리 때문에 잠을 못 잔다고 민원이 많이 와요. 그걸 여기서 뭐 어쩌겠어요. 옆집 배려하면서 조용히 생활해달라고 방송이나 몇 번 하고 마는 거지."

연지혜는 고개 숙여 인사하고 경비실에서 나왔다.

그녀는 신촌로터리 방향으로 걷다가 멈춰 섰다. 뤼미에르 빌딩에서 20미터쯤 떨어진 대형 오피스텔 건물 앞이었다. 바로 옆 건물은 아니었다. 하지만 이 오피스텔 건물과 뤼미에르 빌딩 사이에는 2층짜리 식당 건물과 저층의 모텔 빌딩뿐이라서, 고층부는 사실상 옆집이나 마찬가지였다. 민소림의 방은 이 대형 오피스텔을 향한 서쪽이 통유리로 된 전망창이었다.

연지혜는 건물에 들어서며 머릿돌을 살폈다. 이름은 삼연타워 오피스텔, 준공일은 1999년 11월 10일이었다. 민소림은 1998년 2월부터 뤼미에르 빌딩에 살았다. 삼연타워 오피스텔은 뤼미에르 빌딩이 지어졌을 때에는 아직 들어서지 않은 건물이었다. 뤼미에르 빌딩의 원룸들이 서쪽으로 창문을 넓게 낸 이유도 그래서였을 것이다.

삼연타워 오피스텔은 8층부터 10층까지가 영어회화 학원이었다. 엘리베이터에 원어민 강사로 보이는 백인과 수강생들로 보이는 젊은 남녀들이 탔다. 젊은이들은 엘리베이터에서도 서로를 마이클이나 제니라고 부르며 영어로 대화했다. 삼연타워 오피스텔은 뤼미에르 빌딩보다 두 층 높은 20층이었고, 연지혜는 13층에서 내렸다.

뤼미에르 빌딩과 달리 삼연타워 오피스텔은 복도가 남북 방향이 아닌 동서 방향으로 나 있었다. 동쪽 복도 끝에 발코니가 있었다. 뤼미에르 빌딩과 가장 가까운 위치였다. 예전에는 흡연 공간으로 쓰였던 듯 했다. 이 건물도 보안은 턱없이 허술했다. 발코니 앞의 유리문은 당연히 잠겨 있을 줄 알았는데 손잡이를 돌리니 부드럽게 열렸다.

연지혜는 발코니 난간 앞에 서서 목을 빼고 건너편을 바라보았다. 뤼미에르 빌딩의 원룸 가구 대부분이 블라인드나 버티컬로 내부를 가린 상태이기는 했다. 그래도 간간이 블라인드를 걷은 가구도 있었다. 연지혜는 눈을 가늘게 뜨고 그런 집의 내부가 어디까지 보이는지 살폈다. 맑은 날이라 건물 외부가 실내보다 밝아서 창문이 어느 정도 거울 역할을 하는 것 같았다.

민소림의 집에는 화장실에 세탁기는 있었지만 분명 의류건조기는 없었다. 민소림은 창에 블라인드가 아니라 커튼을 달았다. 빨래는 아마 건조대에 널어 낮에 창가에서 말렸을 것이다. 그 빨래 중에는 속옷도 있었을 테지. 삼연타워 오피스텔 고층부에서는 그 풍경이 보였을 테고. 뤼미에르 빌딩 1305호에 젊은 여자가 혼자 산다는 사실을 알 수 있는 사람이 이 건물에만 수십 명이었다.

햄버거로 간단히 끼니를 때울까 하다가 별로 배가 고프지 않아 그냥 식사를 거르기로 했다. 연지혜는 미리 봐둔 술집으로 갔다. 1990년대부터 있었던, 유명한 바라고 했다. 그 바에 간다고 해서 사건에 대해 대단한 힌트를 얻을 거라고는 기대하지는 않았고, 민소림이 그 바에 갔었는지도 알 수 없었다. 그냥 조금이라도 그렇게 민소림의 삶을 짐작해보고 싶었다.

낮에 신촌 거리를 걷다 보니 확실히 쇠퇴기에 있는 상권임을 느낄 수 있었다. 행인도 적었고, 행인 중에서 젊은이도 적었고, 젊은 여성은 더 적었다. 합정역이나 상수역 근처에서 볼 수 있는 예쁜 상점 대신 인형뽑기 가게나 수입과자 할인점, 코인노래방, 다이소처럼 볼품없는 가게들이 길가에 늘어서 있었다.

점찍어놓은 바는 연세대 정문 쪽에 있었다. 한 건물에 같은 이름의 바가 두 개 있었다. 지하에 있는 곳이 1호점, 4층에 있는 곳이 2호점이라고 했다. 어디로 갈까 하다가 원조인 1호점으로 가기로 결정했다.

막상 들어가보니 꽤 세련된 분위기였다. 여자 혼자 와서 자리에 앉았다고 이상하게 쳐다보는 시선도 없었다. 음악도 나쁘지 않았다. '밤과 음악 사이' 유의 후줄근한 90년대 분위기를 각오했던 연지혜는 머쓱해졌다. 조명이 적당히 어둑어둑하고 공간도 널찍해서, 오히려 2010년대 들어 유행한 스몰비어 펍보다 더 낫다는 생각이 들었다. 메뉴판의 가격표를 보니 가격도 무척 저렴했다. 연지혜는 미도리 사워를 주문했다.

사회가 20여 년 동안 발전한 게 맞을까? 사회가 발전하지 않고 그저 유행이 돌고 돌 뿐이라면 우리는 뭘 위해 살아야 한단 말인가. 연지혜는 생각했다. 유지 보수를 위해? 최악을 막기 위해? 하긴, 그게 경찰이 하는 일이지.

신촌에는 무슨 일이 있었던 걸까, 내가 고등학생 때까지는 나름 핫플레이스였는데, 하고 연지혜는 생각했다. 온라인 쇼핑 때문에 이대 패션 골목이 죽으면서 신촌도 같이 망한 건가? 심심해진 연지혜는 휴대폰을 꺼내 '신촌이 망한 이유'를 인터넷으로 검색했다. 어딘지 숙명론적인 설명이 나왔다.

땅값이 싼 곳에 재미있고 매력적인 작은 가게들이 오고, 그 가게들 덕분에 사람들이 몰리면 땅값이 상승하고, 작은 가게들은 임대료를 못 버티고 떠나고, 그 자리에 대기업 프랜차이즈들이 오고, 그렇게 다른 동네랑 똑같이 개성 없는 거리가 되고, 땅값은 여전히 비싸고……. 신촌이 그랬고, 삼청동과 이태원이 그랬고, 홍대도 그렇게 돼가고, 연지혜가 사는 서촌에도 그런 조짐이 보였다.

인터넷에 나온 설명을 읽으니 더 의문이 생겼다. 매력적이어서 사람들이 좋아한다는 가게들은 높아지는 임대료를 부담하지 못하는데, 뻔해서 사람들이 찾지 않는다는 프랜차이즈들은 어떻게 그걸 부담할 수 있는 걸까? 거꾸로 돼야 하는 것 아닐까? 프랜차이즈들은 그 동네에 적자를 감수하고 들어가는 건가? 아니면 프랜차이즈들은 경영이 합리적이어서 작은 가게들보다 운영 비용이 덜 드나?

사실은 사람들이 작은 가게들보다 프랜차이즈를 더 좋아하는 것 아닐까? 사람들이 작은 공방이나 동네서점을 관광객처럼 돌아다니면서 구경하고 사진은 찍지만 거기서 물건을 사진 않고, 정작 돈은 그 옆에 있는 스타벅스에서 쓰는 거 아닐까. 아니면 사람들이 변덕이 심해서 어느 거리가 뜬다고 하면 우르르 몰려서 찾아가고 한 계절이 지나면 다른 거리로 가고, 그런 걸까? 대기업 프랜차이즈가 오든 말든.

연지혜는 칵테일을 홀짝이면서 계속 생각했다.

사람이 자발적으로 만들어낸 시스템이고, 모두가 합의한 규칙대로 움직이는 제도인데 결과가 매번 그렇게 나쁜 쪽으로 향한다는 게 잘 이해가 안 갔다. 뭔가 잘못됐는데, 어떻게 해야 되나? 그 동네를 매력적으로 만든 사람들이 그냥 쫓겨나야 되나? 아니면 건물주들한테 옆 건물 주인이 임대료 올려도 당신은 참으라고 강요해야 하나?

거리마다 각자의 흥망성쇠가 있는 걸까? 뜨고 지는 게 그렇게 돌고 도는 거 아닐까? 한 10년 떴나가 10년 지고, 그러다 보면 또다시 봄이 찾아와서 뜨고, 그런 걸까? 그런 '시스템의 시스템'이 있는 걸까? 연지혜는 생각했다. 시스템이라는 것은 인간의 의지와 상관없는 고유의 형성 원리를 따르는 걸까? 우리는 그 힘에 휘둘리는 작은 입자에 불과한 걸까? 물 입자의 의지와 관계없이 눈이 육각형 결정체를 이루고, 나트륨 이온의 의지와 관계없이 소금이 정육면체가 되듯이?

미도리 사워를 다 마신 연지혜는 호가든 맥주를 주문했다. 가게에서는 기본 안주로 구운 김과 간장을 가져다줬는데 속에 부담도 안 가고 맛있었다. 좋은 아이디어였다.

33.

계몽주의 사회의 정책 입안자들은 숫제 고통이 따르는 장기적 행복을 존재하지 않는 것으로 치부한다. 그런 가치는 평가하기가 거의 불가능하기 때문이다. 이들은 대신 효용이라는 단어를 쓰는데, 이는 결국 쾌락을 가리키는 말이다.

계몽주의 사회에서 국가, 기업, 대학의 목표: 더 많은 효용.

계몽주의 사회에서 어느 정도 규모에 이른 집단은 모두 이 방법론을 사용하며, 그 결과 공동체들은 점점 더 납작해진다. 경제적 효용 이외의 가치를 집단적으로 추구하자고 제안하는 사람은 몽상가 취급을 받는다.

그럼에도 불구하고 인정 욕구는 인간 본성 깊숙한 곳에 남아 있다. 수치를 당하느니 죽음을 택하는 사람도 여전히 있다.

명예를 중시하는 사회에서는 이런 우리의 깊은 욕구를 공동체나 예술, 진리 탐구에 대한 헌신으로 유도할 수 있다. 그러나 행복에 몰두하는 사회에서는 그런 욕망 자체를 부정적으로 취급하거나, 인기라든가

인지도 같은 잘못된 길을 제시한다.

'모든 인간은 평등하게 태어났고, 생명과 자유와 행복 추구는 양도할 수 없는 권리'라는 선언에는 행복에 대한 정의 외에도 명료하지 않은 부분이 많다.

먼저 '인간이란 무엇인가'라는 질문을 두고 첨예한 논쟁이 계속해서 벌어지고 있다. 인간과 비인간의 흐릿한 경계 지대가 있다. 태아라든가 뇌사 상태처럼. 여기에 모든 사람들이 동의할 수 있는 구분선을 긋는 것은 불가능해 보인다. 태아의 생명권을 인정하면 필연적으로 임신부의 행복추구권은 축소해야 한다.

과학기술이 발전하면서 이런 회색 지대는 더 넓어지리라. 머지않은 장래에 인류는 유전자조작 기술로 반인반수를 만들 수 있을 것이고, 한 사람의 기억과 의지를 기계에 옮길 수도 있을 테고, 네안데르탈인 같은 우리의 옛 친척을 되살려낼 수도 있다. 그들에게도 기본권을 부여해야 할까?

'양도할 수 없다'는 문구도 혼란스럽다. 한 개인의 행복추구권이 또 다른 개인의 행복추구권을 침해해서는 안 된다는 것은 알겠다. 그런데 100명의 행복추구권이라면 한 사람의 행복추구권보다 중요한 것 아닐까? 그 한 사람에게 강제로 양보를 요구해도 되지 않을까? 그렇다면 혹시 1만 명, 아니 100만 명의 생명은 한 사람의 생명보다 중요한 것 아닐까?

계몽사상의 신봉자들은 이런 딜레마의 존재 자체를 애써 감추려 한다. 그들은 '한 사람의 생명이나 100만 명의 생명이나 똑같이 존엄하다'고 말한다.

이는 삼위일체보다도 더 억지스러운 얘기다. 어떤 정부도 그런 원칙으로 국가를 운영할 수 없다. 현실 세계에서는 늘 우선순위를 따져야 한다. 어떤 백신이 매년 수십만 명의 사람을 살릴 수 있지만 백만 명에 한 명꼴로 알레르기 쇼크로 인한 사망자가 나올 때, 우리는 그 백신을 모든 아이에게 접종시킬 것인지 결정해야 한다.

사람들은 그런 결정은 정부의 정책 담당자만이 하는 것이라고, 일반인들의 일상적인 고민거리는 아니라고 여긴다. 그러나 그렇지 않다.

세계에는 하루 2달러 이하로 살아가는 사람들이 7억 명이 넘는다. 보통 사람이라도 구호단체를 통해 그들에게 돈을 보내는 방법은 아주 쉽다. 그러므로 내가 당장 필요하지 않은 최신형 스마트폰을 살 때, 나는 명백히 선택을 하는 것이다. 사하라사막 남쪽에 사는 사람들 수백 명의 끼니보다 과시성 소비로 인한 나의 만족감이 더 중요하다는.

향이 좋은 프리미엄 커피를 마실 때, 플라스틱 가구 대신 원목 가구를 살 때, 대중교통을 이용하지 않고 택시를 타거나 자동차를 운전할 때, 집에 있지 않고 여행을 할 때, 우리는 계속해서 절대빈곤 상태에 있는 사람들이 고통스러운 삶을 살다 죽게 내버려두자고 선택한다. 우리는 모두 학살자이다.

계몽주의 사회는 그런 선택을 허용한다. 스마트폰을 살까? 제3세계에 기부할까? 기부한다면 얼마나 할까? 그것은 온전히 개인의 자유다. 개인의 행복추구권을 사회가 침해할 수 없기에.

그리고 그런 자유를 의식하는 순간 우리는 어리둥절해진다. 선의로 가득한 사람들조차 어떻게 행동해야 할지 모른다. 어떤 이들은 주먹구구식으로 타협한다. '수입의 10퍼센트 정도를 기부하면 괜찮겠지' 하는 식으로.

34.

원형 테이블 주변에 긴장감이 감돌았다.

3000쪽 분량의 수사 기록은 얼추 다 읽었는데, 다 읽고 나니 더 막막해진 느낌이다. DNA와 CCTV 사진이 있다는 말을 들었을 때 '할 만하겠다'고 생각했던 게 착각이었음을 이제 실감한다. 정철희와 박태웅은 비면식범의 소행 쪽에 무게를 두는 눈치다. 연지혜는 그렇지 않다고 생각한다.

"어때? 이제 본격적으로 수사에 들어가야 할 텐데, 어떻게 해야 할까. 박 형사부터 의견 내봐." 정철희가 말했다.

"일단 교도소들을 돌아볼까 합니다. 거기 있는 강간범들을 만나서 이야기를 들어보려고요. 교도소에서는 동종 범죄 전과자들끼리 서로 엮이게 되잖습니까. 센 척하면서 허풍 떠는 놈들도 많고. 우리가 찾는 녀석도 다른 범죄로 들어갔다가 그런 식으로 자기 얘기를 털어놓지 않았을까 싶은데요. 그리고 전에도 말씀드렸지만 2010년에 교도소에서 DNA 샘플을 제대로 채취했는지 걱정이 들어요. 2010년 이전부터 갇혀 있는 성폭행 관련 전과자가 있다면 DNA 샘플을 다시 받아보고 싶습니다."

박태웅이 그렇게 말하고는 눈을 잠시 감았다 떴다. 솔직히 묘수라고는 할 수 없다. 그래도 정철희는 "그래, 해보자"고 말했다. "교도소에 있는 녀석들 말고 출소한 놈들도 만나보고"라고 덧붙였다.

"예, 알겠습니다."

"연 형사는 아이디어 있나?"

"저는 피해자 지인 중에서 빠진 고리들이 아무래도 마음에 걸려서…… 특히 연세대 학생들 얘기가 아귀가 안 맞는 대목이 여러 군데 보이거든요. 피해자 선배 중에 한 사람이 피해자와 언쟁을 심하게 벌인 복학생에 대해 말해요. 그런데 그 복학생 이름이 안 나와 있어서, 조사를 받았는지 아닌지 알 수가 없어요. 그 복학생을 조사한 다음에 혐의점이 없어서 수사보고서를 대충 적었을 수도 있지만요. 뭔가 전반적으로 설렁설렁 조사한 느낌이에요."

연지혜의 말에 정철희는 입을 다문 채 손가락으로 정수리를 꾹꾹 눌렀다. 곤혹스러울 때 그의 버릇이었다.

"그게 아마 나 때문인 거 같아." 정철희가 말했다.

"내가 연 형사한테는 어느 연대생 따귀를 때렸다가 곤욕을 치렀다는 얘기 했지? 뭐, 무슨 법무법인 변호사 동생이었다는. 팀장님이랑 나랑 그 집 가서 사흘이나 싹싹 빌었다고." 정철희가 말했다.

"네. 아……." 연지혜가 말했다.

"뭐, 그러고 나니까 연대생들 수사하는 건 다들 좀 조심스러워했지. 높으신 분들 아들딸도 많이 있을 거 같았으니까. 그래, 거기서 수사가 샜을 수도 있어."

정철희가 말했다. 아무리 20여 년 전 일이라지만 자기 잘못을 솔직히 시인하는 정철희의 모습에 연지혜는 조금 감동받았다. 그런 존경심을 민망하지 않게 표현하고 싶었는데 뭐라고 말해야 할지 몰랐다. 그사이에 정철희가 말을 이었다.

"그런데 뭔가 이상하다, 빠졌다 싶은 걸 일일이 다 확인하겠다고 나서긴 곤란해. 뭐, 지금 그런 게 너무 많잖아. 꼭 확인해야 한다 싶은 걸 리스트로 작성해서 우선순위를 만들어보라고. 위에서부터 하나하나 확인하면서 시간이 얼마나 걸리는지 살펴보자."

"네. 어쩌면 그 주변 지인들한테도 새로운 정보가 들어왔을 수 있어요. 누가 사건 이후로 되게 수상한 행동을 했다든가, 양심의 가책을 느끼는 것 같다든가 하는 정보가 지인들한테 퍼질 수도 있잖아요."

연지혜가 말했다. 정철희는 고개를 끄덕였다. 연지혜는 솔직히 박태웅의 제안이나 자신의 아이디어가 사건 해결에 큰 도움이 될 거라고 생각하지는 않았다. 특히 자신의 아이디어는 22년 전 수사팀이 제대로 수사를 못 했다고 가정하는 건데, 연지혜 스스로도 그런 가능성을 높게 보지는 않았다.

반장님은 어떤 아이디어를 내놓을까. 연지혜는 정철희를 바라봤다. 박태웅도 같은 표정으로 정철희를 바라보고 있다.

"그래. 나도 아이디어를 하나 내자면…… 이런 건 어떨까. 지금 그 메틸화 분석인가 그걸로 용의자 나이가 41살에서 53살인 걸 알잖아? 그러니까 1967년생부터 1979년생까지 주거침입, 강도, 성폭력, 살인이랑 관련된 전과자들 목록을 뽑아보는 거야. 심스에 사진이랑 혈액형이 나오잖아. 뭐, 거기서 O형 혈액형을 가진 사람, 2010년 이후에는 중대범죄로 붙잡힌 적이 없어서 DNA 데이터베이스에는 등록되지 않은 사람의 교집합을 골라내면 몇 명이나 될까?"

정철희가 말했다. 연지혜와 박태웅은 서로 얼굴을 마주 보았다.

"글쎄요? 몇천 명일지 몇백 명일지……." 연지혜가 말했다.

"뭐, 내가 적어 온 게 있는데, 한번 읽어줄게. 2009년 기준으로 강력범죄가 1만 9790건 발생했어. 그런데 방화도 강력범죄로 분류되거든. 방화는 빼야지. 세부 항목으로 들어가서 살인에서 영아살해나 존속살해는 빼고, 강도에서는 퍽치기를 빼고, 강간에서 피보호자간음을 빼고, 2010년 이후 재범자를 빼고, 2000년 8월에 교도소에 있었거나 해외에 있었던 녀석들을 빼면……. 아, 그리고 한국인은 O형 비율이 28퍼센트래. 범인 새끼, AB형이었으면 좋았을 텐데. AB형은 10퍼센트라는군." 정철희가 말했다.

"그런데 그건 2009년 한 해 수치가 그렇다는 거고, 그게 10년어치 이상 쌓여 있을 거잖아요?" 박태웅이 말했다.

"내가 경찰청에 가서 물어보니까, 우리가 기준을 정해서 알려주면 자기들이 자료를 만들어줄 수 있대. 사실 지금도 우리가 심스에서 O형 전과자만 따로 골라서 볼 수는 없어. 그걸 해주겠다는 거야. 지금 용의자 키가 175센티미터는 넘어 보이잖아? 키가 170센티미터 이하인 사람은 제외해달라고 하면 그렇게 해주겠다는 거야. 그러면 수를 확 줄일 수 있지."

"그렇게 리스트를 만들어서, 그다음에는요?" 연지혜가 물었다.

"뭐, 세부 범행 내용을 보면 용의자일 가능성이 있는지 없는지 감이 오지 않을까 해. 그리고 심스에 등록된 사진 중에 2000년 전후에 찍힌 사진을 살펴보면 어떨까. 사람 얼굴이 몇 년 사이에 그렇게 크게 바뀌지는 않을 거잖아. 코 모양이나 입하고 턱 사이의 거리 같은 건 그대로일 거야. 목 길이나 어깨 넓이 같은 건 자세가 바뀌면 달라질 수 있고." 정철희가 말했다.

"그래서 비슷한 얼굴이 나오면…… 찾아가는 겁니까?" 박태웅이 물었다.

"응. 소재를 파악해서 가보는 거야. 그래서 DNA를 구해 와서 국과수에서 보관하고 있는 샘플이랑 비교해봐야지." 정철희가 말했다.

"전과 있고 얼굴 닮았다는 것만으로 영장을 받을 수는 없을 텐데요." 연지혜가 미소를 지었다.

"그렇다고 무턱대고 DNA 채취에 동의해달라고 협조 요청을 해서도 안 되지. 만약 그게 진범이면 DNA 분석 결과 나오는 사이에 도망칠 테니까." 정철희가 말했다.

"그러면 어떻게 하죠?"

박태웅이 잠시 눈을 감았다 뜨고는 물었다.

"당사자 몰래 합법적으로 DNA를 구해 오자는 거지. 담배꽁초를 버리면 주워 온다든가."

정철희가 말했다. 연지혜와 박태웅은 다시 얼굴을 마주 보았다.

"잠복을…… 해야겠네요." 연지혜가 말했다.

"미행도." 박태웅이 덧붙였다.

"우리가 석 달 사이에 수천 명을 쫓아다닐 수는 없지. 본청 범죄분석담당관실에서 목록을 받아서 잘 들여다보면 수십 명 수준으로 추릴 수 있지 않을까? 뭐, 그냥 아이디어야. 더 좋은 다른 방법이 있으면 언제든 환영이고." 정철희가 말했다.

"그것 참…… 만만치 않겠군요."

박태웅이 말했다. 둘째가라면 서러워할 열혈 형사인 그도 다소 기가 죽은 모양이었다.

"그래도 딱히 다른 뾰족한 수도 없고……."

연지혜가 두 선배의 눈치를 살피며 말했다. 박태웅이 동의한다는 의미로 고개를 크게 끄덕였다.

"이렇게 하자. 박 형사는 전과자들, 재소자들을 쫓아봐. 연 형사는 피해자 지인들 수사에서 빈틈 메워보고. 나는 범죄분석담당관실에 데이터를 만들어달라고 해서 그걸 볼게. 그런데 두 사람 다 근무시간 내내 전과자랑 피해자 지인을 연이어 만날 수는 없을 거야. 뭐, 면회 시간, 약속 시간 잡다 보면 빈 시간이 생기잖아. 그때는 전과자 데이터를 같이 보자. 그리고 정말 수법도 비슷하고 얼굴도 닮았고 알리바이도 없어서 이 녀석은 DNA를 대조해야겠다, 잠복을 해야겠다, 그런 상황이 발생하면 잠복은 다 같이 하고." 정철희가 말했다.

"예, 알겠습니다." 연지혜와 박태웅이 함께 대답했다.

"개별 플레이를 한다는 게 아냐. 다른 사람이 하는 일을 다 도와주면서 하는 거야. 편의상 주무를 나눴다고 생각해. 일손이 부족하면 위아래 신경 쓰지 말고 도움 요청하고, 요청받으면 역시 위아래 신경 쓰지 말고 함께 수사한다. 별일 없으면 지금까지처럼 저녁마다 수사회의하고." 정철희가 말했다.

"예, 알겠습니다." 연지혜와 박태웅이 함께 대답했다.

"유족들은 만나봐야 할까요?" 연지혜가 물었다.

"아니. 솔직히 우리가 이 사건 해결할 수 있을지 없을지 장담할 수가 없잖아. 그런 상태로 만나서 굳이 아픈 기억 들쑤실 필요는 없을 거 같아. 그분들이 딱히 뭘 말씀해주실 수 있을지도 모르고. 꼭 물어볼 게 생기기 전에는 유족한테는 재수사 자체를 비밀로 하자고. 어디에 살고 있는지 정도는 박 형사가 조회해보고."

정철희가 말했다. 연지혜는 속으로 안도했다. 변사자 유족들을 만나는 것만큼 힘든 일이 없었기 때문이다.

35.

이것은 계몽사상이 개인이 추구해야 할 도덕적 가치의 우선순위에 대해 말하지 않기 때문이다. 계몽사상은 좋은 개인이 아니라 좋은 사회에 대한 것이다. 계몽사상의 창시자들은 절대왕정의 횡포에 치를 떨었으므로, 국가권력이 개인의 권리를 침해하지 않게 하는 일에 관심을 쏟았다.

계몽사상은 그런 사회에서 개인이 어떻게 해야 좋은 삶을 살 수 있는지, 어떤 목표를 다른 일에 앞서 추구해야 하는지에 대해서는 별말이 없다. 시민의 의무를 다한 뒤에는 다른 사람의 권리를 침해하지 않는 선에서 마음껏 자유를 누리고 행복을 추구하라는 정도다.

다시 말해 각자 알아서 하라고 한다.

계몽사상은 당연하다는 듯이 개인이 그 정도로 합리적인 존재라고 가정하는데, 우리는 이게 당치도 않은 얘기임을 안다. 계몽주의 사상가들은 행동경제학은커녕, 무의식 개념에 대해서도 아무것도 몰랐다. 그들은 왕의 압제가 없는 곳에서 사람들이 교육을 충분히 받으면 합리적으로 그들의 대표를 선출하고 합리적으로 소비하게 될 거라고 순진하게 믿었다. 민주주의와 자본주의의 토대는 그렇게 허술하다.

현대사회에서 미신적이지 않은 사람들에게도 여전히 종교가 영향력을 발휘하는 이유는 이 때문이다. 한때 마르크스-레닌주의가 젊은이들의 마음을 사로잡았던 이유도 동일하다.

종교와 마르크스주의는 사람들에게 좋은 삶, 옳은 삶을 설명하고 무엇을 먼저 해야 할지 구체적으로 지시한다. 우리가 새로운 사회를 설계하려면 종교가 아니면서도 개인적인 삶의 지침을 제시할 수 있는 새로운 사상이 필요하다.

어쩌면 그 사상에서 인간의 생명은 가장 위에 있는 가치가 아닐 수도 있다. '살인하지 말라'는 계명이 제일 윗줄에 있지 않을 수도 있다.

내 안의 로쟈가 콩고민주공화국에 가서 자원봉사를 하며 남은 인생을 보내자고 진지하게 제안한 적이 있었다. 내가 만약 말라리아로 죽어가는 어린아이 1000명의 목숨을 구한다면 한 사람을 살해한 것은 없었던 일이 되지 않을까? 결국 내 인생은 잘한 일이 못한 일보다 많은 것으로, 긍정적으로 평가될 수 있지 않을까?

내 안의 스타브로긴은 다음과 같은 논리로 로쟈의 제안을 거부했다.

내가 콩고민주공화국에 가서 할 수 있는 일은 전부 현지인이 할 수 있다. 프랑스어나 스와힐리어를 할 줄 모르는 나는 현지인 한 사람이 하는 만큼의 몫을 해내지 못하리라. 아니, 짐이 될 게다. 그보다는 내가 한국에서 버는 돈을 콩고민주공화국으로 보내 구호단체에서 일할 사람을 고용하는 편이 효율적이다.

콩고민주공화국의 1인당 GDP: 562달러. (2018년 기준)

한국의 1인당 GDP: 31,363달러.

내가 한국에서 평균적인 삶을 살면서도 여윳돈을 콩고로 보내면 거기서 나보다 더 일을 잘할 사람 수십 명을 고용할 수 있다. 그 편이 콩고민주공화국 국민들에게 훨씬 더 낫다.

그럼에도 내가 저개발 국가에 직접 가야 한다고 주장한다면, 그것은 개인적인 만족감을 얻기 위한 이기주의라는 게 스타브로긴의 주장이다.

36.

너에게 난 해질녘 노을처럼 한편의 아름다운 추억이 되고…….

교도소 스피커에서 옛 가요가 흘러나왔다. 많이 들어봤는데 제목은 정확히 모르는 노래였다. 부른 가수가 누구인지도 모르겠다. 검색해보고 싶지만 휴대전화를 교도소 입구에 맡기고 들어왔다. 저 노래가 나온 게 언제였을까? 1990년대일까? 민소림도 저 노래를 들어봤을까?

연지혜는 박태웅과 함께 여주 희망교도소에 와 있었다. 박태웅과 함께 연쇄성폭행범 한 명을 만날 예정이었다.

교도소 마당에는 회청색 죄수복을 입은 수용자들이 쪼그리고 앉아서 풀을 뽑고 있었다. 수용자들이 흘끔흘끔 자신을 쳐다보고 있다는 것을 연지혜는 알았다. 감방에 돌아가면 아까 여형사가 외모가 어쨌다느니 몸매가 어떻다느니 입방아를 찧겠지. 그런데 이상하게도 교도관들 역시 자신을 흘끔흘끔 쳐다보고 있었다. 남자들이란 몇 시간만 젊은 여자를 보지 못해도 관심사가 모두 그쪽으로 향하게 되는 걸까?

연지혜가 긴장을 풀 겸 그렇게 말했더니 박태웅은 무안할 정도로 딱딱하게 대꾸했다.

"여기 여성 자원봉사자들 많이 와."

정철희가 경찰청 범죄분석담당관실에 가공을 부탁한 강력범죄 전과자 자료는 도착하지 않았고, 연지혜도 아직 만나야 할 참고인들을 우선순위에 따라 정리하지 못한 상태였다.

박태웅은 연쇄성폭행범 전과자 명단을 만들면서 면회를 신청했다. 복역 중인 자들을 먼저 만나고, 가장 가까운 교도소부터 차례로 돌아다닌다는 계획이었다. 특히 연쇄성폭행범 중에 혈액형이 O형인 사람들에게는 DNA를 다시 채취받을 계획이었다.

그렇게 해서 처음으로 온 곳이 이곳이었다. 박태웅이 수용자접견요청서를 작성할 때 연지혜는 자기도 데려가달라고 부탁했다.

"왜?"

"접견 수사는 어떻게 하는지 배우고 싶어서요."

"너 교도소 한 번도 안 가봤어?"

박태웅이 물었다. 정철희와 달리 박태웅은 연지혜를 '너'라고 편하게 불렀다. 연지혜도 가끔 박태웅을 선배가 아니라 형이라고 편하게 부르곤 했다.

"여자 교도소만 몇 번 가봤어요. 그리고 희망교도소는 민간 교도소라면서요. 한번 구경해보고 싶기도 하고요."

"뭐 볼 게 있다고 교도소를 구경하냐."

말은 그렇게 하면서도 박태웅은 연지혜를 조수석에 태우고 차를 몰았다.

차를 타고 가면서 연지혜는 자신이 만나려는 재소자에 대한 서류를 다시 한번 읽었다. 경기 서부 지역 도시의 다세대주택가에서 혼자 사는 여자들을 성폭행하고 금품을 빼앗은 강간범이었다. 피해자는 세 명이었다. 과도를 들고 들어가 여자들을 위협했고 스타킹이나 테이프로 손발을 묶은 뒤 성폭행했다. 금품보다는 성폭행이 목적이었다. 혈액형은 O형, 나이는 47세.

칼을 사용했다는 점도 같고, 신촌이면 경기 서부에서도 가깝다. 2010년까지 지하철 신촌역 옆에 신촌시외버스터미널이 있었고, 거기서 강화도와 김포시로 가는 버스가 출발했다. 지금도 퀴미에르 빌딩 바로 앞에 있는 버스정류장에 강화, 김포로 가는 직행버스가 선다.

어쩌면 이자가 진짜 범인일 수도 있지 않을까? 박태웅이 들은 소문대로, 교도소에서 실수를 저질렀을 수도 있지 않을까? 우리가 면봉을 들이밀며 구강상피 세포를 뜨겠다고 하면 이자는 어떤 표정을 지을까?

한국의 교도소는 모두 53곳이다. 이중 52곳이 국영이고, 한 곳이 민영인데 그 민영교도소가 바로 희망교도소다. 기독교재단이 세운 곳이지만 종교색은 없었다. 대신 교도소 복도에 걸린 '어머니'라는 붓글씨 액자가 눈길을 끌었다.

수사접견실은 일반 면회실과는 달리 유리 칸막이로 수용자와 접견인이 분리돼 있지 않았다. 그냥 방에 테이블이 두 개 있고, 테이블마다 접이식 의자가 네 개 있었다. 제복을 입은 교도관이 문가에 서 있었다.

문이 열리고 교도관이 수용자를 데려왔다. 수용자는 겁먹은 얼굴로 들어왔다. 중키였고, CCTV 사진과는 얼굴이 확연히 달랐다. 연지혜는 가볍게 실망했다.

박태웅은 죄수가 들어올 때 높은 사람을 맞듯이 자리에서 일어났다. 연지혜도 덩달아 자리에서 일어났다. 박태웅은 수용자가 자리에 앉고 나서 앉았다. 연지혜는 박태웅이 상대를 '선생님'이라고 부를 때 깜짝 놀랐다.

"서울청 강수대에서 왔어요. 박태웅 형사라고 합니다. 이쪽은 저와 같이 일하는 연지혜 형사고요. 너무 놀라지 마시고요. 협조 하나 받으러 왔습니다."

수용자가 자리에 앉자마자 코를 킁킁거리는 바람에 연지혜는 자리에서 벌떡 일어날 뻔했다. 상대가 자신의 냄새를 맡는다고 오해한 것이다. 그러나 실은 비염을 앓고 있든지, 아니면 그냥 습관인 것 같았다.

저 새끼는 혼자 사는 여자들을 성폭행할 때에도 저렇게 코를 킁킁거렸겠지. 피해자 중에는 내 나이 또래의 여자들도 있었는데.

연지혜는 강간범과 마주 보고 수평적인 대화를 나눈다는 것 자체가 싫었다. 연지혜의 살기를 상대방도 느끼고 주눅이 든 듯했다. 연지혜가 앉은 방향으로는 감히 고개를 돌리지도 못했다.

"무슨 일이신데요?"

수용자는 박태웅을 향해서도 겁먹은 얼굴이었다. 연지혜는 그가 분명히 여죄가 있을 거라고 생각했다. 재소자들이 가장 겁내는 게 교도소에 갇혀 있는 동안에 사회에서 저지른 다른 죄가 밝혀져 추가 재판을 받고 형기가 늘어나는 일이다. 그리고 자신이 당한 성폭행을 신고하지 않는 피해자가 많다.

"2000년에 신촌 오피스텔에서 여대생이 살해당한 사건이 있거든요. 저희가 지금 그걸 쫓고 있어요. 혹시 들으신 게 없나 해서요. 안에서 가끔 무용담처럼 자기 수법 자랑하는 사람들 있잖습니까."

"2000년이요? 신촌이요?"

수용자의 얼굴이 눈에 띄게 펴졌다. 자신과 관련이 없는 사건임을 알고 안도한 것이다.

"신촌 원룸 여대생 살인사건이라고 해서 당시에 꽤 유명했어요."

"저는 처음 듣는데……."

놀리거나 잡아떼는 것처럼 들리지는 않았다. 수용자는 사건에 대해 이것저것 물어보기까지 했다.

"형사님들 먼 데서 찾아와주셨는데 제가 죄송하네요. 그래도 여기 있으면 이런저런 이야기들 들을 수도 있으니까 한번 알아보겠습니다. 자기가 몇백 명 강간했다고 떠벌리는 놈들이 있거든요."

성폭행범이 꾸벅 고개를 숙였다. 하도 정중해서 오히려 진심이 믿기지 않았다.

"그래요. 고생 많으신데 저희가 영치금 좀 넣어드리고 갈게요. 정보 있으면 저희한테 꼭 편지 주세요."

정중하기는 박태웅도 마찬가지였다. 터프가이인 박태웅이 그렇게 정중한 모습을 연지혜는 처음 보았다. 박태웅이 눈을 평소보다 좀 더 길게 감았다 뜨더니 명함을 꺼내 수용자에게 건넸다.

"참, 그리고 선생님이 그때는 밖에서 계셨을 때인데 저희가 선생님 타액을 좀 채취해 가겠습니다. 저희가 의심이 가는 부분이 있어서, 범인 DNA랑 같은지 확인 좀 하려고요. 당당하면 해주실 수 있잖아요?"

"도와드려야죠. 제가 어떻게, 입 벌리고 있으면 됩니까?"

수용자는 영치금 이야기에 마음이 확 녹아내린 듯했다. 연지혜가 정수기에서 냉수를 한 잔 따라와서 수용자에게 주고 입을 헹구도록 했다. 그리고 검사키트에서 작은 비닐봉지를 찢어 면봉을 꺼냈다.

죄수가 입을 벌렸다. 그 상황이 몹시 어색한 듯했다. 상대의 몸 구멍을 벌리고 뭔가를 집어넣는다는 행위가 무엇을 암시하는지 연지혜도 알고 죄수도 알았다. 연지혜는 자기도 모르게 "아이고, 아이고" 하고 중얼거렸다. 면봉이 아니라 날카로운 날붙이를 상대의 입에 쑤셔넣고 싶다는 충동을 느꼈다.

"선배는 접견 수사할 때 재소자들한테 다 존칭을 쓰세요?"

서울로 올라갈 때는 연지혜가 운전을 맡았다. 연지혜는 시동을 걸며 박태웅에게 물었다.

"거의 그렇지. 가끔 눈치 없는 새끼들이 반말 섞으면 나도 바로 말 놓지만."

"제 옛날 사수는 재소자들한테는 절대 존칭 안 쓰던데요."

"그건 하수들이나 하는 짓이지. 처음 보는 사람이 야, 야, 그러면 걔들도 거부감이 들 거 아냐. 그리고 지금은 우리가 급하지, 걔네들은 아쉬울 게 없잖아. 가뜩이나 감옥에 있는 애들은 다 피해의식이 심한데, 이쪽에서 존중하는 모습을 보여야 걔들도 마음을 열지."

박태웅은 자신이 잘 알지도 못하는 연지혜의 옛 선배를 서슴없이 '하수'라고 불렀다. 그게 오만한 표현이라는 생각도 안 드는 모양이었다. 연지혜는 오히려 그런 자부심에 감탄했다.

"그래도 영치금까지 넣어주실 필요가 있었을까요."

"그거 꽤 고마워할걸. 보니까 가족도 없던데. 저 녀석 아마 영치금 한 번도 못 받았을 거야. 과자 같은 것도 되게 먹고 싶을 거고. 가끔 피의자 신문할 때 잡범 중에 자기 구속되면 사기범들 있는 데 넣어달라고 하는 놈들 못 만났어?"

"저는 그런 적 없었는데요. 왜 사기범들이랑 같은 방을 쓰고 싶다는 거죠?"

"사기로 들어간 사람들한테는 면회 오는 사람이 많고 영치금도 꽤 들어오니까 나눠 먹을 것도 있다 이거지. 사기도 다양하잖아. 정말 나쁜 놈도 있고, 사업을 하다 망했더니 그게 사기가 된 경우도 있고."

"저런 놈한테는 저는 콩밥도 아깝다는 생각이에요."

연지혜가 클러치를 밟고 기어를 고단으로 올리며 말했다. 수사 차량은 전부 수동변속이었다.

"나도 동감이야. 이번에 수감돼 있는 연쇄강간범들 리스트 만들었잖아. 그중에 둘은 교도소에서도 또 사고를 쳐서 청송으로 이감됐더라고. 그런데 한 새끼는 강간을 백 번 넘게 저질렀고 또 한 새끼는 일흔 번 넘게 저질렀어. 둘 다 그냥 사형시키는 게 낫다고 생각해."

"저도요." 연지혜가 미소를 지었다.

"그런데 나는 그렇다 치고, 아까 그 교도소에 대해서는 어떻게 생각해? 교도관들이 수용자들을 번호가 아니라 이름으로 불렀잖아. 존댓말 쓰고." 박태웅이 말했다.

"그랬죠."

"여기가 범죄자들 사이에서는 로또 교도소, 호텔 교도소라고 불린대. 다른 데서는 밥을 전부 감방 안에서 먹어야 하는데 여기서는 식당에 모여서 먹고, 죄수를 이름으로 불러주고, 시설도 괜찮고, 자원봉사자도 많이 오고, 교도관들도 친절하대. 교도관들이 법무부 직원이 아니라 민간인이거든."

"아니, 그건 특혜잖아요. 누구는 경범죄를 저질렀는데 시설 나쁜 국영 교도소 가고, 누구는 성폭력범인데 여기에 오면."

"여기 죄수들이 그냥 운이 좋아서 여기 온 게 아니거든. 전국 교도소 수용자를 대상으로 모집을 한 거야. 아마 태도 점수 같은 것도 반영했겠지. 그런데 이 녀석들이 나한테 사람대접받는 건 화나고, 교도관한테 사람대접받는 건 화 안 나?"

"듣고 보니 그것도 좀 이상하긴 한데……. 그런데 선배도 범죄자들한테 꽤 엄격한 편 아니었어요? 전에 강간살해범이나 강간치사범은 아무 차이도 없다고, 둘 다 사형 받아야 한다고 하신 적 있지 않았어요?"

"그건 그렇지. 네가 자꾸 이상한 질문을 하니까 나도 뭐가 뭔지 모르겠다. 사실 나도 처음에는 너랑 똑같은 생각이었어. 지금도 그 녀석들한테 존댓말 쓰고 사람대접해주는 게 썩 내키지는 않고. 아까 내가 했던 얘기, 반장님이 가르쳐주신 거야."

"정철희 반장님이요?"

"응. 우리가 해야 할 일은 수사지, 처벌이 아니라는 거. 우리 일은 범죄자를 잡아서 검찰로 넘기는 거니까 그걸 잘하면 된다고."

경찰은 형사사법시스템의 부품일 뿐이라던 정철희의 이야기가 생각났다.

"형은 그 얘기가 납득이 돼요? 전 가끔 못 받아들이겠어요. 제가 하는 일이 너무 하찮게 느껴져서."

"나도 그래. 전에 한번 진짜 심각하게 고민한 적도 있었는데……."

박태웅은 말을 멈췄고, 연지혜는 상대가 계속 이야기하기를 기다렸다. 그러나 박태웅은 화제를 돌렸다. 이어진 이야기는 썩 본심에서 우러나온 것처럼 들리지는 않았다.

"그래도 일단 이 녀석들이 사람대접을 받고 교화가 되는 게 사회로서는 좋은 일이긴 하잖아. 그리고 교도소 생활 험하게 한다고 교화되는 건 분명히 아니거든. 따뜻하게 감싸줘야 마음이 움직이는 거지."

"그게 이상하다는 거죠. 피해자는 평생 상처를 안고 살 텐데 거기에 대해서는 나라가 아무 일도 안 하고, 그 일을 저지른 범죄자 마음을 따뜻하게 감싸주면."

"이 교도소 재범율이 그렇게 낮다던데."

"그거야 처음부터 모범수들을 많이 받았으니까 그렇겠죠."

박태웅은 생각에 잠겼는지 다시 말이 없었다. 연지혜 역시 창밖으로 지나가는 풍경을 보며 생각에 잠겼다.

형사로서 그녀의 자부심은 자신이 정의의 일부라는 데서 나왔다. 그래서 아무리 사건 수사에 도움이 된다 해도 강간범을 존중하고 그에게 영치금이라는 보상까지 주는 것이 영 내키지 않았다. 자신의 이익을 위해 정의를 훼손하는 듯한 기분이 들었다.

그러나 교도관들이 수용자를 대하는 태도에 대해서는 그다지 기분이 나쁘지 않았고, 사실 별로 신경을 쓰지도 않았다. 연지혜는 교도행정을 정의의 시스템이 아닌 교화의 시스템이라고 받아들였다. 그래서 같은 수용자라도 형사가 아니라 교도관으로부터 인격적인 대접을 받는 모습은 불쾌하지 않았다.

이 모순을 어떻게 해결해야 할까. 정의의 시스템도, 교화의 시스템도 실제로는 존재하지 않는다는 것이리라. 실제로 존재하는 사람은 형사와 교도관과 죄수이며, 그들은 자신들이 행사할 수 있는 힘과 얻을 수 있는 이익을 판단해 행동할 뿐이라는. 정의나 교화는 그 앞에 붙은 흐릿한 간판일 뿐이라는.

"그런데 우리는 언제 태형을 포기한 거예요?" 연지혜가 불쑥 물었다.

"갑자기 무슨 말이야?" 박태웅이 뜨악한 얼굴로 연지혜를 쳐다봤다.

"옛날에는 범죄자들을 곤장을 치기도 하고 코를 베기도 하고 얼굴에 죄명을 문신으로 새기기도 했잖아요. 그게 언제부터 징역이랑 벌금으로 바뀐 거예요?"

"갑오개혁이나 일제 때겠지……. 그건 왜?"

"저놈들 교도소에 가두느니 그냥 곤장을 때리면 다들 좋지 않을까 해서요. 지금도 싱가포르에서는 태형을 하잖아요. 걔들 나랏돈으로 몇 년씩 밥 먹이고 재우는 건데 교화는커녕, 오히려 교도소에서 다른 범죄자한테 범죄 수법 배워서 나오는 녀석들이 많잖아요. 당사자들은 괴롭다고 하는데 피해자가 보기에는 처벌이 너무 약해 보이고. 몇 억씩 사기를 저지른 녀석들이 몇 달 살고 나오면 되잖아요. 그거보다 곤장으로 때리는 게 낫지 않아요? 당한 사람들 보는 앞에서 곤장을 치면 피해자들 울분도 풀릴 텐데."

연지혜는 가해자들이 처벌을 받은 뒤에도 마음의 평화를 찾지 못하는 범죄 피해자에 대해 생각했다. 특히 성범죄 피해자들이 그랬다. 그런 울분은 혹시 자신이 징벌에서 소외됐다는 느낌에서 오는 것 아닐까. 가해자가 고통받는 모습을 볼 수 있다면 그런 분노도 가라앉지 않을까.

"야, 그래도 때리는 건 너무 비인간적이잖아."

"사형보다는 인간적이잖아요. 그리고 몇 년씩 징역살이하는 것도 비인간적이긴 마찬가지 아닌가요. 게다가 우리나라 교도소들 다 과밀이잖아요. 좁은 방에서 여러 명이 칼잠 자면서 그 안에서 자기들끼리 협박하고 폭행하고 그런 거 생각하면 곤장을 때리고 바로 풀어주는 게 더 인간적이지 않아요?"

"때리다가 사람이 죽거나 다치기라도 하면?"

"의사가 옆에서 지켜보면서 한 대 때릴 때마다 상태 파악하면 되지 않을까요? 아, 아니다, 이건 어때요? 때리는 게 아니라 전기고문을 하는 거예요. 전압을 절대 사람이 죽지 않을 범위로 해서. 징역 한 달을 전기고문 한 시간으로 치는 거죠. 그러면 교도소에서 1년을 썩느니 하루 한 시간씩 12일 동안 전기고문을 받는 편을 택할 놈들이 많을 거 같은데요."

연지혜는 신이 나서 자신이 창안한 전기고문형의 장점과 징역형의 단점을 한참 떠들었다. 범죄자가 전기고문형이나 징역형 중 선택을 할 수 있게 하자는 아이디어까지 내자 그때까지 어이없어하던 박태웅도 "듣다 보니 그럴싸하네"라고 말했다.

"어디 청와대 국민청원 게시판에라도 올려봐라. 아는 국회의원 보좌관 있으면 그런 법 만들어보라고 아이디어 전달해주든지."

"그런데 진짜 소년범한테는 괜찮을 거 같지 않아요? 어차피 걔들이 소년원 가면 더 나빠게 돼서 나오잖아요. 그러느니 세게 맞고 깨끗하게 끝내는 게 더 좋을 거 같은데. 교육적 효과도 더 클 거 같고요."

"그건 대찬성이다."

"그리고 성폭행 누범한테는 거세형을 실시하는 거죠. 화학적 거세형 말고 물리적 거세형. 이슬람 국가에서는 손도 자르잖아요."

그런 얘기가 나올 때쯤 서울경찰청에 도착했다. 박태웅은 고개를 절레절레 흔들며 차에서 내렸다.

37.

도덕적 가치의 우선순위는, 한 사람이 그걸 추구하느라 얼마나 고생하는지와는 관련이 없어야 한다.

앞서 나는 의미와 고통 사이에 밀접한 관계가 있다고 적었다. 하지만 세상에는 의미 없는 고통도, 고통 없는 의미도 있다. 내가 고통을 느낀다고 반드시 의미가 생기는 것은 아니다. 의미의 크기가 고통의 크기에 비례하는 것도 아니다.

불행히도 인간의 본능—우리가 '도덕적 직관'이라고 부르는 것—은 이런 분명한 사실과 잘 맞아떨어지지 않는다. 인간은 자신들의 고통이 클수록 값진 희생이라고 믿는다. 그래서 가장 젊고 아름다운 젊은이들을 산 제물로 바친다. 가난한 사람이 빵 한 조각을 다른 이와 나누는 것이 부자가 재해 현장에 수천만 원을 내놓는 것보다 더 훌륭하다고 여긴다. 자원봉사를 금전 기부보다 높이 평가한다.

계몽사상 이전의 모든 종교가 이런 잣대로 도덕적 가치의 순위를 매겼다. 종교와 거대 담론이 힘을 잃으면서 부상한 현대의 캠페인들에도 이런 종교적 태도들이 반영되어 있다. 사실 이런 사회운동들은 종종 새로운 종교 역할을 한다.

우리는 특정 상품의 소비가 얼마나 탄소를 많이 발생시키는지 측정할 수 있다. 종이컵 한 개를 만들고 폐기하는 데 이산화탄소가 11그램 발생한다. 한 사람이 60년 동안 매일 종이컵을 다섯 개씩 쓴다면 대기 중에 이산화탄소를 1.2톤가량 늘리게 된다.

그런데 항공기는 1킬로미터를 이동할 때 승객 한 사람당 이산화탄소를 285그램 배출한다. 한국인이 인천공항에서 1만 킬로미터 이상 떨어진 뉴욕을 갔다가 돌아오면 혼자서 이산화탄소를 6.3톤 이상 내게 된다. 비행기 안의 모든 승객들이 종이컵을 각자 1초에 다섯 개씩 내내 바다로 버리면서 목적지로 날아간다고 보면 된다.

그렇다면 지구온난화를 막기 위해, 귀여운 북극곰들을 살리기 위해 해야 할 일은 명확하다. 종이컵이 아니라 해외여행을 막아야 한다. 관광 목적의 출국은 5년에 1회 정도로 제한해야 한다. 유명 해외 관광지의 사진을 블로그나 인스타그램에 올리는 사람들을 비난해야 한다.

그러나 탄소 줄이기 캠페인은 종이컵 쪽에 더 초점을 맞춘다. 해외여행보다는 종이컵이 종교적 금지 대상에 좀 더 어울리기 때문이다. 종이컵 쪽이 보다 일상적이고, 현시적(顯示的)이며, 고통스럽다(보통 사람들은 해외여행을 그리 자주 가지 않으며, 해외여행을 가지 않는 상태는 티가 나지 않지만 텀블러는 눈에 잘 띈다).

채식주의도 비슷하다. 육식이라는 유혹을 참는 일은 일상적이고, 현시적이며, 고통스럽다. 그리고 자주 논리적 모순에 부딪힌다. 동물 복지를 위해 고기를 먹지 않는 사람이 고양이를 키워도 될까? 고양이는 동물성 단백질을 먹어야 하고, 고양이 사료는 닭이나 연어로 만든다.

먹히는 닭이나 연어 입장에서는 자신이 사람의 식사가 되건 고양이 사료가 되건 아무 차이가 없다. 벌들을 착취하지 않겠다며 꿀을 섭취하지 않는 사람은 모기 살충제에 대해서도 역시 반대해야 하는 것 아닐까?

그러나 많은 채식주의자들은 그런 복잡성을 탐구하기보다는 거기에서 눈을 돌린다. 상당수는 희생의 결과보다는 희생이 그들에게 주는 도덕적 충족감을 추구하는 듯 보인다. 어떤 이들은 타협과 확장을 거부하고 고행의 순수함에 집착한다. 이는 정확히 종교인의 태도와 일치한다.

사실, 국 한 그릇을 먹을 때 거기에 들어가는 한 스푼 양념에 소고기 분말이 조금 포함돼 있거나 말거나 그렇게 호들갑 떨 문제는 아닌 것이다. 그 정도는 소들도 괜찮다고 할 것이다.

38.

"그게 벌써 22년이나 되었네요."

윤주영이 말했다. 그녀는 민소림의 대학 1년 선배였다. 수사 기록에서 민소림을 쫓아다니던 선배에 대한 언급을 한 사람이었다. 전화기 건너편에서 들려오는 목소리에는 복잡한 감정이 서려 있었다. 연지혜는 그것을 긍정적인 신호로 해석했다. 당시 일을 잘 기억하고 있다는.

옛 참고인들을 다시 만날 때 윤주영을 첫 상대로 정한 데에는 윤주영이 현직 공무원이라는 이유도 있었다. 같은 공무원끼리 업무 요청을 쉽게 거절하지는 못하리라고 계산했다.

윤주영은 서울 구로구청의 팀장이었다. 연지혜는 구로구청으로 찾아갔다. 연지혜가 청사 로비에서 전화를 걸자 윤주영은 자신이 일하는 5층으로 올라오라고 했고, 5층에 올라가서 전화를 걸자 다시 다문화정책과 사무실로 찾아오라고 했다. 복도까지는 나와줄 수도 있는 것 아닌가 생각했는데 윤주영의 자리에 가자 바로 오해가 풀렸다. 윤주영은 만삭의 임신부였다. 그리고 자기 자리에서 조금 떨어진 원형 테이블에서 다른 방문자 두 사람과 이야기를 나누고 있는 중이었다.

"죄송해요. 잠깐만 기다려주세요. 곧 끝나요."

윤주영이 뒤뚱거리며 걸어와 미안하다고 말하고 원형 테이블로 돌아갔다. 민원 업무를 오래 한 사람 특유의 피곤한 분위기가 몸에 배어 있었다. 연지혜는 괜찮다며 급히 고개를 숙였다.

연지혜는 자리에서 서서 기다리며 주변을 관찰했다. 윤주영의 자리에 '외국인 주민 자녀 대상 멘토링 사업 추진기획안'이라고 적힌 문서가 놓인 것이 보였다. 윤주영을 찾아온 방문자 두 사람 중 한 사람이 연변 사투리를 쓰는 것이 얼핏 들렸다.

잠시 뒤 윤주영이 미팅을 마치고 연지혜가 있는 곳으로 왔다. 연지혜는 조금 전까지 방문자가 앉아 있던 테이블로 가려고 했으나 윤주영은 다른 방향으로 향했다.

"그 얘기는 여기 말고 다른 데서 하는 게……."

윤주영이 연지혜를 데리고 올라간 곳은 한 층 더 위에 있는 여직원 휴게실이었다. 옥상 한 귀퉁이에 만든 옥탑방이었다. 허리를 뒤로 받치고 계단을 올라가는 윤주영을 보면서 연지혜는 가슴이 조마조마했다. 휴게실에 있던 젊은 여직원 두 사람은 윤주영과 연지혜가 들어오자 자리에서 일어나 밖으로 나갔다.

"마실 것 좀 드실래요? 믹스커피랑 티백밖에 없지만."

윤주영이 말했다. 웃음기 없는 얼굴이었다.

"아니, 괜찮습니다. 조금 전에 마시고 왔어요. 다문화정책과라는 과는 구로구에만 있는 건가요?" 연지혜가 물었다.

"저희 구가 서울에서 다문화 자녀가 제일 많은 자치구예요. 다문화라고는 하지만 거의 다 중국 동포분들이시죠. 구로구 인구가 40만 명이 조금 넘는데 외국인 인구가 5만 명쯤 돼요. 서울 경찰에는 여자 형사가 몇 분이나 계신가요?" 윤주영이 슬쩍 말을 돌렸다.

"여자 경찰은 많은데 형사는…… 글쎄요. 형사라는 게 딱히 법적으로 정해진 명칭이 아니라서요. 강력팀이랑 형사팀에 있는 분들 다 합하면 서울 전체에 20명쯤 되려나? 경제팀에 있는 경찰은 수사관이라고는 해도 형사라고는 안 하거든요. 정보과에 계신 분들한테는 정보 형사라고 따로 부르기도 하고."

"강력범죄수사대에서 오셨다고 하셨죠? 죄송하지만 신분증 좀 볼 수 있을까요?"

연지혜가 경찰공무원증을 내밀자 윤주영은 그 신분증을 앞뒤로 뒤집어보며 꼼꼼히 살펴보았다.

"여자 형사라고 하면 다들 신기하게 바라보죠?"

윤주영이 신분증을 돌려주며 물었다.

"신기해하는 사람도 있고 너무 멋있다고 하는 분도 있고요. 사실 대부분의 사람들한테는 여자 경찰 자체가 신기하죠. 1만 명 넘은 지도 꽤 오래됐는데. 밖에서 누가 직업이 뭐냐고 물어보면 대개는 그냥 공무원이라고 하고 넘어가요. 외국 나갔다 돌아와서 세관 통과할 때만 직업을 경찰이라고 적죠. 관세청 직원들이 경찰 가방은 열지 않고 보내준다고 하더라고요."

윤주영의 호감을 얻으려다 보니 말이 많아졌다.

"죄송해요. 전에 경찰을 사칭한 사람한테 당한 적이 한번 있어서요."

"민원인이 경찰을 사칭한 건가요?"

"아니요. 영화 시나리오작가였어요. 그 사건으로 영화를 만들려고 했었나 봐요. 뭘 자꾸 꼬치꼬치 물어보는데 중간에 이상해서 알아봤더니 가짜였어요. 저 말고도 다른 애들한테도 갔었나 보더라고요. 형사님은 왜 20년 만에 다시 그 사건을 수사하시는 건가요?"

"믿을 만한 제보가 있었어요. 지금은 밝히기 어렵지만." 연지혜는 거짓말로 둘러댔다.

"제가 아는 건 말씀드릴게요. 그런데 잘 몰라요."

"22년 전 수사 기록에 보니까 그때 팀장님께서, 피해자와 싸웠다는 복학생 이야기를 하셨거든요. 그 이야기를 좀 더 자세히 들을 수 있을까요?"

윤주영의 얼굴에 정말 싫다는 기색이 지나갔다. 연지혜의 질문이 그녀 안에 무언가를 건드린 것이 틀림없었다. 연지혜는 윤주영이 말을 꺼내기를 차분히 기다렸다.

"먼저 이걸 알아두셔야 할 거 같은데…… 대학에서 같은 학부 1년 선배라고 하니까 서로 잘 아는 사이일 거 같죠?" 윤주영이 말했다.

"아닌가요?"

시니컬한 임신부는 처음이라고 생각하며 연지혜가 물었다.

"제가 연세대 인문학부 97학번이에요. 민소림은 98학번이고요. 연세대에 인문학부라는 학부가 1996년에 생겼어요. 기존에 있던 11개 과를 다 합한 학부에요. 국문과, 영문과, 불문과, 독문과, 노문과…… 심리학과, 철학과, 사학과까지 다 인문학부에 있었어요. 아마 한 학년 학생 수가 600명이 넘었을 거예요. 그 학생들이 똑같은 과목을 듣는 것도 아니고, 같이 하는 일도 없고, 한두 학기씩 휴학도 하잖아요. 선후배가 친하지 않은 정도가 아니라 동기들끼리도 졸업할 때까지 서로 이름을 모르는 경우가 흔했어요. 이해되세요?"

"한 학년이 600명이 넘었다고요?" 연지혜가 놀라 되물었다.

"네. 뭐 정확한 숫자는 저도 모르지만요. 서로 누가 누군지 알 수가 없었어요. 지금도 전 제 대학 동기들이 누군지 몰라요. 친한 동기도 없고요. 어떤 사람이 자기 지인 중에 연세대 인문학부 97학번 졸업생이 있다면서 저더러 아느냐고 물으면 저도 그 사람을 모르고 그 사람도 저를 모르는 게 기본이에요. 다들 소속감 없이 원자처럼 지냈어요. 학부제가 학생들이 대학에 들어와서 전공을 자유롭게 선택할 수 있게 해주겠다는 취지로 도입된 제도인데, 막상 시행해보니까 부작용이 너무 심했죠. 대학 동기라든가 선후배 같은 개념이 사라지다시피 했으니까요. 연세대가 그 시절에 학부제를 제일 적극적으로 추진했는데, 이리저리 변형하다가 결국엔 학과제로 돌아갔어요."

"그래도 전공수업을 같이 듣다 보면 조금씩 알게 되지 않나요?"

"그때 학부제는 진짜 이상한 제도였어요. 졸업하기 직전에 전공을 신청했어요. 학부제로 입학한 학생들이 전부 영문과 관련 수업을 필요한 만큼 듣고 영문 전공을 신청하면 다 같이 영어영문 전공자가 되는 거예요. 실제로도 거의 그랬고요. 제가 다닐 당시만 해도 영문과가 인기가 높았거든요. 영문에 심리학, 이런 식으로 이중전공을 많이 했죠. 독문과 같은 곳은 제가 졸업할 때 전공 신청한 사람이 열 명도 안 됐다는 소문도 돌았고요. 제가 어떤 아이랑 같은 수업을 듣는다 해도 상대가 인문학부 학생인지 다른 학부 학생인지, 저보다 선배인지 후배인지 알 수도 없어요. 같은 학부 1년 후배인 걸 알았다고 쳐요. 그러면 뭐 어쩔 건가요. 나중에 저랑 같은 전공을 택할지 아닐지도 알 수 없는데. 저는 요즘 인문학의 중요성을 강조하는 분들 얘기를 들으면 너무 웃겨요. 제가 경험했던 조직 중에 제일 인간적이지 않았고 통찰력도 없었던 곳이 대학 인문학부였거든요."

연지혜는 머리를 한 대 맞은 기분이었다. 윤주영의 말대로라면 22년 전의 수사 내용도 신뢰하기 어렵다는 의미가 된다. 당시 연세대 구성원 가운데 형사들이 만난 사람은 400명 정도라고 했다. 학생들뿐 아니라 교수, 강사, 조교를 다 포함해서.

"그래도 신입생 오리엔테이션 같은 행사를 600명이 한꺼번에 하지는 않을 거잖아요? 선배나 다른 동기랑 친목 다지는 시간도 있을 테고요."

"그걸 이런 식으로 했어요. 신입생을 무작위로 50명에서 60명씩 묶어서 반을 정해요. 1반부터 11반까지요. 그래서 전년도에 1반이었던 학생이 1반 신입생을 챙기는 거예요. 학부제 신입생이랑 몇 년 전에 학과제로 들어온 재학생도 이어주려고는 했죠. 1반 신입생들은 국문과가 챙기고, 3반은 영문과가, 7반은 사학과가 챙겨야 한다는 식으로. 그런데 1반으로 분류된 신입생이 국어국문 전공에는 아무 관심이 없을 수도 있잖아요. 거꾸로 내가 문헌정보학과로 졸업하려고 한다면 중국어를 전공하려는 후배한테 해줄 말이 없을 테고요. 그리고 커트라인이 높았던 과들이 있잖아요. 그 과 학생들은 학부제로 들어온 후배들을 좋아하지 않았어요. 연대라고 다 같은 연대냐, 우리 과 들어오려면 수능 점수가 몇 점이어야 하는데 문 넓어져서 커트라인 낮은 다른 과에 겨우 들어갈 수 있는 애들까지 후배로 받게 생겼네. 말은 안 했지만 그런 속마음들이 있었어요. 그러니까 오리엔테이션 기간만 한데 묶여서 반짝 얼굴 익혔다가 마는 거예요. 우습죠? 심지어 저희 위 학번인 96학번은 분반을 이름 순서에 따라서 했어요. 강씨는 전부 1반에 몰려 있고, 2반은 죄다 김씨고, 그런 식이었어요. 농담이 아니라 96학번에서는 김씨 학생들이 이씨 학생들을 모르고, 이씨 학생들은 최씨 학생들을 몰랐어요.

동성동본 커플은 엄청 생기고. 웃기죠?"

"하지만 윤 팀장님께서 그때 경찰에 진술하신 게 있잖아요?" 연지혜가 물었다.

"아, 그거." 윤주영은 입꼬리 한쪽을 올린 채로 말을 이었다.

"제가 2000년 1학기에 민소림이랑 같은 수업을 들었어요. 민소림은 예뻤으니까 눈에 띄기는 했죠. 그런데 저는 그 아이가 인문학부 학생이라는 거 말고는 아무것도 몰랐어요. 누구하고 친한지, 누구하고 사이가 안 좋은지, 그런 건 전혀 몰랐어요. 1학년인지 2학년인지도 몰랐으니까요. 민소림은 혼자 다니는 거 같았고요. 형사분이 오셔서 민소림의 교우 관계에 대해 뭐라도 얘기할 게 없느냐고 끈덕지게 물어보시기에, 수업 같이 듣는 복학생 한 명이랑 사이가 안 좋아 보였다고 했죠. 어느 날 민소림이 약간 놀리듯이 그 복학생한테 말을 거니까 남자 쪽에서 자기한테 말 걸지 말라고, 너는 사람 갖고 놀기 좋아하는 성격파탄자다,라는 식으로 대꾸하는 모습을 봤어요. 그 장면을 저만 본 건 아니었을 텐데……. 하여튼 인상적이었어요. 민소림 같은 애들이 말을 걸면 보통 남자애들은 다 헬렐레하니까요. 무슨 사연이 있나 싶었고. 순진하게 그런 얘기를 해버렸죠."

22년 전에 자신을 찾아온 남자 형사들은 연지혜와 달랐다고 윤주영은 말했다. 같은 질문을 집요하게 되풀이해서 묻는 통에 아주 질렸다고 했다.

"제가 그렇게 생각 없이 한 이야기 때문에 나중에 그 복학생 오빠가 경찰에 피의자로 불려가서 피를 뽑게 됐다고 전해 들었어요. 심지어 경찰에서 고분고분하게 굴지 않고 자기 권리를 주장하다가 따귀를 맞았다고 하더라고요."

연지혜는 입을 떡 벌렸다.

39.

'무슨 일을 먼저 할 것인가'라는 문제에 대해 어떤 이들은 공감이라는 답안을 제시한다. 카뮈가《페스트》에서 내세운 답이기도 하고, 최근 많이 들리는 단어이기도 하다.

대강 이런 논리다. 우리가 타인, 혹은 다른 생명에게 공감할수록 그들의 고통을 막기 위해 노력할 것이다. 그런 감정이입 능력은 교육과 훈련으로 키울 수 있다. 폭력에 대한 감수성은 개인에게는 판단의 지침이 되고, 그런 개인들이 모이면 '보다 다정한 사회'를 만들 수 있다.

내 안의 스타브로긴은 이런 주장에 반대한다. 우선 인간의 공감 능력은 타인의 고통을 파악하는 데 있어서 너무나 부정확하다.

우리는 종이에 그려진 캐릭터가 좌절하는 만화 속 한 장면을 보고 슬퍼서 눈물 흘린다. 새끼 고양이가 괴롭힘당하는 영상을 보고 진심으로 분노한다. 그러나 '북한 정치범수용소에 12만 명이 수용되어 있으며 여기서 끔찍한 고문과 학대 행위가 자행된다'는 뉴스는 별 반향을 일으키지 못한다. 우리는 눈에 보이는 것, 귀여운 것에 쉽게 공감하지만 추상적인 통계에는 마음을 열지 않는다.

감정이입은 무척 선택적이기도 하다. 정치적 입장이 다른 사람에게는 잘 발휘되지 않는다. 인간이 같은 편에 대해 한없이 공감하면서 동시에 적을 향해 무한히 잔인해질 수 있다는 것은 역사가 입증하는 바다. 물론 지금도 인터넷에서 그런 현상들을 쉽게 찾아볼 수 있다.

게다가 심리적 고통의 영역에는 별 합리적인 근거나 일관성이 없다. 어떤 사람은 외로움을, 어떤 사람은 투자 실패를, 어떤 사람은 자신이 응원하는 축구팀의 패배를 가장 고통스럽게 여긴다. 주변에서 모두 아름답다고 흠모하는 사람이 외모 콤플렉스에 빠져 있기도 하다. 반면 약물 금단증상처럼 누구도 그 필요나 의미를 부정하지 못할 고통도 있다.

공감 능력을 확대하는 것만으로는 이런 딜레마를 해결할 수 없다. 그 아래 윤리의 논리적 기반이 있어야 한다.

그럼에도 불구하고 공감은 호소력 있는 무기다. 종교와 거대 이데올로기처럼 체계적인 담론이 무너진 시대에 더 그렇다.

모든 정치단체, 사회단체들이 사람들의 공감을 얻으려 애쓴다. 구호단체의 포스터에는 늘 아주 예쁘게 생긴, 그리고 매우 불쌍한 처지의 아이나 동물의 사진이 찍힌다. 그 이미지들은 공감이라는 도구로 당신의 도덕적 의무감을 자극한다.

그러나 우리는 그 모든 요구에 결코 다 응할 수 없다. 어떤 요구에 먼저 응해야 할지도 알 수 없다. 이것이 우리의 일상적 환경이 된다. 거대한 '공감 노동'과 도덕적 피로감, 죄의식이 우리를 사로잡는다. 몇몇 운동가들은 자신들의 의제에 동의하지 않는 이들을 모두 공범으로 몰아붙이기도 한다.

이것이 윤리적 발전일까? 이렇게 무질서하게 들끓다가 어느 순간 새로운 도덕 체계가 갑자기 창발(創發)할까? 공감과 폭력 감수성을 기반으로 하는? 우리는 계몽사상이 체계화되기 전 17세기 유럽과 같은 상태에 있는 것일까?

내 안의 스타브로긴은 부정적이다. 스타브로긴은 그보다는 우리가 서구의 1960년대와 같은 시기를 겪을 가능성이 높다고 본다. 1960년대에도 하나의 비전으로 모일 듯 말 듯한 커다란 에너지는 있었다. 그러나 기득권에 대한 막연한 불신과 세부 사항이 없는 낭만적인 이상주의는 끝내 일관되고 구체적인 사상 체계로 이어지지 못했다. 그 에너지는 저항문화, 반전운동, 히피즘, 성 혁명, 로큰롤, 마약 등에 뿔뿔이 흩어졌다.

그것은 방향의 문제가 아니라 태도의 문제였다. 계몽주의 사상가들은 살롱에서 논쟁을 벌이며 생각을 가다듬었다. 그러나 1960년대 서구 젊은이들은 우드스톡에서 자아에 도취됐다.

서구의 1960년대는 사상을 낳지 못한 대신 문화적 유산이 되었다. 그 유산에는 페미니즘과 소수자 운동처럼 긍정적인 것도 있고 가정의 해체와 허무주의, 마약 확산처럼 부정적인 것도 있다.

내 안의 스타브로긴은 금기로 가득한 시대가 올지 모른다고 냉소적으로 내다본다. '감수성 운동'은 타인에게 고통을 주지 않는 것을 중요시한다. 인간은 비윤리적인 행위로도 고통받지만 무례함으로도 상처를 받는다.

그래서 감수성 운동은 윤리와 예의를 거의 구분하지 않는다. 한 부족에서 어떤 단어가 대단히 무례한 것으로 지정된다면, 별다른 윤리적 근거가 없더라도 주변 부족이 그 금기를 받아들이게 된다. 그것이 전체 공동체로 확산된다.

각 부족들이 지닌 금기의 합집합이 다음 세상의 새로운 윤리가 될 가능성에 스타브로긴은 전율한다. 그곳에서는 상대에게 전날 축구 경기의 결과를 묻는 것도 손가락질받을 일일지 모른다.

40.

"뭐, 내 생각에는 22년 전에 우리 팀장님이 나를 보호해주신다고 그 따귀 맞은 남학생 수사보고서를 빼버리신 거 같아. 범인이 아닌 건 분명했거든. DNA 검사했더니 아닌 걸로 나왔고, 뭐, 알리바이도 나중에 확인했고."

정철희는 만감이 교차한다는 표정이었다. 연지혜는 일부러 박태웅이 자리를 비웠을 때를 골라 정철희에게 수사 경과를 보고했다.

2022년 한국 경찰은 폭행은커녕 폭언만 해도 징계를 받는다. 고참 경찰관들이라면 다들 깊고 은밀한 두려움이 몇 개씩 있었다. 자기가 몇 년 전에 무심결에 피의자나 민원인에게 뱉었던 욕설이나 반말을 당사자가 잊지 않고 소셜미디어에 올려 고발한다든가 하는. 범죄 피해자든 민원인이든, 경찰서에 찾아온 사람이 진상을 부릴 것 같다 싶으면 마음을 닫고 꼬투리 잡힐 일을 피하는 데 신경 쓰게 된다.

그런데 22년 전의 바로 그 실수를 이렇게 맞닥뜨릴 줄이야. 그것도 자청한 재수사에서.

"죄송합니다, 반장님." 연지혜가 말했다.

"뭐, 연 형사가 죄송할 게 뭐 있나. 다 내 잘못인데."

정철희가 힘없는 목소리로 말했다. 속을 알 수 없는 표정이었으나 연지혜를 원망하지 않음은 분명했다. 연지혜는 이번에도 존경심을 제대로 드러내지 못하는 자신의 표현력을 속으로 탓했다.

"반장님, 혹시 그때 그 참고인이 경찰에 와서 어떤 진술을 했는지 기억나세요? 왜 피해자를 성격파탄자라고 불렀는지……."

연지혜가 망설이다 물었다. 정철희는 천장을 한참 바라보다가 입을 열었다.

"잘 모르겠어. 뭐, 내 기억에는 그 학생이 민소림이랑 말다툼했다는 사실 자체를 부인한 거 같아. 아마 형사가 그 학생이 있는 곳으로 찾아갔겠지. 학교든 집이든. 그런데 민소림이랑 왜 싸웠느냐고 물으니 '그런 일 없다, 누가 그러느냐'면서 화를 내고, 거기에 손에 붕대까지 감겨 있으니까 의심스러웠겠지. 뭐, 살살 꾀어서 경찰서에 데려온 거 아닐까. 임의동행 형식으로 말이야. 그런데 그 학생이 경찰서에 와서 자기 혈액형이 O형이라고 답하고, 8월 1일과 2일에 뭐 했느냐는 질문에는 얼버무리고, 그랬던 거 같아. 지금 정확히 기억나는 건 어느 순간인가 그 녀석이 묵비권을 행사하겠다고 했어. 자기 집에 가겠다고 일어나려고도 했고. 형사들이 못 가게 막으니까 갑자기 폭발했지. 그런 모습을 보고 다들 의심스러워했지. 쉽게 울컥하고, 화가 나면 앞뒤 안 가리는 성미구나, 싶었고."

"진짜 수상했을 거 같……."

사무실로 박태웅이 들어오는 바람에 연지혜는 말을 멈췄다. 정철희는 박태웅이 있다는 사실에 별로 개의치 않는 눈치였다. 정철희는 천장을 한참 바라보다 한숨을 쉬고 말했다.

"뭐, 민소림을 왜 성격파탄자라고 불렀는지 물어봐야겠지?"

"네." 연지혜가 고개를 끄덕였다.

"그 복학생, 아니 지금은 사십대 아저씨겠지만, 이름이 이기원이었나 이기연이었나 그랬지?"

"이기언이요."

연지혜가 대답하며 미소를 지었다. 놀랍게도 윤주영이 그 이름을 기억하고 있었다. "저희 구청에서 구독하는 신문에 그 오빠 인터뷰 기사가 실렸더라고요. 스타트업 창업자라던데요. 보고 '아, 그때 그 사람인데' 했죠"라면서. 연지혜는 정철희가 그 이름을 기억하는 데에도 깊은 인상을 받았다.

"혹시 연락처도 아나?"

"네. 연대 동문회에 연락해서 받았어요. 아직 연락은 안 했습니다."

"번호가 어떻게 되지?"

정철희는 수첩을 꺼내더니 이기언의 연락처를 적었다. 연지혜는 이기언이 하는 일을 설명하고 인터뷰 기사를 찾아 정철희에게 보여주었다. 정철희는 턱을 긁으며 기사를 읽고 자리로 돌아갔다.

30분쯤 뒤 정철희가 연지혜의 자리로 왔다. 정철희는 수첩에서 찢어낸 종이 한 장을 내밀며 연지혜에게 물었다.

"뭐, 내가 이기언한테 이렇게 문자메시지를 보내려 하는데…… 괜찮을까? 연 형사 보기에는 어때?"

종이에는 꾹꾹 눌러쓴 필체로 이렇게 적혀 있었다.

'이기언 대표님 안녕하십니까. 서울경찰청 강력범죄수사대의 정철희 경감이라고 합니다. (보이스피싱 아닙니다.) 혹시 저를 기억하실지 모르겠습니다. 22년 전에 서대문경찰서에서 제가 대표님께 크게 실수하여 담당 팀장님과 함께 댁을 찾아가 며칠간 사죄하였습니다.

실은 저희 팀이 22년 전의 그 사건을 다시 수사하고 있습니다. 당시 피해자에 대해 최근 의미 있는 증언을 들었습니다. 이와 관련해 소중한 말씀을 들을 수 있을까 하여 정말 실례인 줄 알면서도 연락을 드립니다. 편하신 시간에 전화주시면 감사하겠습니다. 절대 귀찮게 하지 않겠습니다. 정철희 올림.'

"엄청 공손하게 보이는데요." 연지혜가 작게 웃었다.

"그래? 문제없겠어?" 정철희가 물었다.

"보이스피싱 아니라는 이야기를 적어야 할까요? 22년 전 서대문경찰서라고만 적어도 이게 그냥 피싱은 아니구나 하고 알 거 같은데요. 그리고 피해자에 대해 의미 있는 증언을 들었다고 써야 할까요?"

"보이스피싱이 아니라고 적지 않으면 끝까지 안 읽을 거 같아서. 증언 들었다는 얘기는 왜?"

"자기를 의심한다고 여길지도 몰라서요."

연지혜의 말에 정철희는 고개를 끄덕이더니 볼펜을 꺼내 그 문장 위에 두 줄을 그었다. 볼펜에 힘을 하도 줘 종이가 찢어질 지경이었다.

10분쯤 뒤, 정철희가 다시 연지혜의 자리로 왔다. 정철희는 한 손으로 머리를 긁으며 휴대폰을 연지혜에게 내밀었다.

"연 형사. 정말 미안한데, 이거 문자를 좀 쳐줄 수 있을까? 하도 오타가 많이 나서 조금 전에야 겨우 다 쳤는데 내가 뭘 잘못했는지 뭐, 갑자기 지워져버렸네."

"교수님이나 과 사무실에서 그랬을 것 같지는 않고, 누군가 소림이랑 가장 친한 게 저였다고 한 모양이에요. 그때 형사분들이 여러 명 찾아오셨죠. 똑같은 걸 자꾸 물어보시더라고요. 소림이가 누구랑 사이가 안 좋았느냐, 이성 관계는 어땠느냐, 최근에 뭔가를 걱정하는 기색 없었느냐……. 이미 다른 형사님한테 다 대답했다고 하면 나는 그 사람이랑은 다른 팀이라면서 양해해달라고 하시고. 경찰 안에서는 정보 공유가 정말 안 되는구나 하는 걸 그때 알았어요. 20년이 지나서까지 형사분이 찾아오실 줄은 몰랐네요."

강예인이 말했다. 그녀는 삼십대 초반이라고 해도 믿을 외모였다. 정기적으로 피부를 관리받는 게 틀림없었다. 연지혜는 잡티 하나 없는 강예인의 흰 피부가 부러웠다. 강예인이 입고 있는 고급스러운 옷이 자신에게 어울릴 거라 생각지는 않았지만, 그래도 저런 옷은 어디에서 사는 건지, 가격이 얼마일지 궁금하기는 했다. 강예인은 감색 샤넬 트위드재킷 아래 흰 니트 원피스를 입고, 검은색 단화를 신고 있었다.

그러나 강예인은 턱이 지나치게 뾰족했고 뺨도 인위적으로 팽팽했다. 42세 여성이 서클 렌즈를 착용하고 있다는 점도 조금 우스웠다. 뭔가에 놀란 것처럼 크게 뜬 눈이나 소녀처럼 짧게 자른 단발머리를 귀 뒤로 쓸어 넘기는 습관도 마찬가지 느낌이었다. 귀에는 명품인 것 같은 복잡한 디자인의 금빛 귀걸이가 걸려 있었다.

"저희들 일 처리가 두서가 없어서 정말 죄송합니다. 억울하게 숨진 피해자를 생각하셔서 한 번만 더 도와주시면 열심히 수사하겠습니다. 반드시 범인을 잡아내겠습니다."

연지혜는 형사들이 자주 하는 상투적인 문구를 읊었다. 강예인이 희미하게 웃었다가 무표정해졌다. 연지혜는 그 미소에 은근한 경멸이 담긴 것 같다고 느꼈다.

그들은 서울 도곡동의 한 카페에 앉아 있었다. 강예인의 주민등록 주소지는 타워팰리스로 되어 있었고, 강예인은 만날 장소로 타워팰리스 바로 옆에 있는 그 카페를 골랐다. 타워팰리스 옆에 있다는 점을 제외하면 평범한 프랜차이즈 커피점이었으나 연지혜는 왠지 위화감이 들었다. 카페에 있는 다른 손님들이 모두 자신과는 다른 신분인 것처럼 느껴졌다.

강예인은 클러치백에서 스마트폰을 꺼내 시간을 확인했다. 스마트폰은 최신형이었고, 클러치백은 연지혜가 모르는 브랜드였다. 고가의 명품임은 분명했다.

"한 시간 반 뒤에 아이 통학 버스가 도곡역 앞에 서요. 그 전에 일어나야 해요." 강예인이 말했다.

"그 전에 마치겠습니다." 연지혜가 말했다.

"구체적으로 물어보실 게 있나요? 20년도 더 된 일이라 기억나는 게 별로 없는데."

"당시에 진술하셨던 내용 중에 설명을 더 듣고 싶은 게 있어서요. 민소림 씨가 날카로운 데가 있어서 다른 학생들과 사이가 썩 가깝지는 않았다고 말씀하셨더라고요. 당시에 다른 학생들은 다들 민소림 씨는 두루 인기가 많았다고 말했거든요. 그런데 가장 친했다는 친구의 증언이 달라서, 더 자세한 내용을 들을 수 있을지 확인하고 싶었어요."

강예인은 한동안 말을 하지 않았다. 그녀는 대신 입을 약간 벌리고는 왼손 검지와 중지를 입술에 대고 숨을 쉬었다가 길게 내뿜었다. 그녀가 한때 흡연자였을 거라고 연지혜는 추측했다.

"소림이는 그때 겨우 스무 살이었잖아요. 잔인하게 살해당했고. 죽은 사람에 대해 나쁜 말을 하기는 어렵죠." 강예인이 말했다.

"그랬을 거라고 생각합니다. 피해자에 대해서는 어지간하면 다들 좋은 말만 하려고 하죠."

연지혜가 말했다. 강예인을 비난하는 뉘앙스로 들리지 않았을까 염려했지만 상대는 그리 신경 쓰는 것 같지 않았다.

"형사님은 여고를 나오셨나요?" 강예인이 물었다.

"네. 그런데요?"

"혹시 인기에도 종류가 두 가지 있다는 거 아세요? 다른 사람의 관심을 받고 선망의 대상이 되는 인물 중에는 가까이 가고 싶고, 도와주고 싶은 사람도 있죠. 하지만 부러움과 미움을 동시에 사는 사람도 있어요."

"무슨 말씀이신지 알 거 같아요. 민소림 씨는 후자였나요?"

"소림이는 어떤 자리에서건 자기가 중심이 되지 않으면 견디지 못하는 성격이었어요. 그렇게 예쁘고 경제적으로도 풍족했는데 다른 사람에 대해서 어린아이처럼 시기심이 많았죠. 다른 사람을 칭찬할 때에는 늘 찜찜한 기분이 남게 했어요. 자기는 동의하지 않지만 다른 사람들은 높게 평가할 거라는 식으로. 그런데 누구나 발표를 잘 마친 날에는 자기 발표가 훌륭했다는 말을 듣고 싶지, '교수님이 정말 좋아하실 거 같다'는 말을 듣고 싶어 하지는 않잖아요."

"사람들이 금방 떨어져 나갔겠네요."

"1학년 때에는 그래도 친구들이 몇 있었어요. 그런데 그 아이들을 시녀처럼 대하는 게 너무 티가 나니까 다들 몇 달 있다가 거리를 두게 됐죠. 소림이도 바보는 아니니까 그런 분위기를 눈치챘죠. 그러면 겁이 났는지 갑자기 저자세가 되어서는, 친구들에게 굉장히 잘해줬어요. 돈을 막 쓰면서요. 잠시 그러다 다시 원래 모습으로 돌아가는 거죠. 그런 때에는 오히려 더 차가워져서, 거의 잔인해지기까지 했죠. 그런 얘기는

22년 전에는 아무도 경찰에 할 수 없었겠지요. 그 애 별명이 한때 뭐였는지 아세요? '너나실'이었어요."

"너나실이요?"

"'너 나 싫어하잖아'의 준말이에요. 서먹해졌다가 다시 가까워진 친구가 호의를 표시할 때 그 애는 웃으면서 아무렇지도 않게 이야기를 이어가다가 그런 말을 불쑥 던졌어요. '그런데 너 나 싫어하잖아' 하고요. 자기가 비굴하게 굴었던 게 자존심이 상했는지, 누가 우위인지 보여주고 싶었는지. 그런 일들을 겪으면 다들 '얘는 왜 이렇게 얄팍해?' 하고 마음이 식죠. 저 아이는 사람을 공격하기를 즐기는구나 하고 경계하고, 그 뻔한 수가 보여서 웃기기도 하고요. 글쎄, 3학년 즈음에는 소림이는 거의 고립된 거나 마찬가지 아니었을까 해요. 적어도 여자애들 사이에서는요. 그때 학교 분위기도 그랬고."

"학교 분위기가 그랬다는 게 무슨 말씀인가요?"

그때 강예인에게 전화가 걸려 왔다. 강예인은 클러치백에서 휴대폰을 꺼내 발신자 번호를 보더니 연지혜에게 고개를 끄덕이고는 전화를 받았다. 전화 내용을 들어보니 다른 학부모와 학교행사에 대해 논의하는 것 같았다.

상대의 통화가 길어질 것 같아 보여 연지혜는 자리에서 일어났다. 나가서 할 일이 딱히 있는 것은 아니었지만 가만히 앉아서 기다리는 것이 싫었다. 등 뒤로 "교감 선생님도 곧 퇴임하시고…… 그건 김장 체험 행사 때도 그렇게 한 걸요"라는 말이 들렸다.

연지혜가 밖에서 전자담배를 피우고 돌아왔을 때에는 강예인도 통화를 마친 참이었다.

"아까, 학교 분위기가 어땠다고 하셨는데요. 무슨 뜻인가요?"

"네? 아아……. 저희가 98학번이었잖아요. 저희 때부터 학교 분위기가 확 바뀌었다고들 하더라고요."

강예인은 연지혜가 당연히 그 이유를 알 거라는 표정이었다. 연지혜는 어리둥절해하며 "어떻게……?" 하고 되물을 수밖에 없었다. 강예인은 다시 희미하게 웃었다.

"1997년 말에, 그러니까 저희들이 대학에 입학하기 직전에 외환위기가 터졌죠. 저희 전까지는 이상한 학부제라서 학생들이 서로 어색하긴 해도 그래도 서로 교류하려는 노력은 있었다고 해요. 그런데 저희 때부터는 달라졌다고 선배들이 이야기하더라고요. 자기들도 저희를 챙기려 하지 않았고. 신입생 오리엔테이션을 할 때부터 선배들이 별로 안 왔어요. 오면 돈 써야 하니까. 저희 중에는 장학금에 필사적인 아이들이 많았어요. 집안 형편이 어렵지 않은 아이라도 어학연수나 교환학생을 마음에 둔다면 등록금 정도는 스스로 마련해야 한다고 생각하게 되니까요. 그러니 다른 아이들을 다들 경쟁자로 여기게 됐죠. 선배들 말 들어보면 전에는 대리 출석을 해주는 문화가 있었다고 하는데, 저희 때에는 그런 거 없었어요. 아, 그러고 보니 교환학생 제도도 시작이 언제인지는 모르겠지만 저희 때부터 본격적으로 하게 됐다고 하더라고요. 다른 대학들은 그런 프로그램을 도입하기 전이었는데 연대가 제일 적극적이었다고 들었어요. 교환학생도 신청하려면 학점 관리해야 하니까…… 아시겠죠?"

"그렇군요." 연지혜가 고개를 끄덕였다.

"과외 알바도 그즈음부터 뚝 끊겼고, 문과 취업난은 그때부터 시작이었죠. 이전까지는 연세대 인문대 정도면 아무것도 안 해도 대기업이나 금융권은 갔다더라고요. 그런데 외환위기 직후 1, 2년은 아예 사람을 뽑는 회사가 없었고, 2000년 즈음에는 기업들의 신입 사원 공채 공고가 딱 학과를 정해서 나왔어요. 상경 계열, 공학 계열, 그렇게요. 인문대 출신은 아예 원서도 못 내는 거예요. 저희는 취직 못 해서 졸업하고 도서관 나와서 토익 공부하는 선배들 보면서 '저건 정말 아니다' 하고 각자 살길을 모색하고 있었어요. 고시나 회계사 준비한다고 휴학하는 애들도 많았고. 누구는 어학연수 가고, 누구는 고시반 들어가고, 남자애들은 군대 가고…… 정말 친하던 사이도 얼굴 안 보면 멀어지잖아요. 원래 마음에 두지 않은 사람이라면 얼굴이 보이는지 안 보이는지도 모르죠. 요즘 대학생들은 조별 과제에 대한 농담을 많이 하더라고요. 형사님은 나이가 어떻게 되세요? 서른은 넘으신 거죠?"

"올해 만 서른둘인데요." 뜻밖의 질문을 받은 연지혜가 얼결에 대답했다.

"그러면 말로만 듣던 1990년생이네요. 형사님도 대학에서 조별 과제 많이 하셨죠?"

"아…… 네…… 그랬죠."

연지혜는 답을 얼버무렸다. '내가 대학을 나오지 않았을 가능성은 아예 머리에 떠오르지도 않는 모양이네' 하고 생각하면서. 선배들 중에는 물론이고 연지혜의 중앙경찰학교 동기 중에도 고졸이거나 체대를 나온 친구들이 있었다. 대학을 졸업하지 않아도 몇몇 기사 자격증을 취득하면 가산점을 얻을 수 있어서, 대학을 자퇴하거나 아예 고교생 때부터 경찰공무원 시험을 준비하는 사례도 있다.

"저희가 졸업하고 나서 몇 년 뒤부터 대학에서 학생들한테 조별 과제나 조별 토론을 그렇게 많이 시킨 걸로 알아요. 이유는 여러 가지 있었겠지만, 학생들이 교류 없이 워낙 따로 다니다 보니까 수업에서라도 그렇게 그룹으로 묶어서 서로 소통하게 한다는 목적도 있었던 거 아닐까 해요. 저희는 정말 IMF 타격을 정통으로 받고 당구공처럼 뿔뿔이 흩어져서 학교를 다녔어요. 저희 언니도 연대를 나왔어요. 94학번이고 공대를 나왔어요. 그런데 동기들끼리 엄청 친해요. 누가 연애를 하다 깨졌다, 누구네 집이 어렵다, 이런 사정도 다 알았대요. 술 마시다가 차 끊기면 동기들 하숙집 가서 놀고, 거기서 자고, 서로 돈까지 빌려주고. 아직도 매년 9월 4일에 모여서 술을 마시고 놀아요."

연지혜는 '지금도 내 대학 동기들이 누군지 모른다'던 윤주영의 말을 떠올렸다. 22년 전의 피해자 지인 탐문 내용 전반이 의심스럽게 보이기 시작했다.

"강 선생님은 1998년에는 민소림 씨와 친했지만 2000년에는 그렇지 않았고, 2000년에는 소림 씨와 누가 절친한 사이였는지도 모르신다는 말씀이시죠?"

"네, 그래요."

"혹시 1998년에는 민소림 씨와 어떻게 친해지신 건가요?"

그때 강예인의 전화벨이 다시 울렸다. 강예인은 연지혜를 향해 고개를 한 번 까닥 숙이더니 전화를 받았다. 연지혜는 자리에서 일어나지 않고 강예인이 통화를 마치기를 기다렸다. 이번에도 다른 학부모와의 통화인 듯했다.

"아니요, 현준 엄마. 그 아이들이 그런 자제력이 없어요. 그리고 우리 학교가 무상 우유 급식 대상인 건 저도 알아요…… 그게 되겠어요? 차라리 그 지원 대상 아이들한테 다른 엄마들이…… 관련 예산을 늘리면 되죠. 저지방 우유에도 유당은 들어 있어요."

연지혜는 멍하니 자기 손바닥을 보다가 휴대폰을 꺼내 그사이에 온 메시지가 없나 확인했다. 강예인은 계속 옆에서 우유가 어쩌고 두유가 어쩌고 하는 얘기를 전화기에 대고 떠들고 있었다.

연지혜는 강남경찰서에서 일했던 선배가 해준 말을 떠올렸다. 강남 학교에서 애들 싸움이 어른 싸움이 되면 아주 골치가 아파진다는 것이다. 김앤장이니 태평양이니 하는 대형 로펌 변호사들이 온다고. 특히 부모들 중 한쪽이 전문직인 정도이지 썩 부유하다고 할 수는 없는 경우에 공방이 더 치열해진다고 했다. 그들에게는 자존심이 걸린 싸움이 되기에. 정작 중견기업 오너 가족쯤 되면 '아이들은 건강하게만 자라면 괜찮다'는 식의 마인드여서 오히려 웃으며 물러난다고 했다.

"혹시 1998년에는 민소림 씨와 어떻게 친해지신 건가요?"

강예인이 통화를 마쳤을 때 연지혜는 일부러 아까 했던 질문을 단어 하나 바꾸지 않고 그대로 다시 던졌다. 강예인은 한쪽 눈썹을 치켜뜨더니 입을 열었다.

"둘 다 지방 출신이라 그랬던 거 같아요. 저는 강릉 출신이거든요. 소림이는 진주 출신이었고. 저희가 인문 7반인가 그랬거든요. 학생 수가 50명인가 60명쯤 됐는데, 거기에 서울이나 경기도 출신이 아닌 애들은 열댓 명쯤 있었어요. 그런데 그중에서도 광역시 출신이 아닌 아이는 딱 소림이랑 저 둘뿐이었어요. 서울 애들은 외고 출신이 많았죠. 외고 출신들은 고등학교 다닐 때부터 서로 알고 지냈던 애들이 많더라고요. 그리고 서울에서 나고 자란 애들은 서울 아닌 곳은 다 시골로 알아요. 무슨 차별 의식이 있어서 그러는 게 아니에요. 부산 사는 애한테도 아무 생각 없이 '너 이번 방학에 시골 내려가?' 하고 묻는 식이었어요."

"자존심 상했겠네요."

그렇게 말하며 연지혜는 속으로 강예인이 조금 전에 '형사님도 조별 과제 많이 하셨죠?' 하고 당연하게 물었던 걸 생각했다.

"저도 언니도 강릉에서 고등학교 다니는 내내 전교 1등 아니면 2등이었어요. 소림이도 그랬을 거예요. 그런데 대학에 와서 내가 별로 똑똑하지 않다는 사실을 깨닫고 충격을 많이 받았죠. 스스로 중간 이하라고 느낀 건 처음이었으니까요. 소림이도 마찬가지였을 거예요. 저희는 영문과 강의를 여러 과목 수강했는데, 외고 출신 애들이랑 수업을 같이 들으면서 주눅이 들었어요. 발음이 정말 달라요. 그런데 서울 애들은 똑똑하기만 한 게 아니라 스타일도 좋았고 옷도 저희보다 더 잘 입었죠. 소림이는 더 자존심이 상했을 거예요. 머리부터 발끝까지 전부 백화점 브랜드 옷만 고집하는 애였으니까. 저는 콤플렉스가 생겨서, 혼자 회화 학원을 다니고 교환학생을 가겠다고 다짐했어요. 제가 캐나다로 1년 동안 교환학생을 다녀왔거든요. 그때 영어 공부 정말 열심히 했어요. 꿈도 영어로 꿨어요. 그래서 다시 한국에 돌아와서 영어 스피킹이라는 과목을 수강 신청했죠. 그게 초급, 중급, 고급, 이렇게 세 단계가 있는 과목인데 저는 중급을 신청했어요. 첫날 수업 듣고 수강 철회했어요. 저 빼고 다른 수강생들이 쉬는 시간에 한국어로 대화해도 되는데도 그냥 영어를 쓰는 거예요. 그것도 저처럼 머릿속에서 먼저 생각을 해야 하는 게 아니라 그냥 자연스럽게 영어 농담들이 입에서 흘러나오더라고요. 그 애들한테는 그냥 영어가 모국어나 마찬가지였어요. 외국어는 정말, 정말, 조기교육이 중요해요."

민소림은 혹시 그런 자격지심 때문에 주변 사람들을 더 무시하고 자신의 우위를 확인하려고 했던 것 아닐까? 거기에 발끈한 지인이 갑자기 칼을 들 수도 있었을까? 연지혜가 생각을 정리하는 동안 강예인이 말을 이었다.

"그게 아니더라도 외고 출신들하고는 이상하게 어울리게 되지 않았어요. 소림이랑 그 외고 출신들 흉보면서 가까워졌죠. 저희가 그때 어쭙잖게 와인에 빠져서, 같이 와인을 마시곤 했어요. 민소림은 술을 잘 마셨는데 특이하게 안주를 거의 먹지 않았어요. 그건 좋았어요. 비싼 치즈 안주 같은 걸 내가 거의 다 먹을 수 있었으니까."

"어떤 점을 못마땅해했던 건가요? 특별히 민소림 씨가 의식하던 분이 있었나요?"

"대단한 건 아니고, 딱히 누가 떠오르지도 않네요. 그냥 이런 거였어요. 소개팅을 나가서 남자를 만나고 오면 걔가 이랬다, 저랬다, 이러면서 여자애들끼리 수다를 떨면서 같이 분석을 해보잖아요. 그런데 제가 뭐라고 의견을 내면 '우리 엄마는 다르게 이야기하던데?' 하고 말하는 애들이 있었어요. 어디 놀러 가자고 하면 엄마랑 같이 쇼핑하러 가기로 했다고 하면서 거절하는 애들도 있고. 스무 살짜리가 자기 엄마랑 그렇게 친하다니, 좀 징그럽지 않나요. 저나 소림이한테는 그게 잘 이해가 안 됐어요. 그런 부분은 잘 통했어요."

이제 강남에 사는 어머니가 된 강예인이 그런 말을 한다는 게 연지혜에게는 몹시 역설적으로 들렸다. 당사자는 아무런 아이러니도 느끼지 못하는 모양이었다.

"민소림 씨도 어학연수나 교환학생을 다녀왔나요?"

"글쎄요, 잘 모르겠는데요. 말씀드렸다시피 저희가 2000년 즈음에는 그리 친하지 않아서요. 갔다 왔는데 제가 모르는 걸 수도 있죠. 저희 동기 중에는 학교 다니는 중에 자살한 남학생도 있었는데 저는 그 애가 자살했다는 사실도 얼마 전에야 알았어요. 아마 소림이도 어학연수든 교환학생이든 준비는 했을 거예요. 안 그러는 애는 없었으니까요. 영어권 국가가 아니라 다른 나라로 다녀왔을 수도 있고요. 경쟁률이 낮아서 교환학생 다녀오기가 더 쉬웠으니까요. 소림이는 특이하게 노어노문학과나 철학과 수업에 관심이 많았어요. 그게 인기 없는 전공 1위와 2위였을 텐데. 그런 식으로 교수님들의 관심을 받고 싶었나 싶기도 하고요. 2학년이 되면서 저희가 멀어진 건 같이 듣는 수업이 적어서이기도 했어요."

그때 강예인의 전화벨이 다시 울렸다. 연지혜는 순간 짜증이 치밀었으나 강예인은 이번에는 전화를 받지 않았다. 알람인 모양이었다.

"아이 스쿨버스가 와요. 전 일어나야겠네요." 강예인이 말했다.

"저, 하나만 더요. 혹시 민소림 씨가 자취하던 원룸에 가보신 적이 있나요? 소림 씨의 원룸 위치를 다른 학생들이 알았나요?"

"소림이가 자취한다는 건 알았지만, 그 집에 가본 적은 없었어요. 기숙사나 하숙집이 아니라 학교 근처 원룸에서 산다는 건 알았는데 정확한 위치는 나중에 사고가 나고 나서 들었어요. 신영극장 옆 건물이었다면서요? 혼자 사는 젊은 여학생이 아무리 동성 친구한테라고 해도 자기 자취방 주소를 쉽게 알려주지는 않죠."

"선생님도 그때 자취하셨나요? 자취방 주소를 학과 사무실 같은 곳에서는 알지 않았나요? 우편물을 보내야 할 테니……."

"고지서나 우편물은 과 사무실에서 당사자들이 직접 받아 가는 시스템이었어요. 성적은 온라인으로 확인했고, 저는 언니랑 같이 살았어요. 이제 일어나야 해요. 제 아이가 발달장애가 있어요. 버스에서 내릴 때 제가 있어야 해요."

강예인이 자리에서 일어나며 말했다. 연지혜는 발달장애라는 단어에 말문이 막혀 대꾸를 제대로 못했다. 강예인은 카페를 나가다 연지혜를 바라보며 다시 입을 열었다.

"형사님 앞에 두고 자꾸 다른 어머니 전화를 받아서 죄송했어요. 아이가 다니는 특수학교에 사람이 모자라요. 학교운영위원회의 학부모 위원들이 나서야 할 일이 많아요. 소림이는, 2000년 이후로는 저희들한테 약간 기분 나쁜 수수께끼였어요. 살인사건이 일어나고 형사분들이 찾아왔으니 저희들도 모이면 소림이 이야기를 안 할 수 없었죠. 처음에는 다들 말을 삼갔지만 술이 들어가고 밤이 깊어지면 누군가 슬며시 소림이 이야기를 꺼냈어요. 그런데 제가 아는 동기들 중에는 그때 소림이를 제대로 안다거나 어울렸다는 아이가 없었어요. 다들 소림이는 인기 있는 아이라고 말했지만 누구한테 인기가 있는지는 몰랐어요. 저는 소림이가 1학년 때 함께 오리엔테이션을 받았던 동기들을 의식적으로 피했다고 생각해요. 늘 추종자가 필요한 아이였는데, 그 추종자들을 곁에 두고 오래 만족시켜주는 기술은 없었죠. 다른 과나 동아리, 아니면 다른 대학 아이들이랑 다녔을지도 몰라요. 그리고 거기에서도 틀림없이 미움을 샀을 거예요."

41.

세상에서 고통을 줄이고 의미를 늘리는 것이 우리의 도덕적 목표일까? 그런 행동을 북돋고, 구체적인 상황에서의 판단 기준을 체계적으로 마련하는 것이 우리의 도덕적 과제일까?

그런 작업은 귀납적으로 해결할 수 있을지 모른다, 아니 귀납적으로 해결해야만 하는 부분이 있다고 내 안의 스타브로긴은 상상한다. 칸트와는 반대의 접근법이다. 우리는 도덕법칙을 발견하는 것이 아니라 건설해야 하는 것이다. 그러나 내부 모순이 없고 구체적인 행동 지침을 제시하는 거대한 윤리 체계를 세우려 한다는 점에서는 칸트와 비슷하다.

그 새로운 도덕법칙은 개인에게 어떤 일을 다른 일에 앞서 해야 하는지 알려주면서 현실 생활에서 꾸준히 실천 가능해야 한다. 근대 자유주의는 전자를 수행하지 못하며, 세속화 이전의 종교들은 후자가 가능하지 않다.

어떤 사람이 '가장 먼저 해야 하는 일'을 제대로 해내면 영적인 충족감을 얻을 수 있을 것이다. 적어도 자신이 그 일을 향해 가고 있다고 여기는 동안에는 길을 잃었다는 느낌에 빠지지 않을 것이다.

새로운 도덕법칙은 개인윤리에서 사회의 구성 원리로 매끄럽게 이어져야 한다. 폭력을 줄이고 사회를 안정시켜야 한다. 개인의 선택과 자유를 존중하는 계몽사상을 잇고, 고대 철학자들이 중시했던 공공선의 추구도 되살려야 한다. 그러나 번영과 성장이 사회 목표는 아닐 것이다. 어떤 폭력도 존재하지 않는 사회 역시 공상적 유토피아에 불과하다…….

우리는 먼저 고통에 대해 연구해야 한다고 스타브로긴은 생각한다. 고통은 우리 행동을 지배하며, 도덕과 심오한 관계를 맺는 요소임에도 우리는 그에 대해 놀랄 정도로 모른다.

하다못해 고통의 크기를 측정하는 객관적인 방법조차 없다. 환자에게 자신이 느끼는 고통을 점수로 말해보라거나, 환자가 자기 고통을 묘사할 때 어떤 단어를 몇 번이나 사용하는지를 살펴서 채점하는 방식이 아직도 쓰인다. 인터넷에는 '인간이 느끼는 가장 큰 고통 순위'라는 도표가 돌아다니는데, 근거 없는 엉터리다.

우리는 인간이 무엇을 가장 고통스러워하는지 모른다. 어떤 일이 다른 일보다 더 고통스러운지, 덜 고통스러운지도 모른다.

판사는 피해자가 얼마나 고통스러웠는지 알지 못하고, 자신이 선고하는 형량이 가해자에게 얼마나 고통을 줄지 알지 못하면서 판결을 내린다. 그래서 어떤 범죄자는 피해자의 고통에 비해 지나치게 가벼운 벌을, 어떤 범죄자는 반대로 지나치게 가혹한 처벌을 받는다.

여기서 내 안의 지하인이 끼어든다: 민소림은 칼에 찔렸을 때 얼마나 아팠을까? 숨질 때까지 민소림이 받은 고통은 내가 이후에 22년 동안 받은 고통보다 과연 클까?

법에 적힌 형량은 기본적으로 '틀에 끼워 맞추기'다. 절도보다 강도가 형이 무거워야 하고, 강도보다 특수강도가, 특수강도보다 강도상해가 더 형이 높아야 한다.

재판의 양형 기준도 비슷하다. 다른 법, 과거 사례와의 형평성이 가장 중요하다. 이때 기준점은 살인이다. 살인죄를 가장 크게 처벌하고, 나머지 죄에 대해서는 그보다는 약하게 처벌해야 한다는 합의가 있다.

42.

연지혜는 '최태훈'이라는 이름 위에 형광펜으로 줄을 긋고 그 이름을 전과자 조회시스템의 검색창에 입력했다.

절도를 두 번, 강도를 한 번 저지른 적이 있는 1966년생 남자의 정보가 떴다. 혈액형은 O형이었고, 키는 171센티미터였다. 얼굴 사진이 뤼미에르 빌딩의 CCTV 사진과 비슷해 보이지는 않았다. 얼굴 윤곽이 크게 다르지는 않았지만, 뭔가 세련돼 보이는 느낌이 아니었다.

연지혜는 그 전과자의 세부 사항을 읽어 내려갔다. 충청북도 증평군 출신이었다. 1984년 충북 증평에서 절도를 저지른 게 첫 번째 범죄였고, 1986년에 충북 괴산에서 강도질을 했다. 그리고 1992년에 충북 괴산에서 다시 절도를 저질렀다. 강도와 절도를 저지른 곳은 가정집이 아니라 식당과 노래방이었다. 교도소에서 출소하고 나서도 다시 고향으로 돌아왔고, 고향 근처에서 범죄를 저지른 것이다.

이 정도면 수사선에서 제외해도 되지 않을까? 범행 대상이나 위치, 시기, 그리고 범죄의 내용이 자신들이 쫓고 있는 상대와는 다소 거리가 있다. 그러나 이자가 2000년에 신촌에 와서 성폭행을 저지르지 않았다는 보장은 없다.

연지혜는 이번에는 '유재성'이라는 이름 위에 형광펜으로 줄을 긋고 그 이름을 입력했다. 턱이 길쭉하고 광대뼈가 도드라진 남자의 사진과 함께 지저분한 인생이 나왔다.

1975년생, 173센티미터, 제주 출신이었다. 첫 번째 범죄는 1995년에 제주도에서 술에 취한 여성을 길에서 뒤쫓아 가서 폭행하고 현금과 시계를 훔친 것이었다. 아마 이것이 처음 적발된 것일 뿐, 십대 시절부터 분명히 아리랑치기를 여러 번 했으리라는 생각이 들었다. 두 번째 범죄는 1997년에 경기 광명시에서 주차된 차량 창문을 파손하고 안에 들어 있던 명품 가방 등을 훔쳐 간 것이었다. 세 번째 범죄는 다소 뜬금없는 마약 전과였다. 2003년 수원시의 모텔에서 필로폰을 복용했다. 그리고 2008년 서울 강남역에서 술에 취해 벤치에 앉아 졸고 있던 행인의 외투에서 휴대전화와 지갑을 훔쳤다.

이자는 제외해도 될까? 범행 시기와 장소는 2000년 신촌에서 멀지 않고, 여성을 폭행한 일도 있다. 그러나 주거침입이나 성범죄로는 적발되지 않았다. 강도, 절도와 관련된 범죄의 수위는 오히려 시간이 지나면서 점점 약해진 경향이 있다. 연지혜는 모니터 속의 사진을 유심히 들여다보았다. 뤼미에르 빌딩의 CCTV 속 호남형 인물과 달리 모니터 속 전과자는 피부에 이곳저곳 검은 점이 있고 얼굴은 수척했다. 눈빛도 달랐다. 그러나 이자가 2000년 이후 필로폰을 복용하면서 외모가 달라진 것이라면?

사무실을 둘러보니 정철희와 박태웅도 범죄분석담당관실에서 보내준 리스트의 이름을 전과 조회시스템에 입력하면서 같은 고민에 빠진 듯했다.

범죄분석담당관실에서 추려서 보내온 명단에는 1178명의 이름이 있었다. 한 페이지에 전과자 50명의 이름과 주민등록번호 앞 번호가 인쇄된 A4용지 24장짜리 서류였다. 정철희, 박태웅, 연지혜는 그 서류를 복사해서 한 부씩 나눠 가졌다.

1178명이라면 해볼 만한 건가? 연지혜는 고개를 갸웃했다. 어떤 조건 때문에 대상자가 결정적으로 걸러진 건지도 궁금했다. 2010년 이후에 다시 범죄를 저질러 DNA를 채취당한 사람이 수가 더 많았을까, 키가 170센티미터가 안 되는 범죄자가 더 많았을까.

"저희가 이 1178명을 셋으로 나눠서 각자 검토하는 건가요?"

연지혜가 앉은 자리에서 물었다.

"아니. 우리 세 명이 각자 1178명 얼굴을 다 살펴봐야지. 수사 기록 봤을 때처럼. 보는 관점이 다를 수 있으니까. 우리 셋이 다 의심스럽다고 찍은 사람이랑, 우리 셋 중에 두 사람은 의심스럽다고 보고 한 사람은 그냥 넘긴 사람 목록을 따로 만들어보면 어떨까."

정철희가 힘없는 목소리로 대답했다. 이번에는 힘도 없고 자신도 없게 들렸다.

"1178명이라. 1200명이라 치고, 10분에 한 사람씩 검토하면 200시간이 걸리는 거네. 그걸 하루에 꼬박 8시간을 한다면 25일, 하루에 10시간씩 한다면 20일어치 일감이다." 박태웅이 말했다.

"선배는 그게 암산으로 돼요?" 연지혜가 물었다.

"어렸을 때 주산 학원을 다녔거든."

"박 형사는 전과자들 알아보고, 연 형사는 피해자 지인 조사하면서 틈날 때마다 보라고. 한 사람에 10분씩 들어갈 것 같지 않은데. 한 달 내에 1차 스크리닝을 마치는 걸 목표로 하고. 일단 의심스럽다고 생각되면 골라봐. 사진, 전과 내용, 범죄를 저지른 장소까지 다 고려해서. 그러면서 이자들 다른 사진도 확보할 수 있는 건 다 확보하자. 의심스러워 보이는 사람 명단을 만들어가면서 종로구청이랑 도로안전교통공단에 공문 보내서 주민등록증 사진이랑 운전면허증 사진을 협조받도록 해. 그 사진들을 보면 더 판단이 정확하게 서겠지. 병무청에도 공문 보내고." 정철희가 말했다.

"외교부는 어떻습니까? 거기도 여권 사진들 갖고 있을 텐데."

박태웅이 눈을 질끈 감았다 뜨면서 물었다.

"거기도 공문 보내. 뭐, 잡범 중에는 여권 없는 놈들도 많을 테지만. 그 외에 사진을 많이 갖고 있을 만한 공공 기관들이 또 어디 있지?" 정철희가 물었다.

"복지카드에도 사진 들어가요." 연지혜가 말했다.

"그래, 그럼 거기도 가능한지 한번 알아보고."

"산업인력공단에서도 사진 꽤 많이 보유하고 있을지 모릅니다. 전과자들 교도소에서 자격증 따는 경우가 있잖아요. 기능사 자격증에도 얼굴 사진이 들어가고." 박태웅이 말했다.

"자격증이라……. 잘 모르겠네. 뭐, 한번 알아봐." 정철희가 말했다.

정말 맨땅에 헤딩이었다.

아무리 최신 사진들을 가져왔다 해도 대개 몇 년씩 된 것이었고, 또 증명사진들이었다.

"나이나 체중에 상관없이 변하지 않는 특징들을 봐야지. 눈매나 턱선 같은 건 큰 도움이 안 되는데, 귀 모양은 도움이 돼. 귀가 얼마나 큰가, 얼마나 접혔나, 귓불이 얼마나 두껍나 같은 것. 콧대가 어떤 모양인가,

눈 사이 거리가 어떤가, 인중이 얼마나 긴가, 그런 것도 살펴보고. 그나마 남자들이라서 성형 안 한 게 얼마나 다행인지 몰라."

난감해하는 연지혜에게 박태웅이 설명했다. 의외로 그가 눈썰미가 좋았다.

인물 정보와 사진을 많이 보유한 기관이라고 다 협조 공문을 보낸 것은 아니었다. 전국 교원 수는 50만 명이 넘었지만 거기에 강도나 살인 전과자가 있을 것 같지는 않았다. 4대 그룹 직원도 60만 명이 넘지만 그 그룹들에 협조 공문을 보낼 수는 없었다.

"도서관들은 어떻게 할까요? 도서관 카드에도 사진이 들어가는데 이건 시군구별로 각각 발행하는 거고 통합해서 관리하지는 않는대요." 연지혜가 물었다.

"그걸 알아보려고 모든 시군구에 다 공문을 보낼 수는 없지." 정철희가 대답했다.

"전과자가 도서관 카드를 만들었을 것 같지도 않고." 박태웅이 말했다.

"주식 투자 비법 같은 책을 빌려다 볼 수도 있지 않을까요?"

연지혜가 중얼거렸지만 다른 두 형사는 못 들은 체했다.

만약 이 방법으로 범인을 잡게 된다면 그야말로 시스템 덕분에 범인을 붙잡는 거라고 연지혜는 생각했다. 행정안전부, 경찰, 도로안전교통공단, 병무청, 외교부가 수십 년간 공들여 쌓은 거대한 시스템의 덕분이기도 하고, '그 시스템들을 이용해 범인을 잡겠다'는 정철희의 작은 수사 방법론 덕분이기도 하다. 어느 쪽이건 연지혜가 하는 일은 그 시스템들에 고용된 기계장치, 인간 사진판독기의 역할이다. 자기 자리에 누가 있어도 할 수 있는 일이다.

'수사는 예술'이라거나 '무에서 유를 창조하는 것' 같은 말을 들으며 형사로서 자부심을 느껴온 연지혜는 그 점이 깊이 불만스러웠다. 하긴, 밖으로 나가보면 대부분의 사람들이 창조성이라고는 배제된 일을 기계처럼 수행하며 돈을 벌고 있다. 고소득 직업이라고 다른 것 같지 않다. 그 점에서는 항공기 조종사가 택시 운전기사와 다를 바도 없다.

한 사람을 살펴보는 데 걸리는 시간은 제각각이었다. 어떤 사람은 5분도 안 돼 용의선상에서 제외할 수 있었지만 어떤 사람은 30분을 봐도 가늠하기 힘들었다. 연지혜는 휴대폰의 타이머 앱을 켜놓고 30분을 봐도 모르겠으면 일단 의심 인물로 골라놨다. 그녀가 이 방법을 얘기했더니 정철희와 박태웅은 그거 좋은 방법이라면서 다들 따라 했다.

세 사람 자리에서 번갈아가면서 쉬지 않고 알람이 울렸다. 오지섭과 최의준은 가끔 사무실에 들어올 때마다 정철희, 박태웅, 연지혜가 자리에 가만히 앉아서 모니터만 뚫어지게 쳐다보는 걸 보고 황당하다는 표정을 지었다.

"어휴, 이거 눈 빠지겠네. 넌 눈 안 아파?"

정철희가 자리를 비웠을 때 박태웅이 눈을 비비면서 연지혜에게 물었다.

"눈이 아픈 것보다, 이게 며칠 하고 나니까 사람 얼굴을 오히려 못 알아보겠어요. 전 요즘 사람 얼굴을 보면 그게 얼굴로 안 보이고 눈이랑 코랑 귀랑 입술로 따로따로 분리돼서 보여요. 무슨 피카소 그림 보는 것처럼요."

"나도 그랬어. 청사에서 아는 사람 만났는데도 그 사람 귀랑 인중 보느라 아는 사람인 줄 모르고 지나치기도 하고."

"이렇게 해서 범인을 잡을 수 있다는 보장만 있다면 눈 아픈 것쯤은 참을 수 있을 텐데요. 사진 각도가 이상하거나 찍을 때 범인이 표정을 이상하게 지어서 사진이 이상하게 나올 수도 있잖아요. 사람 인상이라는 것도 변하고."

연지혜가 그렇게 말하며 서글프게 미소를 지었다.

"너 정말 아픈 데를 콕 찌른다. 나도 그게 제일 고민이야. 이 방법이, 가정하는 게 너무 많잖아. 애초에 범인이 다른 중요 전과가 없으면 어떻게 하나 싶기도 하고, 그 CCTV 사진 속에 찍힌 남자가 범인이 아니면 어쩌나 싶기도 해. 그런 의심을 하면 힘이 쫙 빠져."

이것은 대한민국의 시스템을 얼마나 신뢰하느냐에 대한 문제이기도 했다. 자신들이 기대고 있는 시스템의 정보는 제대로 된 것일까? 몇몇 숫자가 잘못 입력됐거나, 엉뚱한 사람의 사진이 대신 올라가 있지는 않을까?

박태웅은 섬뜩한 이야기를 들려주었다. 전과자 데이터베이스에 있는 혈액형 정보가 잘못된 것일 수도 있다는 얘기였다.

"이게 상당수는 범죄자들한테 자기 혈액형을 직접 써넣게 한 거잖아. 거기서 일부러 자기 혈액형을 다르게 기입한 녀석이 있을 수도 있지. 자기 혈액형을 잘못 알고 있는 녀석이 있을 수도 있고."

"자기 혈액형을 잘못 알아요?" 연지혜가 되물었다.

"내가 그랬거든. 나 처음으로 헌혈하기 전까지 내가 O형인 줄 알았어. 그런데 알고 봤더니 B형이더라고."

"어떻게 그걸 잘못 알 수가 있죠?"

"어렸을 때 초등학교인가 중학교에서 단체 검사를 했잖아. 그때 뭐가 잘못됐었나 봐. 그런데 결과를 잘못 받아도 그걸 알 수가 있나. 그냥 O형이라고 선생님이 불러주면 O형인 줄 아는 거지."

"아이고, 아이고."

범죄자들 중에는 그런 경우가 없으리라는 보장을 어떻게 할 수 있을까.

어쩌면 시스템이라는 건 그게 작동한다는 믿음을 주기 때문에 중요한 건지도 모르겠다고 연지혜는 생각했다. 불만은 있었지만 정철희가 제안한 방법이 없었다면 너무 막막해서 그냥 무너져버렸을 것 같았다. 전과자를 만나고 옛 참고인들을 만나는 일 사이에 비는 시간이 많은데 그때 멍하니 있으면 더 암울한 생각에 빠졌을 것이다.

따지고 보면 다른 시스템들도 마찬가지인 것 아닐까. 선거를 한다고 저절로 민주주의가 이뤄지는 게 아니고 거기에 허점이 엄청나게 많은데, 다들 선거운동을 너무 열심히 하느라 그 허점을 보지 못하는 거다. 그러면서 자기들이 민주주의를 구현하고 있다고 믿고. 그러나 선거를 안 하면 다른 무슨 방법으로 민주주의를 실현할 수 있을지 아무도 모른다.

정철희는 그런 점까지 고려해서 1965년생부터 1979년생 전과자 데이터베이스를 뒤져보자는 아이디어를 낸 걸까? 옆에서 지켜보기에는 정철희 본인 역시 전과자 데이터베이스에 범인이 없을 가능성을 충분히 인식하고 있는 것 같았다. 정철희는 박태웅이나 연지혜가 자신들의 방법으로 수사를 하겠다며 사무실 밖으로 나갈 때 말리지 않았다. 오히려 반대로 그러기를 북돋는 분위기였다.

43.

인간에게 일어날 수 있는 가장 끔찍한 일이 과연 죽음일까?

고문을 받다가 자살하는 사람이 있다는 것은, 죽음보다 더한 고통이 존재한다는 확실한 증거이지 않나?

집단 성폭행이 살인보다 약한 죄일까?

대대적인 설문 조사를 통해 사람들의 고통을 객관화할 수 있을까?

뇌파를 촬영하거나 고통을 느낄 때 분비된다고 하는 호르몬 수치를 측정해 순위를 매길 수 없을까?

우리의 형사사법시스템과 복지시스템을 실제 고통의 양에 근거해서 다시 짤 수 있을까?

추적 조사를 벌여보면 복권 당첨 같은 일회성 사건은 대다수의 사람들에게 장기적으로 행복감을 주지 못하는 것으로 나타난다. 한편 팔다리를 잃거나 반신불수가 되는 것, 시력을 잃는 것 역시 사람을 장기적으로 불행하게 만들지는 않는 것으로 드러났다. 인간은 그런 사건들에 놀랄 정도로 잘 적응한다.

하지만 기준 이상의 소음에 적응하는 사람은 없다. 소음은 꾸준히 인간에게 고통을 준다. 그렇다면 실명보다 층간소음이 훨씬 더 고통스럽다는 얘기일까?

10년에 걸친 층간소음에는 무슨 의미가 있을까? 그걸 참고 견디는 인간은 내적으로 더 나아질까?

실천 가능한 도덕률을 만들기 위해서는 우리의 본성에 대해서도 연구해야 한다고 스타브로긴은 생각한다. 인간 본성과 충돌하는 강령은 오래가지 못한다. 집단을 위해 개인적인 것을 모두 내놓으라고 하는 전체주의는 장기적으로 성공할 가망이 없다. 척추동물들은 모두 개체 단위에서 생존을 고민하고 이익을 추구한다.

거기에 더해 인간은 수백만 년 이상 집단생활을 하면서 유전자 안에 이런저런 도덕적 본능들을 쌓아 올렸다. 영장류 무리들도 비슷한 원시적 도덕관념을 지니고 있다. 침팬지 무리에서조차 우두머리가 되려면 약자를 배려하고 다른 침팬지를 속이지 않으며 공정하다는 평판을 얻어야 한다.

오늘날 우리는 그것들을 '도덕적 직관'이라고 부른다. 이 직관들은 소규모 집단생활을 하지 않는 현대사회에는 잘 들어맞지 않는다.

인간은 용서나 협상보다 복수에 이끌린다. 소규모 집단에서 불이익을 당하고도 보복하지 않는 구성원은 만만한 호구로 찍혀 서열이 떨어지고 착취당하기 일쑤였기 때문이다. 우리는 무임승차자를 미워한다. 양식이 풍부하지 않았던 소규모 집단에서는 꾀를 부리는 구성원을 그렇게 응징할 필요가 있었다. 이런 본능은 지금도 복지제도에 대한 반감을 부추긴다. 우리는 또 우리가 속한 소규모 집단 밖 타자를 두려워하고 혐오하는 성향이 있다.

새로운 도덕법칙은 도덕심리학과 진화심리학의 연구 결과를 반영해야 한다고 스타브로긴은 생각한다. 개인 차원에서는 직관적으로 쉽게 따라갈 수 있으면서도 기업 경영이나 국제 외교에 이르기까지 크고 복잡한 상황에도 적용할 수 있는 체계를 설계해야 한다.

44.

“어이쿠, 이거 평범한 밥집인 줄 알았는데……. 이 집 맞지?”

계단을 내려가던 정철희가 놀란 목소리로 물었다.

“네이버 지도에 여기라고 나왔는데요. 그냥 분위기만 이런 곳일 수도 있어요. 동네가 가로수길이다 보니…… 의외로 값은 비싸지 않을지도 몰라요.”

정철희를 뒤따르던 연지혜가 자신 없는 목소리로 말했다.

그들은 서울 신사동에 있는 건물의 지하 계단참에 서 있었다. 22년 전에 정철희에게 뺨을 맞았고 이제는 블록체인 관련 IT 회사의 대표인 이기언이 만나자고 한 장소가 그 건물 지하 식당이었다.

정철희가 문자메시지를 보내고 이틀 뒤에 이기언이 전화를 걸어왔다. 이기언의 목소리는 무척 예의 발랐다고 했다. 이기언은 22년 전의 사고는 자신이 철부지여서 일어났던 일이며, 자기도 미안하게 생각하고 있다, 괜찮으시면 술 한잔 대접하면서 함께 털어내고 싶다, 민소림에 대해서는 기억나는 게 별로 없지만 도울 수 있다면 최대한 돕겠다고 했다.

정철희는 자기가 술을 사겠다고 했으나, 이기언은 고집을 꺾지 않았다. 정철희는 "그러면 소주로 하시죠"라고 제안했다. 후배 형사와 같이 가도 되겠느냐고도 물었다. 이기언은 괜찮다며 "소주 맛있는 식당을 수배해보겠습니다"라고 대답했다. 그리고 잠시 뒤 자기 회사 근처의 맛집이라며, 강남구 압구정로에 있는 한 식당 주소를 문자로 보내왔다. 그곳이 지금 정철희와 연지혜가 들어가려는 가게였다.

식당이 있는 건물 자체가 최신 유행에 맞춰 지은 멋들어진 디자인을 하고 있었다. 1층은 천장이 높고 벽이 노출 콘크리트와 통유리로 된 가구 매장이었다. 그 옆으로 개방형 계단을 따라 내려가면 아담한 성큰 가든(Sunken Garden)이 있고, 그 옆이 약속 장소였다. 가게 입구에는 '육식성'이라고 적힌 푸른색 네온사인 간판이 걸려 있었다. 간판이 엄청나게 크고 밝아서, 연지혜의 눈에는 앞서가는 정철희의 피부 빛도 파랗게 보였다. 안에서 경박한 1990년대 가요가 쿵짝쿵짝 흘러나왔다.

"소주 파는 집이라고 했는데……."

정철희가 중얼거리며 가게 문을 열고 들어갔다.

가게 안은 온통 검은 톤으로 내부가 꾸며져 있었고, 조명은 어두침침했다. 음악 소리는 바깥보다 오히려 작았다. 손님을 꾀기 위해 외부에 스피커를 설치한 모양이었다. 식당 가운데 개방형 주방이 있었고, 거기서 검은색 티셔츠를 입고 그 위에 검은색 앞치마를 걸친 종업원들이 분주하게 요리를 만드는 중이었다. 주방 주위로 원형 테이블이 있었고, 주위에 바닥에서 천장까지 대나무를 띄엄띄엄 세워 적당히 밀폐감이 들게 만든 자리도 있었다. 대나무 기둥에는 홍등이 걸려 있는데 주방 위로는 사이키델릭 분위기의 형광등이 달려 있는 등 도무지 시대나 국적을 종잡을 수 없는 인테리어였다.

연지혜는 개방형 주방 안에 있는 거대한 냉장고를 보고 "아아……" 하는 감탄사를 냈다. 냉장고는 모두 세 대였는데, 여닫이문이 투명해서 안을 들여다볼 수 있었다. 녹색 소주병이 가득 늘어선 내부는 고급 와인 셀러 같은 모양이었다. 냉장고마다 위에 작은 전광판이 있었다. 각각 검은 바탕에 붉은 글씨로 '슬러시용: -11℃', '퓨어 소주: 0℃', '소맥용: 3℃'라고 빛나고 있었다. 이기언은 '소주가 맛있는 식당을 찾아보겠다'는 말을 충실히 지킨 셈이었다.

정철희는 휴대폰을 꺼내 전화를 걸더니 연지혜에게 "조금 늦는대. 먼저 앉아 있으래"라고 말했다. 그들은 대나무 칸막이 뒤의 자리를 잡았다. 연지혜는 대나무 기둥 옆을 지나가다 한 중년 남성과 부딪힐 뻔했다. 긴 금발머리를 뒤로 넘기고 염소수염을 기르고 쫄쫄이 바지를 입은 남자였다.

"요즘 젊은이들은 뭐, 이런 곳을 좋아하나?" 정철희가 물었다.

"젊은이가 아니라 가로수길 사십대가 좋아하는 곳 같은데요."

연지혜가 대답했다. 주변을 둘러봐도 이십대로 보이는 사람은 별로 없었다.

"하…… 이거 잘못 왔네. 엄청 비싼데. 뭐, 고기 안 시키고 식사만 시켜도 되겠지?"

정철희가 탄식했다. 연지혜는 정철희로부터 메뉴판을 넘겨받아 살폈다. 숙성 꽃등심 150그램이 5만 원, 숙성 안심 150그램은 5만 2000원, 숙성 등심 150그램 4만 8000원, 생등심 불고기 150그램 3만 9000원, 우설 3만 4000원, 육회 3만 2000원…….

"된장찌개는 만 원인데요. 동치미 국수는 9000원이고." 연지혜가 말했다.

"고기랑 같이 시켜야 하는 메뉴 아닐까?"

"한우차돌볶음밥이나 한우갈비탕은 2만 5000원인데…… 이런 건 괜찮을 거 같아요. 소주는 안 비싸네요."

연지혜가 말했다. 과연 이기언이 정말 미안한 마음에 제 딴에는 가장 분위기 좋은 집을 찾은 것인지 의심스러웠다. 가난한 경찰관들을 주눅 들게 만드는 걸 소소한 복수라고 여겼다고 봐야 하지 않을까, 그래서 일부러 지각하는 것 아닐까 하는 생각이 들었다.

"오래 기다리셨나요? 정말 죄송합니다. 자산운용사에서 사람이 왔는데 먼저 일어날 수가 없어서……."

이기언이 테이블에 앉기 전 고개를 숙이며 말했다. 얼굴에 웃음기는 전혀 없었다. 이기언의 모습이 상상한 것과 딴판이어서 연지혜는 속으로 놀랐다. 키는 180센티미터가 훌쩍 넘고 몸무게는 100킬로그램쯤 되어 보였다. 뚱뚱하다거나 물렁하다는 느낌은 전혀 없었다. 두껍고 단단하다는 표현이 어울렸다. 입고 있는 셔츠는 가슴께가 팽팽해서 터질 것 같았고, 머리는 반삭이었다. 등에 멘 백팩이 아기 용품처럼 보였다. 그런데도 말투는 매우 나긋나긋했는데 자기 인상을 부드럽게 가꾸고자 의식적으로 노력한 결과물이지 싶었다.

정철희가 대학생의 빰을 때렸다는 이야기를 들었을 때에는 '참 22년 전은 딴 세상이었구나, 우리 반장님도 그럴 때가 있었구나' 하고 생각했다. 그런데 이렇게 이기언의 위압적인 몸을 마주 대하니 22년 전 사건도 조금 다른 느낌으로 다가왔다.

이기언과 정철희, 연지혜는 어색하게 명함을 교환했다. 이기언은 연지혜의 명함을 받고는 눈을 껌뻑거리면서 "여자 형사님인 줄 몰랐습니다"라고 말했다. 묘하게 눈치 없고 고지식해 보이기도 했고, 한편으로는 어딘지 모르게 선량하고 강직해 보이기도 했다.

"먼저 22년 전에 제가 저지른 일을 사과드립니다. 용서해주십시오."

정철희가 자리에서 일어나더니 허리를 90도로 숙여서 인사했다. 이기언이 당황해서 황급히 정철희의 팔을 붙잡고 말렸다.

"아니, 정말 이러지 마십시오. 이미 22년 전에 충분히 사과하셨고, 저는 아무 감정 없습니다."

두 사내는 앉아서 서로 어색하게 고개를 숙였다. 연지혜가 "대표님 인터뷰 기사를 찾아 읽었어요" 하고 끼어들었다. 인터뷰 기사에서는 헤어스타일이 평범해 보였다고 연지혜가 말하니까 이기언은 "그때까지만 해도 가발을 쓰고 있었다"고 답했다. 머리가 벗겨져서 반삭을 택한 모양이었다. 연지혜는 블록체인 기술로 미술품을 어떻게 거래하는 거냐, 원래 미술에 관심이 많으셨느냐고 물었다.

"아닙니다. 저도 배우고 있습니다. 저는 미술을 사랑해서 이 사업을 시작한 게 아니라 블록체인 기술에 관심이 많아서 이 아이템을 잡은 겁니다." 이기언이 말했다.

"그런 얘기는 다른 분들한테 하면 안 되겠네요." 연지혜가 말했다.

"괜찮습니다. 저희 투자자들도 미술보다는 블록체인에 관심이 많은 분들입니다. 그리고 딜러나 컬렉터들은 안목도 높고 자존심도 강하셔서, 그 앞에서 어설프게 아는 척하기보다는 아예 아는 게 없다고 고백하는 편이 낫습니다."

"저는 워낙 촌놈이 되어놔서, 미술품도 모르고 블록체인도 뭔지도 모르네요. 뭐, 요즘 뜨는 신기술이라는 것 외에는……." 정철희가 공손하게 말했다.

"정말 뜨고 있죠. 뜨고 있는데, 아직 그걸로 돈을 버는 회사는 없죠. 저는 22년 전이랑 요즘이 비슷하다는 생각을 자주 합니다. 야후가 생긴 게 1995년이고, 구글과 알리바바가 설립된 건 1998년입니다. 네이버, 싸이월드, 아이러브스쿨, 프리챌은 다 1999년에 창업한 회사들이에요. 2000년에 이제 월드와이드웹의 시대가 온다는 사실은 명백했어요. 그런데 월드와이드웹으로 어떻게 돈을 벌 수 있는지는 아무도 몰랐어요. 결국 야후와 싸이월드, 아이러브스쿨, 프리챌은 망했고, 구글, 알리바바, 네이버는 거대 공룡이 됐죠. 지금 블록체인 기술도 똑같습니다. 이 기술이 앞으로 세상을 완전히 바꿀 겁니다. 구글 같은 회사도 나올 거고요. 다들 피부로 느끼고 있어요. 그런데 당장 블록체인 기술을 어떻게 수익으로 연결할 수 있는지는 모릅니다. 암호화폐는 막다른 골목 같고요."

나긋나긋했지만 힘이 담긴 목소리였다.

"블록체인이랑 미술품은 무슨 관련이 있는 거죠?" 연지혜가 물었다.

"10억 원짜리 그림을 갖고 있는 사람은 굉장히 큰 부자라고 생각하시겠죠. 그런데 그 사람들이 의외로 급전이 필요할 때가 잦습니다. 그러면 옥션에 작품을 맡기고 돈을 빌립니다. 옥션 입장에서는 굉장히 편한 장사죠. 같은 실물 자산이라도 땅이나 건물을 담보로 잡으면 안 나가고 버티는 세입자들 때문에 골치 썩이는 경우가 생기잖아요? 미술품은 그런 게 없습니다. 대출자가 돈을 못 갚으면 그 사람 그림을 바로 경매에 내놓으면 됩니다."

"전당포인 셈이네요." 슬슬 대화가 궤도에 오른다고 생각하면서 연지혜가 말했다.

"전당포죠. 크고 번드르르한. 컬렉터 관점에서 보면 조금 무리해서

사놔도 쪼들리면 쉽게 현금을 조달할 수 있으니까 크게 부담되지 않는 투자 상품이라는 얘기이고요. 상속하거나 증여할 때 여러 가지 세제 혜택도 받습니다. 그런데 10억 원짜리 그림의 소유권을 1만 개로 나눠서 주식처럼 사고팔 수 있게 하면 어떨까요. 10억 원짜리 거래시장이 하나 생기는 거죠. 그림 가격이 오르면 그 소유권을 보유한 사람들이 다 같이 이득을 보는 거고요. 그런 그림이 100점 있으면 1000억 원대, 200점 있으면 2000억 원대 미술품 거래시장이 생깁니다. 여태까지는 그런 거래소를 투명하고 공정하게 관리할 운영 주체가 없었습니다. 그런데 블록체인 기술이 있으면 부정이 끼어들 수가 없고 소유자가 누구인지 훤히 알 수 있는 플랫폼을 쉽게 만들 수 있습니다."

"일단 그 플랫폼으로 수수료를 벌고, 차차 다른 곳으로 블록체인 기술 적용 분야를 넓힐 수 있겠군요." 정철희가 말했다.

"바로 그겁니다. 그리고 미술품 거래시장은 블록체인 기술의 순기능을 알리기에도 최적입니다. 일단 이 바닥에 음성적인 거래가 아주 많아요. 대놓고 탈세 용도인 것도 있고, 그냥 사적인 거래도 있고요. 신뢰가 굉장히 중요한 업계인데 가장 중요한 작품 가격은 몇몇 사람들 판단으로 정해집니다. 정작 진짜 미술 애호가들은 돈이 없어서 시장에 발가락 하나 들이지 못하고 발언권도 없죠. 블록체인 기술로 그들을 참여하게 만들고 유통 구조를 바꾸면 미술계 전체가 바닥부터 바뀔 겁니다. 미술품 투자 열풍이 국민적으로 불지도 모르지요. 그게 아티스트나 평론가들 입지도 바꿔줄 거고요."

"대학 때 전공은 미술하고는 관련이 없으시죠? 사회학과를 나오셨다고 들었어요."

연지혜가 말했다. 슬슬 민소림 피살 사건으로 화제를 돌리기 위해서였다. 그걸 알아차린 이기언이 멋쩍은 표정을 지었다. 감정이 얼굴에 잘 드러나는 사람이었다.

"바쁘신 분들 앞에서 엉뚱한 이야기 늘어놔서 죄송합니다. 일단 식사부터 하시죠. 여기 고기도 맛있고, 소주도 정말 맛있습니다. 직원들이랑 자주 오는 곳입니다."

이기언은 그렇게 말하더니 손을 들어 종업원을 불렀다. 이기언이 "여기 구이 코스 세 개"라고 말할 때 연지혜가 끼어들었다.

"대표님, 잠시만요. 저희가 공무원이다 보니 비싼 요리를 못 먹어요. 저희 그냥 단품을 먹으면 안 될까요? 여기 단품도 다 맛있겠던데요."

"아, 김영란법 말씀하시는 겁니까? 그런데 그 법은 업무 관련성이 있을 때에만 적용되는 거 아닌가요? 제가 국세청이나 금융감독원에서 오신 분들이랑 이렇게 먹는다면 문제가 되겠지만, 형사님들이 하시는 일이 제 업무랑 연관이 되는 건 아니잖아요?"

이기언이 말했다. 종업원 앞에서 그런 말을 당당하게 하는 걸 보니 자신의 말을 진심으로 믿는 것 같았다. 얼굴이 흰 여성 종업원은 난처하다는 기색과 '사람 불러놓고 뭐 하는 짓이람'이라는 불만이 절반씩 섞인 표정을 지었다.

"하지만 저희 업무랑은 관련이 있죠, 오늘 이 자리가." 연지혜가 말했다.

"제가 설마 피의자인 건가요?"

이기언은 웃으려 했지만 얼굴이 딱딱하게 굳어져서 잘 되지 않았다. 검은 티셔츠와 검은 앞치마 차림의 종업원이 "저, 그러면 잠시 뒤에……"라고 중얼거리더니 주방으로 돌아갔다.

"그런 건 아닙니다." 정철희가 대답했다.

"정 형사님, 연 형사님, 저도 문화예술계 공공 기관이나 언론 쪽 분들,

대학 교수님들 많이 접대합니다. 그런데 솔직히 김영란법 신경 쓰는 분들은 이제 없어요. 그 법은 그냥 사문화됐다고 보시면 됩니다. 제가 이 자리에 직원들 몇 명 데리고 나왔다고 하면 되는 일이잖습니까. 나중에 누가 그걸 알겠습니까. 정 신경 쓰이시면 저희 법무법인이나 회계법인 사람들이랑 식사한 걸로 영수증 처리하는 방법도 있습니다."

"대표님, 저희는 정말 곤란합니다." 정철희가 난처한 표정을 지었다.

"이 자리가 업무 관련성이 있다면 사실 3만 원 미만 식사도 제가 대접하면 안 됩니다. 법을 지킬 거면 일관성 있게 지켜야죠."

이기언의 얼굴은 이전보다 더 굳은 상태였다. 이상하게 자존심을 세우는 사람이구나, 22년 전에도 저랬겠구나, 저런 성미로 어떻게 사업을 할까, 연지혜는 그 찰나에 여러 가지 생각을 했다.

"뭐, 저희는 여기 차돌볶음밥이나 갈비탕도 정말 맛있게 먹을 거 같습니다." 정철희가 말했다.

"그러면 이렇게 하시죠. 두 분은 볶음밥이나 갈비탕을 드시고 저는 구이 코스를 먹는 걸로. 칸막이 안쪽 자리에서는 구이 코스를 먹어야 하거든요. 아니면 칸막이 없는 자리로 나가야 합니다. 아무래도 칸막이 있는 곳에서 이야기 나누는 편이 좋지 않겠습니까?" 이기언이 물었다.

"아니, 저희도 눈이 있고 코가 있는데 그건……."

무례한 제안에 발끈한 연지혜의 말을 정철희가 잘랐다.

"그렇게 하면 좋을 거 같습니다. 볶음밥이랑 갈비탕 말고 해물순두부도 있네요."

정철희의 답에 이기언은 잠시 당황한 기색이더니 "그러시죠, 그럼"이라고 말했다. 조금 뒤에는 "제 고기를 나눠 드시죠. 그걸 문제 삼는 사람은 아무도 없을 겁니다"라고 덧붙였다.

이기언이 종업원을 불러 메뉴를 주문할 때 정철희는 부산을 떨며 휴대폰을 꺼냈다.

"죄송합니다. 직업이 직업이다 보니 메시지가 많이 옵니다. 어떤 건 즉시 답장해야 하고요. 뭐, 북한이 미사일을 쐈다고 휴가가 취소되기도 하고, 큰 집회가 열린다고 비상근무를 하기도 하죠."

"새벽에도 연락 많이 받으시겠네요."

이기언이 알은척하자 정철희는 비상 출동 경험담을 늘어놓았다. 일선 경찰서에서나 겪는 일이지 강력범죄수사대의 상황은 아니어서 연지혜는 의아해하면서 들었다. 정철희는 "연 형사도 이건 좀 알아둬야겠네" 하며 자기 휴대폰 액정 화면을 연지혜에게 보여줬다. 거기에는 '역할. 분담. 계속. 기분. 상한. 척. 해'라고 적혀 있었다.

"저는 1995년에 학교에 입학했습니다. 1990년 이후에 대학을 다닌 사람들은 다들 자기가 학생운동의 마지막 목격자이고 후배들은 학생운동이 뭔지 모른다고 주장하더군요. 하여튼 저도 제가 운동권의 끝물이라고 생각합니다. 그때도 그렇게 생각했어요. 사회학과다 보니 다른 전공에 비해 운동권 분위기가 꽤 강하기는 했죠. 그래도 이건 오래 못 간다, 이미 낡았다는 걸 모두 알고 있었습니다. 사회주의혁명 같은 단어를 진지하게 입에 올리는 인간이 있기는 있었지만, 당사자가 없는 자리에서는 농담거리였어요. 살짝 미쳤다는 취급을 받거나. 저는 어정쩡했습니다. 젊은 나이였고 사회 부조리에 고통받는 약자들 보면 저도 피가 끓었죠. 뭔가 해야 한다 싶었고, 그런데 선배들이 하는 말이나 읽으라는 책을 보면 고리타분하고 현실에도 안 맞는 거 같았어요. 그런 치들이 권위주의는 또 얼마나 심했는지."

이기언의 말대로 소주는 아주 맛있었다. 이기언은 영하 11도인 슬러시 소주를 한 병, 0도인 일반 소주를 한 병 주문했다. 정철희와 연지혜는 식사로 한우차돌볶음밥을 주문했다. 물론 훌륭했지만 2만 원 넘게 지불하고 먹을 음식인지는 의문이었다. 이기언은 자기 앞으로 나온 구이 코스의 접시를 정철희와 연지혜 쪽으로 밀었다. 정철희는 채끝 로스편채라는 요리를 한 점 들었지만 연지혜는 손대지 않았다.

"이론을 의심하면서 거기에 바탕을 둔 활동을 열심히 한다면 이상한 거 아닙니까? 제 눈에는 시위에 나가서 미제의 총칼이니 자주통일조국이니 하는 노래를 부르는 학생들 중에 그런 말들을 진짜로 원하거나 믿는 사람은 없었어요. 그보다는 자기가 뭔가 옳은 일을 하고 있다는 감각, 시위 현장에서 다른 사람들과 느끼는 일체감이 진짜 목적이었죠. 할리우드에서 만든 〈레 미제라블〉 뮤지컬 영화 보셨습니까? 그런 거였습니다. 뭘 주장하는지는 몰라요. 곱게 자란 아이들이 그저 뭔가 불의하고 거대한 것에 맞서 저항한다는 느낌을 좋아했던 거죠. 거리에서 노래 부르고 돌 던지는 걸로 실존의 공허를 벗고 충족감을 느낀다면 남는 장사 아닙니까? 세상이야 바뀌든 말든……. 그리고 그 반대편에는 정체 모를 죄의식을 느끼는 저 같은 방관파도 있었죠. 아예 선을 긋는 친구들도 있었지만 저는 철이 나중에 들어서요."

이기언이 형사들에게 소주를 권했다. 정철희는 몸을 돌려서 술을 마셨지만 연지혜는 이기언을 똑바로 바라보며 술잔을 들었다.

"제 아버지가 외교관이세요. 그래서 어렸을 때 외국 이곳저곳을 돌아다니며 자랐습니다. 국제학교들을 다녔죠. 누가 소문을 냈는지, 대학 친구들은 저를 '외교관 아들'이라고 불렀어요. 다들 말은 안 했지만 제가 특례 입학을 했다고, 재외국민특별전형이라고 생각했죠. 그런데 아니거든요. 저도 한국에서 나고 자란 다른 학생들이랑 똑같은 시험 치고 학교에 들어왔습니다. 그게 뭐 그리 억울했는지 어느 날은 친구들이랑 술을 마시다가 그 얘길 했어요. 나 특례 입학 아니라고, 아버지가 외교관이라서 받은 특혜 아무것도 없다고. 그랬더니 그 얘기를 듣고 있던 한 친구가 이야기하더라고요. 넌 외국에서 자라서 영어 잘하지 않느냐고. 그게 자기가 갖지 못한 특혜라고. 그때는 발끈했죠. 그 말을 한 녀석도 대기업 임원 자식이었거든요. 그런데 제가 그다음에 군대를 국제협력봉사요원으로 가요. 당시에는 그런 제도가 있었습니다. 영어 실력이 뛰어난 병역의무자가 해외 봉사를 하는 걸로 군복무를 대체하는 겁니다. 있는 제도를 활용한 거니 제가 법적으로 잘못한 건 없죠. 하지만 남들은 다들 저를 특혜 인생이라고 여겼죠."

"죄송한데, 이 이야기가 민소림 씨와 상관이 있는 건가요?"

연지혜가 퉁명스럽게 물었다. 이기언의 얼굴이 눈에 띄게 붉어졌다. 정철희가 연지혜에게 작지만 분명하게 "어허!" 하고 고함을 쳤다.

"정말 실례했습니다. 뭐, 저는 아주 재미있게 듣고 있었습니다. 말씀 계속하시지요."

정철희가 이기언에게 말했다. 이기언은 탁자 위에 있는 티슈를 들어 이마에 흐르는 땀을 닦았다. 그는 태어나서 처음 반한 소녀 앞에서 터프해 보이려다 실수를 저지른 열두 살 남자아이 같아 보였다.

"아니, 제가 죄송합니다. 하려던 말이 갑자기 쏟아져서 그만……. 제가 22년 전에 왜 경찰서에서 똥고집을 부렸는지 설명하려고 그랬습니다. 1996년에, 그러니까 제가 대학교 2학년 때, 연세대 사태가 터졌습니다. 한총련 학생 수천 명이 신촌에서 시위를 벌이다 경찰에 쫓겨 학교에 들어왔고, 경찰에 포위된 상태에서 이과대와 문과대 건물에서 일주일간 농성을 벌였죠. 마지막 날 연행된 학생들만 3000명이 넘었습니다."

"그런데요?"

연지혜가 물었다. 정철희가 연지혜를 나무라는 표정으로 쳐다봤다.

"한동안 적어도 저희 과에서는 경찰이라면 치를 떨었습니다. 그때는 저도 그런 분위기에 휩쓸렸지요. 사회학과 분위기가 원래 좀 좌파적이고, 제가 졸업할 때까지만 해도 연대에서는 사회학과가 사회과학대가 아니라 문과대 소속이었어요. 문과대가 한총련 사태가 난 바로 그해에 인문학부로 통합됐는데, 그래서 인문학부 학생들은 이후로 몇 년 정도 다른 단과대학 건물 이곳저곳을 옮겨다니며 전공수업을 받아야 했죠. 문과대 건물이 불에 탔었거든요. 기물도 다 부서졌고."

"저도 기억납니다."

정철희가 말했다. 연지혜는 모르는 사건이었다.

"영향을 받지 않을 수 없었습니다. 저는 저대로 제가 특혜를 받고 자랐고, 군대를 제대로 다녀오지 않았다고 믿으면서 자격지심이 있었고……. 민소림과는 별로 친하지도 않았는데 형사가 와서 이것저것 묻기에 제가 아는 한에서는 대답하려고 했죠. 경찰서에 같이 가자고 할 때까지만 해도 별생각이 없었어요. 그런데 경찰이 저를 범인으로 보고 있다는 걸 뒤늦게 알아차렸습니다. 그때부터는 대답을 하고 싶지 않았죠. 묵비권도 당연한 권리니까요. 어차피 경찰도 오해를 알아차릴 거라고 생각했고요. 그런데 제가 입을 다물자 형사분들이 저를 구슬리거나 제 알리바이를 확인하려 들지 않고 저한테 화를 내시더군요. 위협적인 분위기를 조성하고."

"그 시절에 저희들이 많이 투박했습니다. 죄송합니다." 정철희가 말했다.

“제가 좀 울컥하는 기질이 있어서…… 그리고 그때 너무 어렸습니다. 지금 설명드리려니까 참 웃기고 이상한데, 그때는 경찰에 협조하면 안 된다, 인생에서 한 번이라도 당당해져보자, 그렇게 생각했어요. 왜 그런 마음을 먹었는지 저도 지금은 이해가 안 갑니다.”

물론 연지혜는 그 마음을 잘 이해했다. 이기언도 그 시절의 자기 마음을 잘 이해하고 있을 것이었다. 다만 그것을 이 자리에서 정확하게 묘사하고 싶지 않을 뿐이었다. 이기언은 자신의 그런 기질을 부끄러워했고, 한편으로는 여전히 그런 기질을 없애지 못했다.

이것은 이기언의 긴 고해성사라고 연지혜는 생각했다. 고해성사의 신부 역할을 하는 것은 형사들에게 낯설지 않은 일이었다. 많은 범인들이 붙잡힌 직후에, 혹은 진술을 하다가 눈물을 흘린다. 물론 연극도 상당수 있지만 진심 어린 참회도 있다. 때로는 참고인, 심지어 범죄 피해자들이 그러기도 한다. 사람들은 제 마음속의 짐을 권위자 앞에서 털어놓고 싶어 한다.

이기언은 22년 전 자신의 행동을 수치스러워했다. 변호사인 자기 형을 들먹이며 경찰들을 협박했던 게 가장 부끄러울 테지. 뺨을 얻어맞은 뒤에 벌어진 일에 대해서는 자기변명이 가능할 테고. 연지혜는 이기언이 어디까지 사과하는지 지켜보고 싶은 마음이 있었지만 정철희는 그럴 생각이 없는 모양이었다.

“아니, 저라도 그랬을 겁니다. 이제 완전히 이해했습니다.”

정철희의 말에 이기언은 입맛을 다셨다. 말을 더 할까 말까 망설이는 눈치였다. 그는 잠시 눈을 감았는데 그러자 얼굴이 붉어졌다. 다시 눈을 떴을 때에는 가슴에 있는 얘기를 다 쏟아내기로 결심한 것 같았다.

"지금은 부끄럽지 않죠. 그때 운동을 하던 선배들이 나중에 어떻게 변했는지도 봤고. 제 동기들 중에도 정치권에 들어간 녀석들이 있습니다. 그중에 어떤 놈들이 국회의원 배지 근처에 갔는지 저희 친구들은 다 압니다. 조금 있으면 국회 들어가는 인간도 나오겠죠. 저는 요즘 오히려 운동권 서클에서 하던 이야기가 생각나요. 하부구조가 상부구조를 바꾼다는. 세상을 바꾸는 건 블록체인 같은 기술입니다."

45.

선천성 전맹(全盲) 시각장애인이 빨간색을 이해할 수 있을까? 그가 빛과 색의 속성에 대해 아무리 공부한다 한들 '빨간색'은 주관적 경험의 영역 아닐까?

고통에 대해서도 같은 이야기를 할 수 있다. 갑각류가 고통을 느낄 수 있다는 연구 결과가 있다. 하지만 우리는 그에 대해 "그게 진짜 고통이냐"고 물어볼 수 있다. 갑각류의 진짜 고통과 단순한 신경 신호의 차이를 우리는 끝내 알 수 없는 것이다.

인간의 신체적 고통에 대해서는 그래도 유추할 수 있는 길이 있다. 우리는 타인의 신경 체계가 자신과 거의 동일함을 상당한 정도로 확신한다. 대단히 특수한 알레르기가 아닌 한, 다른 사람도 비슷한 자극에 비슷한 통증을 느낄 거라고 믿을 수 있다.

그러나 심리적 고통에는 그런 유추를 적용할 수 없다. 심리적 고통은 주관적 경험이기 때문이다.

그나마 방법을 이리저리 궁리해볼 수 있는 고통의 측정과 달리, 의미를 측정하는 것은 불가능에 가깝다. 어떤 인간이 의미를 느낄 때 나오는 뇌파나 호르몬도 딱히 없다.

어떤 사람이 삶의 의미를 강렬하게 얻는 순간이 있다는 사실 자체는 의심의 여지가 없다. 그가 고통을 감수하는 모습을 보며 알 수 있다. 순교를 감수하는 신자들, 가혹 행위를 견디는 혁명가들을 통해 우리는 그들이 지닌 의미의 크기를 가늠할 수 있다.

우리는 그 고통을 피하기 위해 사람들이 지불하려는 돈으로 사람들이 의미에 부여하는 평균적인 금액 가치를 간접측정 할 수 있다. 돈으로 고통을 어림 계산하고, 고통으로 의미를 가늠하는 것이다.

그 외에는 문학적 창조뿐이다.

이 창조적 서술은 너무나 주관적이고 쓰기 편한 만능 도구여서 거의 기만에 가까워질 수도 있다. 한 사람이 처한 모든 상황을 억압적이고 살인적인 것으로 묘사할 수 있고, 아무 일도 하지 않는 행위에조차 그것이 생존 투쟁이어서 결과적으로 승리라고 의미를 부여할 수 있다. 우리는 아무나 생존자라고, 승리자라고 추켜세울 수 있다.

46.

"소림이는…… 교양수업 시간에 만났던 거 같습니다. 러시아문학을 읽고 조별 토론수업을 벌이는 수업이었던 거 같습니다. 처음에는 예쁘다는 생각밖에 없었는데 토론을 하면서 깜짝 놀랐죠. 고전을 엄청나게 많이 읽은 것 같았고, 문학이나 서양철학에 대해서도 해박했어요. 토론 첫 책이《죄와 벌》이었는데, 다른 사람들의 의견을 매섭게 쏘아붙이면서 불을 확 붙였습니다. 그때가 2000년이었어요. 아까 네이버가 설립된 게 1999년이라고 말씀드렸죠? 예스24나 알라딘 같은 인터넷 서점들이 설립되거나 서비스를 시작한 것도 1999년입니다. 요즘처럼 인터넷에서 다른 사람이 쓴 서평을 검색해서 읽고 그걸 자기 생각인 것처럼 포장해서 이야기할 수 없는 시대였다는 얘기입니다. 저희 전부 다 그랬습니다. 기껏해야 책 뒤에 실린 작품 해설이나 도서관에서 빌린 비평서를 참고할 수 있을 뿐이었죠. 그러니까 누군가가 책에 대해 참신한 감상을 말하면 그건 그 사람 생각이라고 인정할 수밖에 없었습니다. 소림이는 아주 대담하고 도발적인 해석을 펼쳤고요."

이기언은 민소림과 독서 토론을 벌였던 해를 헷갈리지 않고 바로

2000년이라고 짚었다. 그때 토론 소재였던 책도 잘 기억했고, 민소림의 독창성에 대해서도 며칠 전 일처럼 생동감 있게 묘사했다. 그런데 그 독서 토론을 했다는 과목에 대해서는 말이 분명치 않았다. 그건 좀 이상하다고 연지혜는 생각했다.

"민소림 씨의 어떤 점이 그렇게 독창적이었나요?" 정철희가 물었다.

"혹시《죄와 벌》을 읽으셨나요?" 이기언이 되물었다.

"그냥 내용만 대충 압니다. 읽지는 못했어요." 정철희가 말했다.

"라스콜니코프라는 청년이 도끼로 사람을 둘이나 죽였다가 자수해서 시베리아 수용소에 가는 내용이죠. 지금도 그렇고, 그때도 그랬고, 《죄와 벌》의 서평들을 찾아보면 소설 초반 그가 빠지는 괴상한 사상에 집중합니다. 보통 사람과 다른 비범한 사람은 세상에 도움이 안 되는 전당포 노파를 죽일 수도 있다는 생각이죠. 그랬던 라스콜니코프가 매춘부 소냐를 만나 점차 자기 죄를 깨닫고 벌을 자청하게 된다……. 대개는 이 소설을 그렇게 설명합니다. 도스토옙스키가 라스콜니코프라는 캐릭터를 빌려 펼친 생각이 니체의 초인 사상에 영향을 줬다, 그런 말도 덧붙이죠."

"민소림 씨는 그렇게 보지 않았나 보죠?" 연지혜가 물었다.

"네. 소림이는 비범인(非凡人) 어쩌고 하는 라스콜니코프의 사상은 그냥 말장난이다, 그걸 비웃고 자살하는 스비드리가일로프야말로 이 소설의 핵심 인물이고 진짜 주제다, 그런 주장을 펼쳤죠. 《죄와 벌》은 도스토옙스키가 말년에 쓴 '무신론 3부작'의 프롤로그일 따름이다, 도스토옙스키는 초인의 특권에는 관심이 없었다, 모든 사람에게 무엇이든 허용되는 것 아니냐는 질문이야말로 이 작가가 매달렸던 주제다. 민소림이 그런 말들을 했던 게 기억나네요. 저는 그냥 멍하니 들었죠. 그런 말에 대꾸하려면 다른 작품들을 읽었어야 하잖아요."

"아이고, 이거 너무 어렵네요." 정철희가 쓴웃음을 지었다.

"토론 분위기는 어땠나요?" 연지혜가 물었다.

"격렬했습니다. 그런데 그게 또 짜릿하기도 했어요. 한 사람이 나서서 기존 고정관념을 부수고 과격한 생각을 펼치니까 다른 사람들도 오래된 해석에 얽매이지 않고 자기 생각을 말할 수 있었죠. 너희들이 잘못 생각하고 있다, 이건 이런 뜻이다, 하고 끼어드는 선생님이나 선배도 없었고요. 굉장히 자유로워지는 느낌이었는데, 이거야말로 제대로 고전을 읽는 방법이라는 생각이 들었습니다. 그런 가운데 느끼는 치열함이랄까, 지적인 긴장감이랄까, 그런 것도 좋았습니다. 웃음거리가 되지 않기 위해서는 저도 책을 열심히 읽어 가야 했고 저만의 관점을 준비해 가야 했어요. 남의 의견에 대해서도 거기에 허점이 없는지, 제가 생각을 보탤 대목은 없는지 열심히 들어야 했고요."

"아주 재미있었을 거 같습니다." 정철희가 말했다.

"그랬습니다. 아니, 그 이상이었습니다. 지금까지 나는 학교에서 죽은 지식을 머릿속에 집어넣는 기술만 배웠다, 이거야말로 산지식이다, 그런 생각이 들었습니다. 저는 1학년 때 자의 반 타의 반으로 단과대 학회에 가입한 적이 있었습니다. 독서 토론을 가장한 의식화 교육 서클이었죠. 그런데 거기 수준이 한심했어요. 발제자가 어디에서 베껴 온 내용을 어영부영 발표하면 숙취로 고생하는 신입생들이 듣는 척하다가 선배들의 정리에 그렇군요, 알겠습니다, 하고 고개를 조아리고 술을 마시러 가는 겁니다. 술자리에서는 김영삼 정부가 어쩌고 투쟁 전략이 어쩌고 하면서 어른 흉내를 내면서 어떻게든 여학생들한테 말을 붙여보려고 애쓰고."

"논쟁이 격해지면 감정싸움을 하게 되지 않나요?" 연지혜가 물었다.

"토론을 하다가 밖으로 나가버린 사람도 있었죠. 민소림이 하도 거세게 몰아붙이는 바람에. 그 친구는 그 뒤로 다시 오지 않았죠. 아예 수강을 철회했나 봅니다."

"혹시 그분 이름 기억하시나요?"

"그게 토론 초기라 잘 기억이 안 나는데…… 설마 그 일 때문에 민소림이 살해됐다고 생각하시는 건 아니시겠죠. 민소림과 논쟁했던 아이는 아주 몸집이 작고 얌전한 여학생이었습니다. 논쟁의 이유는《데미안》이었고요."

"뭐, 저희는 아무리 사소한 거라도 좋습니다. 그 여학생과 민소림 씨가 어떤 얘기를 주고받았는지 떠오르시는 게 없을까요?" 정철희가 물었다.

이기언 앞으로 나온 구이 코스는 마무리 단계였다. 이기언은 고기가 담긴 접시를 테이블 가운데로 밀었고, 3분의 1 정도만 먹었다. 정철희는 예의상 한두 점을 집어 들었으나 연지혜는 그 접시들에 손도 대지 않았다. 그래서 고기 요리는 아깝게도 반 이상 식은 채로 남았다.

이기언은 식사 메뉴로 김치말이 국수를 골랐다. 배가 고팠던 모양인지, 국수는 순식간에 사라졌다. 종업원이 디저트로 식혜를 가져왔다. 분위기로 봐서는 식당을 나가서 다른 곳으로 장소를 옮겨 대화를 계속하게 될 것 같지는 않았다. 이기언은 그럭저럭 자신의 고해성사를 마친 셈 치는 듯했다.

이기언은 식혜 그릇에 손대지 않은 채로 첫 토론에 참여한 몸집이 작고 얌전한 여학생에 대해 이야기했다. 그녀는 '비범인'에 대해 도스토옙스키가 쓴 대목을 읽으며 자신의 인생 책인《데미안》을 떠올렸다고 했다. 이기언은 짧은 머리를 쓰다듬으며 22년 전 여학생이 했다는 말을 더듬더듬 옮겼다. 중간중간 말이 장황해지면서 어떤 부분은 그때의 대화인지 지금 이기언의 생각인지 알 수 없어졌다.

몸집이 작은 여학생이《데미안》과《죄와 벌》의 공통점을 말하자 민소림이 웃었다. 민소림은《데미안》은 과대평가된 우화소설이고, 명상소설이라고 주장했다.

"정확한 표현은 어땠는지 기억이 나지 않지만, 대강 그런 말들이었습니다. 그 학생 이름은 기억이 안 나지만 논쟁 내용은 기억이 나네요. 저한테 아주 인상이 깊었나 봅니다. 이후에도《데미안》이 자기 인생의 책이라는 사람을 여럿 봤고, 그때마다 이 일화가 생각이 나서 그런지……."

"그 여학생분이 많이 발끈했습니까?" 정철희가 물었다.

"속으로야 그랬겠죠. 하지만 겉으로는 대단히 차분했습니다. 반박도 아주 논리적으로 했고요. 그래서 그때 일이 인상 깊게 제 머리에 남았나 봅니다. 그 학생도, 민소림도 저한테는 문화 충격이었습니다." 이기언이 설명했다.

논쟁이 길어질수록 민소림의 판정승으로 분위기가 기울어갔다. 한두 사람이 '이제 그만하자'며 그녀를 말렸다. 몸집 작은 여학생은 말없이 민소림을 노려봤다. 그런데도 민소림은 멈추지 않았다. 헤세를 무자비하게 씹다가 비웃기까지 했다.

"나중에는 헤세의 여성관에 대해서까지 논쟁이 번졌죠. 제가 그 당시 시대 상황을 봐야 하는 것 아니냐, 아직 성차별이 심하던 때 아니냐, 하고 끼어드니까 소림이가 매섭게 쏘아붙이더군요. 헤세가 글 못 쓰는 게 성차별이나 시대 상황이랑 무슨 상관이 있느냐고요. 20세기 초 유럽보다 훨씬 더 성차별적인 사회에서 나온《춘향전》을 보라고요. 성춘향은 살아 있는 인간으로 보인다,《데미안》의 에바 부인이 그러냐. 이건 그냥 헤세가 인간을 잘 모른다는 증거일 뿐이다. 그때 민소림과 논쟁을 벌이던 여학생이 자리에서 일어나서 밖으로 나가버렸어요."

"아무 말도 하지 않고요?" 연지혜가 물었다.

"넌 책을 많이 읽었는지는 모르겠지만 인간에 대한 예의가 없어, 뭐 그런 말을 했던 거 같아요."

"민소림 씨는 뭐라고 하던가요?"

"그건 모르겠습니다. 저는 강의실을 뛰쳐나간 여학생을 쫓아갔거든요. 달래줘야 할 거 같아서요. 그런데 밖에서 찾질 못했어요. 저는 왠지 그 학생이 화장실 쪽으로 갈 거 같아서 그리 갔는데 아니었나 봅니다. 저도 민소림한테 좀 질려서 그날 토론 장소로 돌아가지는 않았습니다. 다음 모임 때 갔더니 민소림은 전혀 개의치 않는 분위기더군요. 저희는 그런 일이 없었던 척했고요."

이기언은 '다음 수업'이 아니라 '다음 모임'이라고 말했다.

"혹시 그 일 때문에 민소림 씨에게 성격파탄자라고 비판을 하셨나요?"

연지혜가 물었다. 이기언은 한동안 말이 없었다.

"정확히 그렇게 말했는지는 모르겠네요. 다음 학기 수업에서 우연히 민소림을 만났습니다. 저한테 친한 척하면서 뭔가 무리한 부탁을 하려고 했는데, 제가 정이 떨어져서 뭐라고 한 소리 했던 거 같습니다."

이기언은 식혜 그릇을 비우고 '이제 곧 일어서야 한다'는 눈치를 보였다. 정철희는 태연히 앉아 있었다. 연지혜는 '나 지금 화가 나 있어'라는 표정을 계속 유지하려 애썼다.

"민소림 씨와 논쟁을 벌였다는 여학생분은 이름이 전혀 기억이 안 나시는 거죠? 뭐, 학과나 학년이라도 알 수 없을까요?" 정철희가 물었다.

"글쎄요, 그것도 잘……."

이기언이 다시 제 머리를 쓰다듬었다. 머리를 반삭으로 민 다음 생긴 버릇이지 싶었다.

"그게 무슨 과목이었는지는 기억나시나요? 혹시 학생처나 교무처에 수강 철회자 기록이 남아 있을지도 모르니까요."

"어…… 그것도 제가 정확히 기억은 안 나는데, 뭐 러시아문학의 이해나 고전문학의 이해나 그런 과목 아니었을까요."

이기언은 눈에 띄게 당황한 모습이었다.

"그게 2000년 일이라고 하셨죠?" 연지혜가 물었다.

"네, 그랬던 거 같네요."

"다음 학기에 민소림 씨를 다시 만났을 때 싸늘하게 말씀하신 거고요?"

"예."

"그렇다면 그 토론수업은 2000년 1학기는 아니었겠네요? 왜냐하면 민소림 씨가 사망한 게 2000년 8월이니까요."

"그러면 1999년 2학기였나 본데요."

"그때는 민소림 씨가 휴학했을 시기인데요." 연지혜가 물고 늘어졌다.

"그러면 1999년 1학기였나……. 잘 모르겠습니다. 그냥 2000년 1학기에 제가 민소림이랑 두 과목을 함께 들었을 수도 있죠. 수백 명이 듣는 교양과목도 있으니까요. 정확히 기억이 나지 않는데요."

"그때 토론에 참여했던 다른 분들 이름을 기억하는 것도 아무래도 무리겠지요?" 정철희가 물었다.

"예. 같은 과도 아니어서……. 죄송합니다."

이기언은 복잡한 얼굴로 자리에서 일어났다. 연지혜는 감정을 감추지 못하는 이기언의 모습에 거의 호감을 느낄 지경이었다.

이기언이 계산하는 동안 정철희는 한우차돌볶음밥이 정말 맛있었다며 너스레를 떨었다. 연지혜는 굳은 표정으로 화난 척했다. 이기언은 작별 인사를 하면서 연지혜의 눈치를 살폈다.

이기언이 택시를 불러 떠난 뒤 정철희가 연지혜를 향해 물었다.

"연 형사 시간 괜찮으면 근처 카페에서 차나 한잔할까?"

47.

문학에서는 모호한 단어를 겹겹이 쌓아 올려 거창한 의미가 있는 것처럼 가장할 수도 있다. 헤르만 헤세의《데미안》이 대표적인 사례다.

헤세는 도스토옙스키를 존경한 작가 중의 한 사람이었고, 도스토옙스키처럼 신학적인 주제에 매달렸다.《데미안》의 싱클레어도《죄와 벌》의 로쟈처럼 자의식이 비대하며, 주변 세상이 진부하고 시시하다는 느낌에 사로잡혀 있다. 동시에 그들은 자신들 역시 그런 세상의 일부가 아닌지 의심하고 두려워한다.

이 감수성 예민한 청년들은 그 한계를 넘어서고자 하며, 초월의 증거를 손에 잡으려 애쓴다. 싱클레어는 데미안과 에바 부인의 인정을 원하고, 로쟈는 살인이라는 행위로 자신을 입증하려 한다.

그러나 그것은 잘못된 길이다. 두 인물은 책 전체에 걸친 영적 탐구 끝에 자신의 껍질을 깨야 한다는 결론에 이르며, 소설은 그들의 껍질이 깨지려는 순간 결말을 맞는다. 여기까지는《데미안》과《죄와 벌》의 공통점이다.

그러나 헤세는 도스토옙스키와 달리 얄팍하다. 싱클레어와 데미안과 에바 부인은 도대체 무슨 얘기를 하는 건지 알 수가 없다. 그들은 아브락사스니, 도약이니, 완전한 자기 자신, 새로운 세계, 진정한 연대 같은 소리를 지껄이지만 그게 뭔지는 제대로 설명하지 않는다.

애초에 그것들이 공허한 단어들이기 때문이다. 우아하고 고상한 척하지만, 케케묵은 기독교 영지주의 상징들을 걷어 내면 남는 건 없다.

《데미안》은 처음부터 끝까지 모호한 분위기만 풍기는 빈 깡통이다. 멋있고 감성적인 어휘가 많이 나오기 때문에 읽다 보면 무슨 뜻인지도 모르면서 정체 모를 흥분과 열정에 휩싸이게 된다. 니체가 그렇고 하이데거도 그렇다. 그런 독일적 관념론의 전통 가운데 헤세가 있고, 그런 분위기에서 히틀러와 나치즘이 나왔다. 《데미안》도 읽다 보면 어쩐지 전쟁을 옹호하는 것 같은 느낌이 든다.

반면 도스토옙스키는 늘 추악한 현실과 비루한 인간을 사실적으로 묘사했다. 도스토옙스키 소설의 인물들은 언제나 명확한 언어로 논리를 전개한다. 비범인의 특권에 대한 로쟈의 사상, 《악령》에서 키릴로프가 믿는 인신론(人神論), 신의 존재를 인정하더라도 신이 만든 세상은 받아들일 수 없다는 이반 카라마조프의 생각이 그렇다.

'백치'라고 불릴 정도인 미시킨 공작의 지나친 선량함도 이해할 수 있다. 심지어 《미성년》의 주인공 아르카디가 신봉하는 터무니없는 '돈의 철학'도 듣다 보면 어이가 없어져서 그렇지, 이 미숙한 인간이 무슨 주장을 하는 건지 헷갈리지는 않는다.

아무래도 《데미안》이 한국에서 인기가 많은 이유는 인용하기 좋은 '명문장'이 많이 나와서인 것 같다.

특히 《데미안》에서 싱클레어와 에바 부인의 연애 감정 묘사는 문학사에 길이 남을 실패이자 망신이다. 물론 세상에는 자기 아들의 친구와 사랑에 빠지는 중년 여성도 있다. 그런데 아무리 그런 아주머니라도 아들 친구를 유혹하면서 "나는 선물을 주지는 않겠어요, 쟁취되겠습니다" 하고 말하지는 않으리라.

어떻게 소설가가 제정신으로 그런 장면을 쓸 수가 있을까?

48.

정철희와 연지혜가 들어간 디저트 카페는 가로수길에 있는 매장답게 종이 메뉴판 대신 아이패드를 사용했다. 아이패드 메뉴판을 뒤적이던 연지혜는 알코올음료 항목을 보고 조금 실망했다. 맥주가 있으면 입가심으로 한잔하려 했는데 뱅쇼, 와인 에이드, 그리고 시트롱 샴페인 에이드라는 정체 모를 음료가 전부였다.

"난 뭐, 모르니까, 카페인 없는 따뜻한 차로 연 형사가 적당히 골라줘."

정철희는 연지혜가 이런 카페를 좋아할 거라고 믿는 눈치였다. 얘기를 나눌 만한 장소를 찾다가 "여기 갈까?"라며 정철희가 물었을 때 연지혜는 아무 생각 없이 고개를 끄덕였을 뿐인데.

정철희가 "뭐, 달달한 디저트 같은 것도 시켜도 돼, 연 형사가 먹고 싶은 걸로"라고 말했을 때 연지혜는 웃음기 없이 괜찮다고 대답했다. 카페의 밝은 조명과 핑크빛 인테리어에 살짝 어지러울 지경이었다. 카페 2층 매장에는 빈 테이블 없이 손님으로 가득했는데 그중에 35세가 넘어 보이는 사람은 정철희뿐이었다.

"뭐, 어떤 사람 같아? 이기언이라는 친구."

아이돌그룹 멤버들 사이에 있어도 이상하지 않을 것 같은 꽃미남이 주문을 받았다. 종업원이 1층으로 내려가자마자 정철희가 물었다. 연지혜가 뭐라고 대답해야 할지 몰라 "에……" 하고 뜸을 들이자 정철희가 다시 물었다.

"그런 친구가 사업을 해도 될까?"

"울컥하면 투자자랑 멱살 잡고 싸울 사람 같아요." 연지혜가 웃으며 대답했다.

"이기언이 민소림을 죽였을까?"

"아니요."

"왜 그렇게 생각하지?"

"만약 그런 범죄를 저질렀다면 경찰서에 찾아와서 자수했을 타입이에요."

"좀 더 자세히 설명해봐."

정철희가 미소를 지으며 등을 의자 등받이에 기댔다. 연지혜는 자신이 시험을 받는 중임을 알았다. 지금까지는 제대로 대답했다는 것도.

"굉장히 자존심이 강한 스타일이에요. 약해 보이는 걸 참지 못하죠. 고집도 세고요. 하지만 스스로에 대해서도 기준이 엄격해요. 늘 당당해야 한다, 떳떳해야 한다고 생각하는 것 같아요. 터프가이 콤플렉스 같은 게 속에 있지 않나 싶은데, 남자답게 보이기 위해서는 손해가 어지간히 커도 감수할 사람이에요. 그 '남자다움'에는 정직이라는 덕목도 있어요. 이기언은 누군가 자기를 거짓말쟁이라고 부르면 그 자리에서 결투를 신청할 거예요. 하지만 자기가 뭔가를 잘못 알고 말했기 때문에 그런 비판을 받았다는 사실을 깨달으면 바로 허리를 숙이고 사과할 거예요. 우리를 만나준 것도 아마 그 떳떳함에 대한 강박 때문이었겠죠."

"하지만 김영란법을 어기는 건 아무렇지도 않다는 식으로 말했잖아?"

"그건 정말로 아무렇지도 않다고 생각해서 그런 거죠. 그 법은 애초에 지킬 필요가 없다고 진심으로 믿는 거예요. 이기언은 법을 존중하는 사람 같지는 않아요. 그보다는 자신이 추구하는 어떤 도덕 체계가 있어요."

아이돌가수를 닮은 종업원이 연지혜가 주문한 허브차 두 잔을 들고 왔다. 정철희는 미소를 띤 채로 잔을 받았다. 연지혜는 자기 잔에 손도 대지 않고 말을 이었다.

"적어도 민소림 씨 피살 사건에 대해서는 자기는 떳떳하다고 이기언은 생각하고 있어요. 그런데 동시에 뭔가 숨기는 게 있기는 해요. 민소림 씨와 싸우고 성격파탄자라고 부르게 된 어떤 사건이. 그리고 이기언이 판단하기에 그 일은 민소림 씨가 살해된 이유와는 상관이 없는 거죠. 또 그 독서 토론은 정규 수업이 아니었던 거 같아요. 2000년까지는 조별 토론수업을 하지 않았다는 참고인 진술도 얼마 전에 들었거든요."

"그 얘기를 좀 더 들어봐야겠는데…… 이기언이 우리를 또 만나줄까?" 정철희가 물었다.

"한 번 정도 더 만나주지 않을까요? 오늘 얘기한 것 이상으로 더 말할지는 모르겠지만요."

"뭐, 좋은 방법 없을까?"

"글쎄요……."

연지혜는 이것이 정철희가 던지는 다음 시험 문제임을 알았지만 이번에는 답이 떠오르지 않았다. 한 문제 맞추고 한 문제 틀리고. 이게 형사로서 내 실력이구나.

“아까 이기언이 연 형사 눈치를 좀 살피는 거 같지 않았어?” 정철희가 물었다.

“그랬어요. 반장님이 저한테 화난 척하라고 하셔서.”

“저희도 눈이 있고 코가 있다는 말 아주 잘했어. 그때 그 자식 아주 싸가지 없게 굴었잖아. 본인도 자기가 선을 살짝 넘었다는 걸 알 거야. 그렇지?”

“네.”

“뭐, 밑져야 본전이니까 이렇게 해보자. 먼저 내 휴대폰으로 이기언이 부담스러워할 문자를 보내는 거야. 오늘 아주 감사했고, 한우차돌볶음밥이 맛있었다고. 그런데 그런 고급 식당이 아니라 저렴한 곳에서 뵈었어도 괜찮았을 거 같다고 은근하게 힐난을 하는 거지. 그런 다음에 연 형사는 확 꼭지가 돈 것처럼 문자메시지를 보내는 거야. 오늘 무례하셨고 개인적으로 불쾌했다, 내가 거지로 보이냐, 장소 옮겨서 식사하는 게 그렇게 어려웠느냐, 얘기도 제대로 하지 않은 것 알고 있다, 민소림이 들었던 수업에는 조별 토론이 없었다, 그렇게. 이기언에게 다시 떳떳지 않은 기분을 안기는 거야. 더 사과하고 해명해야 할 것 같게.”

“아예 여기서 메시지를 보내고 갈까요?” 연지혜가 말했다.

연지혜는 집에 오자마자 맥주 캔을 땄다. 먼저 맥주를 한 모금 입에 들이부은 뒤 음악을 틀고 옷을 갈아입었다. 그녀는 거실에서 툇마루를 보며 앉아 맥주를 홀짝이며 낮의 흥분을 가라앉혔다. 고양이 무탈이가 내려오기를 은근히 기대했지만 고양이는 모습을 드러내지 않았다.

연지혜는 낮에 정철희가 벌인 작전에 대해 생각했다. 사람의 성격을 순간적으로 파악하고 그걸 그렇게 이용할 계획을 세운 기지에 감탄하기도 했지만, 그 철두철미함이 약간 징그럽다는 생각도 들었다.

동시에 그녀는 아주 멀지는 않은 미래, 아마 5년에서 10년 사이에 자신 역시 그런 테크닉을 익히고 자연스럽게 사용할 것임을 예감했다. 그녀는 베테랑 형사가 될 것이었다. 그런 확신이 너무 강해서 부조리하다는 생각마저 들었다. 10년 뒤까지 그녀가 다치지 않고 살아 있을 가능성이나 여전히 경찰일 가능성보다 더 확실한 느낌이었다.

물론 연지혜는 그런 미래를 갈망했다. 그러나 거기에는 희미한 저항감도 있었는데, 그런 내적인 모순을 소화하는 게 조금 어려웠다. 그녀가 몸담고 있는 시스템은 늘 피의자나 피고인을 자신의 동기와 미래를 파악하는, 혹은 파악해야 하는 존재로 간주하니까. 그들은 형사사법시스템의 질문에 뭐라고 답하느냐에 따라 살인범이 되기도 하고 폭행치사범이 되기도 한다.

연지혜는 두 번째 맥주 캔의 뚜껑을 땄고, 탁자에 놓여 있던 책 두 권 중 한 권을 펼쳐 들었다. 이번에는 유튜브 영상 편집 서적이 아니라 일본 추리소설이었다. 책갈피를 꽂아놓지 않아 기억에 의존해 전에 읽은 부분을 찾았는데, 몇 페이지 넘기다 보니 분명히 읽은 적이 있는 대목이 나왔다. 사람을 기괴하게 토막 살해하는 연쇄살인이 한창 벌어지고 있는데 실마리는 거의 잡히지 않았고, 담당 형사들은 주점에서 술을 마시며 신세를 한탄했다.

말도 안 되는 묘사였다. 이런 사건이 실제로 벌어지면 일본 사회 전체가 들썩이고 수사 인력은 수백 수천 명이 투입돼야 했다. 담당 형사들이 이렇게 소수일 리도 없고 그들이 한가하게 술잔을 기울일 틈은 결코 나지 않을 것이었다. 사건이 해결될 때까지 수사본부의 형사들은 제대로 퇴근할 수 없을 것이다. 한국이라면 틀림없이 그렇다. 정철희도 그런 조치를 막을 순 없으리라.

전에도 이런 한가한 묘사들 때문에 흥미가 떨어져 책을 다 읽지 못했던 것이 기억났다. 그녀는 〈CSI 과학수사대〉 같은 영상물도 같은 이유에서 보지 못하는 편이었다. 현실에서 과학수사를 조금이라도 아는 업계 종사자들이라면 다들 〈CSI 과학수사대〉가 SF물이라며 기막혀했다. 연지혜는 책을 덮어두고 맥주를 홀짝홀짝 마시면서 상념에 잠겼다.

만약 민소림 살인사건 수사가 정말 추리소설이나 TV 드라마라면 범인은 누가 돼야 할까? 누가 범인으로 나와야 독자나 시청자들이 놀라며 만족할까?

선정적인 수사물에서는 젊은 여성이 성범죄와 연관되어 숨졌을 때 가장 슬퍼하는 것처럼 보였던 아버지가 범인인 경우가 잦다. 하지만 연지혜는 22년 전 수사팀이 민소림 아버지의 행적을 철저히 조사했음을 알았다. 사건이 일어난 시기 민소림의 아버지는 내내 진주에 있었고 증인도 많았다.

민소림의 집안은 이후 풍비박산이 났다. 사건이 있고 5년 뒤에 민소림의 어머니가 자살했다. 민소림의 아버지는 그 5년 뒤부터 생활반응이 없는 상태였다. 전화 통화나 신용카드 거래 명세, 교통카드나 고속도로 통행료 납부 기록, 의료 기관이나 공공시설 이용 내역 같은 사회적 활동의 흔적을 생활반응이라고 한다. 민소림 아버지의 생활반응이 끊긴 것은 민소림이 사망한 지 꼭 10년이 되는 2010년 8월 초 즈음이었다.

친척이나 지인들은 민소림의 아버지와 어머니가 한동안은 함께 여행을 다니며 슬픔을 달래는 모습이었다고 말했다. 그러나 아내가 비극적인 선택을 하고 나서는 민소림의 아버지도 무너져 사람을 만나지 않고 폐인이나 다름없이 살았다고 한다. 모습을 감추기 전에 의미 있는 액수의 돈을 인출한 것도 아니어서 몰래 외국으로 갔거나 산에 들어갔을 리도 없었다. 인적이 드문 곳에서 스스로 목숨을 끊었는데 시신이 아직 발견되지 않았거나 신원 미확인 사망자로 처리됐을 걸로 봐야 했다. 민소림의 아버지가 사라진 때는 진주시에 집중호우가 쏟아져 남강 수위가 불었을 때이기도 했다.

정철희가 범인이라면 재미있을 거라는 생각이 불쑥 들었다. 일단 의외인 것은 분명하고, 동기도 적당히 만들 수 있지 않을까? 22년 전 사건 진상이 드러날 위기에 처하니까 관계자들을 찾아다니면서 사건을 은폐하려 한다는 식으로.

연지혜는 자신이 그런 생각을 했다는 사실에 곧 죄책감을 느꼈고, 고개를 흔들며 맥주를 들이켰다.

그녀는 10분 전쯤에 하던 생각으로 돌아갔다. 민완(敏腕) 형사가 된다는 전망에 저항하는 마음이 왜 조금이나마 일었을까? 그런 미래를 바라지 않는가? 어떤 식으로든 자신 앞에 펼쳐진 여러 가능성들 중 하나를 택해야 한다는 사실이 부담스러워서? 정철희 같은 타입이 아닌, 다른 모습의 형사가 되기를 바라기 때문에? 아니면 그저 나이가 든다는 게 싫어서? 연지혜는 천천히 맥주를 마시며 생각에 잠겼다.

49.

《데미안》과 헤세의 유산은 지금도 이어지고 있다. 오늘날 우상의 자리에 있는 것은 아브락사스가 아니라 '진정성'이라는 신화다. 일상이 공허하다고 느낀 현대인들은 '진정한 것'을 찾아 헤맨다.

인간이 자신이 좇는 것이 무엇인지 정확히 설명하지 못하면서 '추구' 자체에 무게를 둘 때, 그 행위는 종교를 피상적으로 닮아간다. 결과물은 덜 떨어진 종교의 모조품이다. 애초에 《데미안》 자체도 기독교 그노시스파의 교리를 거의 그대로 가져왔다. 일상의 배후에 진정한 세계가 있으며, 껍질을 깨고 그 세계로 나아가야 한다는.

정작 예수, 석가모니, 공자, 소크라테스 같은 이들은 일상을 가장 중요하게 생각했다. 그들은 일상과 분리된 깨달음에 대해 말한 적이 없다.

1960년대 서구 젊은이들의 저항운동은 마르크스주의의 희미한 메아리였다. 애초에 공산주의자들 역시 자신들이 종교인이라는 사실을 모른 종교인들이었다. 그들은 자신들의 낙원을 어떻게 건설해야 할지 잘 몰랐기에, 마르크스와 레닌이라는 예언자들의 가르침에 기대 공산당이라는 교회 조직을 만들었다.

뉴에이지 운동은 기독교 이전 신비주의와 오리엔탈리즘, 마약과 환각의 잡탕이었다. 뉴에이지가 무엇인지 한 줄로 명확하게 설명할 수 있는 사람은 아무도 없었다. 생태환경주의와 마음 챙김 명상, 일렉트로닉 댄스 뮤직 등에 이 전통이 이어져 내려오고 있다. 그 아래에는 자아의 무게를 견디기 버거워, 개인보다 더 큰 존재에 합쳐지고 싶다는 열망이 있다.

1990년대 들어 젊은이들 사이에서 세력을 얻은 반문화, 저항문화, 주변부 문화, 힙스터 문화, 서브컬처는 그런 메아리의 메아리다. 저항운동의 문화적 요소들이 한 세대 뒤 청년들에게 쿨하고 힙하게 받아들여진 것은 '무언가에 저항하고 있다, 그것은 의미 있다'는 느낌을 주기 때문이었다.

사실 그것은 아무것에도 저항하지 않았고 아무런 의미도 없었건만.

오늘날에는 기실 '반문화, 저항문화, 주변부 문화' 같아 보이는 것이 주류 문화다. 쉽게 상업화되고 규격화되는 영역이기도 하다. 가장 저항적으로 보이는 팝 스타가 거대 기획사의 상품인 것과 같은 이치다. 팝스타와 그 추종자들의 '저항'은 기껏해야 부모 세대의 마음을 언짢게 만들 뿐이다.

이 모든 것들은 일상보다 더 무의미하고, 더 공허하다.

50.

우일고시텔은 건물 4층에 있었다. 부천시 번화가 한복판에 있는 건물이었다. 고시텔 아래층인 3층도 술집, 5층도 술집이었다. 6층에는 다른 고시원이 있었다.

'우일고시텔'이라고 적힌 간판은 땟국에 절어서 글자가 잘 보이지도 않았다. 밤이 되면 위아래 술집의 네온사인 간판 때문에 더 그럴 것 같았다. 공부를 하기 위해 들어가는 곳은 절대 아니었다.

연지혜와 박태웅은 이면도로에 차를 세우고 건물 입구에 섰다. 목적지를 제대로 찾아온 건지 확인하기 위해 건물 벽면 간판들을 훑어보는 동안 연지혜는 이 건물에 드나들고 머무는 인생들에 대해 잠시 생각했다. 어쩔 수가 없었다.

두 형사가 우일고시텔을 찾은 이유는 임우성이라는 사나이 때문이었다. 범죄분석담당관실에서 보내온 명단을 살피다가 박태웅이 발견한 남자였다. 1971년생, 178센티미터. 직업은 요리사.

첫 범죄는 거리에서 시비가 붙은 폭행이었다. 집행유예 기간에 스물한 살짜리 가게 아르바이트생과 술을 마시다 상대가 취하자 모텔에 끌고 갔다. 교도소에서 나온 다음해 주차된 차량을 발로 걷어차 기물 파손으로 벌금을 물었다. 술을 마시면 안 되는 인간이었다.

전과 중에 남의 집에 침입한 내용은 없었지만, 얼굴은 뤼미에르 빌딩 CCTV에 찍힌 사진 속 사내와 매우 흡사했다. 적어도 얼굴 아래 부분은 그랬다.

CCTV 속 용의자는 야구 모자를 쓰고 있었으니 눈매를 확인할 수는 없었지만, 코가 솟은 정도, 얇은 입술, 턱선, 목의 길이, 어깨 모양은 무척 닮았다. 헤어스타일이 다를 뿐이었다. 정철희, 박태웅, 연지혜 모두 고개를 끄덕였다.

그 임우성의 주소지가 이곳, 우일고시텔로 나와 있었다. 부천시 번화가 한복판에 있는 빌딩 한 층을 다 쓰고 있는. 가장 저렴한 방의 한 달 방값이 22만 원인.

박태웅과 연지혜가 우일고시텔에 가서 임우성의 DNA를 가져오기로 했다. 연지혜는 우일고시텔이 있는 빌딩 앞에서 잠시 망설였는데, 박태웅은 주저하지 않고 건물에 들어가려 했다.

"상대가 안에 없는 걸 확인하고 들어가는 편이 낫지 않을까요? 저희 모습을 보면 경찰인 거 티가 날 텐데……." 연지혜가 말했다.

"그냥 입구에서 고시원 총무한테 이런 사람 여기 사느냐고, 몇 호실이냐고 묻고 나올 건데. 그사이에 그놈을 거기서 마주칠 확률이 그리 높을까? 그놈도 낮인데 밖에 나가 있겠지. 어디 있는지 확인할 방법도 없고." 박태웅이 말했다.

하긴 고시원 안에서 도망치기는 어렵겠지, 하고 연지혜도 박태웅을 따라 건물에 들어갔다. 엘리베이터는 막 2층으로 올라간 참이었고, 건물은 8층짜리였다. 연지혜는 평소 성미 같아서는 그냥 4층까지 걸어

올라갈 텐데, 옆에 박태웅이 있어서 엘리베이터를 기다렸다.

엘리베이터에 오르면서 연지혜는 '역시 고시원은 살 곳이 못 되는 것 같다'고 생각했다. 엘리베이터에는 쉰 맥주 냄새가 배어 있었고 바닥도 끈적끈적했다. 고시텔의 '텔' 자 한 글자에 기대를 걸었던 자신이 우습게 느껴졌다. 고시원과 고시텔은 차이가 좀 있는 줄 알았던 것이다.

엘리베이터 벽면에는 CCTV 화면이 출력된 A4 용지가 한 장 붙어 있었다. 종이 위에는 '무전취식하고 도망친 개자식 잡습니다'라는 문구가 적혀 있었다. 사진 속의 남자는 3층에 있는 토킹 바에서 혼자 모듬 안주를 시키고 수입 맥주 여섯 병을 마신 뒤 담배를 피우고 오겠다며 나가서 사라졌다고 나와 있었다.

지금 살고 있는 서촌의 단독주택이 너무 마음에 들었고 가능하면 거기서 혼자 살고 싶었지만, 두 사람분의 월세는 부담스러웠다. 한 달에 60만 원 내라면 못 낼 것도 없긴 하지만…… 나도 돈을 모아야 하는데…….

셰어하우스 사이트들은 한 곳을 제외하고는 모두 엉망이었다. 동거녀를 구한다, 재워준다, 아예 노골적으로 섹스 파트너를 찾는다는 게시물들이 전체의 절반쯤 되는 것 같았다. 인터넷 검색을 제대로 안 해서인가?

여성 전용 게시판이 있는 사이트 한 곳이 그나마 믿을 만해 보였는데, 거기에도 막상 '룸메이트 구한다'는 글을 올리기는 망설여졌다. 이전처럼 수더분하고 괜찮은 동거인을 찾을 수 있을지 자신이 없었던 것이다.

부동산 앱으로 원룸을 찾으면 원룸이라고 위장한 고시원들이 나왔다. 리빙텔이니 고시텔이니 하는 이름을 단. 그런데 앱에 등록된 사진들은 꽤 그럴싸해 보였다. 요즘은 고시원도 꽤 좋아진 건지, 아니면 그런 럭셔리 고시원이 생긴 건지. '마음 독하게 먹고 이참에 원룸텔에서 돈이나 모아봐?' 하는 마음이 들기도 했다. 우일고시텔로 향하는 엘리베이터에 올라타기 전까지 말이다.

"무슨 생각을 그리 골똘히 해?"

박태웅이 묻는 바람에 연지혜는 퍼뜩 정신을 차렸다. 연지혜가 뭐라 변명하려는 찰나 승강기 문이 열렸다. 박태웅도 대답을 바라거나 연지혜를 힐난하기 위해 했던 말은 아닌 모양이었다. 박태웅은 문이 열리자마자 성큼성큼 걸어 승강기에서 내렸다.

승강기에서 내리자마자 바로 우일고시텔 현관이었다. 신발을 벗고 슬리퍼를 신고 들어가게 돼 있었다. 그나마 신발장 위에는 형광등이 있었는데, 복도 안쪽으로는 조명이 거의 없었다. 어두컴컴한 굴속을 보는 느낌이었다. 신발함을 보니 여기 방은 모두 44개였다.

총무는 빛을 못 받고 자란 화초 같은 인상의 마른 남자였다. 트레이닝복 바지에 가디건을 걸치고 있었는데, 나이는 서른 정도 되어 보였다. 책상에는 '2022 사회복지사 1급 기출이 답이다'라는 제목의 수험서가 놓여 있었다. 총무는 연지혜가 총무실로 들어가자 그때서야 귀에서 무선 이어폰을 뺐다.

총무는 경찰에서 왔다는 얘기에도 별로 놀라는 기색이 없었다. "실종자를 찾으러 오셨나요?" 하고 되묻기까지 했다.

"그건 아니고 저희가 사건 수사하면서 증언을 확인 중인데, 여기 어떤 분이 살고 있는지를 확인하러 왔어요. 그분이 무슨 죄를 저지른 건 아니니까 놀라지 마시고요. 그런데 그분한테 알리면 안 됩니다." 박태웅이 말했다.

"네." 고시원 총무가 대답했다.

박태웅이 임우성의 사진을 총무에게 보여주며 여기 이런 사람이 있느냐고 물었다. 총무가 고개를 끄덕였다.

"혹시 지금 안에 있습니까, 이분이?" 박태웅이 물었다.

"아니요. 지금은 없을걸요. 근처 중국집에서 일하세요." 총무가 대답했다.

"이분 이름이 어떻게 되죠?"

연지혜가 묻자 총무가 입실자 명부를 꺼내 이름을 찾더니 "임우성 씨라고 돼 있는데요, 25호실이네요"라고 말했다. 1971년생 전과자 임우성이 여기에 살고 있다는 것은 이제 확인됐다. 그러나 연지혜는 민소림 살해범이 이렇게 쉽게 잡힐 것 같지는 않다는 예감이 들었다.

"여기는 각 방에서 나오는 쓰레기를 어디에 버리죠?" 연지혜가 물었다.

"계단실에 쓰레기통이 있고 옆에 재활용 쓰레기를 모아두고 있는데요. 음식물 쓰레기는 주방에 버리고요." 총무가 말했다.

"어느 쓰레기가 25호실에서 나왔는지 알아보실 수는 없겠죠?" 연지혜가 물었다.

"쓰레기를 보고 알 수는 없죠. 오늘 쓰레기를 버리셨는지도 모르겠고. 분리수거업체에서 쓰레기를 매일 밤마다 가져가거든요. 여기 쓰레기가 엄청 나와요."

마음 같아서는 그냥 25호실 비상 열쇠를 달라고 해서 방에 쳐들어가서 바닥을 싹 쓸어서 머리카락과 털을 가져오고 싶었다. 불법 수집이긴 하지만 그걸 법정용 증거로 제출할 건 아니니까. 그냥 국과수에 보내서 DNA가 일치하는지만 볼 거니까.

그런 마음을 꾹 참고 연지혜는 총무에게 다시 물었다.

"혹시 여기 방들을 청소하지는 않으세요?"

"제가요? 안 하는데요. 화장실이랑 주방이랑 복도 청소하기에도 벅차요. 비품도 챙겨야 하고."

"어느 방에서 냄새가 너무 심하게 난다, 그러면 안에 들어가서 확인하시지 않으세요?"

그때서야 총무는 겨우 경찰들이 뭘 원하는지 눈치를 챈 것 같았다.

"혹시 25호실 쓰레기가 필요하신 거예요? DNA 같은 거 채취하시려고요?"

연지혜는 그냥 솔직하게 털어놓기로 했다.

"네, 그런데 저희가 그 방에 무단으로 들어갈 수는 없어서요. 그리고 그분이 무슨 혐의를 받고 있는 건 아니에요."

총무는 머리를 긁적이더니 자리에서 일어났다. 그는 책상 아래서 엄청나게 열쇠가 많이 달린 나무판을 꺼내더니 사무실에서 나갔다. 그리고 잠시 뒤 검은 비닐봉투를 들고 왔다.

"임우성 씨 방 쓰레기통에 있던 비닐봉투예요. 필요하시면 가져가세요." 총무가 말했다.

"이거 이렇게 가져오셔도 되나요?" 연지혜가 놀라서 물었다.

"타는 냄새가 나는 거 같아서 들어가봤다, 혹시 담배꽁초가 있나 해서 쓰레기통을 살폈다고 하면 돼요. 방에서 담배 피우는 인간들이 많거든요."

연지혜는 내용물을 확인하려고 비닐봉투 입구를 조금 열었다가 엄청나게 역겨운 냄새가 나는 바람에 순간적으로 얼굴을 찌푸렸다.

숨을 참고 안을 들여다봤더니 휴지와 양말 한 조각, 그리고 비닐 테이프 뭉치가 있었다. 비닐 테이프에는 먼지와 털, 머리카락이 가득 붙어 있었다. 임우성은 그렇게 테이프의 끈끈한 면으로 바닥과 침대를 쓸며 청소를 대신하는 모양이었다.

"그거면 될까요?" 총무가 물었다.

"이거면 되겠네요. 정말 감사합니다. 이 일은 25호실 입실자한테는 비밀이에요."

"걱정하지 않으셔도 돼요. 저희 아버지도 경찰이셨어요."

총무가 무덤덤한 표정으로 말했다. 한 걸음 뒤에 있던 박태웅이 "아, 어디서 일하셨습니까?" 하고 물었다. 그러자 총무는 "그냥, 시골 순경이셨어요" 하고 대답했다.

"지금은 퇴직하셨습니까?"

박태웅이 잠시 눈을 감았다가 뜨면서 물었다.

"순직하셨어요." 젊은 총무가 무표정한 얼굴로 대답했다.

51.

계몽주의가 낳은 여러 현대사상 중에서 마르크스주의는 독특하다. 그 독특한 면을 분석해보면 다른 사상, 나아가 계몽주의의 한계까지 파악할 수 있다.

현대사회와 삶에 대한 인식의 근본이 되는, 다시 말해 현대를 창조하거나 발명했다고 부를 수 있는 거대 사상들에는 다음과 같은 것들이 있다. (고대 그리스식이 아닌 미국식) 민주주의, 자본주의, 마르크스주의, 진화론.

근대에 등장한 이 아이디어들은 전복적이고 파괴적이었다. 그때까지 사람들이 사회와 삶에 대해 품고 있던 인식을 산산이 부수고 완전히 바꿔놓았다. 이 사상들이 얽혀서 현대성이라는 성질이 만들어졌으며 그것은 현대인에게 거의 본능에 필적하는, 일종의 운영 체제가 되었다.

이들 네 사상은 사람처럼 분노하고 용서하는 인간적인 신의 자리를 허용하지 않는다는 공통점이 있다. 인간사에 세세히 간여하는 창조신이 없는 만큼 인간의 자유는 더 늘어난다. 윤리는 그만큼 개인의 몫이 되며, 도스토옙스키는 그러한 함의를 두려워했다.

특히 그중에서도 민주주의와 자본주의는 성공과 실패를 당사자들이 책임져야 할 문제로 본다. 사회 차원에서도, 개인 차원에서도 그렇다. 그래서 이 두 사상은 합리적인 개인을 전제로 한다. 자신에게 무엇이 최선인지 잘 아는.

유권자들이 각자 자신에게 최선이 무엇인지 생각해서 그에 따라 투표를 하면 된다. 신의 명령 따위는 없다. 반드시 일어나야 하는 사건도 없다. 한 사회의 민주주의가 실패한다면 시민의 역량이 부족해서다.

소비자는 각자 무엇이 자신에게 최대 만족을 줄 수 있는지 판단해서 재화와 용역을 구입한다. 쓸모없는 일에 돈을 낭비했다면 그의 책임이다. 기업가는 어떻게 하면 이윤이 최대가 될지 각자 고민해서 생산요소에 자원을 투입한다. 그렇게 만든 물건이 잘 팔리지 않는다면, 책임져야 할 사람은 그 자신이다.

진화론은 생물종의 번성과 멸종에 대해 비슷한 관점을 취한다. 각 종들은 종족 번식을 위해 주어진 조건에서 최선을 다한다. 돌연변이의 발생과 적자생존은 의도의 결과물이 아니기는 하다. 그러나 한 걸음 떨어져서 보면 생물종이라는 초개체가 번영 전략을 선택하고 그 결과에 책임을 지는 모습과 흡사해 보인다.

민주주의와 자본주의, 진화론의 시간관에는 종결이라는 개념이 없다. 유권자들의 선택, 소비와 생산, 진화에는 끝이 없다. 그러므로 내세도 낙원도 없다. 현세가 무한히, 요동을 치며 이어진다. 종말이 없기에 세계 전체를 아우르는 하나의 이야기도 없다. 이 세계관에서는 구원도, 안식도 존재하지 않는다. 참여자들은 전쟁과 전략 수립을 멈출 수 없다.

이 세계에는 진보도 없다. 더 나은 민주주의, 더 나은 자본주의라는 말은 만들 수 있고, 그런 세상을 위해 참여자들이 뜻을 모을 수 있을지는 모른다. 그러나 세계가 그런 방향으로 나아가야 한다는 당위는 없다. 행위자들이 거기에 찬성해야 할 의무도 없다. 자신을 파괴하고 싶다면, 그래도 된다.

민주주의와 자본주의에도 시스템을 유지하기 위한 차원의 도덕은 있다. 하지만 그것이 개인에게 필요한 규범을 채워주지는 못한다. 민주주의와 자본주의가 개인에게 강요하는 도덕은 최소한이다. 그 이상에 대해서는, 당신들은 자유롭고 합리적이니 각자 알아서 찾으라는 게 두 사상의 기조다.

좋은 삶이 무엇인지에 대해 두 사상은 아무 설명도 하지 않는다. 기껏해야 타인의 생존 조건과 행복 추구, 경제적 자유 추구를 방해하지 말라는 정도다.

그런 세계에서 사는 사람에게는 사적인 삶을 뛰어넘는 의미나 가치가 보이지 않는다. 사람들은 거기서 인생의 목적을 묻게 되며, 점점 더 실존을 둘러싼 심오한 불만에 잠긴다.

그의 삶은 풍요로워질수록 조금씩 거북스러워진다. 그는 무언가 중요한 것이 자기 삶에 모자란다고 느낀다. 보다 높은 것, 전일성, 충만함, 장엄함, 신성함, 생명력, 강렬함 같은 것들이.

그리고 어느 순간 삶은 그에게 짐이 되어버리고 만다.

52.

"그림이 멋지네요."

연지혜가 말했다. 하마터면 "모니터가 크네요"라고 말할 뻔했다. 이기언의 자리 뒤쪽으로 시원하다는 느낌이 들 정도로 커다란 벽걸이 TV가 걸려 있었다. 65인치? 75인치? 마트의 가전제품 코너에서 늘 '저런 건 누가 사나' 하고 궁금히 여겼던 으리으리한 제품이었다. 그 모니터는 동영상이 아니라 정지화면으로 커다란 그림을 한 점 보여주고 있었다.

"클로드 로랭의 〈아키스와 갈라테이아가 있는 풍경〉이라는 작품입니다. 도스토옙스키가 좋아했던 작품이죠. 도스토옙스키 소설에도 비중 있게 등장합니다. 《악령》에도 나오고 《미성년》에도 나옵니다. 도스토옙스키는 저 그림 속 정경을 인류의 이상향처럼 느꼈나 봅니다."

이기언의 설명을 들은 연지혜는 그림을 보다 자세히 들여다보았다. 미술에 문외한인 연지혜에게는 모니터 속 작품이 그렇게 인상적으로 다가오지는 않았다. 바닥에서 천장까지 모든 인테리어가 몬드리안의 작품을 테마로 삼은 듯한 모던한 느낌인 이기언의 사무실과는 다소 어울리지 않는다는 느낌도 들었다.

분명히 서양화였지만 동양화 같은 느낌이 나는 풍경화였다. 뭉게구름이 떠 있는 하늘에서는 해가 저물어가고 있고, 수평선 멀리로 섬들의 윤곽이 보인다. 바다에는 작은 배들이 떠 있다. 오른편은 해안가 절벽이, 왼편에는 언뜻 소나무처럼 보이는 나무가 몇 그루 서 있다. 작품의 주인공은 두 남녀인데, 중앙이 아니라 아래에 작게 그려져 있다.

얇은 옷을 입은 맨발의 젊은 남녀는 사랑에 깊이 빠져 있는 것 같다. 흰옷을 입은 여자가 무릎을 꿇고 남자의 목을 끌어안고, 팔뚝이 울퉁불퉁한 근육질의 남자는 그런 여자의 팔을 잡고 상대의 눈을 바라본다. 옆에서는 벌거벗은 아기가 땅바닥에 궁둥이를 깔고 앉아 나뭇가지를 들고 놀고 있다.

그림이 갑자기 확 커지는 바람에 연지혜는 흠칫 놀랐다.

"구글 아트 프로젝트로 볼 수 있는 그림입니다. 전 세계 미술관의 작품들을 그렇게 인터넷으로 볼 수 있지요. 일반 디지털카메라로 찍은 것보다 백 배 이상 화질이 좋습니다. 이렇게 보는 편이 미술관에 가서 눈으로 직접 보는 것보다 나아요. 붓 터치 하나하나까지 확인할 수 있습니다. 그리고 무료지요."

이기언이 설명했다. 그의 손에는 태블릿 PC가 한 대 들려 있었다. 이기언이 〈아키스와 갈라테이아가 있는 풍경〉을 확대해서 화가의 붓 자국을 보여주는 순간 연지혜는 그 그림에 대한 흥미를 완전히 잃었다.

"늘 이 작품을 화면에 띄워놓으시나요? 아니면 오늘 우연히 이 그림이 선택된 건가요?"

"보통은 이 작품을 띄워놓습니다. 제가 이 그림을 좋아하기도 하고, 또 사무실에 오시는 손님들이 그림에 대해서 한마디씩 하시거든요. 얼마나 많이 아는지 저를 떠보고 싶어 하는 사람도 있고요. 저희도 예술

기업이고, 처음 말문을 여는 데에도 예술 작품에 대한 이야기만한 게 없죠. 그런데 제가 솔직히 미술을 잘 모르고, 자기들이 조예가 깊다고 믿는 사람들 앞에서 어설프게 아는 척해봐야 역효과만 날 테니 상대의 자존심을 건드리지 않으면서 그들이 모르고 제가 할 이야깃거리는 많은 그림을 띄워놓는 게 좋죠."

"이 작품에 대해 무슨 말씀을 하시나요?"

"도스토옙스키 이야기를 합니다. 미술에 대한 이야기가 아니니까 상대가 신경을 곤두세우지 않습니다. 교양 있게 들리기도 하고요. 도스토옙스키가 드레스덴에서 이 작품을 보고 홀딱 반했다는 이야기, 《악령》과 《미성년》의 인물들이 이 그림을 어떻게 설명하는지에 대한 이야기, 그 인물들이 이 작품을 왜 원래 제목이 아니라 '황금시대'라고 부르는지……. 그런데 오늘 그 이야기를 들으러 오신 건 아니시죠?"

이기언이 물었다. 연지혜는 고개를 끄덕였다. 이기언은 고깃집에서 만났을 때보다 훨씬 더 여유 있는 모습이었다. 기품마저 있어 보였다. 이기언이 연지혜를 탁자가 있는 쪽으로 안내했다.

문자메시지를 보내고 이틀 뒤 이기언으로부터 연락이 왔다. 실례를 사과하고 싶으며, 민소림에 대해서도 할 이야기가 있다는 것이었다. 괜찮으면 자기 사무실에서 만나자고 했다. 연지혜는 정철희에게 내용을 보고하면서 함께 가겠느냐고 물었다.

"글쎄, 연 형사 혼자 가는 편이 낫지 않을까? 뭐, 내가 없는 편이 이기언도 더 말을 쉽게 할 거 같고, 나를 부른 것도 아닌데."

정철희가 말했다. 연지혜도 같은 의견이었다. 연지혜가 이기언의 사무실에 찾아간 것은 그다음 주였다.

이기언의 사무실에서 응접실에 해당하는 구역은 창가에 있었다. 단차가 져서 다른 공간들보다 무릎 절반 높이만큼 아래로 내려가야 했고, 그만큼 가로수길을 내려다보는 전망이 더 좋았다. 테이블과 의자도 사무실에 있는 다른 전자 기기나 가구들처럼 검은색이었다. 테이블 위에 놓은 물병과 종이컵도 검은색이었다.

"커피 드릴까요, 아니면 차 드릴까요? 차는 홍차도 있고 재스민차도 있습니다."

이기언이 말했다. 연지혜가 커피를 마시겠다고 하자 이기언은 다른 사람을 시키지 않고 자신이 직접 커피를 두 잔 내려 왔다. 이기언의 큰 손에 들린 커피 잔은 소꿉장난용 소품처럼 보였다.

"학교 수업 시간에 민소림과 만난 것은 아니었습니다. 독서 모임에서 만났어요. 학생처에 등록되지 않은 작은 동아리였습니다."

이기언이 이야기를 시작했다. 연지혜는 '그런 것 같았다' 따위의 말을 내뱉지 않고 그냥 잠자코 들었다.

"문과대학 건물과 교양 강의를 많이 하는 종합관 건물 사이에 통로가 있었습니다. 지금도 있을 겁니다. 한쪽 건물에서는 3층인데 다른 쪽 건물에서는 4층이랑 5층 사이여서 좀 이상한 구조죠. 문과대 수업을 듣는 학생들이 굉장히 자주 이용했던 통로이고, 그 복도 벽에 게시판이 있었습니다. 스터디 멤버를 구한다는 알림, 일일호프를 한다는 안내문이나 분실물을 찾는다는 쪽지, 전공 서적을 싸게 판다거나 산다는 글 같은 걸 붙이는 공간이었죠. 매년 1학기 초에는 동아리 회원 모집 공고가 붙고요. 2000년에는 저도 복학해서 3학년이었으니까 동아리 활동에 관심이 있지는 않았죠. 그런데 특이한 모집 공고가 있었습니다."

"어떤 거였는데요?"

"공고문이 이렇게 시작했어요. '나는 병든 인간이다……. 나는 악한 인간이다. 나는 호감을 주지 못하는 사람이다.' 그리고 그 문장들에 공감하는 사람이라면 함께 도스토옙스키 3대 장편소설과 다른 책들을 한 학기 동안 깊이 읽고 이야기를 나눠보고 싶다고 했습니다. 그리고 '의식화 교육 없고 선후배도 없습니다. 평가도 없고 정답도 없습니다. 이름도 없고 회비도 없습니다. 쓸모도 없습니다. 읽지 않고 오시는 분, 책보다 사람이 좋다는 분은 사양합니다'라고 적혀 있더군요. 그 아래 이메일 주소가 하나 적혀 있었습니다. 나중에 알았습니다만 그 독서 모임 공고 윗줄에 적혀 있는 문구들은 도스토옙스키 3대 장편소설에 나오는 문장이 아니었어요. 《지하로부터의 수기》 첫 대목이지요."

연지혜는 민소림의 원룸에 도스토옙스키 전집이 꽂혀 있던 것을 떠올렸다. 도스토옙스키 3대 장편소설이 뭔지 몰랐지만 그건 나중에 검색해보기로 했다.

"그 이름 없는 동아리에 가입하신 건가요?"

"네. 회원 모집 안내문이 하도 고자세다 보니 오히려 마음이 가더군요. 도스토옙스키 소설을 읽어보고 싶기도 했고, 한 학기에 4, 5권 정도면 해볼 만하지 않은가 하는 생각도 들었습니다. 그리고 그런 문구에 끌리는 다른 학생들을 만나보고 싶기도 했습니다. 묵직한 주제, 진지한 대화에 대한 갈증이 있었던 것 같습니다. 아무리 취업난이다 뭐다 해도 젊을 때에는 그런 욕구가 있는 법이죠. 제가 당시 이야기하던 X세대라는 느낌도 안 들었고……."

"모임에 몇 명이나 나왔나요?"

"처음에는 일곱 명이었습니다. 저랑 민소림을 포함해서요."

"나중에는 사람이 늘어났나요?"

"아니요. 줄어들었죠. 첫날《데미안》을 놓고 논쟁이 벌어지는 바람에 전에 말씀드렸던 여학생이 나갔고, 저도 두 달쯤 하다가 그만뒀습니다. 아니, 솔직히 말씀드릴게요. 쫓겨났습니다. 민소림이 저를 쫓아낸 거나 다름없었습니다."

"지난번에 식사하면서 말씀드렸던 내용은 그게 러시아문학의 이해 강의에서 벌어졌다는 부분만 빼고는 다 사실입니다. 저는 그 이름 없는 도스토옙스키 독서 모임이 정말 좋았고, 푹 빠져들었습니다. 다른 학생들도 그런 것 같았습니다. 어찌 보면 저희는 다들 비슷한 인간들이었어요. '나는 병든 인간이다' 운운하는 문구에 끌려 학점에 도움이 되는 것도 아니고 스펙에 추가할 수 있는 것도 아닌 일을 하겠다고 모인 치들이었으니. 그것도 다들 뭔가 들뜨고 흥분한 것 같은 2000년에 말이죠." 이기언이 말했다.

"모임을 만든 사람이 누구였는지는 기억나시나요?"

"아, 그게 이름은 지금 잠시 생각이 안 나는데……. 어떤 곱상한 법대생이었습니다. 문과대 학생이 아니라서 좀 예상 밖이었죠. 아주 열심이었죠. 그런 모임 분위기는 간사에 좌우되잖아요. 만날 때마다 참가자들한테 메신저로 미리 참석 여부를 몇 번씩 묻고 메일로 발제문과 감상문을 챙겨 받으니 어지간하면 준비해서 나가게 됐죠. 전에도 말씀드렸지만 그때가 프리챌이니 싸이월드니 하는 서비스들이 막 대학생들 사이에서 인기를 얻을 때였어요. 저희도 그런 인터넷 클럽을 이용했는데, 간사가 토론 내용을 메모해서 정리본을 거기에 올렸어요. 그게 감동적일 정도로 자세했습니다. 그 친구가 나중에 민소림이랑 좀 사귀었습니다."

"민소림 씨랑 사귀었다고요?"

"아니, 사귀었다고 하기에는 좀 어폐가 있나? 하여튼 데이트는 했을 겁니다. 학생식당 근처에서 둘이 걸어가는 모습을 제가 보기도 했고요. 그 남학생이 민소림에게 공을 들였던 건 사실이에요. 모를 수가 없었죠."

연지혜는 수첩을 꺼내 '도스토옙스키 독서 모임—2000년 3월', '모임 개설자 법대생이 민소림에게 추파'라고 적었다. 대화에 방해가 될까 봐 그때까지 수첩을 꺼내지 않았었다.

"민소림 씨가 대표님을 그 모임에서 쫓아냈다고요?"

연지혜가 물었다. 이기언의 얼굴이 눈에 띄게 붉어졌다. 이제 연지혜는 다시금 이기언의 마음속을 들여다볼 수 있을 것 같았다. 이기언은 수치스러워하고 있었다.

"저희는 일주일에 한 번씩 모였어요. 책 한 권을 놓고 네 차례 정도 토론했죠. 각자 책을 읽다가 토론거리가 되겠다 싶은 주제를 적고, 그걸 돌아가며 발표하고 논쟁을 벌였습니다. 저희는 아주 금방 친해졌습니다. 모임은 낮에 했는데 저녁때 다시 모여서 술을 마시거나, 아예 낮부터 저녁까지 자리를 옮겨가면서 이런저런 이야기를 나누다 술을 마시기도 했죠. 지적이고 자유로운 대화가 즐거웠고, 남녀 비율도 맞았고, 저를 제외한 다섯 명은 학부제로 입학한 친구들이었는데 그런 소속감을 다들 원하고 있었던 것 같아요. 그리고 저희는 저희들이 뭔가 특별한 사람들이라는, 적어도 학교에 있는 다른 학생들과는 다르다는 생각을 하고 있었습니다. 도스토옙스키 독서 모임을 한다는 사실 자체가 그 증거였죠. 실제로도 저희 멤버들은 모두 아웃사이더에 외골수, 그리고 철학자 기질이 있는 녀석들이었어요. 친구 별로 없는 타입들이요. 그러다가 이 모임에서 서로 어울리고는 '나랑 같은 놈들이 또 있었네! 얘기도 잘 통하네! 이게 대학 생활인가?' 하면서 흥분했던 거죠. 저희는 책 이야기만 하지 않았어요. 독서 토론이 끝난 다음에는 같이 영화도 보고, 음악 이야기를 길게 하기도 하고, 우리 시대나 인생에 대해서 생각을 나누기도 했습니다."

이기언은 본론을 앞두고 주저하고 있었다. 연지혜는 조바심이 났지만 내색하지 않고 기다렸다.

"어느 날 술을 마시다가 민소림이 어떤 놀이를 하자고 제안하더군요. 어느 도스토옙스키 소설에 등장인물들이 돌아가며 각자 자기가 저지른 가장 못된 짓을 정직하게 고백하는 놀이를 하는 장면이 나온다고 하더군요. 이해가 가십니까?"

"진실 게임 같은 건가요?" 연지혜가 되물었다.

"그렇죠. 진실 게임 같은 거죠. 사춘기 소년 소녀들이나 할 만한. 그런데 우리는 너무 취해 있었고, 도스토옙스키 소설에 나오는 놀이라는 데 끌렸어요. 소설 속에 나오는 놀이를 하면 그만큼 도스토옙스키 문학과 가까워질 수 있다는 식의 괴상한 착각에 단체로 빠졌던 거죠. 그리고 누가 자기 잘못을 먼저 고백해버리고 나니 다른 사람들도 안 할 수가 없게 되어버렸어요. 처음에 고백한 친구는 시험에서 커닝을 했다는 이야기를 했습니다. 그다음 친구는 어머니 지갑에서 돈을 훔쳤다는 이야기를 했고요. 편의점에서 물건을 훔친 친구도 있었고요. 그리고 제 차례였는데……."

이기언이 잠시 눈을 감았다. 그의 얼굴은 시뻘게진 상태였다. 연지혜는 잠자코 기다렸다.

"저는 만원 지하철에서 앞에 있는 여성의 몸을 만졌다고 고백했습니다. 딱 한 번이었고, 호기심 때문에 그랬다고. 그러자 민소림이 벌컥 화를 내더군요. 어떻게 그런 더러운 일을 할 수 있느냐고. 그 자리에 있던 다른 학생들도 저를 도와주지는 않았습니다. 도와줄 수가 없었죠. 옹호할 수 있는 종류의 일이 아니었으니. 저는 어설프게 변명을 했지만 통하지 않았고, 그 변명들은 스스로 생각하기에도 말도 안 되는 얘기들이었습니다. 완전히 바보가 된 것 같았죠. 저희는 빈 강의실에서 토론을 했는데, 창밖으로 뛰어내리고 싶은 심정이었습니다."

이기언은 연지혜의 눈치를 살피는 표정이었다. 그 모습이 안돼 보여서 연지혜는 비난하는 기색은 드러내지 않기로 했다. 그렇다고 이기언이 저지른 일이 별것도 아니라는 식으로 넘어가고 싶지도 않았다. 연지혜는 사무적으로 물었다.

"그날 쫓겨나신 건가요?"

"아니요. 그날은 그냥 다들 어색한 분위기에서 헤어졌습니다. 일주일이 지나 다음 모임에 나가면 그 얘기는 없었던 일로 넘어갈 줄 알았죠. 그런데 다음 모임을 시작하자마자 민소림이 말하더군요. 자기는 성범죄자와 독서 토론을 할 수는 없다고, 제가 나가지 않으면 자기가 나가겠다고."

"그래서 나오셨나요?"

"네. 나오면서 민소림에게 한마디 하긴 했죠. 그딴 놀이를 하자고 했으면 그 놀이에서 나오는 얘기로는 비난하지 않아야 하는 것 아니냐고. 그런 암묵적 합의가 있는 거 아니냐고. 그랬더니 누구도 그런 조건은 말한 적 없다고 하더라고요. 그래놓고서는 얼마 뒤에 수업 시간에 갑자기 친한 척을 하니 저로서는 속이 뒤집어지지 않을 수 없었죠. 이게 경찰에서 궁금해한 사연입니다." 이기언이 말했다.

"민소림 씨가 왜 그랬을까요?" 연지혜가 물었다.

"왜 수업 시간에 저한테 갑자기 친하게 굴었느냐고요?"

"이것저것 다요. 독서 토론의 그 '게임'에서 왜 그렇게 격하게 화를 냈는지, 다음 주까지 왜 화를 풀지 않았는지, 그러다가 갑자기 친한 척한 이유는 뭔지요."

"글쎄요, 저도 잘 모르겠습니다. 처음에는 그 아이가 성추행을 당한 적이 있겠구나 하는 생각이 들었습니다. 그래서 저한테 심하게 굴었다가 나중에 미안해져서 그런 식으로 사과를 하려 했던 것 아닌가 싶기도 했죠. 그럴 수도 있고, 아닐 수도 있습니다. 형사님은 민소림이 어떤 아이였는지 모르실 겁니다. 정말이지 유치하고 제멋대로였습니다. 돈도 많고 공부도 잘하고 얼굴도 그렇게 예쁘니 주변 사람들이 모두 오냐오냐해줬겠죠. 어쩌면 자기 차례에 자기가 한 못된 짓을 얘기하기 싫어서 그렇게 벌컥 화를 내서 판을 깨뜨린 건지도 모릅니다. 어쩌면 아무런 이유가 없었을지도 모릅니다. 그냥 누구 한 사람을 망신 주고 싶어서 그런 게임을 제안한 것일지도 모르고요. 아니면 처음부터 목표가 저였는지도 모르지요."

"그게 무슨 말씀이시죠?"

"그 모임에서는 저 혼자 복학생이었거든요. 다들 민소림과 나이가 동갑이거나 그 아이보다 한 살쯤 어렸는데, 저만 세 살 위였단 말입니다. 그 나이에는 세 살 차이도 크죠."

"혹시 그 독서 토론 멤버들 연락처가 있으세요?"

"한 명만 있습니다. 다른 아이들은 뭐 하는지 잘 모릅니다. 이름도 기억이 안 나고요."

이기언이 쓴웃음을 지으며 말했다.

"혹시 그분 연락처를 알려주실 수 있을까요? 이분하고는 친하셨나 보지요?"

"아니요. 그 친구가 저한테 작년인가, 재작년인가에 연락이 와서 한 번 만났습니다. 영화감독이 되었더라고요. 제가 나온 기사를 봤다면서 자기한테 투자를 해줄 수 없겠느냐고 하더군요. 저도 투자받는 처지라고 정중히 거절했지요. 영화는 올해 개봉했던데요? 별로 성공한 거 같지는 않지만. '흰손 청년단'인가 하는 제목이었습니다. 잠시만요. 연락처가 제 휴대폰에 없네요. 아마 제 자리에 명함이 있을 겁니다."

이기언이 검은 의자에서 일어나 응접실 구역을 벗어났다. 이야기는 들을 만큼 들은 것 같았으므로 연지혜도 이기언을 따라갔다. 〈아키스와 갈라테이아가 있는 풍경〉이 나오는 대형 스크린 아래가 이기언의 자리였다.

이기언이 명함 보관함을 뒤적이는 동안 연지혜는 옆에 서서 기다리는 척하면서 이기언의 책상을 흘끔 살폈다. 듀얼 모니터 한 대에는 엑셀 도표가 있었고, 다른 한 대에는 주식시세 같은 그래프가 있었다.

"암호화폐를 사시나 보죠?" 연지혜가 물었다.

"네? 아, 네……. 조금 합니다. 블록체인 사업하는 사람들은 다 해야 합니다. 공부가 되니까요."

이기언이 대답했다. 연지혜로서는 그 말이 얼마나 신빙성이 있는지 알 수 없었다. 지난번에는 암호화폐는 막다른 골목이라고 하지 않았던가?

이기언은 명함을 한 장 꺼내 연지혜에게 건넸다. 앞면은 보라색, 뒷면은 회색인 명함에는 '영화감독 구현승'이라는 이름과 전화번호, 이메일 주소가 적혀 있었다.

"남자 이름 같지만 여잡니다."

이기언이 말했다. 구현승에 대해 뭔가 더 할 이야기가 있는데 험담이 될까 봐 참는 것 같았다. 연지혜는 캐묻지 않기로 했다.

"독서 토론 멤버 중에 범인이 있을 거라고 생각하지는 않았습니다. 지금도 그렇고요. 그리고 제가 알려주지 않아도 경찰이 그 멤버들을 다 찾아낼 거라고 생각했습니다. 경찰이 민소림 주변 사람들을 이 잡듯이 뒤지는 줄 알았거든요."

헤어질 때 이기언이 변명하듯 말했다. 연지혜는 긍정도 부정도 하지 않았다. 그녀는 사무실 문에서 이기언과 인사를 하다가 잊었던 것을 물었다.

"한 가지만 더요. 22년 전에 경찰서에 오셨을 때에는 손을 다쳐서 붕대를 감고 있었다고 들었는데요, 혹시 왜 다치셨던 건지 기억이 나시나요?"

"아, 그거요."

이기언이 느릿느릿 입을 열었다.

"그 당시에는 제가 화가 많았습니다. 저 자신이 싫기도 했고요. 어느 날 술에 취해서 화장실 거울을 손바닥으로 쳤는데 거울이 깨지는 바람에 유리에 손이 베였습니다. 제가 칼을 휘두르다가 생긴 상처로 의심하시는 모양인데, 아직도 작게 흉터가 있습니다. 보시면 아실 겁니다."

이기언이 오른손을 연지혜에게 내보였다. 손목과 엄지손가락 사이 두툼하게 살이 올라온 부위에 과거에 찢어졌던 흔적이 희미하게 남아 있었다.

과도를 쥐고 찌르다 손이 미끄러지면 칼을 쥐는 형태에 따라 엄지나 검지에 상처가 생긴다. 칼을 역수(逆手)로 쥔 상태에서 손이 미끄러지면 새끼손가락 쪽 손바닥이 베인다. 어느 쪽이든 이기언의 손바닥에 난 상처와는 달랐다.

하지만 그 상처의 모양이 이기언의 말을 입증하는 것은 아니었다. 이기언이 범인이고, 범행 당시 엄지나 검지를 베였지만 아물었고, 손바닥에 남아 있는 상처는 민소림의 죽음과 아무 관련이 없을 수도 있다. 혹은 용의주도하게 손바닥에 상처를 만들고 그걸 당시 붕대를 감았던 이유에 대한 알리바이로 내세우는 것일 수도 있다.

연지혜는 이기언에게 허리를 숙여 인사하고 사무실을 나왔다.

강력 1팀 사무실로 돌아왔더니 국립과학수사연구원에서 우일고시텔에 사는 준강간 전과자 임우성에 대한 DNA 분석 결과가 와 있었다.

HumTHO1형: 7-9.2, HumTPOX형: 9-9, HumCSF1PO형: 10-10, HumvWA형: 12-15, HumFESFPS형: 12-12, HumF13A01형: 3.5-3.5…….

임우성은 범인이 아니라는 얘기였다. 별로 기대도 하지 않았지만 그래도 맥이 빠졌다. 그들이 택한 방법론에 어쩔 수 없이 회의감이 들었다.

정철희는 강력범죄수사1계장실에 올라갔다 내려왔다.

"뭐라세요?" 박태웅이 물었다.

"뭐, 수사 어느 정도나 진척됐는지 파악하시려는 거지. 그냥 전과자랑 사건 관련자들 알아보는 단계라고 말씀드렸더니, 파도 안 나올 거 같으면 너무 공들이지 말고 빨리 접으라고 하셨고. 뭐, 어차피 공소시효 없는 미제 사건인데 나중에 과학기술 더 발달하면 그때 잡을 수도 있다고 하시더라고." 정철희가 말했다.

"아니, 이제 막 쌀 씻어서 솥에 넣고 불 켰는데 벌써 밥을 내놓으라고 하면 어떻게 한답니까." 박태웅이 말했다.

"뭐, 밥 잘 짓고 있는지 확인하는 게 또 그분 일이니까." 정철희가 말했다.

연지혜는 집에 돌아와 위스키 온더록스를 두 잔 마셨다. 고양이 무탈이는 그날도 내려오지 않았다. 술 때문인지 그녀는 깊이 잠들지 못하고 긴 꿈을 꿨다.

꿈속에서 연지혜는 우일고시텔에 있었다. 직접 들어가지는 않았던 전과자의 방이었다. 내부 구조는 예전에 연지혜가 살던 고시원 방과 같았다. 전체 공간의 절반이 침대였고, 침대가 놓이지 않은 바닥은 팔굽혀펴기도 할 수 없을 정도로 좁았다. 벽 한쪽으로 나무판이 고정되어 있어서 TV 받침 겸 책상으로 쓸 수 있었다. 침대에 몸을 누일 때에는 그 나무판 아래로 발을 뻗어야 했다.

구조는 같았지만 연지혜가 살던 방과 달리 이 방은 땀 냄새와 곰팡이 냄새가 너무 심해서 토악질이 나올 것 같았다. '냄새를 맡을 수 있는 꿈이네, 신기하군' 하고 연지혜는 꿈속에서 생각했다.

"어떠세요? 보증금 없이 월 50만 원입니다. 지하철역 바로 옆이에요."

바로 뒤에서 남자 목소리가 들리는 바람에 연지혜는 깜짝 놀랐다. 뒤를 돌아봤더니 거기에는 전과자 임우성이 꾀죄죄한 옷을 입고 서 있었다.

"50만 원은 너무 비싼데요. 방이 이렇게 작잖아요."

연지혜가 그렇게 말하자 임우성은 침대에 놓여 있던—어느샌가 놓여 있었다—야구 모자를 썼다.

"이 방은 사실 훨씬 커질 수 있습니다. 블록체인 기술로 옆방과 윗방, 아랫방들을 연결할 수 있죠. 그 방들의 주인이 외출했을 때 칸막이를 없애서 공간을 유동적으로 공유하는 거예요."

야구 모자를 쓴 전과자는 이번에는 침대에서 칼을 집어 들었다.

"세상의 칸막이를 없애는 게 우리 살인자들의 일이죠. 그렇게 하부구조를 뒤흔드는 겁니다."

상대가 칼을 들고 천천히 다가오는데도 연지혜는 꼼짝할 수가 없었다.

"부드럽게 들어갈 거예요."

남자가 말했다. 칼날은 정말 아무런 마찰 없이 매끄럽게 연지혜의 가슴살을 헤집고 들어왔다. 통증은 없었다. 그런데 물에 빠진 것처럼 갑자기 숨이 쉬어지지 않았다.

다음 순간 남자는 사라졌고, 연지혜는 칼에 찔린 사람이 아니라 칼을 쥐고 있는 사람이었다. 연지혜의 칼에 찔린 사람은 민소림이었다. 민소림은 눈을 둥그렇게 떴는데 눈가에 멍이 든 왼쪽 눈과 오른쪽 눈이 떠진 정도가 달랐다. 민소림은 연지혜가 자신을 칼로 찔렀다는 데 대해 놀란 것처럼 보였고, 또 슬퍼 보이기도 했다.

연지혜는 속으로 민소림에게 미안하다고 빌고 있었다. 칼로 찔러서 미안하다고, 범인을 잡지 못해서 미안하다고. 그러면서 민소림의 노트북을 찾아서 들고 나가야 한다고 생각했다.

그때 꿈에서 깼다.

뒤숭숭한 기분으로 누워 있었지만 다시 잠이 오지 않아 침대에서 일어났다. 공기가 건조한지 목이 바짝바짝 말랐다. 연지혜는 거실로 나가 냉장고에서 물병을 꺼냈다. 냉장고 불빛에 눈이 부셨다.

물을 컵에 따르지 않고 병째로 들고 마시다가 연지혜는 문득 한 가지 사실을 깨달았다. 2000년은 스마트폰이 나오기 전이었고, 문자메시지에는 요금이 부과됐다. 이기언은 도스토옙스키 독서 토론 모임 간사가 시간과 장소를 연락할 때 메신저를 사용했다고 말했다. 2000년 8월

1일 오후에는 무료 인터넷 전화 다이얼패드로 민소림에게 누군가 전화를 걸었다.

그렇다면 민소림도 메신저로 누군가에게 연락하거나 무료 전화 통화 서비스로 전화를 걸지 않았을까? 연락을 받은 그 사람이 민소림의 집에 찾아왔고, 자기 흔적을 지우기 위해 노트북을 들고 간 것 아닐까? 그렇다면 범인이 어떻게 민소림의 집에 들어왔는지, 왜 다른 귀중품은 놔두고 노트북만 가져갔는지가 자연스럽게 설명이 된다.

잠이 확 달아났다.

민소림이 만약 핫메일과 MSN을 썼다면 당시 경찰이 노트북도 없고 민소림의 계정 비밀번호가 없는 상태에서 메일이나 인스턴트 메시지 내용을 확인할 수는 없었을 것이다. 지금도 구글코리아나 한국마이크로소프트는 국내 메일 서비스업체들과 달리 서버 압수수색을 쉽게 할 수 없다. 미국 법원의 영장을 받아와야 한다. 거의 불가능한 일이고, 22년 전에는 더 그랬을 것이다.

연지혜는 아침이 되자마자 이기언에게 문자메시지를 보냈다. 혹시 민소림이 쓰던 메신저와 메일이 어떤 서비스였는지를 물었다.

이기언은 민소림이 쓰던 메일 서비스는 기억이 안 나지만 메신저는 MSN을 썼다고 답했다. 자신이 그걸 썼으므로 확실하다고 했다.

'당시 제 주변 학생들은 MSN을 제일 많이 썼습니다. 국내 서비스보다 있어 보였거든요.' 이기언이 설명했다.

53.

민주주의, 자본주의, 진화론과 달리 마르크스주의는 변화의 최종 단계가 있다고 가정한다. 공산혁명 이후에는 모든 갈등이 사라지고 노동자들의 세상이 온다고 한다. 마르크스주의 세계관에서 역사에는 방향성이 있으며, 진보는 생생한 개념이 된다. 모든 사건은 통합된 거대 서사 속에서 의미를 부여받는다.

개인 역시 마찬가지다. 한 사람은 역사의 흐름에 뛰어들어 거대 서사와 통합된 삶을 살 수 있다. 그는 혁명가가 될 수 있다. 그것은 희망이며 일종의 개인적 구원이다. 그는 반동이 될 수도 있다. 그것은 영적인 파국을 의미한다. 그는 내세를 겪을 수는 없지만, 적어도 내세의 비전은 볼 수 있다.

역사의 발전: 신의 섭리와 비슷하다.

노동자들의 낙원: 천국과 비슷하다.

마르크스주의는 유물론을 내세우고 있지만 전혀 세속적이지 않다.

이 사상은 신봉자에게 사적인 쾌락, 효용, 행복을 초월할 기회를 약속한다. 개인에게 목적과 방향을 제시한다.

마르크스주의는 그렇게 한동안 현대의 신령으로서, 종교로서 기능했다. 샤먼과 순교자들만 누릴 수 있었던 환희와 전율, 고양감을 현대 지식인들이 조금 맛볼 수 있게 했다.

정치 원리로서도, 경제 이론으로서도 수명이 다한 뒤에도 이 사상이 여전히 문화 이론으로서 우리 문명 한구석에서 영향력을 발휘하는 이유는 그 매력 때문이라고 나는 본다. 다른 현대 사상들은 사회의 도덕적 기초와 개인의 삶의 의미 사이 간극을 메우지 못하고 있다.

이 지점을 좀 더 깊이 들여다봐야 한다. 나의 새로운 사상은 사람들에게 낙원은 아니더라도 미래를, 그들의 삶을 품어 안을 거대 서사를 보여줘야 한다.

54.

"원래 이렇게 20년씩 지난 사건을 계속 들여다보고 또 들여다보고 그러는 거예요?"

구현승이 물었다. 어쩐지 신이 난 것 같았다. 그녀는 연지혜에게 말을 거는 내내 한쪽 다리를 떨었다.

"공소시효가 끝나지 않은 사건이니까요. 범인 잡힐 때까지는 최선을 다해야죠."

연지혜의 말투가 자기도 모르게 딱딱해졌다. 선정적인 요소가 있는 사건을 다룰 때에는 즐기는 것처럼 보이고 싶지 않았다. 그래야 수사 상대의 협조를 얻는 데 유리하기도 했고, 양심도 편해졌다.

연지혜와 구현승은 상수동의 한 카페에서 테이블을 사이에 두고 마주 보고 앉아 있었다. 달팽이 모양으로 생긴 커다란 책장이 있는 카페였다. 가게는 한산했다. 구현승은 매일 이 카페에 나와서 작업을 한다고 했다. 시나리오를 쓰시는 거냐고 연지혜가 묻자 구현승은 "그냥 이것저것"이라고 짧게 대답했다.

약속 장소인 카페에 찾아왔을 때 구현승은 구석 자리에 이미 앉아 있었다. 테이블에는 맥북이 켜져 있었고, 그 옆에 빈 커피 잔이 놓여 있었다. 구현승이 앉은 의자 뒤로는 백팩이 걸려 있었다. 그렇게 하루 종일 카페에서 시간을 보내는 모양이었다. 옆자리 의자 위에는 빨간색 표지의 두툼한 하드커버 책 한 권이 있었는데 표지는 아래로, 책등은 반대쪽으로 향하고 있어서 제목은 알 수 없었다.

구현승은 타워팰리스에 사는 강예인만큼은 아니어도 상당히 동안이었다. 그러나 스타일은 정반대였다. 구현승은 야구 모자를 쓰고 있었는데 그 아래로는 연보라색 단발머리가 삐죽삐죽 나와 있었다. 염색을 자주 해서인지 머릿결이 좋지 않았다.

눈도 입도 시원시원하게 컸는데, 콧잔등과 뺨에는 주근깨가 가득했고 그걸 별로 가리고 싶은 마음도 없는 듯했다. 메이크업으로 그려넣은 패션 주근깨가 아니라 검고 큰 진짜 주근깨였다. 키는 170센티미터쯤 되어 보였다. 고등학생 때에는 후배 여학생들에게 인기가 많았을 것 같았다.

"저한테야 그렇다 치고, 그러면 유족들도 다시 찾아가서 조사하세요?" 구현승이 물었다.

"아직은 그런 단계는 아닌데요, 필요하면 그렇게 해야죠."

연지혜가 대답했다. 상대가 털털한 건지 자신을 가볍게 보는 건지 가늠하기 어려웠다. 아니면 처음에 〈흰손 청년단〉을 재미있게 봤다고 한 말을 공격으로 받아들여서 그런 건가 하는 생각도 들었다. 연지혜가 〈흰손 청년단〉에 대해 말하자 구현승은 별로 얘기하고 싶지 않다는 듯이 "아, 그거" 하면서 얼굴을 찌푸리더니 한숨을 길게 내쉬고 가슴을 쳤다.

〈흰손 청년단〉은 전국에서 40만 관객을 겨우 끌어모으며 흥행에 실패했다. 평론가들의 평가도 미묘했다. 다만 영화의 독특한 유머가 몇몇 팬을 끌어들여서 자칭 '흰손 청년단원'이라고 부르는 팬덤이 소셜미디어에서 활약하고 있었다.

〈흰손 청년단〉은 구현승의 첫 상업 장편영화였다. 구현승은 6년 전에 독립영화로 데뷔했다. 〈백야〉라는 제목의 그 독립영화는 여러 영화제에서 상을 받았다. 그 영화도 묘한 유머 감각으로 소수의 영화 팬들에게 인기를 끌었다. 독특한 센스가 있는 감독인 모양이었다.

"새 단서가 생기면 유족한테 찾아가서 묻고, 범인 못 잡으면 몇 년 묵히고, 단서가 들어오면 또 유족 찾아가고, 그런단 말이에요? 범인이 잡힐 때까지? 유족들은 계속해서 형사님의 방문을 기다려야 하는 거고?"

구현승의 질문은 '그건 정의를 빙자한 폭력 아니냐, 정작 유족들은 범인을 잡는 것보다 자신들의 평화를 원하는 것 아니냐'는 말처럼 들렸다. 구현승에게는 일상에서 조금 벗어난 사람들이 내뿜는 묘한 열기가 느껴졌다. 자신이 남 못지않게 똑똑하다는 사실을 증명하려는 걸까? 아니면 평소 사람을 만나지 못해 대화에 굶주려 있던 참인가?

"유족을 찾아가는 일은 최대한 자제하고 있어요. 그리고 민소림 씨의 부모님은 두 분 다 지금 연락을 드릴 수 없는 상태예요."

연지혜는 민소림 부모님의 상황에 대해 간단히 설명했다.

"죄송해요."

구현승이 그렇게 말하고는 길게 한숨을 내쉬었다. 한숨을 쉬는 게 버릇인 모양이었다.

"저한테 죄송하실 거야 없죠." 연지혜가 대꾸했다.

"아니, 형사님한테도 죄송해요. 제가 말투가 원래 이래요. 아주 직설적이고, 질문이 많고. 그런데 제가 관심이 있는 일에만 그래요. 흥미 없으면 정말 신경 안 써요. 옆에서 빌딩이 무너지건 말건. 여자 형사님이 수사한다고 하니까 엄청 관심이 생겼어요. 카페에서 기다리는데 막 가슴이 두근거리기까지 했는걸요. 제 오랜 꿈이 여자 형사가 주인공인 영화를 만드는 거였거든요. 그나저나 소림이 부모님이 그렇게 되신 줄은 정말 몰랐어요. 두 분이 약국을 다른 사람한테 맡기고 여행 다니신다는 이야기까지는 들었었는데."

구현승은 두서없이 따다다다 자기 하고 싶은 말을 했다. 대화하기 쉽지 않겠다는 생각을 하며 연지혜가 물었다.

"민소림 씨 부모님 소식을 한동안 들으셨나 봐요?"

"그때 독서 토론 멤버들끼리 아직도 가끔 모여요. 평소에는, 맨정신에는 가급적 피하고 싶은 주제죠. 그랬다가 술 들어가고 술자리도 2차, 3차쯤 되면 누군가 취한 녀석 하나가 그 아이 이야기를 꺼내요. 저희는 아마 죽을 때까지 그럴 거예요. 형사님은 그런 사건을 자주 보실 테지만, 저희 같은 일반인은 그렇지 않잖아요. 잘 알던 지인이 그렇게 죽으면 절대 잊지 못하죠. 그리고 소림이는 갓 스물을 넘긴 나이에 그렇게 불행하게 세상을 떠났는데 저희는 남아서 20년을 더 산 이유를 생각하게 돼요. 그런데 거기에 별 이유는 없거든요. 민소림은 운이 나빴고, 저희는 운이 좋았다는 이유밖에. 그 사실에 뭔가 거창한 의미가 있기를 바라지만 그런 것도 없죠. 그래서 죄책감을 느끼게 되고, 죄책감을 떨치려고 말을 하게 되죠. 다른 사람들은 어떻게 느끼는지, 어느 정도나 죄책감을 느끼는 게 정상인지 살피게 되기도 하고. 그러다 보면 소림이 부모님 소식 같은 것도 건너 건너 듣게 되는 거죠."

"혹시 그런 자리에서 유난히 고인 이야기를 자주 하는 사람은 없나요? 다른 사람 눈치를 살핀다거나, 의심스러운 행동을 한다든가요."

"본격적으로 취조 시작인가요? 그 전에, 저희 전화로 합의했지요? 형사님이 제 시간 빼앗아가는 거니까 저도 형사님 시간 빼앗겠다고. 형사님에 대해 궁금한 점 여쭤보겠다고."

"네, 그런데 말씀드렸다시피 별로 영화가 될 만한 이야기는 없을 것 같은데요. 제가 별로 드라마틱하지가 못해서요."

"딱 한 줄만 눈길 끌게 나오면 돼요. 이쪽 용어로는 로그라인이라고 하죠. 강력범죄수사대에서 일하는 여성 형사가 어떤 일을 한다, 거기서 그 '어떤'에 해당하는 것만 들으면 돼요."

구현승은 '딱 한 줄'이라는 말을 하며 검지를 세워 올렸다. 말하는 내내 그 손가락에서 힘을 빼지 않았다.

"일단 강력팀 형사가 몸싸움을 벌이거나 범인을 막 달려가서 쫓는 경우가 거의 없어요. 몸싸움은 차라리 지구대 순경이 더 많이 벌여요."

연지혜가 미소를 지으며 말했다. '딱히 할 이야기가 없다'고 하니 구현승은 범인과 싸우거나 추격전을 벌인 경험부터 들려달라고 했다. 그런 장면에서부터 시작하는 게 좋겠다며.

"체포될 때에는 범인들도 저항할 거 아닌가요? 다들 순순히 나 잡아가쇼, 하나요?"

"그렇진 않죠. 그러니까 체포하기 전에 실랑이가 벌어지거나 범인이 도망가지 못하게 계획을 잘 세워요. 격투나 추격전이 발생한다는 건 저희 입장에서는 범인을 놓칠 수도 있다는 뜻이잖아요. 오래 수사해서 겨우 알아낸 범인을 그렇게 놓치는 게 말이 되나요. 피의자를 특정했으면 어디로 다니는지 파악해서 도주로가 없는 곳을 골라서 기다리고 있다가 여러 명이 한꺼번에 앞뒤로 포위해서 잡죠. 범인이 집에 있으면 안으로 쳐들어가지 않아요. 밖에서 나올 때까지 기다리죠."

"그건 왜 그렇죠?"

"아파트라면 피의자가 밖으로 뛰어내릴 수도 있고, 가족을 붙잡고 인질극을 벌일 수도 있으니까요."

"가족이 없으면요?"

"자기 목에 칼 들이대고 자해 협박을 하는 녀석도 있어요. 안전 창살 안에서 그러면 골치 아프죠. 범인을 패거나 제거하는 게 저희 일이 아니잖아요. 저희 일은 범인을 붙잡아서 검찰에 넘기는 거예요. 그리고 그 과정에서 아무런 폭행도 없었다고 증명해야 할 경우도 있고요. 보통은 형사 한 사람이 카메라를 들고 가서 검거 장면을 촬영해요. 미란다원칙 같은 것도 카메라 앞에서 읽어주고요. 범인이 나중에 군소리 못 하게."

카메라를 들고 가는 이유는 나중에 검거 장면을 방송사에 제공하기 위한 것도 있었지만, 그에 대해서는 연지혜는 설명하지 않았다. 방송 기자들은 강력범 검거 장면이라면 사족을 못 쓰고 좋아했다.

"그러면 연 형사님은 추격전이나 몸싸움을 벌인 적이 한 번도 없나요?"

구현승이 어이없어하며 물었다. 연지혜는 속으로 '그럴 리가'라고 중얼거렸다. 어떤 일화를 던져줘야 할까.

가장 먼저 떠오르는 기억은 수배 중인 마약 조직원과 모텔 방에서 몸싸움을 벌였던 일이었다. 모텔 주인의 신고를 받고 팀이 출동했고, 연지혜가 모텔 종업원을 가장해서 객실 문을 두드렸다. 상대는 문을 잠깐 열었다가 낌새를 챘는지 황급히 닫으려 했다. 연지혜는 문고리를 붙잡고 문틈 사이로 재빨리 몸을 밀어넣었다. 밖에서 다른 형사들이 따라 들어오기 전에 수배범이 문을 닫고 잠갔다.

선배 형사들은 문을 부수고 안으로 들어왔다. 연지혜는 그 전에 상대를 제압했다. 수배범은 키는 컸지만 무술을 배운 적은 없는 것 같았다. 연지혜는 칭찬을 들을 줄 알았는데 오히려 엄청나게 야단을 맞았다. 그런 상황에서 절대 무리하지 말라는 것이었다. 다칠 수도 있고 인질이 될 수도 있다며. 상대의 몸싸움 실력이 얼마나 되는지 알 수도 없고, 어차피 모텔 방에 가둬놓으면 달리 도망갈 곳도 없다고.

연지혜는 다른 일화를 꺼냈다.

"강력범죄수사대에 오기 전에 일선 서에서 일할 때인데요, 신고를 받고 선배랑 출동한 적이 있었어요. 자기 이웃집에 발달장애가 있는 여자분이 사슬로 묶여서 남자한테 맞고 산다고 하더라고요. 가보니까 남자는 없고 여자분만 혼자 계셨는데, 정말로 그분 몸이 쇠사슬로 묶여 있는 거예요. 허리랑 냉장고 손잡이를 묶어놨더라고요. 혼자 사는 남자가 무연고 발달장애인을 자기 집에 데리고 와서 감금해서 살고 있었던 거죠. 이놈 잡아야겠다고 근처에서 기다리는데, 그놈이 뭔가 낌새를 챘는지 비닐봉지를 하나 들고 오다가 집을 그냥 지나치더라고요. 이건 도망가는 거다 싶어서 선배랑 쫓아갔죠. 그놈이 엄청 잘 달려서, 30분 넘게 쫓아갔던 것 같아요."

"몸싸움도 벌였어요?"

"벌였죠."

"어떻게?"

"선배가 골목을 잘못 들었는지 좀 뒤처졌거든요. 그런데 그놈이 보기에 뒤에서 쫓아오는 사람이 여자니까 해볼 만하다 싶었나 봐요. 저한테 주먹을 휘두르더라고요."

"그래서?"

"다리를 걸어서 넘어뜨렸죠."

"그러고요?"

"그게 끝이에요. 수갑 채우고 긴급체포 했어요. 감금죄랑 상해죄로 송치했고요."

구현승은 '이걸 어디에 써먹나' 하는 표정이었다. 그래도 그녀는 포기하지 않고 질문을 던졌다.

"경찰이 되기로 한 계기는 뭐였나요? 어떤, 영화적인 이유는 없었나요?"

"영화적인 이유가 뭐죠?"

"뭐 그런 거 있잖아요. 아버님이 경찰이셨는데 야간 근무 중에 순직했다든가, 여동생을 연쇄살인마에게 잃었다든가."

"아버지는 지금도 건강하게 식당 하시고, 동생은 여동생이 있긴 한데 동물 병원에서 일해요. 지금은 아닌데, 아버지가 하시던 국밥집이 제가 어릴 때는 24시간 영업을 했거든요. 새벽에 오는 손님들 중에 행패 부리는 사람이 많잖아요. 그러면 근처에 파출소에서 순경들이 나와서 정리를 해주시는데, 그래서 경찰에 대한 인상이 좋았죠. 그 파출소에 되게 멋진 순경 언니도 있었고. 그리고 제가 어렸을 때부터 태권도를 좋아했어요. 중학생 때까지 대회도 나갔어요."

"학교 졸업하고 바로 경찰 시험을 친 거예요?"

"아뇨. 잠시 직장을 다녔어요."

"회사를 다니다가 그만두고 경찰이 된 거예요? 혹시 경찰이 되고 싶어서 사표를 낸 거예요?"

"감독님, 그런데 이제는 제가 질문을 던져도 될까요?"

"어머, 막 재미있어지려는 대목에서……. 형사님 절단신공이 뭔지 아시네요. 죄송해요. 물어보세요."

"그 독서 토론 동아리에 대해서 듣고 싶어요. 어떤 멤버들이 있었는지, 이기언 씨가 나간 다음에는 어떻게 운영했는지요."

"가만, 그런데 저희는 오늘만 만나는 거예요, 아니면 몇 번 더 만나는 거예요?"

"그건 들려주시는 이야기에 따라서……."

"혹시 형사님 술 좋아하세요? 나중에 우리 술친구 할래요?"

"감독님, 일단 독서 토론 동아리에 대해서 먼저 들려주실 수 있을까요?"

"처음에 멤버는 일곱 명이었어요. 도스토옙스키 소설 읽겠다고 모인 사람이 그렇게 많을 줄 누가 알았겠어요. 저는 처음에 그 애들 보면서 와, 진짜 외로운 애들이구나, 생각했어요." 구현승이 말했다.

"혹시 그 일곱 명 이름 다 기억나세요?" 연지혜가 물었다.

"네. 아니, 첫 토론 하고 나간 여학생은 빼고요. 우선 제가 있었고, 이기언은 만나셨다고 했고, 민소림이 있었고, 모임을 만든 사람 이름이 유재진, 그리고 주믿음, 김상은이에요."

연지혜는 수첩을 꺼내 이름을 받아 적었다. 22년 전 경찰이 이 작은 모임을 알아내지 못한 것도 조금은 이해가 갔다. 당시 경찰은 연세대 인문학부 학생들을 대상으로 조사를 벌였는데, 도스토옙스키 독서 모임 멤버 중 인문학부나 문과대 소속은 두 명뿐이었다. 민소림은 인문학부 98학번, 학부제가 실시되기 전에 입학한 이기언은 사회학과 95학번이었다. 그런데 구현승은 생활과학대, 유재진은 법대, 주믿음은 이과대, 김상은은 상경대 학생이었다.

"저희끼리는 무슨 단과대학 독서 대표들이냐고 했죠. 서로 독서 학생

회장이라고 부르기도 하고, 공대랑 의대, 음대에서도 멤버를 받아야 한다고도 했어요. 모임 개설자인 유재진에게 각 대학 건물마다 멤버 모집 안내문을 붙였느냐고 물어본 적도 있었어요. 그런데 자기는 그냥 딱 한 군데에만 붙였다고 하더라고요. 문과대 건물이랑 종합관 사이 통로에요. 문과대생이 아니라도 교양과목을 듣는 학생들이 은근히 많이 이용하는 통로이긴 하지만요. 유재진은 자기도 이렇게 참가하겠다는 학생이 많이 올 줄 몰랐대요. 아무한테서도 연락이 오지 않으면 자기 혼자 한 학기 동안 도스토옙스키 소설들을 읽으려고 했다는 거예요. 아무래도 '나는 병든 인간이다'라고 첫 문장을 적은 게 효과가 있었던 거 같아요. 1학년이 한 명도 없는 것도 신기했어요. 1학년들은 더 재미있는 동아리가 많으니까 그리로 갔으려나?"

"지금은 다들 뭐 하시나요?" 연지혜가 물었다.

"이기언이랑 민소림은 아실 거고, 저는 영화 만든다고 깝죽대고 있고, 유재진은 죽었고, 주믿음은 공방을 하고 있고, 김상은은 국제기구에 다녀요."

"잠깐, 모임을 만든 분이 돌아가셨다고요?"

"네, 자살했어요. 2009년인가 그랬을 거예요. 음……. 맞아, 2009년 맞아요. 우리들이 만 서른 살이 되던 해였으니까. 목을 맸죠. 유서도 없이. 그런데 그 아이가 자살할 것 같다는 생각은 저희들이 다 하고 있었어요."

"그게 무슨 말씀이시죠?"

"법대에 들어갔으니까 사법시험을 준비해야 할 거 아니겠어요? 그런데 도스토옙스키라니, 저희와 만날 때부터 이미 뭔가 엇나가 있던 거죠. 그런 식으로 말하자면 저희들 다 조금씩 정해진 궤도에서 이탈한 셈이지만. 유재진은 학교를 졸업하지도 못했어요. 계속 휴학을 하다가 결국 제적을 당했다고 들었어요. 대학을 다닐 때부터 바에서 일하고 있었어요. '주다스 오어 사바스'라고. 저희가 자주 가던 곳이었는데, 언젠가부터는 가게 주인이랑 친해져서 거길 혼자 운영했어요. 나중에는 아예 거기서 먹고 자는 거 같더라고요. 그렇다고 장사를 열심히 하는 것도 아니고 맨날 어려운 책만 읽으면서……. 저는 하루키가 걔를 버려놓은 거 아닌가 하는 생각도 해요. 제가 남 말 할 처지는 아니지만."

"주변에서 꽤 걱정했겠네요."

"저희들한테야 가십거리였지만, 걔네 부모님은 미치고 팔짝 뛸 노릇이었겠죠. 애써 아들을 명문대 보내놨는데 얘가 학교는 때려치우고 나이 서른이 되도록 술집 알바나 하고 있으니. 원래는 상당히 잘생긴 애였었는데 담배 많이 피우고 술 많이 마셔서 나중에는 얼굴도 거무튀튀하고 건강도 안 좋았어요. 틀림없이 간이 안 좋았을 거예요. 어, 그러고 보니 이상하네."

"뭐가요?"

"아니, 별거 아니라면 별거 아닌데……. 그 문구요. 유재진이 독서 모임 구성원 모집 안내문에 썼던 문장들. 그게 도스토옙스키의《지하로부터의 수기》첫 대목 문장들이거든요. '나는 병든 인간이다……. 나는 악한 인간이다. 나는 호감을 주지 못하는 사람이다.' 그런데 그다음 문장이 '생각건대, 간에 이상이 있는 것 같다'예요. 우연의 일치겠죠. 그냥 신기해서요. 그러고 보니 그다음 문장도 유재진한테 맞아떨어지는 거 같네요. '나는 내 병에 대해서 아무 생각이 없었으며 사실 어디가 아픈지조차도 잘 모른다.'"

"그 문장들을 다 외우고 계세요?"

“몇몇 문장은 외우고 있어요. 좋아하는 책이기도 하고. 도스토옙스키도 좋아했고요. 저는 첫 영화 원작이 도스토옙스키 소설이에요.”

“그래요?” 연지혜가 약간 놀라며 물었다.

“네. 제 첫 영화는 〈백야〉라는 작품인데 도스토옙스키 소설 중에 같은 제목의 단편이 있어요. 원래부터 그 소설을 영화화하려고 했던 건 아니에요. 사실은 짝사랑에 대한 시나리오를 쓰고 있었는데, 쓰다 보니 점점 소설 〈백야〉와 닮아갔던 거예요. 그 소설도 짝사랑에 대한 이야기거든요. 게다가 제 시나리오 초안을 보고 누가 영화 〈원스〉랑 너무 비슷한 거 아니냐고 하더라고요. 이 작품이 〈원스〉를 표절한 게 아니라고 변명하느니 차라리 원작이 〈백야〉라고 하는 편이 나을 거 같더라고요. 도스토옙스키는 사망한 지 100년이 넘었으니까 작품이 저작권 보호 대상도 아니고, 도스토옙스키 소설을 원작으로 했다고 하면 그럴싸해 보이기도 하고요. 마침 그즈음에 〈더블〉이라고, 제시 아이젠버그랑 미아 바시코프스카 주연인 영국 영화가 나왔는데 그 영화는 도스토옙스키의 〈분신〉이라는 단편이 원작이에요. 그래서 〈백야〉랑 〈더블〉을 독립영화 전용관에서 함께 상영하는 이벤트도 했었어요.”

“아까 유재진 씨에 대해 말씀하시면서 ‘내가 남 말 할 처지가 아니다’라고 하셨잖아요. 그게 무슨 뜻인가요?”

“아, 그거.” 구현승이 미소를 짓더니 엉뚱한 질문을 던졌다. “제가 22년 전 일 너무 기억 잘하는 거 같지 않으세요?”

“저야 감사할 따름인데…….”

“요즘 걔네들 생각을 마침 자주 하고 있어요. 이따 말씀드릴게요. 잠깐 담배 한 대 피우고 와서 얘기해도 돼요?”

“같이 피우러 가시죠.”

연지혜가 말했다. 구현승은 맥북을 치우지도 않고 자리에서 일어섰다.

"대학을 졸업하고 한국예술종합학교에 들어갔어요. 영화를 하고 싶어서요. 그런데 거기서도 학점이 개판이었어요. 독립영화판을 돌아다니며 스태프 일을 했거든요. 그다음에는 한국영화아카데미에 갔고요. 부모님한테 많이 혼났죠. 삼십대 중반이 되도록 이렇다 할 직업이 없었으니까요. 하지만 부모님한테 손을 내밀지는 않았고, 아르바이트를 정말 많이 했어요. 학생 과외도 많이 했고 토킹 바에서 일한 적도 있고 노가다를 한 적도 있어요." 구현승이 말했다.

"노가다를요?"

"건설 현장은 아니고 아파트 내부 공사 같은 거요. 제가 학부에서 실내 건축을 전공했거든요. 촬영 현장에서도 유용한 전공이었죠. 영화학교 같은 데서 배운 이론들보다 훨씬 더 쓸모 있었어요. 선배나 동기들한테 단기 알바 부탁하기도 좋고. 물론 제일 수지맞는 건 과외죠. 저는 수학을 특히 잘 가르쳤어요."

구현승이 담배 연기를 길게 내뿜더니 꽁초를 재떨이에 비벼 껐다. 그녀는 말보로 레드를 피웠다. 구현승은 연지혜가 피우는 담배를 보더니 "나는 전자담배는 못 피우겠던데" 하고 참견했다. 두 사람은 카페로 돌아왔다.

"저희들 다 예술적 기질이 있었어요. 허영도 있었고. 같은 말이겠죠. 서로가 서로에게 불을 붙였던 거 같아요. 저는 망하긴 했어도 영화감독이 됐고, 수학을 전공한 주민음은 목수가 됐고, 이기언은 미술품 팔고, 유재진은 록 음악 열심히 듣다가 자살했고, 김상은은……."

"그분은 뭘 하시나요?"

"유네스코는 아니고, 유네스코 비슷한 유엔 무슨 국제기구에 다녀요. 사무실은 명동 유네스코회관에 있어요. 유네스코면 예술하고 관련이 있나? 상은이도 대기업 다니다가 그만두고 자선단체 같은 데서 일하다가 그 기구에 들어간 거예요. 아주 순탄치만은 않았죠."

"유재진 씨랑 민소림 씨가 사귀었나요?"

"이제 제가 질문해도 되나요? 공수 교대! 경찰이 되기 전에 무슨 회사를 다녔던 거예요?"

구현승이 눈빛을 반짝이며 물었다.

"자동차 안테나를 만드는 회사에 다녔어요. 좋은 회사였어요."

연지혜가 내키지 않는 기분으로 대답했다.

"자동차 안테나? 아직도 자동차에 안테나가 있나?"

"있어요. 자동차 지붕 뒷부분에 지느러미처럼 달린 게 안테나예요. 그런 모양의 안테나도 있고 유리창 안에 들어가는 투명 안테나도 있죠."

"와, 그런 회사에 들어가려면 어떻게 해야 돼요? 형사님 공대 나오셨어요?"

"아니에요. 전공은 경영학과이고요, 현대기아차 부품업체들이 한데 모여서 채용박람회를 할 때가 있어요. 거기서 서류 내고 면접 보고 뽑혔어요. 취준생 때는 그런 박람회는 다 찾아갔었죠. 영어랑 일본어 좀 할 수 있다고 하고 지방 근무 할 수 있다고 했더니 채용됐어요. 회사가 창원에 있었는데 사택이 있었고, 영어나 일본어 매뉴얼 번역할 직원이 필요했던 거 같아요."

"거기 얼마나 다녔는데요?"

"2년이요."

그렇게 답하며 연지혜는 다소 언짢은 기분이 들었다. 개인적인 경험을 오늘 만난 사람에게 털어놓는 것 때문이기도 했고, 자동차 부품업체를 그만둘 때 상사들이 실망하던 모습이 떠올라서이기도 했다. 그들은 '역시 젊은 여자는 뽑으면 안 돼, 지방 근무를 싫어해' 하고 속으로 혀를 찼을지도 모른다. 그것이 사실이 아니었음에도 불구하고 그런 비난은 자신이 감수해야 할 몫이었다. 그리고 그날 처음 만난 상대에게 사적인 경험을 들려달라고 하는 일은 그녀의 직업이기도 했다.

"왜 그만뒀어요? 물어봐도 돼요?"

"경찰이 되려고요."

연지혜의 말투가 자기도 모르게 퉁명스러워졌다.

"왜 경찰이 되고 싶었는데요? 원래 꿈이 경찰이었어요? 아니면 특별한 계기가 있었나요? 자세히 좀 얘기해줘봐요. 저도 잘 말씀드렸잖아요?"

"아, 죄송합니다. 특별한 계기는 없었어요. 사실 경찰 시험을 볼 때에도 받았던 질문인데요. 아까 말씀드렸던 대로 어릴 때부터 경찰에 대한 이미지가 좋았어요. 그리고 고등학생 때 학교에 직업인들이 오셔서 자기 직업에 대해 소개하는 시간이 있잖아요. 저희 반에 비행기 승무원이 오셨거든요. 그분 말씀을 듣고 감동을 받았어요."

"경찰이 아니라 승무원? 그러면 원래는 스튜어디스가 되고 싶었던 거예요?"

"그런 건 아니고요, 그분이 오셔서 이런 말씀을 해주셨어요. 승무원의 모습이 화려해 보인다고 동경하는 사람도 있고, 승무원이 비행기에서 차랑 음식 날라주는 일을 하는 걸로 아는 사람도 있다, 그런데 둘 다 아니다, 하시더라고요. 괌에서 대한항공 비행기가 추락했을 때 사고 현장 이야기를 해주셨어요. 정신을 차린 승무원들이 자기 몸도 화상을 입어서 제대로 가누기 어려운데 정신을 차리자마자 다른 승객들을 구조해야 한다고 일어났다고, 펄펄 끓는 비행기 파편을 맨손으로 들어 올리려 했다고. 그런 게 승무원의 일이고, 승무원 제복의 힘이다. 그 말이 굉장히 멋있게 들려서 오래 기억에 남았어요."

"제복을 입는 일을 하고 싶었다는 말인가요?" 구현승이 고개를 갸웃했다.

"제가 하는 일이 몸 바칠 수 있는 일이었으면 좋겠다고 생각했어요. 헌신할 수 있는 일. 제가 다니던 부품 회사 사람들은 이런 얘기를 자주 했어요. 그 회사는 현대모비스에 제품을 납품했는데, 현대모비스는 현대자동차그룹의 계열사이고 그 그룹의 지주회사이기도 해요. 현대차에 들어가는 핵심 부품은 현대모비스에서 공급하는 거죠. 그러니 우리 회사도 현대차가 망하지 않는 한 절대 망하지 않는다는 거예요. 그런데 그게 내가 이 회사를 다닐 이유가 되는 건가, 회의가 들었어요. 물론 차량용 안테나를 만드는 일에도 의미는 있겠지만, 그게 제 의미라는 생각은 안 들었어요."

"경찰 업무는 의미 있는 거예요?"

"글쎄요. 사람을 편하게 해주는 일과 고통을 없애는 일은 분명히 다른 거 같아요. 앞의 것은 좋은 일이고, 뒤의 것은 옳은 일이에요. 저는 옳은 일을 하고 싶었어요. 제가 옳은 일을 하고 있다는 생각이 들어야 몸과 마음을 바칠 수 있을 거 같았어요. 그러지 않으면 시간을 허비하면서 인생을 보낼 거 같았고요. 의사나 간호사가 될 수도 있었겠고, 소방관도 진지하게 고민했어요. 그런데 경찰에 좀 더 끌렸어요. 경찰에서도 홍보나 인사 같은 업무가 아니라 수사를 하고 싶었고요."

의사, 간호사, 소방관이 아니라 경찰에 끌리는 이유가 있었다. 사람이 사람에게 저지르는 폭력과 관련된 것. 그러나 말로 잘 설명할 수가 없었다.

"직업에 귀천이 있다고 생각하시나요?"

구현승은 심술궂은 질문을 던졌다. 연지혜는 대답하는 대신 입술을 좌우로 길게 늘어뜨리며 묘한 연지혜표 미소를 지었다.

55.

그렇다. 나는 계몽사상을 거부하는 것이 아니다. 그것을 보완하려 하고 있다. 나는 장 자크 루소, 퍼시 비시 셸리, 프리드리히 니체의 후예가 아니다. 나는 정치 이론을 시(詩)로 대체하고픈 마음이 없다. 보다 정교한 정치 이론을 같은 자리에 세우고 싶을 뿐.

나는 열변과 수사와 아포리즘, 열광, 광기, 아방가르드, 디오니소스, 낭만주의, 반이성주의, 반과학주의, 무정부주의, 돈오(頓悟), 불립문자(不立文字), 극단적인 삶, 방랑에 대한 찬미와 야만이 던지는 은밀한 유혹에 격렬히 반대한다.

프란시스코 고야가 자기 작품 한 귀퉁이에 적은 문구: 이성이 잠들면 괴물이 눈을 뜬다.

나는 계몽주의의 수호자다.

민주주의와 자본주의에서 가정하는 만큼 인간이 이성적이지 않음을 간신히 깨달은 몇몇 이들은 계몽주의에 대한 일종의 업데이트를 말한다. 지적 사회간접자본을 세우고, 소위 '넛지' 기술을 사용하여 개인의 판단을 합리적인 방향으로 이끌자고.

나의 목표는 그 이상이다. 나는 계몽주의에 시작부터 근원적인 결함이 있었다고 본다. 그러므로 그 보완은 사실상 재설계에 가까운 작업이 될 터다. 내가 만들어내려는 것에는 '계몽주의 2.0'보다는 '신(新)계몽주의'라는 이름이 더 어울린다.

나는 신계몽주의의 윤곽을 흐릿하게나마 내다볼 수도 있다.

신계몽주의는 개인에게 보다 길고 뚜렷한 도덕규범을 제시한다. 그 규범은 과거에 종교가 주던 영적인 충족감을 얼마간 제공한다. 아마도 그 규범은 어느 선을 넘으면 합격하는 식이 아니라 무언가를 끝없이 수련해나가야 하는 형태일 것이다. 신계몽주의의 도덕규범은 충분히 선량한 사람에게도 더 높은 의미와 가치를, 그 방향을 보여준다.

그런 규범이 있는 만큼 신계몽주의는 구계몽주의에 비해 개인의 자유를 그다지 높이 평가하지 않을 것이다. 자유와 해방이 그 자체로 목적이 되지는 않을 것이다. 거기에는 방향이 없다. '해방 이후'가 중요하다. 신계몽주의 사회에서는 행복의 중요성 역시 퇴색할 것이다. 행복 역시 인생의 목적이 될 수는 없다.

도덕규범이 뚜렷하다는 말은 현재의 도덕적 딜레마 상당수를 해결한다는 의미다.

브레이크가 고장 난 트롤리가 달려오고 있다. 멀리 선로에 인부 다섯 사람이 묶여 있다. 내 옆의 뚱뚱한 남자를 밀어 아래로 굴려, 그 몸뚱이로 트롤리를 막을 것인가. 그렇게 해서 한 사람을 죽이고 다섯 사람을 구할 것인가. 신계몽주의는 이 딜레마에도 답을, 적어도 돌파구를 제시할 수 있어야 한다.

어떤 해결책을 제시하건 이는 특정 상황에서 인명의 가치를 평가할 수 있음을 뜻한다. '한번 태어난 인간은 생명을 보호받고 자유와 행복 추구에 있어서 평등한 대우를 받아야 한다'는 생각은 수정 혹은 변형될 것이다. 신계몽주의에서 한 개인은 타인을 평등하게 대하지 않는다.

하지만 이것이 인종차별이나 파시즘으로 흘러가서는 안 된다. 한 사회에서 모든 사람은 평등한 대우를 받아야 한다. 한데 한 개인은 모든 사람을 평등하게 대할 수 없다. 신계몽주의는 이 두 명제를 한 차원 위에서 통합해야 한다. 트롤리 딜레마는 그 통합을 위한 좋은 사고실험 재료가 될 것 같다.

56.

민소림이 1, 2학년 때 애인을 자주 바꿨다는 얘기를 들었고, 남학생들과 두루 잘 어울리기는 했다고 구현승은 말했다. "섹스도 여러 명이랑 아주 풍성하게 많이 했을 거예요. 혼자 살았잖아요" 하고 구현승은 말했다.

"회사원이나 대학원생과도 교제한 적이 있는 것 같았어요. 그냥 심증이지만."

하지만 독서 토론을 할 당시에는 딱히 교제하는 사람은 없어 보였다고 덧붙였다. 자기가 아는 한 2000년 상반기 내내 그랬다는 것이다. 민소림은 '내게 남자는 도구일 뿐이야'라고 과시하고 싶어 하는 듯 보였다.

"소림이랑 유재진이 사귄 거 같지는 않아요. 유재진이 소림이한테 마음이 있었던 건 분명하죠. 소림이는, 요즘 말로 하면 어장 관리를 하고 있었던 거 같고요. 그때는 그런 용어가 없었네요. 사람들 참 말 잘 만들어낸다니까." 구현승이 말했다.

"민소림 씨가 남자들을 이용했다고 보시나요?" 연지혜가 물었다.

"술값을 낸다거나 숙제를 도와달라거나, 그런 거 말씀이시죠? 그런 식으로는 아니었어요. 소림이는 돈이 많아서 자기가 쓰는 편이었지, 다른 사람한테 손 벌리지는 않았어요. 장담할 수는 없지만 자기 과제를 다른 사람들에게 해달라고 하지도 않았을 거예요. 그런 스타일은 아니었으니까. 그보다는 그냥 다른 사람들 위에 올라서서 자기 뜻대로 부리고 싶다는 지배욕 같은 게 있었어요.

한번은 저희들이 술에 얼근히 취해서 학교 정문 건너편 인도를 걸어가는데 민소림이 갑자기 학교 쪽을 가리키면서 남자애들한테 그러는 거예요. 너희들 중에 횡단보도 신호등이 빨간불일 때 저 건너편까지 뛰어갔다 오는 사람이 있으면 사귀어준다고. 그때는 거기에 버스중앙차선도 없을 때예요. 아마 왕복 10차선쯤 됐을 거예요. 차도 엄청 많이 다니는 곳이에요. 절벽에서 뛰어내리라는 얘기나 마찬가지였어요."

"그래서 그걸 누가 시도했나요? 그때 남학생들이 누가 있었죠?"

"유재진이랑 주민음이 있었어요. 저희 멤버가 전부 다 있는 데서 한 말이었으니까요. 주민음은 좀 덜 노골적인 편이었고. 그래서 민소림의 그 말은 유재진한테 한 말이나 다름없었어요."

"그래서 유재진 씨가 어떻게 했나요?"

"정말 그럴 거냐고 되묻지도 않고 바로 도로에 뛰어들었어요. 저희는 다 난리가 났죠, 민소림만 빼고서요. 미쳤냐고 빨리 돌아오라고 소리치고, 소림이한테도 뭐 하는 짓이냐고 걔 돌아오게 하라고 다그치고요. 마침 도로가 혼잡해서 그 구간을 지나는 자동차 속도가 그리 빠르지 않았던 게 다행이었어요. 유재진은 한 손을 올리고 차를 요리조리 피해 건너편까지 갔어요. 그런데 돌아오는 길에 그만……."

"차에 치였나요?"

"아니요. 저희도 몰랐는데 거기 교차로에 교통순경이 있더라고요. 그 순경이 미친 듯이 도로 한가운데로 뛰어들어 와서는 유재진을 붙잡고 뒤통수를 세게 한 대 후려갈겼어요. 머리를 때리는 소리가 저희한테까지 들릴 정도로. 요즘 같으면 아무리 그런 상황이라도 경찰이 그렇게 사람을 폭행하지는 못할 테죠. 그런데 그때는 저희도 다 유재진이 그렇게 얻어맞아도 싸다고 여겼어요. 너무 명백하게 잘못한 거니까요. 경찰이 그렇게 중앙선에서 유재진을 붙잡고 있다가 보행자신호가 녹색으로 바뀌고 나서 놔줬어요. 유재진은 뒤통수를 문지르며 횡단보도를 걸어서 우리에게 왔고, 사람들이 저희를 흘끔흘끔 보면서 지나갔죠."

"민소림 씨는 뭐라고 하던가요?"

"아, 그게 또 걸작이에요. 유재진한테 가서 뭐라고 귓속말을 하더라고요. 그 말을 듣더니 유재진은 씩 한번 웃었고요. 그래서 저는 걔네 둘이 그때부터 사귀게 된 줄 알았어요. 그런데 며칠 지나도 그런 기미가 안 보였어요. 그래서 나중에 유재진한테 물었죠. 그때 민소림이 귀에다 뭐라고 속삭였느냐고요."

"그랬더니?"

"'경찰한테 붙잡혔으면 학교 쪽으로 돌아가서 다시 시도했어야지' 하고 말했다더군요. 그 말을 듣고 제가 하도 어이가 없어서, '넌 억울하지도 않아?' 하고 물었어요. 그랬더니 '어차피 거길 뛰어온다고 해서 걔가 나랑 사귈 거라고 기대하지는 않았어. 그냥 나도 그렇게 만만하지는 않다는 걸 보여주고 싶었어' 하고 대답하더군요. 그때는 저도 어린 마음에 유재진의 그런 대답이 조금 멋있다고 생각했던 게 기억이 나요. 지금 같으면 등짝을 때려주겠지만."

"그때 저희는 모두 실제 저희들보다 더 크고 멋있는 것을 연기하려고 애쓰고 있었다고 생각해요. 민소림이랑 유재진은 누가 더 미쳤나를 겨루는 것 같았고요. 조금 똑똑한 이십대들한테는 세상이 다 우스워 보이죠. 상식에서 벗어나면 벗어날수록 자기가 더 대단해 보인다고 믿고, 허세 부리고. 저는 그때 그 모임에서 저 빼놓고는 다 머리가 어떻게 된 애들이라고 생각했어요. 그런데 지금 생각해보면 저도 그렇고 다른 아이들도 그렇고, 다 모범생들이었던 거 같아요. K-모범생. 모범생스럽게 십대를 보낸 게 부끄러워서, 그걸 감추려고 필사적이었던 것 같아요."

"유재진 씨가 민소림 씨를 원망하지는 않았나요?"

"음, 아니었던 것 같아요. 속마음을 드러내는 편은 아니었지만. 소림이랑 사귀게 될 거라고 은근히 자신이 있는 것 같기도 했고요. 그런 면에서는 소림이랑 어울리는 면도 있다고 느꼈어요. 걔네들이 나중에 연인이 됐다고 해도 저는 놀라지 않았을 거예요. 그러다 싸우고 헤어져도 놀라지 않을 거고. 소림이는 누굴 오래 사귈 사람이 아니었어요."

"남자분이 한 분 더 있었다고 했지요? 주민음 씨는요?"

"주민음도 소림이를 좋아하기는 했던 거 같은데……. 워낙 유재진이 티를 내고 다녔기 때문에 어쩌지 못했던 거 아닐까 싶어요. 저기, 나중에 주민음이랑 김상은이랑 같이 볼래요? 넷이서 술 한잔하면서 이야기하다 보면 이것저것 더 떠오르는 게 있을지 몰라요. 저희는 주민음네 공방에서 가끔 모여서 한 잔씩 하고들 해요. 다들 결혼을 안 했거든요."

"그래주시면 저는 고맙죠."

연지혜는 그렇게 말하고 구현승으로부터 김상은과 주민음의 연락처를 받았다. 구현승이 술자리를 마련하건 말건 간에 김상은과 주민음에게 따로 연락할 생각이었다. 그러나 한편으로는 자신이 영 번지수가 어긋난 곳에서 헛다리를 짚는 것 아닌가 불안하기도 했다. 이 모임의 누군가가 용의자라는 의심은 솔직히 크지 않았다. 그보다는 민소림의 마지막 행적을 보다 자세히 알 수 있으리라고 얼마간 기대하는 편이었다.

"민소림 씨 사건이 유재진 씨가 자살하는 데 영향을 미쳤다고 보시나요?"

"형사님은 춤 잘 추세요?" 구현승이 뜬금없이 물었다.

"못 추는데요. 그건 왜요?"

"못 추실 줄 알았어요."

"그게 지금 얘기랑 무슨 상관이죠?"

다소 기분이 상한 연지혜가 물었다. 춤을 못 춘다는 게 작은 콤플렉스이기도 했다.

"아, 죄송해요. 형사님이 뭘 잘못했다는 게 아니에요. 제가 말하는 방식이 늘 이래요. 저도 춤 되게 못 춰요. 정말 몸치에 박치예요. 그런데 민소림이랑 유재진은 춤을 아주 잘 췄어요. 낮에 '주다스 오어 사바스'에 가면 저희 말고 손님이 하나도 없을 때가 있었거든요. 그러면 음악을 크게 틀어놓고 둘이 바 한가운데서 춤을 췄어요. 섹시 댄스 같은 게 아니었어요. 틀어놓는 음악도 아주 시끄러운 록 음악이었으니까. 이상한 막춤을 췄어요. 원시인들이 췄을 거 같은. 허리를 숙였다 펴고 팔꿈치를 구부리고 팔을 휘젓고 흐느적거리며 빙글빙글 돌다가 허리나 어깨를 뒤틀고 방방 뛰기도 하고……. 그런데 그게 아주 멋있고 아름답게 보였어요. 다른 아이들도 가끔 그 옆에서 막춤을 췄는데 그런 맵시가 안 났죠. 제일 볼품없는 사람이 저였고요. 민소림이나 유재진이 빗자루를 흔들면 그 빗자루가 저보다 더 우아할 것 같았어요. 그런 때 민소림이랑 유재진은 굉장히 자유로워 보이기도 했지만 꼭 그런 건 아니었어요. 나머지 사람들 시선을 의식하고 있었으니까. 다른 사람의 관심에서 자유로울 수가 없는 나이였어요. 가끔 민소림이나 유재진 옆에서 춤을 추는 아이들도 마찬가지였고."

"그래서요?"

"저는 세상 사람들이 두 종류라고 생각해요. 춤을 잘 추는 사람과 못 추는 사람. 혹은 우아한 사람들과 그렇지 않은 사람들. 어떤 사람들은 태어나면서부터 리듬을 잘 타고 자기 팔다리를 맵시 있게 움직여요. 어떤 사람들은 늘 서툴고요. 민소림이랑 유재진은 전자였어요. 저는 후자였고요. 전자인 사람들은 멋있어 보이죠. 눈길을 끌고, 늘 화제의 중심이 되고. 하지만 그렇다고 그들이 그런 춤을 출 때 더 훌륭한 생각을 한다거나 더 충실하게 사는 건 아니에요. 더 자유로운 것도 아니고요, 아까 얘기했지만. 그냥 리듬을 잘 타는 것뿐이에요. 그리고 그 사람들은 리듬에 예민하기 때문에 손해를 보기도 한다고 생각해요. 자기 리듬을 고집할 수가 없게 되는 거죠. 이쯤에서 담배 한 대 피우러 나갈래요?"

"민소림의 죽음은 충격이었죠. 충격이었는데 저희가 뭘 어떻게 해야 하는지는 몰랐어요. 장례식도 어디서 열리는지 몰라서 못 갔으니까요. 추모한답시고 저희끼리 술을 마시는 건 고인을 착취하는 것처럼 느껴졌고요. 그래서 아무 일도 없었던 것처럼 그냥 있었어요. 그래도 징이나 북 같은 걸 때리면 그게 떨리면서 소리가 나잖아요. 저희들 마음이 그랬어요. 그 아이를 좋아하고 싫어하고의 문제가 아니었어요. 무슨 이야기인지 아시겠어요?"

"네."

연지혜는 고개를 끄덕이고 담배 연기를 길게 내뿜었다. 그녀가 너무나 잘 아는 얘기였다. 사망 사건은 다른 사건들과는 달랐다. 아무리 단순한 변사 사건이라도, 담당 경찰관에게는 하루 이상 길게 감정에 영향을 미친다. 경찰이 그 죽음에 아무런 책임이 없는데도 그렇다. 심하면 가라앉은 기분이 며칠씩 가는 경우도 있고, 감정에 아무런 영향을 받지 않았다고 생각했던 사건의 기억이 몇 달 혹은 몇 년 뒤에 갑자기 떠오르기도 한다.

구현승이 말을 이었다.

"그 나이 즈음에는 그런 충격들이 여러 번 온다고 생각해요. 처음 보고, 처음 겪는 일들이 많으니까요. 연애, 돈벌이, 사회, 책임, 타인……. 책으로 읽었던 일들, 학교에서 듣기만 했던 일들을 제대로 경험하게 되는데 배운 대로 풀리는 건 하나도 없죠. 그렇게 놀라고 실망하고 상처입고 뭔가를 망치기도 하면서 성장하는 거죠. 마음의 북이 계속 울리는 거예요. 쿵, 쿵, 쿵, 쿵. 어떤 때는 세상이 온통 위선적이고 역겹고 우습게 느껴지기도 해요. 어떤 때는 자기 자신이 그렇게 느껴져요. 저는 유재진이 거기서 잘못된 리듬을 탔다고 생각해요. 그 북소리 중 하나가 민소림의 죽음이었던 거 같고요. 민소림의 죽음이라는 북소리가 어떤 북소리는 더 하찮고 우습게, 어떤 북소리는 더 무겁고 심각하게 만들었던 거 같아요. 저희들 모두에게 그랬어요.

유재진이 민소림 때문에 죽은 거냐. 그건 아니라고 생각해요. 그런데 민소림이 죽지 않았더라면 유재진이 다르게 살았을 거라고도 생각해요. 이십대 후반에는 저도 한창 안 풀릴 때였죠. 영화를 만들고 싶었는데 학교만 길게 다니고 있었으니까. 돈도 지지리 없었고요. 그런데 그때 유재진이 일하는 바에 가서 개를 만나면, 이 녀석은 나와 다르다는 걸 느낄 수가 있었어요. 저처럼 허우적거리고 있지 않았죠. 그때도 리듬을 타고 있었어요. 하지만 그전만큼 우아해 보이지는 않았어요. 카운터에서 나와서 진짜 춤을 췄다는 말이 아니에요. 걔의 생활이 그랬다는 거예요. 학업, 졸업, 취업 같은 문제에 그렇게 반응했다는 거죠. 여기서 북이 울리면 반대 방향으로 춤을 추며 미끄러지고, 저기서 북소리가 들리면 그 반대 방향으로 스텝을 밟고, 그런 식으로요. 특별한 방향 없이, 그때그때 리듬에 맞춰서, 자기가 자유롭다고, 몸을 원하는 대로 움직인다고 생각하면서."

연지혜와 구현승은 담배를 다 피우고 카페 안으로 돌아왔다. 구현승의 노트북은 그 자리에 그대로 있었다. 옆자리 손님은 테이블에 스마트폰을 올려놓은 채 화장실에 간 모양이었다. 치안에 대해 이렇게 신뢰 수준이 높은 나라가 또 있을까, 하고 연지혜는 생각했다. 그럼에도 불구하고 경찰에 대한 믿음은 약한 사람들이 야속하기도 했다.

자리에 앉은 구현승은 "잠시만요"라고 말하더니 가방에서 1회용 인공눈물 캡슐을 꺼냈다. 그녀는 인공눈물을 떨어뜨리고 한참 눈을 깜빡인 다음 휴지를 꺼내 눈 주변을 닦았다. 구현승이 "제가 안구건조증이 심해서……"라고 변명하듯 말할 때에는 목소리가 다소 낮아져 있었다.

구현승은 이십대 중반에는 유재진이 남들이 다 가는 길을 거부하고 바에서 칵테일을 만드는 모습이 조금 멋있어 보였다고 했다. 이십대 후반에는 그렇게까지 멋있어 보이지는 않았다. "만약 유재진이 삼십대 중반까지 그 모양이었다면 분명 웃음거리가 됐을 거예요" 하고 구현승은 말했다. 그 말을 할 때에는 목소리가 꽤 가라앉아 있었다.

"저는 자유라는 게 탄수화물과 비슷하다고 생각해요. 살아가는 데 꼭 필요하죠. 그걸 제대로 섭취하지 못하면 삶이 너무 힘들어져요. 몸과 마음의 신진대사가 활발한 십대, 이십대에는 그에 대한 갈망이 더하죠. 하지만 그 자체가 중요한 건 아니라고 생각해요. 자유건, 탄수화물이건. 그걸 재료로 뭔가를 만들고 이뤄내야죠. 자유로운 삶이 목표라는 이야기를 들으면 삶의 목표가 탄수화물이라는 말처럼 들려요. 그리고 자유도 탄수화물처럼 적정량이 있는 거 같아요. 필요 이상으로 섭취하면 정신에 비계가 생겨요."

"제가 잘난 척 하나 해도 돼요?" 구현승이 물었다.

"그럼요." 연지혜가 대답했다.

"저희들 중에 이십대에 꿈꾸던 걸 이룬 사람은 저밖에 없어요. 그런데 제가 그중에 춤을 제일 못 추는 사람이었어요. 얼토당토않은 말처럼 들리겠지만, 저는 가끔은 그게 우연이 아니라는 생각이 들어요. 저는 도무지 리듬을 탈 줄 몰랐어요. 저는 독서 토론 멤버 중에 아는 것도 제일 없고 말도 제일 못하는 사람이었어요. 욕심만 터무니없이 많았죠. 그래서 주변 상황에 제대로 대응하지 못하고 흉하게 자주 넘어졌어요. 민소림이나 유재진은 저와 달리 너무나 우아해서 가끔 눈이 부실 정도였어요. 그 아이들은 주변 상황을 잘 파악하고 자신이 어떻게 해야 폼이 안 나는 동작을 피할 수 있는지 본능적으로 알았어요. 하지만 사람이 길게 뭔가를 이루려면 거기에 반드시 폼이 안 나는 단계가 있고, 궂은일도 해야 하는 거예요. 그런데 이런 이야기는 수사랑 상관없죠?"

"아니에요. 말씀하시고 싶은 내용 다 말씀하셔도 돼요."

"저 맥주 한 병 시켜도 돼요?" 구현승이 물었다.

"그럼요."

"형사님도 드셔도 되는데. 제가 살게요."

"저는 업무 시간이라 좀……."

구현승은 메뉴판을 한참 뒤적거리더니 버드와이저를 주문했다. 그녀는 맥주를 잔에 따르지 않고 병째로 입에 대고 꿀꺽꿀꺽 마셨다. 몇 년 동안 술을 참았던 사람처럼 순식간에 반병을 비우더니 행복한 강아지 같은 미소를 지었다.

"아까 좋은 일보다 옳은 일을 하고 싶다고 하셨죠? 그 얘기 좋았어요. 삶에 방향성이 있다는 이야기예요. 저는 제가 가려는 방향이 있었어요. 그런데 물살이 그 방향으로 오지 않았고, 제가 그렇게 수영을 잘하는 것도 아니었죠. 그래서 허우적댈 수밖에 없었어요. 저라도 제 딸이 토킹바에서 아르바이트해서 독립영화 제작비 번다고 하면 도시락 들고 다니면서 말릴 거예요. 영화를 만들지 않고, 영화에 대한 글을 쓰는 게 아마 훨씬 더 우아했을 거예요. 인터넷 게시판에서 이름난 시네필이 될 수 있었겠죠. 그게 흐느적거리는 삶이에요. 하지만 저는 영화를 만들고 싶었어요. 허우적거리면서 버티는 거, 이게 제일 용감한 거다 생각했죠. 횡단보도에 뛰어드는 것보다 그게 훨씬 더 큰 용기다."

"'멋있게 흐느적대는 것보다 허우적거리며 앞으로 나아가는 게 나아.' 이거 〈흰손 백수단〉 영화에 나오는 대사였죠? 영화 잘 봤어요."

"고마워요. 그런데 영화 제목은 〈흰손 백수단〉이 아니라 〈흰손 청년단〉이에요. 그 영화 완전히 망했죠. 제목 때문에 망했나?"

"제목이 입에 착 감기지는 않았던 거 같아요." 연지혜가 당황하며 말했다.

"그 제목 내가 고집한 건데. 딱 하나 끝까지 우겼는데 그게 잘못이었네. 제작사에서는 '체인지'로 하자고 했거든요. 영화 제목이 체인지가 뭐예요, 체인지가. 그거 예전에 남자 여자 성별 바뀌는 영화 제목이었잖아요."

"체인지보다는 '흰손 청년단'이 훨씬 나아요."

연지혜가 황급히 덧붙이자 구현승이 호탕하게 웃음을 터뜨렸다.

"뭐야, 형사님이 왜 이렇게 소심해요. 저 괜찮아요. 그 영화 제목 때문에 망한 거 아니에요. 사공이 하도 많아서, 영화 만들면서도 망할 거 같았어요. 영화라는 게, 투자받으려면 배우가 중요하거든요. 스타 배우가 마음에 안 든다고 하면 시나리오를 고쳐야 돼요. 그다음에는 투자 심사하는 양반들이 엄청 뜯어고쳐요. 자기들도 그런 일 하라고 월급 받기 때문에 안 고칠 수가 없다고 하더라고요. 저는 저대로 장편 근육이 없는 상태에서, 이거 엎어지고 다음 기회까지 기다릴 생각 하니까 겁이 나서 그냥 다 오케이 했고요. 영화 두세 번 엎어지면 돈 없고 감각도 없는 영화판 아재 되는 거 금방이에요. 내부 시사를 하는데 눈물이 나올 거 같더라고요. 이건 아닌데 싶어서."

구현승은 손을 번쩍 들더니 맥주를 한 병 더 주문했다. 이번에는 버드와이저보다 비싼 수입 맥주였다. 이번에도 구현승은 맥주를 꿀꺽꿀꺽 들이켜고 만족한 강아지 같은 표정을 지었다.

"안 풀리는 영화감독들이 거치는 단계가 있어요. 처음에는 병원에 가서 우울증 약을 받아요. 그러다 점집을 찾아다니게 되죠. 나중에는 이름을 바꿔요. 저도 요즘 개명 절차 알아보고 있어요."

구현승은 그렇게 농담인지 진담인지 모를 이야기를 했다. 2000년 1학기가 끝난 뒤로 민소림의 행적은 잘 모른다고 말했다. 그러면서 자신만 이야기를 했다고 가볍게 불평했다. 연지혜의 이야기는 거의 듣지 못했다는 것이었다. 구현승의 성화에 연지혜는 다음에 여형사 생활의 에피소드를 들려주겠다고 약속할 수밖에 없었다.

구현승이 아예 그대로 함께 바에 가자고 졸랐지만 연지혜는 거절했다. 사무실에 돌아가서 면담 내용을 정리해야 한다는 핑계를 댔는데 아주 거짓말은 아니었다. 헤어지기 전에 구현승이 말했다.

"아까 제가 요즘 민소림과 유재진 생각을 자주 한다고 했죠? 영화 개봉 전에 너무 우울해서 심리 상담까지 받았어요. 막상 개봉하고 나니까 기분이 괜찮아지더라고요. 바닥을 찍었다고 생각해서 그런가. 한창 상태가 나쁠 때에는 안 좋은 충동도 느꼈죠. 그러면서 민소림이랑 유재진 생각을 했어요. 걔들은 이런 때 어떻게 했을까, 걔들은 내가 빠지는 곤경에 안 빠질 거 같은데, 하고요. 그런 삶은 좌절할 일이 없죠. 가고 싶은 방향이 있는 사람은 자주 좌절에 빠져요. 특히 요즘 같은 시대에는 더요. 뭐든지 불확실한 시대잖아요. 어떤 계획을 세워도 틀어지게 돼요. 저는 젊은 시절 매달, 매주, 하루하루가 좌절의 연속이었어요. 지금이라고 크게 달라진 거 같지는 않네요."

서울경찰청 사무실에 돌아온 연지혜는 구현승에게 받은 전화번호로 주민음과 김상은에게 전화를 걸었다. 주민음은 전화를 받지 않았다. 김상은은 신호가 한참 울린 다음에야 연결됐다.

연지혜가 자신을 소개하고 22년 전 민소림 살해 사건을 수사하고 있다고 말하자 전화기 건너편이 한참 동안 침묵했다. 연지혜는 상대가 전화를 끊었는지 확인하기 위해서 다시 말을 걸어야 했다.

"그 사건을 다시 수사한다고요? 새로운 증거라도 나왔나요?"

김상은이 물었다. 낮고, 어딘지 고혹적인 목소리였다.

"그런 건 아니에요. 살인사건의 공소시효가 없어졌기 때문에 저희가 새로 할 수 있는 일이 없는지 들여다보고 있어요."

전화기 건너편이 다시 침묵했다.

"여보세요?" 연지혜가 물었다.

"저는 누가 소림이를 죽였는지 알아요." 김상은이 말했다.

"누구죠, 그게? 그리고 그걸 어떻게 아시죠?" 연지혜가 물었다.

"혹시 도스토옙스키의《백치》라는 소설 아시나요?" 김상은이 말했다.

57.

윤곽만 어렴풋이 보는 상태에서, 나는 몇 가지 선부른 기대를 한다. 엉뚱한 희망인지는 모르겠지만, 어쨌든 기대를 한다.

어리석게도.

그중 하나는 신계몽주의 세계관에서 자란 사람은 비극을 이해하게 될지 모른다는 전망이다.

계몽주의 세계관에서 자란 현대인은 비극을 이해하지 못한다. 비극에 대해서는 고대인들이 우리보다 훨씬 더 뛰어난 전문가였다. 그들은 비극을 그 자체로 받아들였다. 슬픔은 기쁨과 마찬가지로 삶과 세계의 중요한 구성 요소였고, 해석이 필요하지 않았다.

중세인은 고대인보다 못했다. 그들은 비극을 처벌과 역경으로 받아들였다. 그러나 그들에게는 신이 있었고, 모든 것은 마지막 심판 때 바로잡힐 예정이었다. 그들은 그렇게 비극을 껴안을 수 있었다.

현대인은 비극을 실패로, 혹은 교훈극으로, 혹은 사회 비판으로 겨우 받아들인다. 행복, 쾌락, 효용이 인생의 목적이라 여기기 때문이다. 현대 독자와 관객들은 비극 속에서 인물이 드러내는 고귀함을 음미하지 못하고 그들이 왜 실패했는가를 파고든다. 오셀로는 질투가 문제였고 햄릿은 우유부단함 때문에 망했다는 식이다.

신계몽주의는 행복이 아닌 의미를 인생의 목적으로 제시한다. 그렇기에 의미 있는 불행이 의미 없는 행복보다 낫다고 설명한다. 의미는 서사 속에서 생겨나며, 서사는 고통으로 만들어진다. 그렇다면 고통을 통해 얻는, 불행 속에서만 붙잡을 수 있는 의미에 대해서도 신계몽주의는 할 말이 있지 않을까.

신계몽주의는 명예와 모멸감에 대해서도 계몽주의와 다른 접근법을 택하고, 새로운 설명을 내놓을 수 있을지도 모른다.

계몽주의는 생명과 자유, 행복에 대한 추구를 얼버무려 인간의 존엄이라는 개념을 구성한다. 그것들이 침해될 수 없는 가치라고, 욕구가 아닌 권리라고 한다. 의미에 대한 추구는 뒷전으로 밀려난다. 그렇기에 계몽주의는 명예와 업적을 위해 죽음을 무릅쓰는 사람이나 문화를 이해하지 못한다. 인정투쟁은 유치한 일로, 부끄러운 행위로 여겨진다.

하지만 다섯 살 아이부터 여든 살 노인까지, 인정투쟁에서 자유로운 사람은 아무도 없다. 그것은 인간의 깊은 본성이다. 신계몽주의는 의미를 중시하며, 의미를 향한 열망, 더 큰 이야기에 포함되고자 하는 욕망을 자연권에 포함할 가능성이 높다.

신계몽주의의 인권 규범과 형사사법시스템은 의미의 훼손을 중죄로 간주할지 모른다. 인격권 같은 임기응변 없이. 신계몽주의는 전근대인들이 명예라고 불렀던 가치에 대해 보다 논리적이고 일관성 있는 설명을 제시할 수 있을지 모른다.

그렇게 된다면 민소림이 나에게 어떤 공격을 가했는지, 그로 인해 그녀와 내가 각각 받아야 할 형량은 얼마인지에 대해서도 새로운 평가가 가능해질 수 있다.

58.

"죄송해요. 일이 늦어졌어요. 오래 기다리셨나요?"

중키에 마른 여성이 다급한 발걸음으로 풀숲 사이를 걸어오며 연지혜를 향해 고개를 숙였다. 김상은인 것 같았다.

상대는 바삐 걸어오고 있었지만 체조선수처럼 걸음걸이에는 흐트러짐이 없었다. 옷차림도, 헤어스타일도 단정했다. 올림머리에서 잔머리카락 한 올 삐져나오지 않았음을 보지 않아도 알 수 있었다. 헤어스프레이를 매일 아침 꽤나 쓸 것 같았다.

"아니에요. 커피 한 잔 마시고 있었어요. 여기 커피 싸고 맛있네요. 이런 데 카페가 있는 줄 몰랐……."

연지혜는 인사를 하다 말고 멈췄다. 김상은의 얼굴에 크고 검은 반점이 있는 걸 보고 놀라서였다. 햇빛 아래에서 걸어올 때에는 나무 그늘이 드리워진 것인 줄 알았는데 아니었다. 화장으로도 도저히 가릴 수 없을 진한 반점이 김상은의 양 눈썹 사이에서부터 콧등을 타고 내려와 오른쪽 뺨 가운데까지 이어져 있었다. 마치 먹물을 뿌린 듯했다.

연지혜는 상대의 점을 보고 멈칫한 것이 실례라는 사실을 알았지만 이미 돌이킬 수는 없었다. 김상은 역시 연지혜가 자신의 점을 보고 놀랐다는 사실을 알아차렸다. 그러나 아무 일도 없다는 듯 연지혜에게 인사를 하고 자기 지갑에서 명함을 꺼내 건넸다. 거기에는 '유엔 지속가능발전기구 한국위원회 청년네트워크팀장'이라고 적혀 있었다.

"이런 곳에 카페가 있는 줄 몰랐네요."

연지혜가 테이블에 휴대전화기를 놓고 주변을 둘러보며 말했다. 그러다 자신이 김상은의 얼굴을 피하는 것처럼 보일까 봐 시선을 정면으로 얼른 돌렸다. 눈빛에 어떤 놀람이나 연민의 감정도 담지 않으려 애썼다.

"네, 명동 한복판에 이런 하늘정원이 있는 줄 아는 분은 거의 없죠. 게다가 처음에는 여기를 직원들한테만 개방했었거든요."

그들은 명동 유네스코회관의 옥상에 있는 카페에 있었다. 엄청나게 높은 곳도 아니었고, 으리으리하게 큰 것도, 아주 세련된 디자인이라고 할 수도 없었지만 기분 좋은 카페였다. 무엇보다 손님이 없어서 조용했다. 카페 주변을 정원으로 꾸며 철쭉과 대나무, 토마토를 심었고, 작은 연못도 있었다.

그들은 자연스럽게 김상은이 하는 일에 대해 대화를 나누었다. 유엔 지속가능발전기구는 유네스코 한국위원회의 한 분과였는데 몇 년 전 독립했고, 김상은도 그때 유네스코에서 지속가능발전기구로 소속을 옮겼다. 연지혜는 유네스코 한국위원회 직원들의 인건비가 유네스코회관 건물 임대료에서 나온다는 이야기를 듣고 놀랐다. 유네스코가 50년도 전에 저개발국가이던 한국에 지어준 건물이라고 했다.

"지난주에 대학생들을 데리고 고창에 다녀왔거든요. 코로나 때문에 2년간 하지 않았다가 이제는 더 미룰 수 없다고, 그렇게 추진하게 된 행사라서 신경이 많이 쓰였네요. 주말에 뻗어 있다가 오늘 오후에 출근했어요. 저희는 유연근무제라서 출근 시간은 좀 늦어도 되는데, 정산 마감들이 있어서 그걸 마치고 오느라고 좀 늦었어요." 김상은이 말했다.

"고창이라면 전북 고창이요?"

"네, 고창군 전체가 생물권보전지역으로 지정돼 있어요. 혹시 가보셨나요?"

"아니요. 죄송합니다." 연지혜가 고개를 저었다.

"죄송하기는요. 다른 사람들도 비슷해요. 고창군이 어디 있는지도 잘 모르고 생물권보전지역이 뭔지도 모르죠. 저희가 환경부에서 예산을 받아서 고창군과 함께 청년포럼을 열어요. 3박 4일 동안 강연도 듣고 현장 답사도 하고 학생들 발표도 하죠. 솔직히 말하면 아이들은 행사에 별 관심이 없어요. 유엔 기구에서 하는 포럼 참여해서 수료했다고 이력서에 한 줄 넣고 싶어서 오죠. 그런데 운영하는 입장에서 큰 문제가 있어요."

"뭔데요?"

"예산으로 술을 살 수가 없어요. 한창 혈기 끓는 아이들을 산속 유스호스텔에 4일 동안 넣어놓고 술을 안 주면 아이들이 가만히 있겠어요? 공기 좋고, 남녀 비율 맞고, 밥도 엄청 잘 먹여놨는데. 아무리 그러지 말아달라고 신신당부를 해도 몇 명이 밤에 산을 타고 몰래 편의점까지 내려가서 술을 사 오고 말죠. 그리고 다음날 아침까지 술판을 벌이는 거예요. 3박 4일 내내 그랬어요. 낮에는 아이들이 토하느라고 난리고. 마지막 날에는 한 아이가 술 더 사 온다고 새벽에 기어이 나갔다가 밤길에 넘어져서 다리가 부러지고 말았어요."

김상은은 이어서 대학생들이 벌인 각종 난장판을 재미있게 묘사했다. 말하는 솜씨가 좋아서 연지혜는 한 번 크게 웃음을 터뜨렸다. 김상은의 낮은 목소리도 매우 매력적이었다.

"교수님들 강연료나 유스호스텔 사용비는 천천히 드려도 되지만 이벤트업체 같은 곳은 빨리 줘야 하거든요. 저희가 지불을 늦게 하면 직원 월급을 연체해야 하는 영세 사업자들이 많아요. 그래서 그 정산 작업을 하다가 늦었어요."

그렇게 말하며 김상은은 다시 한번 고개를 숙였다. 얼굴에 반점이 있어서 화법과 예의를 더 갈고 다듬은 게 아닐까 하는 생각이 연지혜의 머리를 스쳤다.

김상은은 고창이 김으로 유명하다며, 유스호스텔로부터 김을 몇 상자 선물로 받았는데 혹시 연지혜에게 필요하지 않으냐고 물었다.

"제가 혼자 살거든요. 집에서 밥도 거의 먹지 않고. 김들이 지금 처치 곤란이에요. 사무실에 여러 상자가 있어서……." 김상은이 말했다.

"저도 혼자 사는데 집에서 밥해 먹는 적 거의 없어요." 연지혜가 사양했다.

적당히 유대감이 형성됐다고 판단했을 때 연지혜가 물었다.

"그런데 《백치》라는 소설이 무슨 내용인가요?"

"글쎄요, 뭐라고 설명하면 좋을까. 치정극이에요. 아니, 좋게 말해 치정극이고 막장 드라마라고 하는 편이 맞을 거예요. 삼각관계, 사각관계가 얽히고설킨. 도스토옙스키 소설에서 여성 인물의 비중이 가장 높은 작품이기도 할 거고요. 주인공은 미시킨이라는 젊은 공작이에요. 너무 선량하고 순수한 나머지 백치라는 별명이 붙었어요. 하지만 지능이 낮은 건 아니고, 그저 남들이 보기에 바보 소리를 들을 만큼 특이한 사람인 거죠."

김상은이 《백치》를 설명하기 시작했다. 미시킨은 소설이 시작할 때에는 빈털터리지만 친척으로부터 거액의 유산을 물려받는다. 그런 미시킨을 젊고 아름다운 여성 두 사람이 좋아하게 되는데, 한 사람은 나스타샤, 또 한 사람은 아글라야다.

도스토옙스키 작품에는 정념이 지나쳐서 미치기 직전인 것 같은 인물이 자주 나오는데, 이 소설에서는 나스타샤와 아글라야가 그러하다. 두 여인은 미모가 뛰어나 주변 남자들의 관심과 찬사를 한 몸에 받는다는 점 외에도 자존심이 세고 제멋대로인 데다 지배욕이 강하다는 공통점이 있다. 그러나 두 여인은 하늘과 땅만큼이나 처지가 다르기도 하다.

나스타샤는 어느 부자의 젊은 정부(情婦)다. 부자는 고아인 나스타샤를 아주 어릴 때부터 키웠다. 아이가 열두 살이 됐을 때 미인이 되리라는 사실을 깨닫고는 자신의 정부로 삼을 작정을 하고 귀족 교육을 시켰고, 열여섯 살부터 자기 별장에 두고 몇 년간 여름마다 들러 성적으로 농락했다. 나스타샤는 자기가 파멸하는 한이 있어도 그 부자에게 복수를 하고 싶어 한다. 부자도 그 사실을 알게 되고, 떨쳐버리려 애쓴다. 그에 반해 아글라야는 지위 높은 장군의 집안에서 곱게 자란 막내딸로, 좋은 남편감을 구하는 일 외에 별 걱정거리가 없다.

"소설 초반에 나스타샤를 두고 경매 비슷한 상황이 벌어져요. 부자는 나스타샤에게 돈을 주겠다며 자신을 떠나 장군의 비서와 결혼하라고 제안하는데, 장군의 비서는 사실 나스타샤가 아니라 아글라야를 짝사랑하고 있어요. 그래도 그 비서는 돈이 궁해서 부자의 제안을 받아들입니다. 동시에 나스타샤에게 그녀를 끈덕지게 쫓아다니는 스토커 같은 남자가 돈을 더 줄 테니 자신과 결혼해달라고 해요. 나스타샤는 두 남자로부터 거액을 제시받은 상황이죠. 그런데 그녀는 두 결혼 상대 모두에게 관심이 없어요. 나스타샤는 사람들을 불러 모으고 더 큰 돈을 제시한 남자의 청혼을 받아들이죠. 그리고 그렇게 받은 돈을 자기 것이니 자기 마음대로 하겠다며 벽난로에 집어넣어 태워버려요. 아주 인상적인 장면이에요. 소림이가 특히 그 장면을 좋아했어요."

나스타샤가 돈을 불태워버리는 모습을 본 사람들은 굉장한 충격을 받는다. 파티장은 아수라장이 된다. 나스타샤는 장군의 비서에게 불타는 돈을 가져가도 된다고 말한다. 돈을 꺼내기 위해 벽난로로 기어 들어가는 꼴을 보고 싶다며.

사람들은 장군의 비서에게 자존심을 세울 때가 아니라며 벽난로에게 들어가라고 한다. 장군의 비서는 유혹에 빠지려는 마음을 누르고 문밖으로 걸어나가다 기절해버린다. 그 자리에 있던 다른 한 남자가 자기에게 굶주리는 가족이 열세 명이나 있다며 제발 벽난로에 들어가 돈을 꺼낼 수 있게 허락해달라고 애원한다. 미시킨 공작은 그 광경을 지켜보다 나스타샤에게 연민을 느끼고 사랑에 빠진다…….

"소림이는 나스타샤라는 인물을 굉장히 좋아했어요. 소림이가 했던 유치한 일들 중 상당수는 나스타샤를 흉내 낸 것 아닌가 해요." 김상은이 말했다.

"혹시 자기 잘못을 고백하는 게임도 그 책에 나오는 건가요?"

"맞아요. 《백치》 앞부분에 나오는 일화예요. 저희들이 그 게임을 했다는 이야기를 들으셨군요. 소설에서도 실제로도 같은 일이 일어났죠. 한 사람이 망신을 당하고 쫓겨났어요."

"《백치》의 여주인공이 차들이 다니는 큰길을 건너면 교제하겠다고 남자에게 제안하는 에피소드도 있나요?"

"유재진 이야기를 하시는 거군요. 아니요, 그 소설에 그런 장면은 없어요. 도스토옙스키가 쓴 다른 소설인《악령》에 조금 비슷한 대목이 나오긴 하죠.《악령》의 주인공인 스타브로긴이 술 내기에 져서 정신이 이상한 여인과 결혼해요. 스타브로긴은 자신이 무엇을 어디까지 할 수 있는지 실험해보려 하는 남자죠. 나중에 스타브로긴은 다른 건달을 시켜 자기 아내였던 여인을 살해합니다."

"왜 유재진 씨가 민소림 씨를 살해하셨다고 보시는 거죠?" 연지혜가 물었다.

"저는 민소림과 친했어요. 어떻게 보면 저만큼 소림이랑 다른 사람도 없었을 거예요. 소림이는 여왕처럼 생겼고 저는 절대로 그렇지 않고, 소림이는 부잣집 딸이었고 저는 아버지가 하시던 세탁소가 외환위기 때 망해서 가족이 흩어져 사는 형편이었어요. 고시원에 갈 형편이 못 되어서 하숙집에 있었죠. 하숙집에서 식사가 나오니까 밥값을 고려하면 그게 더 경제적이었거든요. 그런데 저와 민소림은 아주 특별한 공통점이 하나 있었어요. 저희 모두 외모가 다른 사람 눈길을 끌었죠. 밖에 나가면 모든 사람이 저를 쳐다봐요. 그건 참 익숙해지지 않아요. 소림이도 그랬을 거고요."

김상은은 그렇게 말하며 미소를 지었다. 연지혜는 뭐라 할 말이 없어 보일락 말락 하게 고개만 살짝 숙였다.

"괜찮아요. 편하게 대하셔도. 일본의 오타라는 박사 이름을 따서 오타 모반(母斑)이라고 해요. 원인은 모른대요. 선천성도 있고 후천성도 있는데 저는 선천성이죠. 점이 얼굴에 좌우대칭으로 나면 후천성, 한쪽에만 있으면 선천성이라고 보시면 돼요. 후천성이 치료가 비교적 쉬워요. 저는 아주, 아주, 치료가 안 되는 편이고요. 수술도 여러 번 했는데 이래요. 이번 생은 그냥 포기했어요. 참 우습죠. 조물주 입장에서 보면 이게 대단한 실수는 아니거든요. 먹고 자고 움직이고 생각하는 데 아무 문제도 없어요. 그런데 사람, 그것도 나이 어린 여자아이한테는 심각한 사안이에요. 어릴 때에는 성격도 많이 어두웠죠. 콤플렉스도 심했고. 그런데 이제는 극복했어요. 이렇게 말하면 이상하게 들리겠지만 거기에는 소림이의 죽음도 큰 영향을 미쳤죠. 세상 모든 걸 다 가진 듯했던 아이가 그렇게 억울하게 죽었잖아요. 적어도 나는 소림이보다는 처지가 낫지 않나, 건강하게 살아 있지 않나, 그런 생각이 들더라고요. 이런 생각, 나쁜 걸까요?"

"아니요, 어쩔 수 없다고 생각합니다."

연지혜가 대답했다. 아우슈비츠에서 살아남은 유대인이 쓴 글이 기억났다. 동료가 가스실로 끌려갈 때 '나는 이번에도 아니다'라며 환희를 느꼈다는.

"고마워요, 그렇게 말해줘서. 저는 사실 소림이를 도스토옙스키 독서 모임에 가입하기 전부터 알고 있었어요. 제가 눈썰미가 좋아서, 이전에 교양수업을 같이 들은 적이 있는 것도 알았어요. 물론 소림이는 저를 기억하지 못했지만. 독서 모임을 할 때에도 저랑 교양수업을 하나 같이 듣고 있더라고요. 소림이랑 저랑 취향이 비슷했던 거죠. 제가 경영대라서 교양과목 선택이 좀 자유로웠고, 문과대 수업들을 많이 들었거든요. 그래도 바로 친해진 건 아니었죠. 좀 우스운 해프닝이 있었어요. 어느 날 밤에 자정 무렵쯤 됐는데 소림이가 저한테 메신저를 보내온 거예요. 자기 집으로 와줄 수 있느냐고. 제가 자기 집 근처에 산다는 건 소림이도 알고 있었거든요. 그 시간에 별로 친하지도 않은 동성 친구를 자기 집으로 부를 이유가 뭘까요?"

"글쎄요, 민소림 씨가 무슨 위협을 받았던 건가요?"

"음, 위협이라면 위협일 수도 있겠네요. 소림이가 세수를 하고 면봉으로 귀를 팠는데 그 면봉 머리가 귓구멍 속에서 부러진 거예요."

"소림 씨가 귀에 들어간 면봉 머리를 뽑아달라고 부탁한 건가요?"

"네, 그냥 가기가 뭐해서 그 빌딩 1층에서 과자랑 음료수를 사 갔죠. 소림이는 웃으면서 저를 반겨줬는데 한쪽 귀가 잘 안 들린다고 했어요. 119를 부르거나 병원 응급실에 가는 건 너무 오버인 것 같고, 그렇다고 가만히 있으면 안 될 것 같고, 다음날 아침까지 기다려서 학교에 가서 친구들한테 부탁해야 하나, 한참 고민하다가 저를 떠올렸다는 거예요. 저는 침대에 소림이가 제 무릎을 베고 눕게 했고, 족집게를 가져와서 그 면봉 머리를 뽑아냈어요. 그리고 둘이서 배를 잡고 한참 깔깔 웃었죠. 소림이는 제가 가져간 음료수를 냉장고에 넣고 대신 맥주를 꺼내 왔어요. 그 방에서 불을 껐더니 한쪽으로 창천동 일대가 내려다보였던 기억이 나요. 방 바로 앞은 큰 건물이 있어서 전망이 가로막혀 있었는데, 그 좌우로 야경이 보였어요. 오른쪽으로 창천동 일대가, 왼쪽으로는 양화대교 쪽이 보였어요. 지금도 기억이 선하네요. 소림이가 불을 끄고 초를 가져와서 창가에 올려놓고 불을 켰어요. 저는 아주 능숙한 솜씨라며 여기서 누구랑 분위기 이렇게 잡았었느냐고 놀렸고. 소림이가 그 집에서 한강이 보인다며 양화대교 쪽을 가리켰는데 정말이지 빌딩 사이로 손톱만큼 보이는 거였죠. 제가 '이게 한강 야경이야? 너 나중에 부동산 중개업소 하면 잘하겠다'라며 또 비꼬았고. 그런데 소림이가 저한테 뭘 뽐내거나 빼기려 했던 건 아니에요. 그런 아름다움을 진심으로 감상할 줄 아는 아이였어요."

"그 뒤로 친해지셨나요?"

"네, 아까 위협 말씀하셨는데 소림이한테는 진짜로 위협이 있었어요. 소림이를 쫓아다닌 남자애들이 많았거든요. 형사님은 2000년에 몇 살이셨나요?"

"저는 1990년생이에요. 그때 열 살이었어요."

1990년생. 기가 드세다는 백말띠 여자. 민소림은 양띠였다.

"열 번 찍어 안 넘어가는 나무 없다는 말은 들어보신 적 있으세요? 2000년은 아직도 그런 말이 통하던 시절이었어요. 지금 기준으로는 부끄러워서 하지 못할 일들을 로맨틱하다고 여기기도 했고. 강의실에 꽃 들고 찾아오거나 도서관 앞에서 노래 부르는 사람도 있었으니까요. 아직 스토커라는 말도 없던 시절이었어요. 저희 사촌언니도 몇 년 뒤에 스토킹을 당했는데, 어떻게 대처해야 할지 몰랐죠. 그게 범죄라는 인식도 없었으니까. 경찰에 신고했더라면 어떻게 제대로 응대나 해줬을지 모르겠네요. 지방에 사는 친척 중에 성미도 괄괄하고 어릴 때 주먹도 좀 썼던 오빠가 소식을 듣고는 서울로 올라와서 그 스토커한테 겁을 줬죠. 그런데 소림이는 외동딸이었고, 아버지는 지방에 있는 약사셨잖아요."

"민소림 씨한테 스토커가 있었나요?"

"한두 명이 아니었을걸요. 스토커의 기준을 낮춰 잡는다면. 밤에 도서관에 있는데 연락이 와서 자기가 있는 열람실로 와달라고, 저한테 집까지 같이 가달라고 부탁한 적도 있었어요. 열람실 밖에서 계속 기다리는 남학생이 있다고, 며칠 전에도 집으로 쫓아오려고 하는 걸 간신히 따돌렸다고."

연지혜는 김상은이 그 남학생을 봤는지 물어봤다. 김상은은 고개를 저었다.

"유재진 씨도 그런 스토커였나요?" 연지혜가 물었다.

"글쎄요, 그건 잘 모르겠어요. 유재진은 자살하기 전까지 저랑 가깝게 지냈어요. 저는 유재진이 일하던 바에 자주 찾아갔었어요."

"'주다스 오어 사바스'라는 바 말이죠?"

"네. 저희는 사귀는 것도 아니고 안 사귀는 것도 아닌 상태였어요. 요즘 말로는 썸을 타고 있었다고 해야 하나? 유재진은 집착이 강한 타입 같지는 않았어요. 오히려 매사에 너무 쿨해서 탈이었죠. 성격이 바뀐 걸 수도 있고, 저한테와 달리 다른 여자에게는 집착했을 수도 있지만."

"왜 유재진 씨가 민소림 씨를 죽였다고 생각하시나요?"

"어느 날 술에 취해서 유재진이랑 소림이에 대해 이야기를 했어요. 그랬더니 혀가 꼬부라지는 목소리로 그러더라고요. 자기가 미시킨인 줄 알았는데 로고진이었다고. 자기가 무슨 짓을 했는지 알면 놀랄 거라고. 그게 유재진이 자살하기 한 달쯤 전 일이었어요."

"그게 무슨 뜻이죠?"

"로고진은 《백치》에서 나스타샤를 쫓아다니던 남자예요. 거액을 들고 나스타샤를 사려고 했던 그 남자요. 나스타샤는 로고진을 사랑하지 않아요. 그런데 나스타샤는 자신이 미시킨에게 어울리지 않는다고 걱정하죠. 미시킨의 명예를 망칠 거라고. 그래서 결말부에서 미시킨과 결혼을 약속하고도 로고진과 도망을 쳐버립니다. 로고진도 나스타샤가 자신을 사랑하지 않는 걸 알아요. 로고진은 나스타샤가 미시킨에게 돌아갈 거라고 걱정한 나머지 그녀를 칼로 찔러 죽입니다. 왼쪽 젖가슴 아래를 칼로 깊이 찔렀는데도 피가 반 숟가락 정도 만큼밖에 흘러나오지 않았다고 묘사돼요. 로고진은 그리고 냄새가 날까 봐 시체 위에 방수포를 덮어요. 방수포 위에는 이불을 덮죠. 그리고 미시킨을 기다립니다."

"미시킨을 죽이려고요?"

연지혜가 물었다. 팔에 가볍게 소름이 돋았다. 《백치》의 마지막 장면은 민소림 사건 현장과 너무 흡사했다.

"아니에요. 로고진은 그 정도로 나쁜 인간은 아닌 걸로 나와요. 사실 이 소설에 엄청난 악인은 없어요. 로고진은 그냥 시신을 옆에 두고 어찌할 바를 몰라 해요. 미시킨은 로고진을 안아줍니다. 나중에 사람들이 들이닥쳤을 때 로고진은 열병으로 쓰러져 의식이 없어요. 미시킨은 로고진이 비명을 지르고 신음할 때마다 환자를 달래고 쓰다듬어주지만 자기 주변의 다른 사람들은 의식하지 못하고 묻는 말에 대답도 하지 않아요. 소설 제목처럼 백치가 된 거죠."

"김상은 팀장님, 아직 저한테 이야기하지 않으신 게 있죠?"

연지혜가 물었다. 김상은은 잠시 먼 곳을 바라보는 눈이 되었다.

"유재진은 자살하기 전에 '주다스 오어 사바스'에서 아예 잠까지 잤거든요. 그 바가 건물 2층에 있었는데, 바 뒤로 작은 방이 있었어요. 거기서 폐인처럼 살았죠. 새벽 2시에 손님을 보내고 나서 저와 둘이서 술을 마시곤 했어요. 자기가 로고진이라는 고백도 그럴 때 한 거예요. 유재진은 그 술집에서 자살했어요. 유재진의 시신을 발견한 사람이 저였어요."

59.

트롤리 딜레마는 놀랍도록 최근에 등장했다. 14쪽짜리 철학 논문 형태로, 1967년《옥스퍼드 리뷰》에 처음 실렸다.

애초에 이 논문이 겨냥한 이슈는 낙태 문제였다. 그러나 사람들은 트롤리 딜레마가 던지는 질문이 훨씬 광범위하다는 사실을 곧 깨닫게 된다.

더 큰 전쟁 피해를 막기 위해 핵무기를 사용해도 괜찮은가? 엄청난 인명 피해를 일으킬 폭탄 테러를 막기 위해 용의자를 고문해도 좋은가? 한정된 복지 예산을 어떻게 편성하고 어떤 순서로 집행할 것인가? 모두 트롤리 딜레마다.

다섯 사람의 목숨은 한 사람의 목숨보다 귀중한가. 두 사람 중 한 사람만 구할 수 있고 그럼으로써 다른 한 사람은 죽게 해야 할 때 살려야 할 사람은 누구인가. 현실 세계에서 우리는 이런 문제들을 끊임없이 맞닥뜨린다. 그리고 미국 독립선언문의 정신은 이에 대해 아무런 답을 주지 못한다.

그런 면에서 트롤리 딜레마가 계몽주의 윤리의 빈틈을 폭로한다고 말할 수도 있다. 계몽주의 윤리는 인간과 인권을 번드르르한 말로 찬미하지만 실제로 사람들을 도덕적으로 곤혹스러운 처지에서 구해주지는 못한다. 우리는 흔히 '도덕적 직관'이라는 용어로 포장되는 영장류의 본능과 냉혹한 공리주의 논리 사이에서 모호한 선택을 하게 되며, 끝내 안식을 얻지 못한다.

1967년 이후 많은 윤리학자와 심리학자, 논리학자, 법학자, 정치학자, 사회학자, 인류학자, 경제학자, 신경과학자, 진화생물학자들이 트롤리 딜레마에 달려들었고, 후속 논문들이 쏟아졌다. '트롤리학(學)'이라고 하는 작은 학술 분야가 됐다는 농담마저 나올 정도다.

예견과 의도의 차이, 직접적인 의도와 완곡한 의도의 차이, 적극적 의무와 소극적 의무의 차이, 뚱뚱한 남자의 권리와 절대주의 의무론, 교차적 이성, 도구적 합리성, 맥락적 상호작용, 부적절한 대안들의 독립성, 이중 효과의 원리, 삼중 효과의 원리…….

온갖 개념 도구가 등장했지만 지금껏 트롤리학의 실질적인 성과는 미미하다. 어떤 사람이 죽으리라고 예상하면서 그걸 막지 않는 것과 그 사람을 죽이는 것에는 차이가 있다는 점, 인간의 도덕적 본능은 상당 부분 구석기시대 부족 생활에서 빚어졌다는 점을 알아낸 정도다.

여러 논증가들이 자신의 이론과 개념 도구들을 설명하고 반증하기 위해 트롤리 딜레마의 무대에 여러 가지 변형을 가했다. 나중에는 조건들이 터무니없을 정도로 비현실적이고 괴상해서, 깊이 들여다보는 게 우스울 지경인 시나리오들이 등장했다.

나는 가장 널리 알려진 기본 시나리오를 연구했고, 돌파구를 찾아냈다. 이 아이디어가 신계몽주의의 한 기둥이 되리라고 나는 기대한다.

나는 언덕 아래 멀리서 제동장치가 고장 난 트롤리가 돌진해오고, 그 앞에 놓인 선로에 다섯 사람이 묶여 있으며, 옆에 있는 뚱뚱한 남자를 밀어서 트롤리를 멈춰 세울 수 있을 때, 그래서는 안 된다고 생각한다.

그 이유는 뚱뚱한 남자가 내 옆에 있기 때문이다. 그리고 '트롤리-선로-묶인 사람들'이라는 시스템은 내게 멀리 떨어져 있어서다.

나는 도덕적 책임에 원근법을 도입할 것을 제안한다.

60.

"이 이야기는 아무한테도 한 적이 없었어요. 유재진의 시신을 발견한 사람이 저라는 부분이 아니라, 유재진이 그런 고백을 했다는 부분이요."

김상은이 말했다.

"유재진 씨가 자신이 미시킨이 아니라 로고진이라고 했을 때 그게 무슨 뜻인지 물어보셨나요?"

연지혜가 물었다. 좀 더 확실한 증거를 기대했던 그녀는 실망하는 기색을 보이지 않으려 애썼다.

"아니요. 바로 뜻을 알았으니까요. 게다가 그때 재진이의 분위기가……. 확신이 들었어요." 김상은이 대답했다.

"그 이후에는 뭐라고 더 나누신 말씀이 없으신가요?"

"딱히 더 한 이야기가 없었어요. 너무 놀라서요. 유재진이 갑자기 저를 공격하면 어떻게 하나 무섭기도 했고. 저는 가게에서 조용히 빠져나왔고 유재진은 저를 막진 않았어요. 하지만 다시 그에게 연락할 생각은 못 했죠."

"그 일을 경찰에 알리진 않으셨죠?"

"네, 아까도 말씀드렸지만 지금까지 아무에게도 알리지 않았어요. 경찰에 알려야 했을까요? 형사님 같으면 어떻게 하셨겠어요? 형사님의 제일 친한 친구가 다른 친구를 몇 년 전에 살해했다고 고백한다면?"

"자수를 권하는 게…… 정답이겠지요."

김상은은 연지혜에게 웃어 보였다. 그러자 좌우 비대칭인 검은 반점 때문에 한쪽 눈은 완전히 감기고 다른 쪽 눈은 뜨고 있는 것처럼 보였다. 마치 그녀가 묘한 윙크를 던지는 듯했다.

"유재진은 그즈음에 충분히 망가져 있는 것 같았어요. 저는 혼란스러웠고요. 시간이 더 있었더라면 저도 자수를 권했을지 모르겠지만……."

김상은이 말을 흐렸다.

"유재진 씨가 극단적인 선택을 한 게 그즈음인가요?"

"한 달쯤 뒤였어요. 새벽에 저한테 전화가 한 통 왔더라고요. 새벽 2시인가 3시인가에 와서, 받지는 못했죠. 그래도 한번 바에 들러봐야겠다는 생각이 들었어요. 유재진을 만나서 뭘 어떻게 해야겠다는 마음은 없었어요. 저는 그때 대학원에 다니고 있었어요. 수업을 마치고 학생식당에서 저녁을 간단히 먹고 '주다스 오어 사바스'에 찾아갔죠. 오후 7시쯤 됐을 거예요. 원래 그 시간이면 가게 문을 열어야 하거든요. 그런데 문이 닫혀 있었죠. 그즈음에는 유재진이 그 가게 주인인 거나 마찬가지였어요. 그래서 이상하다고 생각하고 전화를 걸었는데 전화벨 소리가 안에서 들리더라고요. 아무도 받지 않고요. 가게 문에는 키패드가 달려 있었는데 이것저것 눌러보다가 결국 정답을 찾아냈어요. 비밀번호가 뭐였는지 아세요?"

연지혜는 '민소림이 죽은 날짜 아니었느냐'고 대답하려다가 그냥 "모르겠는데요" 하고 고개를 저었다.

"예전에 민소림이 쓰던 전화번호 뒷자리였어요. 22년이 지났는데 지금도 숫자를 기억해요. 2882예요. 아무튼 문이 열렸고 안에 들어갔는데 인기척이 없었어요. 그때 유재진이 죽었다는 걸 직감했던 것 같아요."

김상은은 한 손을 들어 반점이 있는 쪽 눈을 가렸다. 손으로 가리지 않은 다른 쪽 눈에는 물기가 어렸다. 반점과 흰 피부 사이 경계에 있는 피부가 주름으로 쪼그라들었다.

"바 뒷방 문은 열려 있었어요. 방 한구석에는 수납 바구니를 넣었다 뺄 수 있는 철제 옷장이 있었어요. 유재진은 제일 아래 바구니에 바지, 그 위 바구니에 티셔츠, 그 위 바구니에 속옷, 그 위에는 양말, 그런 식으로 입을 옷들을 정리했죠. 바구니에는 구멍이 송송 뚫려 있었고요. 그 바구니에 허리띠를 걸고 거기에 목을 맸더라고요. 무릎을 꿇은 자세로요. 고개가 푹 꺾여서 옷장을 향해 사죄하는 포즈였어요. 저는 얼굴을 확인할 생각은 못했어요. 재진아, 재진아, 하고 조용히 몇 번 부르고 가까이 가서 발을 만져봤어요. 맨발이었는데 너무 차가워서 상대를 살리기에는 너무 늦었다는 걸 바로 알았고요. 사건 현장을 그대로 놔둬야 한다는 이야기는 범죄소설이나 영화를 보며 주워들었죠. 그래서 그 상태로 뒷방을 나와 바에서 112에 전화를 걸고 경찰을 기다렸어요. 경찰관이 두 분 오셔서 시신 사진을 찍고 가족한테 연락하는 동안 그 바에서 계속 있었어요. 저한테도 여러 가지 물어보시고 연락처를 받아 가셨죠."

"충격이 크셨겠어요." 연지혜가 말했다.

"겉으로는 태연한 척했는데, 속으로는 그렇지 않았죠. 이런 이야기

처음 하는 건데……. 형사님 굉장히 이상한 재주가 있으신 분 같아요. 말을 술술 털어놓게 만드시네요."

"불편하시면 지금 말씀 안 하셔도 괜찮습니다."

"이 이야기를 다음에 다시 하라고요?"

김상은이 피식 웃더니 말을 이었다.

"경찰에서는 한 번 연락이 왔어요. 시신을 발견할 때 정황을 전화로 확인하더니 더는 연락이 없었고요. 저는 그 학기는 그럭저럭 잘 다녔는데 다음 학기에는 휴학계를 내고 여행을 갔어요. 한적한 데 있으면 자꾸 안 좋은 생각이 날 것 같아서 일부러 시끄러운 곳으로 찾아갔죠. 저는 유재진의 죽은 얼굴을 직접 보지 않았어요. 옆모습도 보지 않았고요. 그런데 눈을 감으면 자꾸 보지도 않은 그때 모습이 상상이 되는 거예요. 재진이가 무릎을 꿇고 고개를 숙이고 있는데 혀가 입 밖으로 길게 빠져나와 있는 모습. 그런 모습을 보지는 않았거든요. 나중에 들으니까 목을 매서 자살한다고 그렇게 혀가 나오지는 않는다고 하더라고요. 맞나요? 형사님은 시신 많이 보셨죠?"

"아무래도 일이 일이니까……."

"맞아요? 그 얘기가?"

"케이스 바이 케이스예요. 목 어느 부위가 압박되었느냐에 따라 달라요. 여행은 어디로 다녀오셨나요?" 연지혜가 말을 돌렸다.

"태국으로 갔어요. 방콕에 가보신 적 있으세요? 카오산 로드라고, 여행자들이 모이는 해방구 같은 거리가 있어요. 거기 게스트하우스에서 몇 달을 살았어요. 그러면서 태국 전통 마사지를 배웠어요. 5일 배우면 수료증 주는 곳 말고 제대로 가르치는 학교에서요. 마사지 연구하는 사람들이 유학 오는, 태국 왕실에서 인정하는 태국 전통의학학교였어요.

뭔가 할 일이 필요했고, 배워놓으면 일상에서 써먹을 상황이 있을 거 같아서 익혔는데 다른 사람의 몸을 만지는 게 저한테도 위로가 되더군요. 사람이라는 게 그래요. 남의 체온이 필요해요. 그래서 제가 마사지를 잘해요. 형사님도 어깨 같은 데가 결리면 저한테 말씀하세요."

김상은은 다시 뜸을 들였다가 질문을 던졌는데 궁금해서 묻는 게 아니었다.

"주요 용의자가 사망하면 경찰도 수사를 종결하지 않나요? '공소권 없음'으로요."

"네."

"이런 경우에도 그러면 수사를 마치나요?"

"사건 현장에서 발견된 DNA가 있어요. 일단 유재진 씨 혈액형을 파악해서 그 DNA와 일치하는지 봐야 할 거 같네요." 연지혜가 짧게 설명했다.

"유재진의 혈액형을 지금 알 수 있나요?"

"기록이 남아 있을 테니까요. 병원이나 군대나 학교에. 대한적십자사에 헌혈 기록이 있을 수도 있고요."

"그래서 혈액형이 일치하면?"

"글쎄, 그다음에는 잘 모르겠습니다. 유재진 씨의 DNA를 확보해야겠죠. 유족들이 가지고 있을 수도 있겠고……. 머리카락 같은 걸 오래 보관하는 사람도 있으니까요. 만약 유재진 씨가 피의자라면 수사는 종결돼요. 공소권 없음으로요."

말은 그렇게 했지만 내심으로는 연지혜도 지금 유재진의 DNA를 손에 넣을 방법이 있을지 궁금했다.

연지혜는 공소권 없음과 그에 따른 수사 종결이라는 제도가 이상하다는 생각을 새삼 했다. 말하기를 꺼려하는 변사 사건 참고인들을 형사들은 종종 이런 식으로 설득한다. 돌아가신 분의 억울함을 풀어줘야 하지 않겠느냐고. 망자가 돌아올 수는 없겠지만 진상이라도 밝혀야 하는 것 아니겠느냐고. 그에 따르면 범인이 죽었건 아니건 간에 수사는 계속해야 한다.

"자신이 미시킨이 아니라 로고진이라는 말을 술김에 했기 때문에 유재진 씨가 극단적인 선택을 했다고 생각하시나요?" 연지혜가 물었다.

"아니요. 유재진은 그때쯤 이미 자포자기한 상태 아니었나 싶어요. 그래서 저는 유재진에 대해서는 그리 죄책감을 느끼지 않아요. '나는 유재진에게 죄책감을 느끼지 않는다'는 사실을 알아차리고 인정하는 데에도 시간이 걸렸죠. 그걸 깨닫기 위해 태국에 갔던 거라고 생각하고요. 이 이야기 듣고 싶으세요? 수사하고는 별 상관 없을 텐데."

"듣고 싶습니다. 꼭 수사 때문이 아니더라도요." 연지혜가 대답했다.

"심리학에 대해서는 잘 모르고, 정신분석은 믿지 않아요. 그래도 제가 마음속에서 뭔가를 억압하고 있다는 건 알았죠. 유재진의 시신 모습이, 그것도 제가 보지도 못한 옆모습이 생각났으니. 한동안은 제가 억누르는 감정이 죄의식이라고 생각했어요. 실제로 죄책감이 들지는 않았거든요. 그래서 무의식으로는 그걸 느끼는데, 의식 단계에서 부정하나 보다, 여겼죠. 태국에 가서야 그게 아니라는 걸 알았어요. 어느 날 게스트하우스에서 혼자 술을 마시는데 갑자기 유재진 그 자식이 너무 미운 거예요. 살아서 제 앞에 있다면 제가 칼로 찔러버리고 싶을 정도로. 죄책감 따위는 아니었어요."

"어떤 감정이었나요?"

"배신감이었어요. 안 그래도 내 세상은 충분히 엉망인데, 그걸 더 엉망으로 만들고 자기는 편안히 저세상으로 가버렸잖아요? 그게 용납이 안 됐어요. 아, 사실 저한테는 죄책감도 있었어요. 그런데 그건 유재진에 대한 죄책감이 아니었어요. 민소림에 대한 것이었어요."

"민소림 씨에 대해서요? 왜죠?"

"민소림을 좋아했지만 미워하기도 했거든요. 뭐든지 다 가진 아이였잖아요. 그때 제 상황과 비교하지 않을 수가 없었어요. 저는 얼굴에는 오타 모반이 있고, 남자를 사귀어본 적도 없고, 집은 IMF로 풍비박산이 났고, 학교에 다니면서 과외 아르바이트를 세 개나 해야 했어요. 그래서……."

김상은은 다시 한 손을 들어 반점이 있는 쪽 눈을 가렸다. 그러나 이번에는 눈물이 손 밖으로 흘러넘치고 말았다. 그래도 그녀는 말을 멈추지 않았다.

"다른 아이들에게 떠벌렸죠. 소림이가 신영극장 옆 뤼미에르 빌딩에 산다고, 소림이네 원룸에서는 한강이 내려다보인다고, 야경이 끝내준다고. 저 때문에 다들 소림이가 엄청나게 부자인 걸로 오해하게 됐죠. 남들이 오해하도록 제가 교묘하게 얘기했어요. 못 가진 게 없는 듯한 소림이가 부러웠고, 제 마음이 너무 비뚤었고 어렸어요. 다른 애들 앞에서 소림이처럼 잘나가는 아이랑 같이 다닌다고 행세를 하고 싶기도 했고, 소림이가 고생하는 모습을 보고 싶기도 했어요. 나중에 그런 사건이 난 다음에 겁이 덜컥 났죠. 혹시 소림이를 쫓아다니던 남자가, 저 때문에 소림이의 원룸 빌딩 위치를 알게 된 것 아닐까 하고요."

김상은이 듣기 좋은 목소리로 조곤조곤 말했다.

"죄송하지만, 민소림 씨가 사는 집에 대해서 주변에 많이 이야기하셨나요?" 연지혜가 물었다.

"그렇지는 않아요. 저희 독서 모임과 같은 수업을 듣는 친구 몇 명에게 이야기했어요. 하지만 말이라는 건 어떤 식으로 퍼질지 모르잖아요. 아닐 거라고 생각하면서도 그런 의심을 버릴 수 없었죠. 독서 모임 멤버 중에, 아니면 저랑 같이 수업을 듣는 학생들 중에 범인이 있지 않을까 하는."

연지혜는 김상은에게 그 이야기를 한 사람들 이름을 기억할 수 있겠느냐고 물었다. 하지만 연지혜가 수첩을 꺼내는 걸 보고 김상은은 고개를 저었다. 김상은은 "어차피 범인은……"이라며 뭔가를 말하려다 끝을 흐렸다.

"그때도 혹시 유재진 씨를 의심하셨나요?"

"민소림이 죽었을 때 저는《백치》를 읽지 않은 상태였어요. 저희 모임에서는 제일 먼저《죄와 벌》, 그다음으로《지하로부터의 수기》를 읽었어요. 그리고《악령》과《카라마조프 씨네 형제들》을 읽었죠. 민소림은《백치》를 읽었다고 말했고, 유재진도 민소림이 살아 있을 때 읽은 것 같아요. 저는 나중에 읽었어요. 민소림이 죽고 나서, 유재진이 죽기 전에.《백치》 결말을 읽었을 때 우리 중 한 사람이 민소림을 죽인 게 아닌가 의심이 들었고……. 아니기만을 빌었어요. 그런데 유재진이 미시킨과 로고진에 대해 이야기하면서……."

김상은은 눈을 가늘게 뜨고 웃어 보였다. 이번에도 그녀의 웃는 얼굴은 윙크를 던지는 것처럼 보였다. 자기 미소가 그런 느낌을 준다는 걸 그녀도 알고 있는 것 같았다.

"모든 게 통제력의 문제라는 생각이 들어요. 자기 힘을 통제하지 못

하는 존재는 화를 입게 돼요. 사람도 그렇고, 사회도 그래요. 제가 하는 일도 그런 거예요. 우리 문명이 가진 힘을 스스로 통제하자는 거죠."

김상은은 꿈꾸는 듯한 목소리가 되었다. 22년 전 도스토옙스키를 읽었던 연대생들은 자라서 모두 말을 잘하는 사십대가 되었다. 어려운 소설을 읽어서 그렇게 된 걸까, 원래 언어 감각이 있는 학생들이 모여서 책을 읽은 걸까, 연지혜는 싸늘한 질문을 속으로 던졌다.

한편으로는 그들의 심정이 이해가 되기도 했다. 이들은 한창 감수성이 예민할 시기에 친구의 죽음을 두 번이나 겪었고, '왜?'라는 질문에 맞닥뜨렸다. 어떤 식으로든 답을 찾아야 했을 것이다. 그리고 자신들의 다음 세대이자 비극과 범죄의 전문가인 연지혜에게 답안을 제출하면서 상대의 반응을 보고 인정을 받고 싶었는지도 모른다.

연지혜 역시 숱한 변사 사고와 약자를 대상으로 한 갈취 범죄, 성범죄를 보면서 '왜?'라는 의문을 품지 않을 수 없었다. 의식으로는 그 질문이 무의미하다는 것을 알았지만 무의식은 끊임없이 물었다.

연지혜의 대답은 체념이었다. 세상에는 속임수로 단기 이익을 꾀하는 사기꾼들, 상황이 자신에게 유리할 때 약자를 착취하는 폭력배들, 시스템의 허점을 노리는 무임승차자들이 반드시 일정 비율로 나타난다. 인간 세상뿐 아니다. 모든 유기체들의 생태계에서 반드시 일어나는 현상이다. 그런 번식 전략에 기대 자기 유전자를 퍼뜨리는 개체는 번성한다.

모든 사람이 정직해서 서로가 서로를 신뢰할 때 거짓말쟁이가 한 명 나타난다면, 그 거짓말쟁이는 압도적으로 유리해진다. 그는 대단한 성공을 거두고, 그의 거짓말 전략을 흉내 낸 모방범들이 등장한다. 거짓말쟁이들이 일정 수에 이를 때 비로소 전체 집단이 '진화적으로 안정된 상태'가 된다. 협박, 절도, 강도, 성폭행, 살인에도 다 해당하는 이야기다. 어느 사회에서나 범죄자의 등장은 필연이다.

거기에 더해, 경찰들은 범죄자들을 너무 많이 본다. 응급실 의사들이 배앓이 환자에게 심드렁한 것처럼, 경찰들도 범죄자들의 존재를 당연히 여기고 무심해진다. 경찰을 겁내는 소매치기나 소액 사기꾼, 동네 건달들에게는 학급의 장난꾸러기를 대하는 선생님 같은 심정마저 든다.

김상은은 다른 각도에서 범죄를 고찰한 모양이었다. 그녀는 말을 이었다.

"저는 헛소문을 퍼뜨릴 힘이 있었어요. 하지만 그 뒷감당을 할 능력은 없었죠. 유재진은 다른 사람의 집 주소를 찾아내고 해칠 힘이 있었어요. 하지만 그 일이 자신 역시 망가뜨릴 것임을 내다보지 못했죠. 저희 중에 통제력이 가장 없었던 사람은 민소림일 거예요. 그 아이는 자기 힘에 취해 있었어요. 자연이 가혹하다고 생각하지 않으세요? 보기 좋은 외모라는 건 굉장히 강력한 힘이죠. 미인 유전자를 물려받아 태어나는 아이들은 십대 후반부터 이십대 초반까지 그 힘을 가장 크게 누리게 돼요. 그런데 그 나이에 그 힘을 제대로 통제할 수 있는 사람은 거의 없어요. 대부분은 자기가 지닌 힘이 어느 정도 큰 건지, 그 힘이 다른 사람을 얼마나 애타게, 아니면 괴롭게 할 수 있는지 이해하지도 못해요. 그래서 주변 사람들에게 쉽게 상처를 입히고 자기도 피해를 입어요. 저는 미인 유전자를 지니고 태어나지 않았기 때문에 그런 사실을 어려서부터 알고 있었어요. 어떻게 생각하세요, 이런 이론?"

"동의합니다. 특히 청소년 범죄를 보면 그런 마음이 들어요. 왜 성인처럼 범죄를 저지를 힘이 먼저 생기고 성인처럼 충동을 자제하는 능력이 나중에 생기는 걸까, 하는. 그 순서가 거꾸로였다면 세상이 훨씬 살기 좋을 텐데요." 연지혜가 맞장구를 쳤다.

"유네스코 면접을 볼 때 그런 이야기를 했어요. 우리 문명의 과제가 통제력이라고요. 우리 문명에서는 기업도, 도시도, 국가도, 자연스럽게 팽창을 목표로 삼게 돼요. 조금 시야를 넓히면 동식물도 그렇죠. 평화로운 방법으로 규모를 조절하고 개체들의 웰빙을 추구하는 종은 없어 보여요. 기회가 생기면 그저 번식해서 어떻게든 수를 늘리려는 욕망이 있는 것 같아요. 우리는 거기에 맞서야 해요. 아주 부자연스럽고 낯선 방향이지만, 그래야 지속가능할 수 있어요."

"민소림 씨가 자기 힘에 취해 있었다는 이야기를 좀 더 자세히 들을 수 있을까요?"

"글쎄, 무슨 이야기를 해야 할까요. 자기 힘에 취해 있었다는 평가는 소림이 자신이 내린 거였어요." 김상은은 조금 웃었다.

"민소림 씨가 그렇게 말했다고요?"

"소림이는 자기가 고등학교 졸업 전까지 몸이 뚱뚱한 편이었다고 했어요. 수능을 친 다음에 15킬로그램 이상 살을 뺐다고요. 쌍꺼풀 수술도 했고요. 그랬더니 남자들의 시선이 달라졌고, 자기도 모르게 우쭐해져서 예전에는 안 하던 일을 하게 됐다고 하더라고요. 그러면서 그 시선이 마약 같았다고 했어요. 놓치고 싶지 않았다고. 저는 한 번도 경험해 보지 못한 시선이죠. 저는 유혹의 힘보다 통제력을 먼저 얻었어요."

김상은이 말했다.

61.

멀리 떨어진 물체는 작게 보인다. 멀리 떨어진 빛은 약해지는데, 이때 약해지는 정도는 거리의 제곱에 비례한다.

두 물체 사이에 작용하는 인력은 멀수록 약해진다. 이때 약해지는 정도는 거리의 제곱에 비례한다.

전하를 띤 두 물체 사이에 작용하는 전자기력은 멀수록 약해진다. 이때 약해지는 정도는 거리의 제곱에 비례한다.

이것은 우연이 아니다. 구의 표면적이 반지름의 제곱에 비례한다는 3차원 공간의 특성 때문이다. 다시 말해 우리 우주의 깊은 본성이다. 빛의 강도, 중력이나 전자기력뿐 아니라 다른 힘과 에너지도 매질이 균질한 3차원 공간에서 퍼질 때 거리의 제곱에 반비례하여 강도가 약해진다는 얘기다.

그런데 이 법칙은 물리 세계뿐 아니라 인지 세계에서도 거의 흡사하게 적용되는 듯하다. 어떤 사건이 사람의 정신에 미치는 영향의 강도는 사건과 사람 사이의 인지적 거리에 반비례한다.

지구 반대편에서 벌어진 아동학대는 슬프다. 하지만 한국에서 일어난 아동학대 사건은 그보다 더 끔찍하게 느껴진다. 이웃에서 일어난 아동학대 사건에 대해서는 자신의 책임을 살피게 된다.

내가 알지 못하던 사내보다 삼촌의 죽음이 내 마음에 더 영향을 준다. 아버지의 죽음은 더 영향력이 크다.

모르던 사람보다 아는 사람의 성공이 더 신경 쓰인다. 친한 친구가 갑작스럽게 성공하면 질투심이 생긴다.

중동에서 벌어진 폭탄 테러보다 키우던 개의 죽음이 더 슬프다.

이 원리는 공간뿐 아니라 시간 축을 따라서도 적용된다. 우리는 전날 일어난 비극에 눈물을 흘리고, 지난해에 일어난 참사에 가슴 아파한다. 그러나 수백 년 전에 일어난 학살에 대해서는 무덤덤하다.

르네상스 이전 중세의 화가들은 가까이에 있는 사람과 먼 곳에 있는 사람을 같은 크기로 그렸다. 어린아이들도 이런 식으로 그린다. 눈에 보이는 대로가 아니라 머릿속에 있는 개념에 의지해서 세계를 서술하기 때문이다.

중세 화가들은 자신들의 눈에 보이는 풍경이 아니라, 땅을 굽어 내려보는 절대자의 시선으로 세상을 그렸다. 나는 계몽주의 윤리, 특히 공리주의가 아직 그 수준이라고 본다.

최대 다수의 최대 행복이라고? 우리 중 어느 누구도 세상을 그런 식으로 내려다보지 않는다. 그런데 공리주의는 우리 모두가 대통령, 수상, 유엔사무총장의 관점에서 세상을 바라봐야 한다고 가르친다. 당연하게도 우리는 그럴 수 없다.

타인에 대한 개인의 도덕적 책임은 타인을 도울 수 있는 개인의 힘과 세계 인식에 달려 있다. 힘과 세계 인식 양쪽 모두 거리의 영향을 받는

다. 그러므로 타인에 대한 개인의 도덕적 책임도 거리의 영향을 받는다.

하늘에서 내려다볼 때 내 옆에 있는 뚱뚱한 남자의 생명과, 멀리 선로에 묶인 인부 한 사람의 생명은 같다.

하지만 지상에서, 한 사람의 육신과 정신에서 트롤리 딜레마는 완전히 다르게 보인다. 내 옆에 있는 남자의 생명에 대한 책임은 멀리 있는 사람들의 생명보다 내게 더 크게 지워진다.

개인은 가까이 있는 사람의 고통에 더 큰 도덕적 책임을 진다.

멀리 떨어진 별의 중력도 사라지지 않고 지구에 영향을 미치듯, 멀리 떨어진 사람의 고통에도 우리는 도덕적 책임을 진다. 하지만 그 거리가 멀면 멀수록 책임의 크기는 작아진다.

그 감소 비율을 다양한 층위에서 여러 방식으로 측정해야 한다. 그것이 새로운 도덕규범의 한 기초가 될 것이다.

62.

"선배는 왜 경찰이 되셨어요?"

"갑자기 뭔 소리야, 뜬금없이……."

연지혜의 질문에 박태웅이 황당하다는 표정을 지었다.

두 형사는 광진구의 한 상가 건물 2층에 있었다. 상가는 A동과 B동으로 분리돼 있었는데 짝수 층마다 상가동 사이에 구름다리가 있었다. 연지혜와 박태웅이 있는 곳은 그 구름다리 위였다. 구름다리 옆으로 카페가 있었는데, 탁자와 의자를 가게 밖 구름다리에까지 둬서 손님들이 밖에 앉을 수 있게 했다.

날씨가 다소 쌀쌀한 탓에 실외에 자리 잡은 손님은 연지혜와 박태웅을 제외하고는 아무도 없었고, 덕분에 두 형사는 주변을 신경 쓰지 않고 자유롭게 대화할 수 있었다. "여태까지 해본 잠복 중에서 가장 편한 잠복"이라고 박태웅이 말했고, 연지혜도 동감이었다.

유재진의 혈액형은 민소림의 몸에서 발견된 정액과 일치하지 않았다. 확인은 쉬웠다. 유재진에 대한 부검감정서가 있었다. 유족들이 부검을 요청한 것이다. 자살자가 앉은 자세로 목을 매 숨진 채로 발견됐을 때 상당수 유족들이 그런 자세로 자살할 수 있다는 것을 납득하지 못한다.

세상에는 극히 드문 확률로 실제 혈액형과 정액의 혈액형이 다른 사람이 있다고도 하지만……. 연지혜는 유재진이 범인이 아니라는 사실에 아쉬워해야 할지 안도해야 할지 알 수 없었다. 사건이 그렇게 종결되기를 바라지 않았다. 그리고 그것이 순전한 자신의 이기심이라는 사실도 알았다. 그녀는 범인을 자기 손으로 잡아서 처단하고 싶었다.

그렇게 해서 연지혜와 박태웅이 광진구 상가 건물에 오게 됐다. 2층에 올라와 있는 것은 1층에 있는 공인중개사 사무소를 감시하기 위해서였다. 업체 이름은 '고수 공인중개사 사무소'였고, 대표는 1968년생이자 특수강도 전과가 있는 배대현이었다. 두 형사가 있는 자리에서는 공인중개사 사무실 입구가 잘 내려다보였다. 배대현의 DNA를 합법적으로 가져가는 게 두 형사의 임무였다.

많은 독신 여성들을 만날 부동산 중개인에게 특수강도 전과가 있다는 사실이 찜찜하기 그지없었다. 그러나 그렇다고 공권력이 할 수 있는 일도 딱히 없었고, 무엇을 해야 하는지도 알 수 없었다. 그 판단 자체가 경찰의 몫이 아닌 것이다.

성범죄자에 대해서는 법원이 학교, 어린이집, 청소년 관련 시설에서 일하지 못하도록 취업제한 명령을 내릴 수 있다. 그것은 법원의 몫이다. 몇몇 대기업은 금고형 이상을 받은 사람은 해고할 수 있다는 사내 규칙을 둔다. 그것은 기업 인사팀의 몫이다. 강도 전과자는 공인중개사 시험을 응시할 수 없다거나, 서비스업에 종사하면 안 된다거나, 여러 사람이 찾는 사무실을 운영할 때 전과자임을 알려야 한다는 법은 없다.

"전에 제가 피해자랑 독서 모임 같이 했다는 영화감독 만난 거 보고 드렸잖아요. 그 감독이 저한테 묻더라고요. 왜 경찰이 됐느냐고. 그러고 나니까 다른 선배들은 왜 경찰이 됐는지 궁금하더라고요." 연지혜가 말했다.

"글쎄, 난 나쁜 놈 잡고 싶어서 경찰 된 건데. 나쁜 놈 잡는 게 재미있어서." 박태웅이 말했다.

그때 고수 공인중개사 사무소 문이 열리며 부부로 보이는 젊은 남녀가 나왔다. 두 형사는 대화를 멈추고 태연한 표정으로 아래를 내려다보았다. 배대현은 문가까지 나와 손님들을 배웅했으나 사무실에서 나오지는 않았다.

배대현의 전과는 극악하다, 아니다, 잘라 말하기 곤란한 내용이었다. 그는 33년 전에 친구와 함께 서울 은평구에서 슈퍼마켓 한 곳을 털었다. 막걸리 한 병씩을 마시고 술에 취한 채 장도리로 자물쇠를 부수고 가게에 들어갔다.

그런데 그 가게는 주인이 집을 겸하는 곳이었다. 잠을 깬 주인에게 커터 칼을 들고 있던 배대현은 "소리 지르면 죽인다"고 위협했다. 슈퍼마켓에 침입할 때에도, 자물쇠를 부술 때에도 적극적이었던 친구는 며칠 뒤 자수를 했고, 배대현은 뒤늦게 찾아온 경찰에 체포되었다. 가게 주인은 엄벌을 요구했다. 야간에 두 사람이 흉기를 들고 침입한 범죄여서 특수강도가 되었다.

은평구는 신촌에서 멀지 않다. 배대현은 주거침입 경험이 여러 번 있었을지도 모른다. 강도는 종종 강간과 살인으로 이어진다. 배대현의 나이는 국립과학수사연구원의 정액 검사에 들어맞았고, 생김새도 뤼미에르 빌딩 CCTV 화면에 나온 것과 비슷해 보였다. 배대현이 범인일까?

그사이에 분명히 사면 복권되었겠지만, 그런다 해도 경찰 전과 조회 시스템에서 기록이 사라지지는 않는다. '전과기록이 말소됐다'는 말은 검찰에서 관리하는 수형인명부와 본적지 지자체에서 관리하는 수형인명표가 없어졌다는 이야기다. 경찰이 보관하는 범죄경력자료는 사라지지 않는다. 그래서 50세가 넘어서도 19세 때 저지른 범죄 때문에 다른 살인사건의 잠재 용의자로 잠복 감시의 대상이 된다.

"나쁜 놈 잡는 게 재미있는지 아닌지는 어떻게 아셨는데요?" 연지혜가 물었다.

"내가 의경을 했거든. 파출소에서 근무했어. 아직 치안센터 생기기 전이었지. 파출소 순경들이랑 의경이랑 방범 순찰을 같이 다니잖아. 그런데 순경들이 쉬고 싶은 거야. 그러면 의경들한테 '이 부근 좀 알아서 돌아' 하고 자기들은 순찰차나 카페 같은 데 짱박혀서 시간을 때우거든. 그러면 의경들도 그때 PC방 같은 데 가서 놀고. 그런데 나는 PC방에서도 수상한 놈 있으면 가서 신분증 보여달라고 해서 수배 조회하고, 그래서 기소중지자 여럿 잡았어. 특박 자주 갔지. 중대에서 유명했어."

"의경이 범인 체포할 수 있는 거예요?"

"없나? 그때는 그런 거 심각하게 따지지 않았는데. 일단 경찰복을 입고 있잖아. 그리고 현행범은 시민도 체포할 수 있는 거고."

"아니, 안 무서우셨어요? 그러다 수배 중인 범인이 막 흉기 휘두르고 그러면?"

"그런 걱정은 안 했는데. 옆에 후임병들도 있었고, 또 대부분 사기범들이야. 자기들도 수배된 거 아니까 경찰이 다가가면 표정 구겨지고 신분증 내놓으라고 하면 얌전히 내놓더라고. 그때는 아직 수배 조회를 무전으로 할 때거든. 조회하는 동안에 도망 못 가게 붙잡고 있다가 순찰차 오면 넘겨주고. 재미있더라고, 그런 게. 아, 한번은 격투를 벌인 적도 있긴 했네."

"어떻게요?"

"별거 아냐. 밤에 순찰하고 있는데 앞에서 그랜저가 한 대 전봇대에 부딪히는 거야. 사람 안 다쳤나 싶어서 헐레벌떡 뛰어가니까 갑자기 차에서 머리 짧은 어린애들 다섯 명이 튀어나오더라고. 누가 봐도 고등학생이고 훔친 차야. 그래서 후임병들한테 '잡아!' 하고 외치고 쫓아갔지. 그런데 한 놈이 골목까지 도망가서 나중에 덤비더라니까."

"가출 소년이었나요?"

"모르겠는데. 파출소에 넘겨주고 그다음에는 어떻게 됐는지 모르겠어. 잡는 게 짜릿하지, 그다음은 재미없더라. 연 형사도 경제팀에서 근무했었지?"

"네."

연지혜는 정말 나쁜 놈들을 잡고 싶어서 경제팀에서 나와 형사가 됐다는 말을 할까 망설이다 그냥 짧게 대답했다.

"나는 경제팀에서 일할 때 스트레스를 많이 받았어. 증거가 있는데 뻔한 거짓말 하는 사람들 있잖아. 내가 어느샌가 그런 사람들한테 소리 지르고 윽박지르게 되더라고. '자꾸 그런 식으로 할 거예요? 그러다 구속될 수 있어요!' 그렇게. 그러면 60살, 70살 먹은 할아버지가 내 앞에서 벌벌 떨어. 그런 거 싫더라. 그렇게 사건 하나 마쳐서 검찰청 보내면 새 사건이 또 있고. 사건은 수없이 쌓여 있는데 거기에 감정 소진이 너무 컸어. 그러면서 알았지. 나는 범인을 쫓아가서 잡는 걸 좋아하지, 앉은뱅이 업무는 정말 싫어한다고. 사실 범인 잡아서 검찰로 보낸 다음에 어떻게 되는지 알고 싶지도 않아."

"그건 왜요?"

"애써 잡았는데 그놈들이 다 제대로 벌을 안 받잖아. 정상참작이니

집행유예니 감형이니, 다 개소리야. 난 판사들이 인권 의식 키운다면서 교도소 체험하는 것도 잘 이해하지 못하겠어. 그러면 범죄 피해 체험도 해야 하는 거 아냐. 그렇게 형 깎아주고 풀어줄 거면 처음부터 뭐 하러 잡아 오라고 하는 거야? 가끔은, 그게 판사들의 열등감이나 피해의식 때문 아닌가 싶을 때도 있어."

"그 양반들이 무슨 피해의식이 있다고요?"

"강력범죄를 저지르는 범인들은 저학력 저소득층 남자들이 많잖아. 그런데 판사들은 고학력 고소득층이지. 보다 보면 미안해지는 거야. 자기들이 편하게 살아온 게. 범죄자들 사연 들어보면 다 딱하지. 부모한테 학대받고 자란 녀석들도 많고. '나는 어려서부터 따뜻한 말 한 번도 못 들어봤다, 쓰레기통 뒤져서 먹고 살았다' 그러면서 우는 애들 이야기 듣다 보면 불쌍한 마음이 드는 건 나도 마찬가지인데, 그런다고 내가 걔들 놔주면 안 되잖아. 검사도 걔들 불쌍하다고 기소 안 하면 안 되지. 나는 판사들도 똑같이 엄정하게 판결해야 한다고 봐. 불쌍한 애들 마음 잘 다독이고 새사람 되게 만들어주는 건 교화 시설에서 할 일이야."

연지혜는 고개를 끄덕였다. 도시에서 자란 사람만이 동물원에서 우리 안에 갇힌 육식동물을 보며 가슴 아파하고 가엾게 여긴다. 야생에서 늑대를 만난 적이 있는 사람은 창살에 대해 감상을 품지 않는다. 연지혜는 판사들이 우리에 갇히지 않은 범죄자를 보지 못했다고 생각했다.

"선배는 나쁜 놈들 직접 응징하고 싶다는 생각 안 하세요? 미국 영화들 보면 형사들이 범인 개 패듯이 패잖아요. 그런 거 보면서 부럽다는 생각해보신 적 없으세요?"

연지혜는 슬쩍 선을 건드렸다. 그런데 의외로 박태웅은 그 질문에는 덤덤한 반응이었다.

"별로. 그런 적은 없는데."

"그래요?"

"응. 왜 그렇게 생각해? 내가 그렇게 거친 사람으로 보여? 난 아주 신사적인 편 아닌가."

박태웅의 얼굴에는 농담하는 기색은 전혀 없었다. 연지혜는 하마터면 웃음을 터뜨릴 뻔했다.

"선배 가끔 눈을 감고 몇 초 있다가 뜰 때 있잖아요. 그때 되게 무서워요. 한 대 치고 싶은 마음을 참는 것처럼 보이거든요."

"그래? 그거 눈이 뻑뻑해서 그런 건데. 경찰이 범인을 개 패듯이 패면 그건 경찰이 아니지. 배트맨이지. 경찰은 범인을 두들겨 패지 않으니까 경찰인 거야."

"배트맨 싫어하세요?"

"싫어해. 그게 돈지랄이지 뭐야. 정말로 어느 재벌이 도시 범죄율을 낮추는 데 관심이 있다면 그런 장난질 하지 말고 그 돈으로 거리 골목골목에 CCTV 달아주는 게 훨씬 낫지. 자기 돈으로 설치하고 기부채납할 수 있잖아."

박태웅의 말에 연지혜는 자기도 모르게 양 손바닥을 맞부딪쳤다. 그리고 박수 소리가 혹시 1층까지 울리지 않았을까 싶어 순간적으로 몸을 움츠렸다. 박태웅이 씩 웃더니 이야기를 계속했다.

"재벌 이야기가 나왔으니 말인데, 엊그제 지섭이 형이랑 술 한잔했어."

"오지섭 선배랑요?"

박태웅이 오지섭과 술을 마신 게 재벌과 무슨 관련이 있는지 궁금해하며 연지혜가 되물었다.

"지섭이 형이 폰파라치 조폭 사건 하고 있잖아. 그런데 이게 하면 할수록 조폭이 문제가 아닌 것 같대. 조직이 크지도 않은 놈들이더래. 범죄단체 등재도 안 된."

전국의 조직폭력단과 구성원은 경찰의 수사정보시스템에 인적 사항들이 올라와 있다. 그 시스템에 등재되지 않았다는 것은 신생 조직이든지, 아니면 범죄단체라 부르기 민망할 정도로 규모가 작거나 모양새가 허술하다는 얘기였다. 경찰 시스템에 등재가 돼 있다고 해서 법원에서 조폭으로 인정받는 것도 아니었다. 법적으로 범죄단체가 되려면 조건이 꽤 까다롭다. 통솔 체계가 명확하고 행동 강령도 있어야 한다.

"어쨌든 피해자들이 많이 있잖아요. 조폭이 문제가 아니면 어디가 문제예요?" 연지혜가 물었다.

"듣고 보니까 통신사들이더라고."

"통신사요?"

박태웅이 눈을 꾹 감았다 뜨더니 설명을 시작했다. 폰파라치들은 휴대폰 판매점에 들어가서 상담을 받는 척하다가 불법 보조금을 달라고 요구하고, 판매점이 거기에 응하면 그 대화를 녹음해서 신고한다. 폰폭은 이 일을 조직적으로 하거나 신고하기 전에 판매점을 협박해서 합의금을 뜯어낸다.

문제는 그다음부터다. 신고자에게 주는 포상금은 이동통신사와 판매점이 금액에 따라 일정 비율로 나눠서 부담하게 돼 있다. 그런데 이동통신사들이 그 부담을 이리저리 피하다가 판매점에 떠넘기는 경우가 많다. 통신사들이 판매 계약을 해지할 권리가 있고, 판매점에 벌점을 부과하므로 상인들 입장에서는 제대로 항의하기 어렵다. 애초에 폰파라치들의 협박이 통하는 것도 판매점들이 벌점과 계약 해지를 겁내기 때문이다.

"게다가 그 신고를 정부가 받는 게 아니거든. 이동통신사들이 만든 협회에서 받는 건데, 여기서 판매점이나 대리점들의 항변을 제대로 들어주지 않는대. 판매점 처지에서는 억울한 경우가 생겨도 하소연할 곳도 없나 봐. 애초에 법 지켜서 팔면 되지 않느냐, 하면 할 말 없는데, 본사에서 할당도 떨어지고 하니까 판매점들은 죽겠다는 거지. 할당량 채우고 먹고살려면 고객 유치하려고 보조금을 한도 위로 슬쩍 지급해줘야 하고, 그러다 꾼들한테 걸리면 아주 박살이 나는 거고. 폰폭이랑 통신사 사이에 낀 판매점들이 제일 불쌍하더라, 이게 지섭이 형 얘기였어."

"선배 생각은요?"

"난 잘 모르겠어. 판매점은 법 지키면서 장사 못 할 거 같으면 그 일 접어야 하는 거고, 폰파라치들도 법 어겨서 폰폭이 되면 우리가 잡아내야 하는 거고. 그게 원칙 아니냐, 그렇게 얘기했지. 그랬더니 지섭이 형이 '그러면 통신사는 어떻게 해야 하니?' 하고 묻더라. '원칙대로 하라는 얘기는 인권단체들이 우리들한테 늘 하는 얘기잖아. 너는 그 말에도 불만 없는 거지?' 하고도 묻고."

"뭐라고 대답하셨어요?"

"아무 말도 못했지, 뭐. 내가 말주변이 좋은 사람도 아니고. 지섭이 형은 통신사를 강요죄 같은 걸로 엮을 수 없는지 고민을 했대. 그런데 잘 안 될 거 같대. 판매점주들이 피해를 봤다고 나서줘야 하는데 하소연만 하지 이걸 고발할 생각을 하는 사람은 아무도 없다고 하고. 어떻게 해야 돼?"

그 시스템 전체가 잘못됐다고 연지혜는 생각했다. 그 사실은 명확했다. 그런데 잘못된 부분이 어디까지인지 말하기는 어려웠다. 이동통신사가 보조금을 주고 약정 고객을 맺는 방식 자체가 문제일까? 아니면 통신사들이 보조금을 지급하는 데 정부가 끼어들어 어느 선 이상 돈을 푸는 게 불법이라고 규정한 게 잘못일까?

"나왔다."

박태웅이 작게 속삭였다. 고수 공인중개사 사무소에서 배대현이 막 나오고 있었다. 배대현은 문에 '식사 중'이라는 팻말을 걸고 열쇠를 꺼내 사무실 문을 잠갔다.

두 형사는 자리에서 일어났다. 박태웅은 홀가분한 표정이었다. 골치 아픈 이야기를 그만해도 되어서일까? 연지혜는 자기 얼굴은 어떤 표정인지 궁금해졌다.

연지혜가 원하는 것은 숟가락이었다. 배대현이 사용한. 젓가락보다는 입 안에 들어가는 면적이 넓은 숟가락이 DNA를 채취하기 편했다.

연지혜와 박태웅은 미리 작전을 짰다. 식당까지는 함께 배대현을 미행하고, 식당에는 연지혜 한 사람만 들어가기로 했다. 만약 점심식사 시간에 연지혜가 배대현의 숟가락을 얻지 못하면 저녁식사 시간에는 박태웅이 배대현 근처에서 밥을 먹으며 기회를 노리기로 했다.

배대현이 사용한 숟가락을 합법적으로 얻으려면 경찰임을 밝히고 가게의 협조를 얻는 수밖에 없다. 식당 종업원 몰래 숟가락을 들고 나오는 것은 어렵지 않은 일이지만, 증거물이 될 수도 있는 물건이 불법 취득물이 되어버린다. 그래서 배대현과 식당 주인이 친분이 있는 듯하면 아예 시도를 하지 않을 생각이었다. 식당 주인이 나중에 배대현에게 "경찰이 와서 당신이 사용한 숟가락을 가져갔더라"고 말하면 곤란하니까.

점심시간이 되자 상가 복도는 북적거렸다. 연지혜와 박태웅은 자연스럽게 인파 속에 녹아들며 배대현을 뒤따라갔다. 연지혜는 무표정한 얼굴로 밀려오는 사람들을 보며 초임 순경 시절 비번이나 휴무 때 자주 겪었던 위화감을 오랜만에 다시 느꼈다. 그때는 모든 사람이 잠재적 범죄자 같아 보였다.

배대현은 식사를 혼자 하는 모양이었다. 누군가를 기다리거나 만나지 않고, 전화를 걸지도 않았다. 그는 칼국수 가게 앞에서 잠시 멈췄다가 가게 안에 빈자리가 없는 걸 보고 걸음을 옮겼다. 연지혜는 바로 옆에 있는 박태웅이 이런 과정을 즐기며 사냥과 추적의 흥분을 맛보는 건지 조금 궁금해졌다. 연지혜는 그보다는 조바심을 느끼는 편이었다. 당장 배대현을 붙잡고 입을 벌리게 한 뒤 면봉을 그 안에 쑤셔넣고 싶었다.

두 형사는 배대현이 상가를 벗어나길 바랐다. 한 상가에 있는 가게 주인들끼리는 서로 친할 가능성이 컸다.

배대현이 결국 들어간 곳은 A동 상가 가장 끝에 있는 닭곰탕집이었다. 연지혜는 슬쩍 안을 들여다보았다. 작은 가게였다. 메뉴는 오직 닭곰탕 하나뿐이었고, 다닥다닥 붙은 4인용 테이블이 여섯 개 있었다. 벽 한쪽에도 긴 책상을 붙여놨는데, 그 위에 '혼자 오신 고객님들은 1인석을 이용해주시기 바랍니다'라는 안내문이 붙어 있었다.

서빙하는 종업원은 없었다. 무인 계산기에 주문을 한 다음 음식과 식기를 손님이 직접 자리로 가져가야 했다. 주방에서 바쁘게 닭곰탕을 만드는 사내 혼자서 가게를 운영하는 것 같았다. 이런 구조라면 식당 주인과 손님이 서로를 알아보고 친분을 쌓을 수 있을 것 같지는 않았다. 연지혜는 괜찮지 않겠느냐는 의미로 박태웅을 향해 턱을 들어 보였다. 박태웅은 눈을 1, 2초 정도 감았다 뜨더니 고개를 선선히 끄덕였다. 그러면서 덧붙였다.

“아니다 싶으면 그냥 닭곰탕 한 그릇 잘 먹고 나오고.”

연지혜는 사용 설명서를 보며 가게의 무인 계산대에서 서툴게 닭곰탕 한 그릇을 주문했다. 음식은 5분 만에 나왔다. 연지혜가 식판을 받아 들고 섰을 때 가게 안에는 빈자리가 딱 한 곳 있었다. 바로 배대현의 옆자리인 1인석이었다. 연지혜는 망설임 없이 그 자리로 가서 배대현과 어깨를 나란히 하고 앉았다.

연지혜의 자리는 배대현의 왼편이었다. FBI에서는 용의자를 쫓을 때 기왕이면 오른쪽에서 쫓으라고 가르친다던데. 사람들이 본능적으로 오른쪽 눈으로 보는 사물을 왼쪽 눈으로 보는 것보다 덜 의심한다고. 아니, 그 반대였나……?

닭곰탕은 감탄이 나올 정도로 맛있었다. 육수가 진하고 건더기는 뼈가 발라져 살코기만 있었다. 오른쪽을 흘끔 보니 배대현은 음식을 천천히 먹는 스타일인 듯했다. 그는 휴대폰을 벽에 세우고 동영상을 보면서 식사를 했다. 연지혜는 흘끔 배대현의 휴대폰 화면을 훔쳐보았는데, 어느 교향악단이 연주를 하고 있었다. 배대현은 무선 이어폰을 귀에 꽂고 있었는데, 그래서 더 위화감이 들었다.

연지혜는 복잡한 심정이 되었고, 그 이유도 알았다. 배대현이 범인이라고 생각하면 태연히 클래식을 즐기는 모습에 화가 치밀었고, 어린 시절 실수로 인해 전과가 있을 뿐 다른 범죄를 저지른 적은 없다고 생각하면 말상대도 없이 혼자 국밥을 먹는 모양에 연민이 갔다. 배대현의 왼쪽이 아니라 오른쪽에 앉았다면, 그래서 왼쪽 눈으로 배대현을 살폈다면 다른 기분이 들었을까?

연지혜는 범인에 대한 박태웅의 태도를 생각했다. 용의자를 쫓는 것은 재미있지만 벌주겠다는 마음은 없는 자세가 연지혜에게는 가능하지 않았다. 범인을 토끼나 오리처럼 생각하는, 추적과 포획에만 관심을 두는 사냥꾼의 자세인 걸까? 범인을 못 잡아서 알코올중독에 걸릴 정도였다면서.

연지혜의 사명감은 정의감에서 나왔다. 그래서 상대가 무죄라는 생각이 들면 쫓을 마음이 나지 않았고, 상대가 유죄라고 생각하면 응징하고 싶다는 마음이 반드시 뒤따랐다.

배대현이 곰탕 국물을 꽤 남긴 채로 식사를 마쳤다. 식판을 들고 반납대로 걸어가는 배대현을 연지혜는 눈으로만 쫓았다. 가게 주인과 배대현이 서로 알아보는 눈치가 보이면 작전을 포기할 마음이었다.

배대현은 반납대에 식판을 놓고 말없이 돌아섰다. 문으로 걸어나가는 그가 연지혜에게 짧게 눈길을 던졌다. 그 표정은 음흉해 보이기도 하고 쓸쓸해 보이기도 했다. 연지혜는 슬며시 시선을 피했다.

연지혜는 음식을 반쯤 남긴 식판을 들고 천천히 자리에서 일어났다. 배대현이 남기고 간 식판에서 눈을 떼지 않기 위해서였다. 연지혜는 식기 반납대까지 최대한 천천히 걸어갔다. 그리고 배대현이 가게 문 앞에서 사라진 것을 확인하고 고개를 숙여 주방의 가게 주인을 찾았다.

상인들 대다수는 경찰 신분증을 보여주면 놀라며 수사에 협조한다. 그러나 간혹 과하게 무례하게 굴며 경찰에 대한 반감을 표시하는 이들도 있다. 집회 시위가 많은 지역 상인들은 경찰 신분증이나 경찰복에도 심드렁하다. 상가 건물에서 경찰이 화장실을 사용하는 것을 대놓고 막는 이들도 있다.

연지혜는 지갑에서 천 원짜리 한 장을 꺼냈다.

"사장님, 경찰인데요, 이 숟가락 하나 살 수 있을까요?"

63.

멀리 떨어진 물체는 작게 보일 뿐더러, 흐리게 보인다. 공기가 빛을 방해하기 때문에 망원경을 사용하더라도 먼 곳의 풍경은 선명하지 않다. 먼지가 많은 날이라면 더 그렇다.

마찬가지로, 우리는 멀리 떨어진 곳의 상황을 정확히 알 수 없다.

내 옆에 있는 뚱뚱한 남자가 살아 숨 쉬는 인간임은 충분한 정도로 확신할 수 있다. 하지만 멀리 아래서 달려오고 있는 트롤리의 제동장치가 돌이킬 수 없을 정도로 고장이 났다고 어떻게 믿을 수 있을까? 그 트롤리에 제2, 제3의 안전장치가 없다고 어떻게 장담하는가?

선로에 묶인 것처럼 보이는 인부 다섯 사람은 과연 살아 있는 사람들이 맞나? 정교하게 만든 마네킹인 것은 아닌가? 그들을 묶고 있는 밧줄 매듭이 얼마나 단단한지 내가 어떻게 알 수 있는가?

구조대가 오고 있지 않음을 나는 어떻게 자신할 수 있는가? 계곡 건너편에 있는 다른 사람이 뚱뚱한 남자 대신 거대한 통나무를 굴려서 트롤리를 세우려 애쓰고 있는 건 아닐까? 트롤리와 묶인 인부들 사이에 선로전환기가 없다는 설명은 과연 옳은 걸까? 혹시 저 아래 광경이 모두 영화 촬영을 위한 세트 아닐까?

우리는 알 수 없다. 멀리 떨어진 곳의 상황을 정확히 알 수 없다는 것 역시 우주의 깊은 본성에 해당한다. 정확히 알 수 없는 상황에 대해 우리는 어느 범위 이상의 도덕적 책임을 지지 않는다. 말하자면 트롤리 딜레마의 전제 자체가 비현실적이다. 어떤 살아 있는 인간도 그런 상황에 처하지 않는다.

'사람은 먼 곳의 상황을 잘 알 수 없다'는 인식은 자치와 지역공동체의 중요성으로 이어진다. 근대 이후 한국을 비롯한 많은 나라에서 국가와 가정 사이에 있는 많은 중간 규모 공동체들이 무너졌다. 상당 부분 계몽주의 윤리의 허점 탓이라고 본다. 신계몽주의 사회에서는 크고 작은 지역공동체들의 자치권이 훨씬 더 중요하게 논의된다.

반면 신계몽주의 사회에서는 미래 세대가 덜 중요하게 취급된다. 미래는 늘 불확실하다. 1, 2년 뒤가 아닌 한 세대 뒤의 미래는 매우 멀다.

물론 타인에 대한 책임이 거리의 제곱에 반비례한다는 식으로 깔끔하게 정리되기는 어렵다. 인지 세계에서의 거리 개념은 물리 세계에서의 거리와 다르고, 측정하기 힘들다.

이유 중 하나는 인간이 인지 세계에서 격자를 치기 때문이다.

부산에서 나가사키까지의 거리는 280킬로미터 정도다. 부산에서 서울은 325킬로미터 떨어져 있다.

하지만 부산 사람들에게는 심리적으로 서울이 나가사키보다 훨씬 가까운 도시다. 부산 사람들은 나가사키에서 일어난 비극보다 서울에서 벌어진 불행에 더 슬퍼할 가능성이 높다. 서울은 한국이라는 상상의 공동체 안에 함께 있는 도시지만, 나가사키는 그렇지 않다.

다른 이유 하나는 미디어에 의한 왜곡이다.

우리의 공감 능력은 우리가 무엇을 보고 들었느냐에 좌우된다. 우리는 자주 보고 들은 대상이 우리 곁에 있다고 여긴다.

이는 미디어 기술이 발전하기 이전 전근대에서는 이치에 맞는 판단이었다. 그러나 원거리 통신 기술이 발달하면서 우리의 정신은 거대한 가상현실을 만들기 시작했다.

서울에서 남수단의 수도 주바까지의 거리는 1만 킬로미터 남짓이다. 그러나 대부분의 서울 사람들에게는 1만 1000킬로미터 이상 떨어진 뉴욕이 더 가깝게 느껴진다.

뉴욕과 주바에서 같은 시각 같은 규모로 폭탄 테러가 발생했을 때 서울 사람들은 뉴욕의 비극에 대해 더 많이 듣게 된다. 서울 사람들은 뉴욕 사람들의 고통에 더 공감하게 될 가능성이 높다.

64.

"720에서 750 사이. 720으로요. 그렇게 수정하겠습니다. 색상이 두 가지 색으로 돼 있는데 문제없나요? 예, 색상 다 확인해주셨습니다. 그러면 수정한 도면을 지금 카톡으로 보내드릴게요. 예, 알겠습니다. 내일 출근합니다. 예, 알겠습니다."

주민음은 머리에 쓴 무선 헤드셋으로 통화하며 마우스를 바쁘게 움직였다. 그의 앞에는 커다란 모니터가 나란히 세 대 있었다. 주민음이 손을 움직일 때마다 가운데 있는 모니터 화면 속에서 작은 서랍장의 삼차원 모델이 여러 방향으로 회전했다. 서랍장은 베이지색과 붉은색의 두 가지 색으로 돼 있었다.

"죄송합니다. 곧 끝납니다. 여기서 조금만 기다려주세요."

통화를 마친 주민음이 말했다. 주민음은 흰 피부에 호리호리한 체형의 사내였다. 뿔테 안경을 썼고, 염소수염을 기르고 있었다. 한쪽 귀에 귀걸이를 하고 있었다. 얼굴은 동안이었으나 머리숱이 가늘고 적었다. 깍듯하고 빈틈없는 말투와 꼿꼿한 몸 때문에 어쩐지 로봇 같다는 느낌이 들었다. 고객과 전화로 상담할 때도 그런 목소리에 그런 태도였다.

연지혜는 괜찮다고 말하며 고개를 크게 끄덕여 보였다. 주변이 시끄러워 괜히 동작이 커졌다. 톱밥을 빨아들이는 집진기 소음 때문에 귀가 멍했다. 소리 크기가 진공청소기의 두세 배는 되는 것 같았다.

거기에 질세라 대형 스피커로 최신 팝송까지 크게 틀어놨다. 주민음이 상담실 문을 열고 작업장으로 나가는 동안 쿵쿵 울리는 베이스 소리가 들렸다. 주민음이 나가서 문을 닫자 음악 소리가 줄어들더니 잠시 뒤 완전히 꺼졌다.

주민음의 '믿음공방'은 마포구 현수동의 한 건물 지하에 있었다. 1층에 편의점과 약국이 있는 5층짜리 건물이었는데, 공방은 지하 전체를 쓰고 있었다. 계단으로 내려가자마자 나무 벽으로 상담실을 만들어놨고, 그 반대쪽으로 자재실과 재단실이라는 명패가 붙은 공간이 있었다. 나머지는 모두 작업장이었다.

연지혜가 앉아 있는 상담실 한쪽 벽면은 커다란 유리창이 있어서, 작업장을 내다볼 수 있었다. 주민음은 덤덤한 표정으로 젊은 직원과 대화를 나누고 있었다. 지시를 한다기보다는 뭔가를 가르쳐주고 있는 모양새였다. 그 뒤에서 다른 직원 한 사람이 공손한 자세로 두 사람의 대화를 듣고 있었다. 주민음이 말을 마치자 듣고 있던 젊은 직원의 얼굴에 뭔가 깨쳤다는 듯한 표정이 떠올랐다.

상담실은 작은 방 크기였다. 한쪽에 조금 전까지 주민음이 앞에 앉아 있던 작업용 책상이 있었고, 반대편에는 냉장고와 정수기, 커피머신과 티백 세트가 있었다. 가운데에는 차를 마실 수 있는 응접 테이블이 있었다. 그 밖에는 모두 책장이었고, 책이 어마어마하게 많았다. 벽은 온화하면서 산뜻한 느낌을 주는 청록색이었고, 가구들은 모두 단순하면서도 세련된 느낌이었다. 나무에 대해 문외한인 연지혜의 눈에도 고급 자재들을 쓴 것처럼 보였다.

이런 걸 북유럽 스타일이라고 하는 건가, 연지혜는 속으로 중얼거리며 일어나 책장의 책들을 살폈다. 책장 하나는 맨 아래 칸부터 제일 위 칸까지 온통 목공과 디자인에 대한 책으로 가득했고, 나머지 책장에는 일반 도서들이 꽂혀 있었다. 그녀는 자기도 모르게 도스토옙스키의 소설들을 찾았고, 한 귀퉁이에서 《죄와 벌》《악령》《카라마조프 씨네 형제들》을 발견했다. 《죄와 벌》은 두 권짜리, 《악령》과 《카라마조프 씨네 형제들》은 각각 세 권짜리 하드커버였다. 《백치》는 보이지 않았다.

책장 한 칸이 시집으로 가득 찬 것이 눈길을 끌었다. 한 칸이라고 했지만 책장이 크고 시집이 워낙 얇아서 50권 이상 꽂힌 것 같았다. 목공을 하고 시를 좋아하고, 귀걸이를 했지만 행동이 얌전한 명문대 수학과 출신 사십대 남자라. 연지혜는 상대에 대해 좀처럼 짐작할 수가 없었다. 그녀가 여태까지 익숙하게 만나온 유형이 아니었다.

그때 조금 전까지 주민음이 작업하던 컴퓨터의 화면이 꺼지더니 스크린세이버가 떴다. 스크린세이버의 이미지가 묘했다. 모니터 세 개에 걸쳐 가로로 긴 그림이 나타났는데, 관 속에 들어 있는 한 남자를 묘사한 작품이었다. 남자는 깡말랐고, 사타구니 위에 흰 천을 걸친 것 외에는 벌거벗은 상태였다. 관은 남자의 몸에 너무 딱 맞아서 보기만 해도 폐소공포증에 걸릴 것 같았다.

연지혜는 그 남자가 예수그리스도일 거라고 생각했지만 별 근거는 없었다. 한편으로는 그리스도를 그린 그림 치고는 지나치게 불경한 것 같았다. 심지어 그림 속 남자의 시신은 생선처럼 텅 빈 눈을 뜨고 있었고 입도 무기력하게 벌어져 있었다. 그림은 굉장히 정밀해서, 손발 끝과 얼굴 피부가 푸르게 변색하려는 것까지 포착했다. 하필 작품이 모니터 세 개에 걸쳐 있었기 때문에 시신을 세 동강을 낸 것처럼 보였다.

하지만 그림 속 시신에는 파리나 파리 알이 보이지 않았고, 아랫배가 부풀어 오른 상태도 아니었다. 연지혜는 서울대 법의학교실의 최은호 교수를 떠올렸고, 사무실의 대형 벽걸이 TV에 〈아키스와 갈라테이아가 있는 풍경〉을 띄워놨던 이기언도 생각했다.

연지혜는 그림을 유심히 관찰했다. 그림은 중세 작품처럼 보이기도 했고 현대 화가가 그린 것처럼 보이기도 했다. 가늠할 수가 없었다.

연지혜가 그림을 쳐다보는 사이 집진기도, 음악 소리도 꺼졌다. 그녀는 다시 작업실 방향 창문으로 눈을 돌렸다. 주민음이 직원들과 종례를 하는 것 같았다. 회사라기보다는 학교 같은 분위기라고 연지혜는 생각했다. 직원은 모두 네 명이었는데, 가만히 서 있는데도 주민음에 대한 존경심이 드러났다.

직원 중 한 사람이 뭔가를 질문하는 것 같았다. 주민음이 작업대로 가서 그림을 그려 보이며 설명했다. 다른 직원들이 모두 그 그림을 보며 고개를 주억였다. 주민음은 다시 자리로 돌아와 몇 문장을 더 말했는데, 내용은 들리지 않았다. 직원들은 "안전, 안전, 안전!"이라고 말하더니 박수를 치고 해산했다.

"10분만 더 기다려주세요. 작업실을 정리하고 오겠습니다."

주민음이 상담실에 들어와서는 연지혜에게 말했다.

"방해가 안 된다면 옆에서 공방을 둘러봐도 될까요? 저도 목공에 관심이 있어서요."

연지혜가 뻔한 거짓말처럼 들리지 않기를 기대하며 요청했다.

"그러시죠." 주민음이 대답했다.

"이 헝겊들에 오일이 묻어 있거든요. 원리는 잘 모르겠는데, 오일이 많이 묻은 헝겊이 쌓여 있으면 불이 나는 경우가 있어요. 그래서 항상 물에 충분히 적셔서 버려야 해요."

주민음이 작업대에서 걸레처럼 보이는 천들을 정리하며 말했다. 작업대는 커다란 식탁처럼 생겼는데 선반이 여러 층 있었고 제일 아래 바퀴가 있었다. 작업대 위에는 페인트와 오일 여러 통과 각종 공구들이 어지럽게 널려 있었다. 멀티탭, 스프레이 접착제, 니퍼, 펜치, 전동 사포, 가위, 커터 칼, 실톱, 본드, 전동 드릴, 원목 손잡이, 드라이버, 나사못들이었다. 스카치테이프와 딱풀도 많았다. 작업대 제일 아래 칸에는 접이식 사다리도 있었다.

"평소에는 직원들이 뒷정리를 하고 가는데, 오늘은 일이 좀 늦게 끝났네요. 금방이면 됩니다."

주민음이 공구들을 공구함에 넣으며 말했다.

"신기하네요. 왜 그럴까요?" 연지혜가 물었다.

"공방 일이 늦게 끝나는 게 그렇게 신기한가요?"

"아니요. 헝겊이 저절로 탄다는 게요."

연지혜가 그녀의 특기인 대화를 시작했다.

"아, 글쎄요. 깊이 생각해본 적이 없어서……. 뜨거운 나무가루 같은 게 날아다니다 닿아서 불이 붙는 걸까요. 톱에서 떨어진 나무가루들이 꽤 뜨겁거든요. 이 안에서 저절로 불이 날 때도 있어요. 나무가루가 서서히 타다가요. 들깨 가루도 가만히 놔두면 저절로 발화할 때가 있다고 들었어요. 비슷한 원리 아닐까 싶은데……."

주민음은 그렇게 말하며 천장에서 내려온 크고 네모진 파이프라인과 연결된 커다란 비닐봉투를 가리켰다. 그 안에는 고운 나무가루가 있었다. 집진기에서 나무가루를 빨아들인 뒤 그 비닐봉투로 모으는 것 같았다.

연지혜는 천장을 보다가 거기에 꼬마전구들이 달린 것을 그때서야 발견했다. 크리스마스 시즌에 장식으로 달아뒀던 걸까?

"제가 도와드릴까요? 이건 여기에 거는 건가요?"

연지혜가 작업대에서 기다란 도구를 들며 물었다. 긴 막대처럼 생겼는데 양끝에 중심축과 직각을 이루며 튀어나온 부분들이 있었다. 재질이 금속이어서 보기보다 꽤 묵직했다. 그 도구들이 한쪽 벽에 줄지어 걸려 있었다.

"네, 맞습니다."

"이건…… T자인가요?"

연지혜가 그 도구를 벽에 걸며 물었다.

"클램프라고 하는 거예요. 뭔가를 고정해야 할 때 쓰는 거죠. 클램프 중에서도 이렇게 생긴 건 퀵그립 클램프라고 부릅니다. 크기별로 있습니다."

"못이나 망치는 별로 안 보이네요." 연지혜가 미소를 지으며 물었다.

"망치는 안 씁니다. 망치질하는 공방은 거의 없을 거예요. 전동 드릴로 구멍을 낸 다음에 나사를 박습니다. 그게 결합력이 훨씬 더 강합니다." 주민음이 설명했다.

"수학과를 나오셨다고 들었어요."

연지혜가 공구들을 정리하며 슬쩍 주제를 옮겼다.

"복수전공을 했습니다. 수학과 경제학을 했지요. 수학과 학생들이 경제학 복수전공을 많이 해요. 수학도 어중간하게 해서는 참 취직이 안 되는 전공이거든요. 왜 수학 전공을 해놓고 공방을 열었느냐고 묻고 싶으신 거죠?"

주민음이 말했다. 연지혜는 상대가 자신을 비아냥거리는 건가 싶어서 눈치를 살폈다. 주민음은 무슨 생각을 하는지 알 수 없는 표정이었다.

"괜찮으시다면 듣고 싶은데요. 실례일까요?"

"괜찮습니다. 저 말고 다른 공방 주인들도 자주 받는 질문들일 거예요. 어릴 때부터 공방을 여는 게 꿈이었다는 사람은 없죠. 사회생활을 하다가 좌절하거나 상처를 받은 사람들이 많이 열어요. 한편으로는 그래서 공방을 열고 싶다고 은근히 꿈꾸는 사람도 많고요. 카페랑 비슷해요."

"대표님도 공방을 열기 전에 다른 일을 하셨나요?"

"유통회사에 다녔습니다. 마트에 다녔다고 표현하는 편이 좀 더 나으려나요? 처음에는 본사 인사팀에서 몇 년 있었고, 그다음에는 감사팀에 갔죠. 젊은 사원이 감사팀에 가면 어깨에 힘주고 다니는 것부터 배워요. 안 그러면 매장에서 우습게 보거든요. 저는 강성인 팀장님 밑에서 아주 FM대로 배웠죠. 매장에 나가서 해산물이 담긴 아이스박스의 온도를 재는데 적정 온도가 나오지 않으면 전부 폐기하라고 지시해야 해요. 그러면 실랑이가 벌어지죠. 아버지뻘 나이인 마트 점장님이 오시는데 제가 혼자 상대를 해야 할 경우도 있습니다. 개중에는 윽박지르는 사람도 있고 읍소하는 사람도 있고…… 스트레스를 많이 받았습니다."

주민음은 자기 성격이 그리 유들유들하지도 독하지도 못하다고 말했는데, 연지혜가 보기에도 그래 보였다. 주민음은 당시에 자신이 위궤양을 심하게 앓았는데, 그를 정석대로 가르친 팀장이 위암 판정을 받고 회사를 그만두는 걸 보고 마음을 굳혔다고 했다.

"회사를 그만두고서는 한동안 놀았죠. 그러다 사람 덜 만나고 손으로 뭔가를 만들어서 결과물이 나오는 일을 하고 싶어서 목공을 배우기 시작했습니다. 간단한 강습을 하는 공방들이 있습니다. 저희도 한때 했지요. 처음에는 그런 데서 돈을 내면서 배웠고, 나중에는 작은 작업장에서 밥만 먹여달라고 하면서 일하면서 배웠습니다. 그러다가 제 가게를 열었죠. 손바닥만 한 작업장에 트럭 한 대가 전부였어요. 큰 나무판을 자르려면 테이블 톱이라는 기계가 필요하거든요. 그런데 돈도 없고 작업장이 작아서 테이블 톱을 들여놓을 수가 없었어요. 그래서 나무판을 자를 일이 있으면 밤에 다른 공방에 가서 잘라왔어요."

"많이 힘드셨겠네요."

"그때는 힘든 것도 몰랐습니다. 제 손으로 뚝딱뚝딱 뭔가 만들어내는 게 신기했어요. 재미있기도 했고요."

"지금은 아닌가요?"

"지금은…… 공방이 큽니다. 직원이 다섯 명 있고요. 서울에 이 정도 규모의 공방은 없을 겁니다. 그리고 저는 거의 사무직입니다. 아이러니하지요. 공방에서 주로 직원들 관리하고 고객들을 상대하는 일을 하고 있습니다."

"까다로운 고객이 많은가 보죠?" 연지혜가 넘겨짚었다.

"고객이 까다로워야 저희가 먹고 살아요."

주민음이 그렇게만 말했기 때문에 연지혜는 설명을 요청했다. 주민음은 괜한 말을 꺼냈다는 표정이었다.

"공방에 오는 고객들이 뭘 원하는지 처음 몇 년간은 잘 몰랐습니다. 다른 공방들 중에서는 여전히 모르는 곳들이 많아요. 거의 대부분 모를 겁니다. 사실 그건 고객들도 마찬가지죠. 이곳에 오는 사람들은 자신들이 뭘 원하는지 잘 모릅니다."

"손님들이 뭘 원하는데요?"

"공방 고객들은 이야기를 원합니다. 자신들과 연관이 있는 고유한 이야기를 원하지요. 가구는 제법 오래 쓰는 물건이죠. 늘 바라보게 되고, 사람 피부와 닿고요. 집이나 차보다 선택의 폭도 넓습니다. 많은 사람들이 거기에 뭔가 보다 인간적인, 개인적인 터치가 담기길 원해요. 한때 DIY 가구 열풍이 불었던 것도 그래서입니다. 단순히 싸다는 이유만은 아니었죠. 공방들이 애프터서비스를 해달라는 요구에 시달리는 것도 그래서고요."

"애프터서비스 요구가 많은가요?"

"많습니다. 상당수 손님들이 그런 요구를 당연하게 여깁니다. 받아보니 생각보다 너무 높다, 쓰다 보니까 어디가 불편하다, 그런 불평들을 합니다. 공방들이 그래서 고생을 많이 하죠. 저희도 예외가 아니었고요. 그러다 어느 순간 고객들이 뭘 원하는지 깨치게 됐죠. 여기까지 와서 가구를 맞추는 사람들은 자기만의 가구를 원하는 거예요. 저건 내 가구야, 내가 이러저러한 취향이고 우리 집이 이러저러하게 생겼기 때문에 이러저러하게 선택한 거야, 하고 생각하고 싶어 합니다. 동시에 사람들 대부분이 자기 취향이 뭔지, 자기 집에 어떤 가구가 어울리는지 잘 몰라요. 그려서 보여줘야 해요. 그런데 제가 일을 배울 때만 해도 그걸 그려서 보여줄 능력이 있는 공방은 거의 없었어요. 손님이 오면 A4지에 펜으로 쓱쓱 그림을 그려가면서 이렇게 할까요, 저렇게 할까요, 묻는 식이었죠. 고객 입장에서는 공방이 자기들을 특정 방향으로 몰아가거나 다그치는 것처럼 느끼게 됩니다. 그리고 그냥 유행을 따라가게 되고, 나중에 찜찜해하는 거죠."

자신의 공방은 첫 단계부터 고객들을 설계에 참여시킨다고 주민음은 설명했다. 3D 그래픽 프로그램을 사용해 설계를 하고, 초안을 고객에게 보여주고, 고객의 집 내부 사진과 합성한 그래픽도 만들어준다. 주민음은 설계 과정에서 고객들이 가능한 한 많이 의견을 제시하게 유도한다고 했다.

"저희는 고객의 취향을 계발시켜주고 있어요. 그게 저희 경쟁력이라고 생각해요. 이케아가 줄 수 없는."

주민음이 말했다. 그런 대화를 하는 사이 그들은 공방 정리를 마쳤다. 주민음은 상담실로 들어서며 연지혜에게 커피를 마시겠느냐고 물었다.

"이건 예수님 그림인가요?" 연지혜가 모니터를 가리키며 물었다.

"네, 맞습니다. 좀 특이하지요."

주민음이 그렇게 말하며 희미하게 웃었다.

"혹시 이 작품이 이 공방 이름이랑 상관이 있는 건가요?"

"공방 이름은 제 이름에서 따온 거기는 한데, 이 그림이랑도 관련이 없지는 않죠. 다 기독교에 대한 거니까요. 한스 홀바인이라는 17세기 독일 화가의 그림이에요. 제목은 〈무덤 속의 그리스도〉라고 합니다. 도스토옙스키가 이 그림을 보고 크게 감동을 받았다고 하지요." 주민음이 말했다.

"제가 감동을 받기에는 그림이 좀 무섭네요."

주민음과 연지혜는 상담실 가운데 테이블에 마주 보고 앉았다. 주민음이 커피머신에서 뽑아준 커피는 진하지 않으면서도 향이 좋았다.

"그게 포인트입니다. 그리스도를 그린 그림인데 성스러운 구석이 전혀 없지요. 그냥 한 사람의 시신일 뿐입니다. 그래서 한스 홀바인이 무신론자였을 거라고 추측하는 사람도 있습니다." 주민음이 설명했다.

"도스토옙스키는 열렬한 기독교인 아니었던가요?"

"무신론과 정면으로 싸우려 했던 기독교인이었죠. 그래서 이 그림이 더 충격적으로 느껴졌나 봐요. 도스토옙스키의 부인이 쓴 기록이 있는데, 미술관에서 이 작품을 홀린 듯이 몇십 분이나 바라봤대요. 그 경험을 바탕으로 나중에 작품을 쓰죠. 저는 개인적으로 그 작품이 도스토옙스키의 최고 걸작이라고 생각합니다. 도스토옙스키 본인도 그 작품을 사랑했죠. 그 소설에 저 〈무덤 속의 그리스도〉도 나옵니다."

"《카라마조프 씨네 형제들》인가요?" 연지혜가 넘겨짚었다.

"아니요. 《백치》입니다." 주민음의 말투는 다시 덤덤해져 있었다.

"보통은 도스토옙스키의 3대 장편소설로 《죄와 벌》 《악령》 《카라마조프 씨네 형제들》을 꼽고, 그중 최고를 《카라마조프 씨네 형제들》이라고 하지 않나요?"

연지혜가 인터넷 검색으로 알게 된 지식을 읊었다.

"그렇습니다. 그 세 작품은 사실상 같은 이야기를 하고 있죠. 실패하는 무신론자입니다. 그런데 《백치》는 정반대 주제를 다뤄요. 그리스도의 실패입니다. 도스토옙스키에게 그리스도는 완벽하게 아름다운 인간이었어요. 도스토옙스키는 그런 인간을 소설에서 묘사하고 싶어했고, 그게 《백치》의 미시킨 공작입니다. 너무나 선량해서 주변 사람들에게 백치라고 놀림을 받는 인물이죠. 그리고 그는 소설 속에서 처절하게 실패합니다. 사랑하는 여인 두 사람 중 한 명은 살해당하고, 다른 한 명은 시시한 남자에게 넘어가 사기 결혼을 당하고요. 소설 초반에 미시킨이 마을 사람들로부터 학대당하는 어떤 가난한 여성을 구하는 감동적인 에피소드가 있기는 해요. 하지만 결말에서는 아무도 구하지 못하고 자기 정신조차 잃어버립니다. 한스 홀바인의 그림을 보고 도스토옙스키가 그런 생각을 했던 게 아닌가 싶습니다. 실패하는 그리스도에 대해 쓰자고.《백치》에서는 이 그림에 대한 이야기가 여러 번 나오지요. 살인자의 집에 이 그림의 복제품이 걸려 있습니다. 살인자는 이 그림을 좋아한다고 하는데, 주인공인 미시킨 공작은 이 그림을 두고 '보다 보면 있던 신앙도 사라지겠다'고 합니다. 자살을 결심하는 다른 인물도 이 그림에 대해 한참 떠듭니다."

주민음은 길게 설명한 뒤 조용히 커피를 한 모금 마셨다.

"소설 끝을 폭로해버리셨네요. 저도 읽고 싶었는데." 연지혜가 농담을 던졌다.

"죄송합니다."

별로 죄송하지 않은 표정으로 주민음이 말했다. 그게 유머인지 아닌지 알 수가 없었다.

"책이 정말 많으세요.《백치》도 저 책장에 꽂혀 있나요?"

연지혜가 책장을 바라보며 시치미를 떼고 물었다.

"아, 지금은 집에 있습니다. 전에 다시 읽고 싶어서 집에 가져다 놨는데 그냥 뒤적거리다 말았어요. 요즘은 두꺼운 책을 잘 못 읽겠더라고요."

"혹시《백치》를 언제 읽으셨나요? 독서 모임에서는 그 책을 안 읽었다면서요?"

"맞습니다. 저는 2006년인가, 2007년인가, 그즈음 그 책을 읽은 것 같네요. 회사를 그만두고 한창 방황할 때였어요. 사실《백치》를 읽기 전까지는 도스토옙스키를 별로 좋아하지 않았어요."

"그래요? 하지만 도스토옙스키 독서 모임에 있으셨잖아요?"

"글쎄요, 요리 맛이 아니라 분위기 때문에 어느 음식점 단골이 될 수도 있는 거잖습니까? 저는 그즈음에 이런저런 동아리나 학회 모임에 많이 나갔어요. 특히 책과 관련된 모임이라면 관심을 가졌죠. 연세대, 서강대, 이대 학생들이 함께 모이는 신촌 지역 대학교 연합 동아리에도 참여했었고, 시 낭송 모임에도 나갔죠. 그런데 도스토옙스키 읽기 모임만큼 진지한 곳이 없었어요."

"저는 이란성쌍둥이입니다. 제 이름은 주믿음, 동생 이름은 주소망이에요. 부모님이 자식을 하나 더 낳으셨다면 이름을 주사랑으로 지으셨겠죠. 아버지가 개척교회 목사세요. 그래서 가족이 고생을 많이 했죠. 특히 어머니가 고생을 많이 하셨죠."

연지혜는 입을 열지 않고 고개만 끄덕였다. 주믿음의 이야기가 길어질 것 같았는데 방해하고 싶지 않았다.

"개척교회에 대해 잘 모르시죠? 치킨집이랑 비슷하다고 생각하시면 됩니다. 개척교회 목사들이 모인 개척교회연합회라는 단체가 있는데 회원이 만 명이 넘어요. 대부분은 임대료가 싼 건물에 모여서 수십 명 정도 되는 교인들을 대상으로 일하면서 생존 전쟁을 벌이고 있는 형편이지요. 집에 문자 그대로 쌀이 떨어지는 날이 있었어요. 잘 기억은 안 나는데 아버지가 원래는 대형 교회 부목사였다고 하더라고요. 어느 날 부르심인지 뭔지를 받고 개척교회를 여시게 됐다고 들었습니다. 어머니는 독실한 기독교 신자셨고 순종적이었지만 개척교회 목사 부인의 삶을 아무 불평 없이 받아들일 정도는 아니었어요. 저는 어머니가 진심으로 아버지를 증오했다고 생각합니다. 다만 그걸 인정하고 자기 삶을 개척할 용기가 없었을 뿐이죠. 학교를 진심으로 증오하면서 하루도 결석하지 않고 학교에 나가서 선생님 말씀에 거역하지 않고 오는 얌전한 학생처럼요. 상상이 가시나요? 굉장히 불행한 삶이죠."

주민음은 한 글자 한 글자를 강조하며 '굉장히'라는 단어를 천천히 말했다. 연지혜는 상대의 말을 진지하게 듣고 있다는 표시로 천천히 머리를 숙였다 들었고, 주민음은 이야기를 계속했다.

"아마 그런 어머니의 태도가 저희 형제한테도 영향을 미쳤을 겁니다. 가정경제를 책임지지 못하고, 아내를 행복하게 만들지도 못하는 아버지의 믿음에 대해 자연스럽게 의구심을 품게 됐습니다. 게다가 어릴 때부터 신앙인의 집에서 자랐으니 교리에 대해서는 저나 동생이나 잘 알았죠. 쌍둥이 형제가 있으니까 서로 토론하기 좋더군요. 구약의 신이 이상한 존재라는 것은 형제가 아주 어릴 때부터 눈치챘어요. 리처드 도킨스는 야훼를 두고 '세상 모든 픽션을 통틀어 가장 불쾌한 등장인물'이라고 하던데 저도 동의합니다. 신의 이름을 모독한 자를 사람들더러 돌로 쳐 죽이라고 하지요. 결혼 전에 순결을 잃은 여성도 돌로 쳐 죽이라고 하고요. 그게 그렇게 싫으면 그냥 자기가 직접 번개로 벌을 내리면 되잖습니까? 이런 이야기, 불편하실까요? 혹시 교회에 다니십니까?"

"아뇨, 괜찮습니다. 어머니는 절에 다니시고 아버지랑 저는 아무것도 안 믿어요. 친구 따라 몇 번 점을 본 적은 있네요." 연지혜가 말했다.

"구약성서에 따르면 점쟁이들도 돌로 쳐 죽여야 합니다. 투석성애자세요, 그분이."

주민음은 그렇게 말하며 로봇이 짓는 것 같은 미소를 지어 보였다.

"하지만 신약성서는 다르지 않은가요?" 연지혜가 가볍게 반박했다.

"글쎄요, 신약성서의 가르침도 따라할 수 없다는 점은 마찬가지입니다. 전반적으로 굉장히 규율이 엄격하고 종말론적인 신흥 사이비 종교 지도자 같은 분위기죠, 예수는. 자기 부모나 형제자매를 미워하지 않으면 자기 제자가 될 수 없다고 하고, 음란한 생각을 품는 사람은 간통죄를 저지른 것과 마찬가지라고 하고, 가진 걸 다 팔아서 가난한 사람들에게 나눠주라고 하고. 그에 비하면 한쪽 뺨을 맞은 다음에 다른 쪽 뺨을 내미는 건 차라리 쉬운 일이죠. 그런데 저희 아버지는 그 가르침들을 최선을 다해 지키려고 했어요. 그래서 본인도 가족도 소진되어버리고 말았죠. 저희 형제는 신약의 가르침이 얼마나 해로운지 알게 되었습니다. 가끔 벅찬 감격을 느끼게 해주지만 그 가르침들을 오래 지킬 수는 없는 거예요. 차라리 동정을 유지하거나 채식을 하는 편이 더 쉬워요."

"그래서…… 교회를 안 다니시는 거죠, 대표님은?"

"안 다닙니다. 이런 이름에도 불구하고요."

"종종 오해를 받으시겠네요."

연지혜는 주민음이 자기 이름에도 불구하고 무신론자가 된 게 아니라 그런 이름 때문에 무신론자가 된 게 아닐까 생각했다. 그러나 그 생각을 입 밖으로 내지는 않았다.

"오해를 받고, 이제는 그걸 즐기려 합니다. 게다가 제 직업이 한때 예수의 직업과 같으니 이런 아이러니가 또 없죠. 어렸을 때에는 개명을 고려한 적도 있었어요. 그런데 나이가 드니까 그렇게까지 할 필요가 있을까 싶더라고요. 그게 기독교에 대한, 아니 종교에 대한 제 태도예요. 신의 존재에 대해 별 관심이 없어요. 신이 있을 수도 있고 없을 수도 있겠지만 그리 신경 쓰고 싶지가 않아요. 그냥 심드렁합니다. 그래서 도스토옙스키의 3대 장편소설이라는 작품들에도 크게 공감하지 않았어요. 거기 나오는 무신론자들은 또 다른 버전의 종교인들이었어요. 무신론이라는 새로운 신앙에 마음을 빼앗긴. 읽다 보면 참 피곤한 인간들이라는 생각이 들죠. 그런데《백치》는 달랐어요. 3대 장편소설에 나오는 피곤한 인간들처럼, 이 소설에도 자살을 결심하는 이념적인 무신론자가 한 사람 나옵니다. 그런데 미시킨 공작이 그에게 자기 집에 오라고 권하면서 이렇게 말하죠. 자살을 고민하는 것보다 사람들과 나무들 사이에서 사는 편이 더 낫다고."

"나무요?" 연지혜가 물었다.

"네. 나무요. 그 무신론자 소년도 웬 나무냐고 되물어요. 그런데 저는 그게 핵심이라고 생각해요.《백치》의 주인공이 자살하려는 무신론자에게 그냥 사람들 사이에서 사는 편이 더 낫다거나, 신과 사람 사이에서 사는 게 좋다고 말했다면 울림이 없었을 거예요. 하지만 미시킨 공작은 푸른 숲과 깨끗한 공기에 대해 말합니다. 그것이 신을 둘러싼 모든 질문에 대한 답이라고 생각합니다. 저는 저대로, 지금 제가 사람들과 나무들 사이에서 살고 있다고 여기고요."

주민음은 그렇게 말하면서 그들 사이에 있는 테이블을 쓰다듬었다.

"이런 이야기를 도스토옙스키 독서 모임에서도 하신 적이 있나요?" 연지혜가 물었다.

"아니요, 독서 모임에서는 하지 않았습니다. 그런데 소림이와 했어요. 사실 저에게《백치》를 권해준 사람이 민소림이었어요. 그날이 민소림을 마지막으로 만난 날이었어요. 7월 말이나 8월 초였던 거 같습니다. 여름 계절학기 끝나고 며칠 뒤였는데."

주민음의 말을 듣고 연지혜는 긴장했다. 민소림의 마지막 열흘에 대한 첫 증언이 나오는 중이었다.

2권에서 계속

재수사 1

1판 1쇄 발행 2022년 8월 22일
1판 4쇄 발행 2022년 10월 12일

지은이 · 장강명
펴낸이 · 주연선

(주)은행나무
04035 서울특별시 마포구 양화로11길 54
전화 · 02)3143-0651~3 | 팩스 · 02)3143-0654
신고번호 · 제1997-000168호(1997. 12. 12)
www.ehbook.co.kr
ehbook@ehbook.co.kr

ISBN 979-11-6737-201-7 (04810)
979-11-6737-200-0 (세트)